HAYMON taschenbuch 318

Ingrid Walther
Das Schweigen der Kanarienvögel

Fink und Denk ermitteln auf Teneriffa

Ingrid Walther
Das Schweigen der Kanarienvögel

Teil 1: Katie   7
Teil 2: Margarita   107
Teil 3: Fermina   181
Teil 4: Amalia   231
Teil 5: Carmen   329

Sämtliche Personen in diesem Roman sind frei erfunden und jede Ähnlichkeit mit lebenden Personen ist rein zufällig. Von den Schauplätzen des Romans sind einige der Fantasie der Autorin entsprungen, andere sind ganz real. Es bleibt den Lesern und Leserinnen überlassen, den Unterschied herauszufinden.

Teil 1: Katie

1

„Wenn ich nicht sofort die Terrassentüre öffne", murmelte er, „werde ich diese Hitze nicht überleben."

Zu Hause angekommen, hatte er sich erschöpft auf den einzigen Stuhl im Raum fallen lassen, ein hartes und unbequemes Möbelstück. Das weiche blaue Sofa, das sich einladend präsentierte, blieb dennoch unbenutzt. Er hatte Angst, darin ins Bodenlose zu versinken und nie wieder hochzukommen.

Jetzt schaffte er es nicht einmal, sich seines schweißnassen Hemdes zu entledigen. Seit ihn dieses Rheuma heimgesucht hatte, konnte er sich nur unter großen Schmerzen an- und ausziehen. Er fühlte sich um Jahre gealtert.

Immerhin hatte er es heute bis zur Apotheke geschafft. Es war dies ein Bußgang von über einer halben Stunde, der nur erträglich wurde, weil er sich zwischendurch bei *Uwe*, dem einzigen deutschen Lokal hier an der Westküste Teneriffas, ein Bier genehmigte.

Wo waren die Zeiten geblieben, als er als Tourenbegleiter Wandergruppen in viereinhalb Stunden in die dünne Luft des Teide hinaufgeführt hatte? Ganz zu schweigen von seiner Montblanc-Besteigung oder von seinen fünf Griechenland-Jahren, in denen er mit seinen Touristen fünfmal in der Woche auf den Olymp gestiegen war!

Als er die Packung mit den Schmerztabletten aus der engen Tasche seiner kurzen Jeans zog, zitterten seine Hände. Er hasste es, sich als Tattergreis fühlen zu müssen. Bis vor Kurzem hatte er noch in der Illusion gelebt, sich von der Kohorte der in Puerto Santiago überwinternden Pensionisten vorteilhaft abzuheben. Schließlich war er noch nicht einmal 60 Jahre alt. Als vor einem halben Jahr seine rheumatischen Schübe begannen, hatte ihm der Arzt gesagt, dass derartige Beschwerden in jedem Alter auftreten könnten, und das war ihm trotz der Pein, die ihm die Krankheit bereitete, ein gewisser Trost gewesen.

„Vielleicht ist es ohnehin besser, wenn ich demnächst das Zeitliche segne", sagte er sich. „Dann hat nicht nur meine körperliche Qual endlich ein Ende, sondern meine Ex könnte wieder mit den Kindern in Puerto Santiago Urlaub machen, ohne die Sorge, mir über den Weg zu laufen."

Gerade hatte er eine der Tabletten aus der Folie gedrückt. „Sehen die heute anders aus?" Misstrauisch betrachtete er das rosa Medikament.

Seine Wasserflasche stand in Griffweite. Er blickte auf und stellte fest, dass die Sonne durch den halbzugezogenen roten Vorhang den Raum in ein zartrosa Licht getaucht hatte.

Er schnappte sich die Flasche und entschied sich spontan, ausnahmsweise zwei Pillen zu nehmen. Das konnte nicht schaden. Er schluckte sie, trank etwas Wasser und ließ die Flasche neben sich auf den Boden gleiten.

Ihm wurde noch heißer. Sein Körper fühlte sich an, als hätte er einen Feuerball verschluckt.

„Lange halte ich das nicht mehr aus!"

Wieder griff er mit zitternden Händen zur Flasche, um sie diesmal gierig in einem Zug zu leeren.

Keuchend starrte er einige Sekunden lang in den Raum, dessen Anblick sich auf seltsame Weise zu verwandeln schien. Das Rosa verschwand. Alles erschien plötzlich heller und in schärferen Konturen.

Dann waren die Schmerzen mit einem Mal weg.

„Ha", überrascht und beglückt warf er die Arme in die Höhe.

„Ein Wunder!", sagte er, nahm sein Medikamentenschächtelchen und drückte einen Kuss darauf.

„Danke!" Schon stand er aufrecht da und verneigte sich vor einer imaginären Pharmazeutin. „Die rosa Pillen sind eindeutig besser als die weißen, so viel steht fest." Über seinen eigenen Scherz musste er laut lachen.

Er riss sich sämtliche Kleidungsstücke vom Leib und schleuderte sie durch das Zimmer, wo sie sich an unterschiedlichen Stellen in zweifelhafte Dekorationsstücke verwandelten. Wie wunderbar das war!

Der Feuerball in seinem Körper hatte sich in eine kühle Quelle verwandelt. Mit einem Satz war er bei der Terrassentür, riss sie weit auf und trat hinaus. Weit unter ihm rauschte das Meer.

„Einfach herrlich!"

Die Wohnung samt Terrasse hoch über dem Meer war ein Juwel. Wasser und Himmel blau wie immer, nur die Insel La Gomera gegenüber hatte wie gewohnt eine weiße Wolkenhaube auf. Nein, er war noch nicht bereit, sich aus diesem Leben zu verabschieden. Er würde endlich wieder seine Kinder einladen – aber ohne deren Mutter, diese Nervensäge. Es war Zeit für seine Töchter, zu begreifen, welch einzigartigen Vater sie hatten.

Übermütig erklomm er den Betonsockel, auf dem das Geländer aus Metallstäben befestigt war. Er war noch immer schwindelfrei!

Die Arme ausgebreitet wurde er zu Herkules, bereit, endgültig in seinen Olymp aufgenommen zu werden.

Jetzt war es ein Leichtes, über den Zaun hinwegzusteigen.

Gleich würde er wie ein Gott über dem Wasser schweben.

***

Drei Stockwerke darunter verbrachte Herr Lütherli mit seiner Frau den wohlverdienten Urlaub. Er war ein eifriger Beamter der eidgenössischen Finanzverwaltung, der es nicht einmal hier auf seiner schönen Terrasse angesichts des Meeres lassen konnte, einen Steuerakt zu bearbeiten, sosehr ihn seine Frau auch davon abzulenken versuchte. Schließlich galt es im aktuellen Fall, der aufgrund diverser anwaltlicher Tricks ohnehin bereits viel zu lange verschleppt worden war, Verjährungsfristen zu beachten.

Der Fall war politisch heikel wegen eines Bezugs zu rechtsradikalen österreichischen Kreisen. Es ging um Geldwäsche und Steuerhinterziehung in Kombination mit mafiösen Scheingeschäften russischer Firmen. Abgründig, aber aus seiner Sicht eine spannende fachliche Herausforderung. Dass ihm sein unmittelbarer Vorgesetzter, ein politisch gut vernetzter und aalglatter Typ, mehr oder weniger unverblümt bereits nahegelegt hatte, die ganze Geschichte via Verjährung unter den Teppich zu kehren – schließlich ging es um das Image eines sauberen Schweizer Finanzplatzes –, hatte ihn ehrlich erzürnt und seinen Arbeitseifer nur noch mehr angestachelt.

Soeben hatte er seinen Laptop eingeschaltet und wartete ungeduldig darauf, endlich sein Passwort eingeben zu können. Seine Frau war kurz in die Küche gegangen, um Kaffee und Kuchen zu holen.

Plötzlich vernahm Herr Lütherli ein leises Rauschen, fast so, als würde ein Riesenadler seine Schwingen ausbreiten. Dann musste er entsetzt zusehen, wie unmittelbar vor seiner Nase der Laptop von einem herabstürzenden menschlichen Körper regelrecht zerschmettert wurde. Für ihn, der an seinem Laptop wie an einer Nabelschnur hing, war dessen Verlust der weitaus größere Schock als der grässliche Anblick des nackten Toten, der ihn auf dem großen Marmortisch liegend mit offenen Augen anstarrte.

Seine größte Sorge war der brisante Steuerakt. Aufgrund der strikten Geheimhaltung und wegen der politischen Verwicklungen mit dem Ausland gab es nur eine einzige Kopie. Würde man ihn jemals rekonstruieren können?

Wenige Sekunden später krachte hinter seinem Rücken ein Tablett klirrend zu Boden. Seine Frau stand versteinert mit weit geöffneten Augen da und blickte mit zitternden Händen auf die unfassbare Szene. Als sich Herr Lütherli endlich etwas gefasst hatte, versuchte er zunächst, seine Frau zu beruhigen, und begleitete sie ins Schlafzimmer. Von dort aus rief er mit seinem Handy Polizei und Rettung.

Eigentlich hätte er es als seine Pflicht angesehen, auf Teneriffa zu bleiben, um der Polizei bis zum Abschluss sämtlicher Untersuchungen zur Verfügung zu stehen.

Er hatte jedoch nicht mit Frau Lütherli gerechnet! Für zwei Tage blieben sie noch in einem anderen Hotel, dann reisten sie ab. Nie wieder – sagte sie – würde sie an diesen Ort des Grauens zurückkehren.

2

„Sag, ist das nicht das Rotkehlchen?"

Amalia Fink kniff die Augen zusammen, schob ihre Sonnenbrille ins Haar und kramte im Rucksack nach der Fernbrille. Als sie sie gefunden hatte, war es schon zu spät. Der Gehsteig auf der gegenüberliegenden Seite des Restaurants, vor dem sie und Lydia Denk gerade einen Espresso bestellt hatten, war wieder leer.

„Warum gibst du deine Brille nicht immer in dasselbe Fach? Jedes Mal, wenn du sie dringend brauchst, suchst du eine halbe Stunde danach." Lydia klang brummig wie fast immer. Auch der ewige Sonnenschein auf Teneriffa hatte der stets skeptischen und strengen Miene von Amalias ältester und bester Freundin aus Salzburg nichts anhaben können.

„Danke für den Tipp", Amalia zuckte mit den Schultern, „sie ist an und für sich immer in demselben Fach. Aber wenn ich in Eile bin, denke ich nicht mehr daran. Ich glaube dennoch, dass sie es war."

„Wen meinst du?"

„Meine ehemalige Studentin. Die Sängerin. Diejenige, die uns im Park von Hellbrunn so überschwänglich begrüßt hat. Letztes Jahr im Mai war das, glaube ich."

„Ach ja, ich erinnere mich. Vielleicht hast du schon Heimweh und es dir deshalb eingebildet."

„Ich doch nicht. Du bist doch diejenige mit Heimweh."

Amalia nahm Lydia so, wie sie war. Geprägt durch eine harte und arbeitsreiche Kindheit in der Bäckerei ihres Vaters, war sie immer die Ernstere von ihnen beiden gewesen. Schon früh hatte sie ihren drei jüngeren

Geschwistern die verstorbene Mutter ersetzen müssen. Dass hinter der strengen Miene von Lydia Denk viel Klugheit und Humor steckten, hatte Amalia Fink erkannt, als sie in der ersten Schulklasse Freundschaft miteinander geschlossen hatten. Wenigstens hatte Lydias Vater nichts dagegen gehabt, dass sie in jeder Minute ihrer spärlichen Freizeit in einem Buch las. Damit war sie von Amalia versorgt worden, die als verhätschelte Tochter eines Salzburger Anwalts immer von Büchern umgeben und deren Mutter eine Kundin der Bäckerei gewesen war. Ein Geschäft, das Lydias Mann, den sie sehr jung geheiratet hatte, später weiterführte. Anfänglich weniger aus Liebe als aus Selbstschutz, wie sie Amalia einmal gestand. Er war ein tüchtiger, gutmütiger und – wie er selbst gerne sagte – zum Bäcker geborener Mann, der ihr im Geschäft viel abnehmen und ihr somit ein wenig Freiraum für ihre wahren Interessen verschaffen konnte.

Als Amalia mit dem Studium der Ornithologie begonnen hatte, war Lydia schon Mutter gewesen. Sobald ihre drei Kinder aus dem Haus gewesen waren, hatte sie mit einem Fernstudium der Philosophie begonnen. Beinahe in null Komma nichts war aus der Frau des Bäckers eine Philosophin geworden, die in Kursen an der Volkshochschule ihre Belesenheit und ihr hervorragendes alltagstaugliches Wissen weitergab. Von ihren Anhängerinnen wurde sie anfangs mit *Professorin* tituliert, was sie allerdings als unzutreffend auf das Heftigste zurückwies. So blieb es bei der Ansprache *Frau Denk* mit dem Beinamen *die Philosophin*. Als sie in einer Salzburger Regionalzeitung eine Kolumne bekam, avancierte sie zu einer lokalen Größe, und halb Salzburg wusste, wer gemeint war, wenn von *der Philosophin* die Rede war.

Die Wege der Freundinnen waren lange getrennt gewesen, aber als Amalia nach langen Auslandsjahren nach Salzburg zurückgekehrt war, hatten sie wieder zusammengefunden.

Amalia Fink, eine soeben pensionierte und echte Professorin der Zoologie an der Universität Salzburg, Ornithologin aus Leidenschaft und eine in der Fachwelt anerkannte Expertin für Singvögel, hatte nicht damit gerechnet, dass es Lydia hier auf Teneriffa wirklich gefallen würde. Sie hatte vielmehr befürchtet, dass ihre eigenwillige und tiefgründige Freundin von der oberflächlichen Heiterkeit des Insellebens, dem beinahe immerzu blauen Himmel und dem Überangebot an Billigkleidung und Strandutensilien, die aus den zahlreichen kleinen Läden hervorquollen, bald genervt sein würde. Lydia hatte es aber bei einigen amüsierten Bemerkungen belassen. Sie hatte Amalia gestanden, dass sie vor allem hier war, damit ihre Kinder und Schwiegerkinder kapierten, dass sie auch ohne sie mit der Aufzucht ihrer immer größer werdenden Schar von Kindern zurechtkommen mussten.

***

Amalia und Lydia, die ihr Ferienquartier in einer Finca in den Bergen aufgeschlagen hatten, saßen an einem von drei Tischchen vor ihrem momentanen Lieblingslokal *Noche y Día* in dem Küstenstädtchen Puerto Santiago. Sie waren hier, um mit dem Besitzer den morgigen Abend zu besprechen. Nur für Amalia und Lydia würde er dann das Lokal öffnen, denn letzte Woche war Amalias 65. Geburtstag gewesen, den sie in einem kleinen Freundeskreis nachfeiern wollte.

Das war mittlerweile alles besprochen, und Amalia, die sicher war, dass sie sich in ihrer Beobachtung nicht getäuscht hatte, blickte noch immer suchend auf die Allee von Palmen auf der gegenüberliegenden Straßenseite, hinter denen das Meer hervorblitzte. Die Plaza, ein Park mit einem hübschen Café, lag zwischen Palmen und Meer und war deshalb von ihrem Platz aus nicht zu sehen.

Amalia wandte sich triumphierend der Freundin zu. „Es ist tatsächlich das Rotkehlchen", stellte sie fest.

Eine Gestalt in rotem Kleid war erneut aufgetaucht und nun eindeutig als ihre ehemalige Zoologiestudentin zu erkennen: Katie Falkensteiner, die nach zwei Semestern das Zoologiestudium abgebrochen und mit einer Ausbildung zur Sängerin am Salzburger Mozarteum begonnen hatte.

„Was die wohl hier macht?" Amalia staunte.

„Was soll sie schon machen? Urlaub, was sonst? Das macht ja hier jeder, ausgenommen all jener Bedauernswerten, die zur Sklavenarbeit für die Touristen verdammt sind."

„Nein, Lydia, das glaube ich nicht. Jetzt haben wir Anfang April und da kann sie sich keinen Urlaub nehmen. Ihr Studium ist äußerst anspruchsvoll und sie will spätestens in einem Jahr ihren Abschluss machen. Außerdem weiß ich, dass sie immer knapp bei Kasse ist. Sie jobbt nebenbei im *Peterskeller*."

„Das werden wir gleich wissen", sagte Lydia und begann, heftig zu winken.

Und Amalia schloss sich ihr an.

Das Rotkehlchen hatte sie offensichtlich erkannt. Ein erfreutes und heftiges Nicken, und schon versuchte Katie Falkensteiner, die stark befahrene Straße zu überqueren. Bremsen quietschten, ein Hupkonzert folgte und sie floh wieder auf den Gehsteig zurück. Dann zuckte sie mit den Schultern und machte sich auf den Weg zu dem nahe gelegenen Zebrastreifen.

Auch heute trug sie Rot. Ein hellrotes kurzes Sommerkleid, ihre tiefschwarzen Haare in Zöpfen zu einer Art Krone hochgesteckt. Früher hatte sie sie offen getragen, aber mit Beginn des Gesangsstudiums hatte sie sich diese neue Frisur zugelegt. Die zukünftige Diva vorwegnehmend, wie Amalia vermutete. Sie hatte an der schönen jungen Frau noch keine anderen Farben als Rot und Schwarz gesehen. Rot in allen Varianten, vom hellen Rosa bis hin zur Farbe eines sehr alten Weines. Nicht nur die Farbe ihrer Kleidung, sondern auch ihre großen dunklen Augen hatten Amalia an die typischen Merkmale eines Rotkehlchens erinnert.

Die Ornithologin hatte schon lange die Angewohnheit, den Menschen in ihrer Umgebung die Namen von Vögeln zu geben. Ihr Gedächtnis für Menschennamen war noch nie das beste gewesen, die Namen von Vögeln würde sie jedoch nie vergessen. Und dass ihre Mitmenschen allesamt seltsame Vögel waren, war ihr bereits als Kind klar geworden.

Katie Falkensteiner alias Rotkehlchen hatte ein Semester Zoologie hinter sich, als sie die Aufnahmeprüfung an der Salzburger Musikuniversität bestand und mit ihrem Traumstudium beginnen konnte. Da sie in Amalias Nähe wohnte, lief sie ihrer früheren Professorin immer wieder über den Weg.

„Bitte kein Wort zur Katie, dass sie für mich das Rotkehlchen ist. Du weißt, dass ich die Spitznamen meiner Bekannten lieber für mich behalte", sagte Amalia.

„Jaja", antwortete Lydia, „und deshalb sollte ich eigentlich auch nicht wissen, dass ich für dich ein Graureiher bin."

„Bei dir ist das etwas anderes", antwortete Amalia, „es gibt keinen lebenden Menschen, den ich so gut kenne wie dich."

„Es ist mir eine Ehre", brummte Lydia, lehnte sich zurück, und gemeinsam beobachteten sie die Gesangsstudentin, die gerade empört den Kopf schüttelte, weil ein Auto über den Zebrastreifen gerast war, ohne für die Fußgängerin anzuhalten.

3

„Was für eine Überraschung! Frau Professor Fink, was machen Sie denn hier?"

Plötzlich stand das Rotkehlchen vor ihnen.

„Für eine Rentnerin wie mich eine leichte Frage", antwortete Amalia. „Wir sind dem tristen Winterwetter entflohen und genießen die Sonne. Viel interessanter ist, was Sie hierher verschlagen hat, Katie."

Ein tiefer Seufzer. „Das ist eine lange Geschichte. Darf ich?" Fragend zeigte Katie Falkensteiner auf einen leeren Sessel am Tischchen.

Amalia nickte.

„Ich weiß, womit Ihre Geschichte beginnt", mischte sich Lydia Denk ins Gespräch. „Sie haben sich verliebt."

„Ja, genau! Woher wissen Sie das?"

„Weil nahezu alle langen Geschichten damit beginnen", war die Antwort, gefolgt von einem zwitschernden Lachen der Gesangsstudentin.

„Darf ich vorstellen", sagte Amalia, „meine Freundin Lydia Denk."

„Oh", Katie gab sich beeindruckt. „Ich kenne Sie natürlich. Ich lese jeden Samstag Ihre Kolumne in der Zeitung. Mittlerweile online. Sehr anregend und witzig. Und erst Ihre subtile Kritik an der biederen Salzburger Hautevolee. Feine Klinge und große Klasse. Sie sind doch die Philosophieprofessorin!"

„So etwas Ähnliches", murmelte Lydia. Und lauter sagte sie: „Aber bitte erzählen Sie, falls Sie es nicht eilig haben."

„Ich habe ein wenig Zeit. Mein Freund hat gerade eine Besprechung und meine Anwesenheit ist nicht erwünscht!"

Der Sohn des Restaurantbesitzers kam an ihren Tisch. *„¿Que puedo traerle?"*

„¡Lo mismo que estas señoras, por favor!", antwortete Katie Falkensteiner.

„¡Buen provecho!", wünschte er ihr.

„Sie sprechen Spanisch?", fragte Amalia.

„Ehrlich gesagt, nicht besonders. Ich lerne es gerade. Aber ich kann Italienisch sehr gut und glücklicherweise mein Freund hier auch. Seine Mutter stammt aus Mailand", sagte sie und sang gleich darauf zum Beweis: *„Caro nome che il mio cor festi primo palpitar ..."*

„Rigoletto", kommentierte Amalia.

„Bravo!" Lydia deutete ein Klatschen an. „Sie haben eine schöne Stimme, Katie. Ich nehme an, dass man als Opernsängerin perfekt Italienisch können muss. Aber nun erzählen Sie endlich!"

„Echt, soll ich? Ob Sie das wirklich hören wollen?"

Amalia und Lydia nickten einvernehmlich.

„Es ist mir ein wenig peinlich, denn mich hat vor einiger Zeit die Liebe erwischt wie Gilda in *Rigoletto*. Und wie Sie vermutlich schon ahnen, ist es ein Mann von Teneriffa. Deshalb bin ich schon seit Anfang Dezember hier."

„Das war eine kurze Geschichte, aber ich hoffe, sie geht für Sie besser aus als für die unglückliche Gilda", stellte Amalia fest.

„Ich habe die Hoffnung noch nicht aufgegeben, auch wenn die Langversion eher kompliziert ist." Die Sängerin verzog den Mund zu einem schiefen Lächeln. Und dann erzählte sie davon, wie sie sich im letzten Sommer bei den Salzburger Festspielen unsterblich in einen sehr attraktiven und auch wohlhabenden Mann verliebt und dass sie mit ihm die bisher schönste Zeit ihres Lebens verbracht hatte. Nach seiner Abreise aus Salzburg war ihre Sehnsucht nach ihm kaum auszuhalten gewesen, und auch er beschwor sie in seinen Telefonaten, nach Teneriffa zu kommen. Im November überraschte er sie mit einem spontanen Besuch und sie ließ sich überreden. Sie sei die Liebe seines Lebens und als Opernliebhaber bewundere er ihre unfassbar großartige Singstimme. Zu diesem Zeitpunkt hatte Katie erhebliche Geldsorgen, und als er ihr auf Teneriffa sogar ein Engagement in Aussicht stellte, schmiss sie in Salzburg alles hin und kam zu ihm. In Puerto Santiago wartete eine schöne Wohnung auf sie, ein Liebesnest an der Steilküste über dem Meer. Tatsächlich hatte er ihr auch einige Gesangsauftritte verschafft, viel Geld verdiente sie damit leider nicht. Er trage sie hier zwar auf Händen, aber ideal sei die Situation eben auch nicht. Sie müsse sich an gewisse Regeln halten, die den Umständen ihrer Beziehung geschuldet seien. Was er ihr nämlich vorher nicht verraten hatte, war das Übliche: Frau und Kinder und die Schwierigkeit, sich von der Familie zu trennen.

Katie hatte jetzt ein Taschentuch in der Hand, schnäuzte sich kräftig und warf den Kopf in den Nacken. „Sie werden mich für wahnsinnig unvernünftig halten!"

„Es ist immer etwas Wahnsinn in der Liebe und etwas Vernunft im Wahnsinn, sagt Nietzsche. Lieben Sie diesen Mann?" Lydia genoss es, hie und da ihre Belesenheit aufblitzen zu lassen.

„Ja, natürlich", antwortete Katie. „Auch er liebt und verehrt mich wirklich. Noch sind die Umstände gegen uns, aber er ist überzeugt, dass er eine Lösung findet!"

„Eine Lösung für wen?", fragte Amalia.

„Für uns beide natürlich. Seine Ehe ist schon lange am Ende und seine Frau ist ebenfalls fremdgegangen."

„Na dann ..." Amalia ahnte, wie die Geschichte ausgehen würde, und das Rotkehlchen tat ihr leid.

„Verraten Sie uns, wie dieser Mann heißt?" Die Frage war ihr spontan über die Lippen gekommen.

„Mit Vornamen Héctor. Mehr darf ich nicht sagen. Ich habe versprochen, dass ich unsere Beziehung erst offiziell mache, wenn er mit seiner Familie alles geklärt hat. Er ist hier sehr bekannt und wir wollen die Angelegenheit nicht verkomplizieren."

Katie schlug sich mit der Hand auf den Mund.

„Entschuldigen Sie, ich fürchte, ich habe schon zu viel gesagt!" Auf einmal wirkte sie trotzig. „Eine altmodische Opernfigur bin ich jedenfalls nicht. Ich bin eine emanzipierte Frau und kann auf mich aufpassen."

Sie wechselte das Thema.

„Und Sie machen hier wirklich nur Urlaub und tun sonst nichts? Das kann ich mir gar nicht vorstellen, Frau Professor Fink. Sie schreiben bestimmt wieder ein Buch, vielleicht über die Vogelwelt von Teneriffa."

Amalia nickte. „Zumindest plane ich eines."

„Wissen Sie", bemerkte Lydia Denk trocken, „Amalia will endlich den lebenden Beweis dafür, dass die Kanarienvögel ihrer Kindheit tatsächlich auch in freier Natur existieren."

Katie musste schon wieder lachen. „Tatsächlich? Früher haben die Leute bei sich zu Hause Vögel in Käfigen gehalten. Meine Oma hatte auch einen *Kanarivogel,* wie sie ihn nannte, und das arme Tier steckte in einem viel zu kleinen Käfig. Aber hier sind mir noch überhaupt keine Vögel aufgefallen." Plötzlich hatte sie wieder Tränen in den Augen. „Entschuldigung, ich weiß nicht, was mit mir los ist. Der Gedanke an meine Oma und an Salzburg und dass Sie jetzt vor mir stehen und zuerst so skeptisch auf meinen Bericht über Héctor reagiert haben ..."

„Aber nein, das ist doch Ihre Sache, Katie ..." Amalia versuchte, sie zu beschwichtigen.

„Ja", antwortete Katie. Ihr Handy piepste und sie sah auf das Display. „Ich muss leider los. Héctors Besprechung ist schon zu Ende. Und jetzt habe ich die ganze Zeit nur von mir gesprochen. Ich würde mich so gerne noch länger mit Ihnen unterhalten. Darf ich Sie noch einmal treffen?"

„Aber natürlich gerne", antwortete Amalia.

„Vielleicht gleich morgen gegen Mittag in Alcalá?", ergänzte Lydia. „Sie könnten Amalia Gesellschaft leisten, während ich etwas zu erledigen habe, bei dem sie nicht dabei sein darf." Mit einem bedeutungsvollen Blick in Richtung Amalia fuhr sie fort. „Morgen findet auf der Plaza von Alcalá der wöchentliche und wirklich entzückende Handwerkermarkt statt. Wir genehmigen uns dann immer einen Kaffee vor der Bar, die nicht besonders originell *Plaza* heißt. Daneben gibt es einen Secondhand-Store."

„Kenne ich", Katie nickte. „Ich jogge jeden Vormittag auf dem Küstenweg von Puerto Santiago nach Alcalá und zurück. Wann soll ich morgen dort sein?"

„Würde Ihnen halb elf Uhr passen?", fragte Lydia.

„Perfekt!" Katie nickte. „Sind Sie einverstanden, Frau Professor Fink?"

„Natürlich! Ich freue mich auf Ihre Gesellschaft."

„Abgemacht", sagte Katie. „Jetzt muss ich aber wirklich los."

Schon eilte sie über den Zebrastreifen. Ein Autofahrer, der wegen ihr abbremsen musste, öffnete das Fenster und pfiff ihrer attraktiven Erscheinung hinterher.

„Das hast du gut eingefädelt, Lydia." Amalia ahnte, dass die geheime Erledigung mit ihrer morgigen Geburtstagsfeier zusammenhing.

Manchmal konnte die Philosophin ziemlich kindisch sein.

4

„Halt, bitte stehen bleiben", rief Amalia. „Ich muss kurz aussteigen!"

„Bitte nicht gerade hier, Lady", sagte der Taxifahrer und drehte seinen tätowierten Kopf nach hinten. „Sie sehen doch das Polizeiaufgebot. Da brauchen wir nicht auch noch auf uns aufmerksam zu machen."

„Ich sehe aber dort eine Bekannte und muss wissen, was los ist."

„Na gut, ich biege in die Seitenstraße ein. Da kann ich parken und auf Sie warten."

„Danke, junger Mann", sagte Amalia. „Ich bin gleich wieder da."

Lydia, die über diese unerwartete Verzögerung ihrer Heimfahrt nicht gerade erfreut war, beschloss, im Fahrzeug auf Amalia zu warten.

Nach ihrem zufälligen Zusammentreffen mit Katie Falkensteiner hatten Amalia und Lydia noch Einkäufe erledigt. Die anschließende Fahrt mit dem Taxi war nicht geplant gewesen. Trotz der einsamen Lage ihrer Finca hatte Amalia, die eine erklärte Umweltschützerin war, ursprünglich darauf gedrängt, auf einen Mietwagen zu verzichten und die Umgebung mit öffentlichen Bussen zu erkunden. Bei ihren Ausflügen zu den näher gelegenen Küstenorten hatte das auch gut funktioniert. Es hatte sich jedoch herausgestellt, dass die Anreise zu den grandiosen Vulkanlandschaften im Inneren der Insel, zum Aufstieg auf den 3800 Meter hohen Teide oder zu den von Amalia geplanten Wanderrouten im Nordosten mit öffentlichen Verkehrsmitteln kaum zu bewältigen war. Erst gestern hatten sie deshalb entschieden, sich demnächst doch noch einen Mietwagen anzuschaffen.

Jetzt am Nachmittag war der Linienbus so vollgestopft mit Schulkindern gewesen, dass Lydia kurzentschlossen ein vorbeifahrendes Taxi herbeigewinkt und Glück gehabt hatte. Der junge Taxifahrer war hocherfreut gewesen, als sie ihm ihr Fahrtziel nannten. In Chirche wohne er auch, hatte er strahlend gesagt, und das passe perfekt. Sie seien für heute ohnehin seine letzte Fuhre.

Wenn er so verwegen fährt, wie er aussieht, müssen wir uns heute noch ordentlich festschnallen, dachte Lydia jetzt, als sie hinter ihm saß und seine ziemlich gut gemachten Tätowierungen genauer betrachtete.

***

Amalia hatte inzwischen jene Stelle erreicht, an der sie Katie Falkensteiner als Teil einer kleinen Gruppe von Schaulustigen gesichtet hatte. Sie alle hatten den Blick auf die rückwärtigen Eingänge eines Gebäudekomplexes gerichtet, der auf einem hohen Felsen direkt über dem Meer errichtet worden war. Unüberhörbar gesellte sich hier zu den Rufen der Menschen und den Geräuschen der vorbeirollenden Autos das Tosen eines aufgewühlten Meeres. Es war plötzlich sehr windig.

Gemeinsam mit anderen Neugierigen stand Katie vor einer Wohnanlage und beobachtete das Großaufgebot von Polizisten und Rettungskräften vor einem der Eingänge. Sie zuckte zusammen, als Amalia unvermittelt neben ihr auftauchte.

„Frau Professor Fink! Wo kommen Sie so plötzlich her?"

„Lydia und ich waren gerade mit einem Taxi auf dem Weg nach Hause. Im Vorbeifahren habe ich Sie entdeckt. Was ist denn hier los?"

„In diesem Haus wohne ich", erklärte Katie, „derzeit jedenfalls. Ich traue mich aber nicht hinein. Von einer Nachbarin habe ich erfahren, dass der Mann, der in der Wohnung neben mir wohnt, auf eine der Terrassen unter uns gestürzt ist. Schrecklich. Er ist tot! Man weiß noch nicht, ob es ein Unfall oder Suizid war – oder vielleicht sogar ein Verbrechen. Die Polizei ermittelt, wie man sieht. Ich möchte aber ungern befragt werden. Meine Wohnung gehört Héctor, und der würde durchdrehen, wenn dadurch unsere Beziehung öffentlich bekannt würde. Ich habe ihn am Handy noch nicht erreicht!"

Wie auf Befehl läutete das Handy von Katie, und es war Héctor, wie sie Amalia zu verstehen gab. Der Schwall von italienischen Wörtern, den sie jetzt von Katie zu hören bekam, war einer zukünftigen Opernsängerin würdig und an Dramatik kaum zu überbieten. Das Gespräch dauerte jedoch nicht lange, und als es beendet war, hatte Katie einen entschlossenen Gesichtsausdruck.

„Héctor sagt, ich solle schleunigst von hier verschwinden. Er organisiert mir für heute Nacht ein Hotelzimmer. Ich muss weg. Ich treffe ihn gleich. Bitte entschuldigen Sie mich. Wir sehen uns morgen!"

Schon hatte sie Amalia den Rücken zugewandt, aber die wollte sie nicht so einfach davonkommen lassen.

„Einen Moment, Katie", rief sie. „Für den Fall, dass etwas dazwischenkommt, gebe ich Ihnen meine Visitenkarte."

Katie unterbrach ihre Flucht, drehte sich um und nahm die Karte entgegen. „Danke", sagte sie. „Wenn Sie ohnedies noch länger hier sind, können Sie zu einem meiner Arienabende kommen. Ich trete von Zeit zu Zeit mit Chansons und Opernarien auf."

Sie warf einen Blick auf Amalias Visitenkarte. „Ah, da ist auch Ihre E-Mail-Adresse drauf. Ich schicke Ihnen meine Konzerttermine. Bis morgen also!"

Amalia hob leicht die Hand zum Gruß und wollte gerade kehrtmachen, um zum Taxi zurückzukehren. Aber ihre Füße, die seit jeher zu eigenwilligen und überraschenden Schritten neigten, marschierten in Richtung des Gebäudes, in dem sich Katies Wohnung und im Augenblick auch ein größeres Aufgebot der Polizei befanden.

„Kann ich Ihnen helfen?" Der Polizist, der sie ansprach, bemühte sich um Höflichkeit. Zu den Segnungen der späteren Jahre gehörte es, dass man von offizieller Seite mit einem gewissen Respekt behandelt wurde.

„Ich bin auf der Suche nach einer Ferienwohnung", improvisierte Amalia. „Ich habe zufällig gehört, dass hier eine frei geworden ist." Spanisch konnte sie von all den Sprachen, die sie sich im Laufe ihres Lebens anlässlich ihrer zahlreichen Forschungsreisen angeeignet hatte, am besten. Katies schnellem Redefluss bei dem in Italienisch geführten Telefongespräch vorhin hatte sie wiederum leider nicht folgen können.

„Wir können Deutsch sprechen", sagte der Polizist, „ich habe mal in Deutschland gelebt."

„Fein!" Amalia verzichtete auf eine Frage zu seinem Deutschland-Aufenthalt. Jetzt war keine Zeit für Konversationen.

Das fand auch der Polizist.

„Sie sind aber schnell!" Ein amüsiertes Lächeln umspielte seine Lippen und er sah sie neugierig an. „Hier scheint tatsächlich eine Wohnung frei geworden zu sein. Ich würde an Ihrer Stelle aber erst in ein, zwei

Wochen nachfragen. Der Herr, der dort gelebt hat, wird sie vermutlich nicht mehr benötigen."

„Gab es einen Unfall?"

„Danach sieht es aus. Es gibt einen Toten."

„Oh, das tut mir leid. Hoffentlich denken Sie jetzt nicht ..." Amalia verstummte und setzte eine bedauernde Miene auf.

Jetzt lachte der Polizeibeamte kurz und laut, sodass sich ein anderer Kollege nach ihm umdrehte.

„Nein, ich denke nicht, dass Sie ihn ermordet haben, um an eine Wohnung zu kommen. Wir wissen auch noch nicht, was wirklich passiert ist, und es ist jetzt wohl besser, wenn Sie gehen." Er blickte sie an, als bedauere er es, ihr diese Antwort geben zu müssen.

„Selbstverständlich", antwortete Amalia, dankte für die Auskunft und ging endlich zum Taxi zurück.

***

„Ist Señora Fink nun klüger als zuvor?", fragte die Philosophin, während Amalia sich in den Autositz sinken ließ.

„Ein wenig", antwortete diese. „Ich hatte Kontakt mit einem sehr attraktiven Polizisten und mit Katie Falkensteiner."

„Interessant, dass du den attraktiven Polizisten zuerst erwähnst und erst dann Katie Falkensteiner."

„Mit dem habe ich eben zuletzt gesprochen", winkte Amalia ab, und während der Fahrer den Wagen über gewundene Wege in rasantem Tempo bergauf lenkte, berichtete sie ihrer Freundin von den Begegnungen.

Die beiden Frauen am Rücksitz wurden ordentlich durchgeschüttelt.

„Dann steht uns ja demnächst ein Konzert bevor", sagte Lydia wenig begeistert, als sie von Katies Gesangsauftritten erfuhr. Während Amalia eine ausgewiesene Liebhaberin aller Arten von Musik war, konnte die Freundin noch nie allzu viel mit Musik anfangen. Auch dies war etwas, worin sie sich unterschieden. Manchmal fragten sie sich verwundert, warum sie sich eigentlich so gut verstanden.

Den Rest der Fahrt schwiegen sie. Ihr Fahrer fuhr schnell und konzentriert. Erst als sie sich auf engen, steilen Straßen dem Dorf Chirche näherten, an dessen Rande ihr Urlaubsdomizil lag, drosselte er sein Fahrtempo.

„Acht Euro bitte", sagte er, als er in der Zufahrt zur Finca mit beeindruckendem Panoramablick parkte. Er stieg aus, öffnete die Hintertür und half den beiden Damen aus dem Wagen.

„Sind Sie eigentlich normalerweise mit dem Bus unterwegs?", fragte er. „Das ist ja hier oben mehr als umständlich."

Amalia gab ihm recht und erklärte, dass sie ohnedies vorhatten, ab der nächsten Woche einen Wagen zu mieten.

„Seit hier die Touristen in Massen herkommen", informierte sie der Taxifahrer, „sind Mietautos immer teurer geworden. Ich mache Ihnen einen Vorschlag. Sie rechnen sich aus, was so ein Wagen – sagen wir, der zweitteuersten Kategorie – für die nächsten sechs Wochen kosten würde, und dann geben Sie das Geld lieber mir – bar auf die Hand, wenn ich bitten darf – und ich stehe Ihnen als Ihr persönlicher Fahrer zur Verfügung."

Als Amalia und Lydia mit einer Antwort zögerten, sagte er: „Überlegen Sie es sich!" Dann holte er einen

Filzstift aus der Tasche seiner kurzen Hose und ergriff Lydias Hand.

„Ich heiße Jesús Vidal." Er schrieb seine Telefonnummer auf ihren Unterarm und malte ein kleines Herz daneben. „Nennen Sie mich einfach Jesús."

„Jetzt bin ich auch tätowiert", bemerkte Lydia trocken, während er in einer Wolke von aufgewirbeltem Sand davonbrauste.

5

„Schau, ein echtes Rotkehlchen!" Amalia zeigte auf den Drachenbaum, der sich in Sichtweite befand. Sie und Lydia saßen im Garten der Finca und verspeisten Rührei mit Serranoschinken und Salat, ihr Standard-Abendessen, wenn sie nicht mehr ausgehen wollten.

„Ach, wie hübsch und so ein besonders schönes rotes Gefieder." Lydia hatte ihre Sonnenbrille abgenommen und betrachtete blinzelnd den kleinen Vogel, der zwischen den Ästen hin und her flatterte.

„Jetzt ist es weg", sagte sie gleich darauf. „Aber sagtest du nicht einmal, dass Rotkehlchen keine Zugvögel sind? Wie kommt es dann hierher?"

„Es gibt auf Teneriffa eine Population dieses Vogels, eigentlich eine eigene Unterart, und wie du richtig bemerkt hast, ist ihr Gefieder besonders intensiv gerötet. Hin und wieder verirren sich aber auch Rotkehlchen vom Festland auf die Inseln."

„Aha, interessant. Darf ich auch gleich auf unser spezielles Rotkehlchen, ich meine, Katie Falkensteiner zurückkommen? Ich hoffe, nach dieser Tragödie in ihrer Wohnanlage ist alles in Ordnung mit ihr. Ich habe bereits im Internet nachgesehen, ob etwas über einen Unfall dort berichtet wird, habe aber nichts gefunden."

„Neugierdsnase! Dafür ist es sicher noch zu früh."

„Ich weiß nicht, Amalia. Normalerweise macht so eine Geschichte schnell die Runde und natürlich bin ich neugierig! Besonders spannend ist es hier heroben schließlich nicht. Da kann ich etwas Abwechslung gebrauchen."

„Aber du hast doch einen Koffer mit philosophischen Werken mitgebracht – was ich noch immer nicht verstehe, da du das alles auch auf deinem Laptop lesen könntest."

„Aus demselben Grund, aus dem du deine umfangreiche Ausrüstung zur Vogelbeobachtung mitgeschleppt hast. Ich brauche eben einige Bücher mit meinen Anmerkungen, und was meine Neugierde betrifft, so finde ich es interessant, philosophische Themen anhand konkreter Beispiele analysieren zu können. Ein offensichtlich ungewöhnlicher Todesfall ist dafür Anlass genug."

„Alles klar", antwortete Amalia. „Ich bin ja auch neugierig. Heute werden wir jedoch zu diesem Thema nichts Neues mehr erfahren. Aber morgen treffen wir Katie. Die weiß dann vielleicht schon mehr. Möglicherweise von ihrem Liebhaber. Wenn er hier so bekannt ist, wie sie sagt, hat er bestimmt seine Informanten."

Lydia seufzte. „Mir ist dieser Liebhaber suspekt. Hast du es bemerkt? Es war ihr unangenehm, dass du ihr seinen Namen entlockt hast. Héctor. Wie der edle Held des antiken Troja. Der war im Übrigen ein treuer und ergebener Ehemann. Wenn das bei Katies Héctor auch der Fall ist, wird er seine heimliche Geliebte bald wieder loswerden müssen."

„Warten wir es ab", sagte Amalia. Sie hatte keine Lust mehr, sich auf dieses Thema einzulassen.

Lydia war jedoch noch nicht fertig. „Wetten, dass du für diesen Héctor bereits einen Vogelnamen gefunden hast?"

Amalia stieß einen lauten Seufzer hervor. „Erwischt", sagte sie. „Ich stelle ihn mir als Wüstenfalken vor."

„Na klar, ein Raubvogel!"

„Wir Ornithologinnen verwenden nicht die Bezeichnung Raubvogel. Das erkläre ich dir nicht zum ersten

Mal. Falken sind sogenannte Beutegreifer. Das ist die korrekte Bezeichnung."

„Wie du meinst, Amalia. Dann hat sich also der Beutegreifer Héctor ein Rotkehlchen geschnappt, und wenn er es nicht auffrisst, wird er es demnächst wieder fallen lassen."

„Musst du schon wieder die Kassandra geben? Wir wissen nicht, was die Zukunft bringt. Du weißt, ich halte mich lieber an Tatsachen. Es ist übrigens unwahrscheinlich, dass ein Wüstenfalke ein Rotkehlchen erwischt, denn die halten sich üblicherweise nicht in seinem bevorzugten Jagdgebiet auf."

„Im Falle von Katie und ihrem Liebhaber ist es aber passiert, und jetzt habe ich genug und gehe ins Bett." Mit diesen Worten erhob sich Lydia und verschwand in ihrem Zimmer.

Amalia tat es ihr gleich.

6

Katie war gerade unglaublich wütend. Sie hämmerte mit den Fäusten an eine der Türen ihres Luxusgefängnisses, aber niemand schien sie in dem leer stehenden Hotel zu hören. Nichts hatte sie darauf vorbereitet, was geschehen war.

Als sie heute Morgen in diesem riesigen Hotelbett, in dem neben ihr und Héctor noch drei weitere Frauen Platz gehabt hätten, aufgewacht war, war er verschwunden gewesen. Wie in einer billigen Operette hatte er ihr auf einem Zettel mitgeteilt, dass er sie verlassen und überhaupt ihre Beziehung beenden müsse. *„Die Umstände haben sich geändert",* hatte er lakonisch hinzugefügt, *„und du musst noch einige Tage hier im Hotel verbringen. Du hörst von mir!"*

Noch einmal versuchte sie, mit aller Gewalt die Eingangstüre zu öffnen. Aber sie blieb verschlossen, und da begann Katie Falkensteiner zu schreien.

Hätte diese Szene auf der Bühne eines großen Opernhauses stattgefunden, wäre man von der Gewalt ihrer Stimme nicht nur in den letzten Rängen, sondern auch noch im Foyer und in den Garderobenräumen erschüttert gewesen. Ihre Stimmtechnik war hervorragend und ihr gewaltiger Koloratursopran voll ausgebildet.

Aber sogar ihr ging nach einiger Zeit die Luft aus. Weil es hier offensichtlich niemanden gab, der sie hören konnte, sank sie in sich zusammen, unfähig, in den Ereignissen des gestrigen Tages und Abends eine Erklärung dafür zu finden, was geschehen war.

Nach einem gemeinsamen Abendessen in einem ihr unbekannten Landgasthaus in den Bergen hatte Héctor sie in ein Hotel gebracht, das ihm gehörte und gerade kurz vor der Eröffnung stand. Sie hätte die Ehre, es mit ihm einzuweihen, hatte er gesagt, es sei alles vorhanden, auch einige Flaschen Wein und was sie für eine Nacht bräuchten. Nur das Personal fehle noch und zum Frühstück müssten sie in ein Café fahren. Das Foyer war hell erleuchtet, das Appartement bereits passabel ausgestattet, und Héctor war bei ihr geblieben. In warme Decken gehüllt, waren sie mit einer Flasche Rotwein auf der Terrasse gesessen, hoch über einem Park schwebend, dessen Bäume und Pflanzen im Licht eines abnehmenden Mondes nur schemenhaft zu erkennen waren.

Sie hatten auf das neue Hotel angestoßen und eine Weile schweigend ihr erstes Glas Wein geleert. Über den wahren Grund ihres Hierseins hatten sie noch gar nicht gesprochen. Zuvor im Gasthof war der Wirt nicht von ihrer Seite gewichen. Er hatte sich begeistert von dem neuen Hotel gezeigt und seiner Hoffnung Ausdruck verliehen, dass es touristischen Schwung in die Gegend bringen würde. Dann hatten sich Héctor und der Wirt ausgiebig über diese unerträglichen Typen von Umweltschützerinnen – mehrheitlich Frauen – unterhalten, die gegen sämtliche Bauprojekte opponierten, obwohl diese Arbeitsplätze und der Insel Wohlstand brachten. Möglicherweise hatte das Héctors Stimmung getrübt, denn auf Katies interessierte und dem Anlass doch angemessene Fragen zum Hotel hatte er ohne seinen gewohnten Enthusiasmus reagiert.

Um ihn aufzuheitern, hatte Katie von der überraschenden Begegnung mit Amalia Fink und deren Freundin Lydia erzählt.

„Wie schön für dich", war seine Antwort gewesen. „Was hast du ihr denn über uns gesagt?"

„Nur, dass ich hier die Liebe meines Lebens gefunden habe. Deinen Namen habe ich ihr nicht verraten, das werde ich erst tun, wenn du mir einen Heiratsantrag gemacht hast. Ihre Freundin wäre zwar sehr neugierig gewesen, aber ich habe geschwiegen wie ein Grab."

„Das hoffe ich!" Er hatte sich und ihr noch ein zweites Glas Wein eingeschenkt und dann waren sie endlich auf den tragischen Tod ihres Nachbarn zu sprechen gekommen.

„Der Arme", hatte sie gesagt.

„Ich hoffe, du hast keinen Kontakt zu ihm gehabt."

Der ärgerliche Unterton in seiner Antwort hatte dazu geführt, dass sie sogleich in Verteidigungsposition gegangen war.

„Was willst du, er war schließlich mein Nachbar! Natürlich haben wir uns hin und wieder am Gang unterhalten. Er war ein kranker Mann, falls dich das beruhigt. Als ich vorgestern aus dem Haus gegangen bin, hat er mich gebeten, ihm ein Medikament aus der Apotheke mitzubringen. Der Arme litt unter chronischen Schmerzen. Es war aber keines mehr vorrätig und der netten Apothekerin, die dort arbeitet, war das sehr unangenehm. Ich habe es für ihn bestellt und sie hat gesagt, dass er es am nächsten Tag abholen könne. Das hat er vermutlich getan. Warum er sich dann in den Tod gestürzt hat, ist mir ein Rätsel. Vielleicht hat jemand nachgeholfen. Nein, keine Ahnung. Es ist jedenfalls furchtbar!"

Héctor hatte die Brauen hochgezogen. „Seit wann verrichtest du Botengänge für andere Männer? Ich hatte dir doch gesagt, dass du zu allen Nachbarn Abstand halten sollst!"

„Machst du mir jetzt Vorwürfe?" Katie war so wütend gewesen, dass sie ihre Finger zu Krallen formte und ihn wie eine Katze anfauchte. „Darf ich nicht einmal mehr hilfsbereit sein? Die Zufallsbegegnungen mit Nachbarn sind doch die einzigen sozialen Kontakte, die ich mir hier gestatten kann. Ich habe sonst ohnedies nur Kontakt zu den Verkäuferinnen im Supermarkt, zu der Angestellten aus dem Fitnessklub oder zu der Apothekerin, die sich bei mir über ihren Chef ausweint."

„Armes Kätzchen", hatte er da gesagt, gelacht, ihre beiden Hände in die seinen genommen und sie an sich gezogen.

Der vorzügliche Wein, von dem sie mittlerweile schon zu viel getrunken hatte, und die eigenartige Atmosphäre – die Bäume unter ihnen hatten sich zunächst in schwarze Silhouetten verwandelt und waren dann zur Gänze von der Dunkelheit verschluckt worden – waren der Grund dafür gewesen, dass sie sich einmal mehr von ihm hatte umgarnen lassen.

In Héctors Armen liegend, war ihr dann etwas eingefallen, das sie ihm noch nicht erzählt hatte.

„Weißt du, was vorgestern, als ich in der Apotheke war, seltsam gewesen ist?"

„Was denn, mein Schatz?"

„Ich habe dir doch berichtet, dass ich das Medikament für Señor Lorenz nicht bekommen habe."

„Ja, und?"

„Die Angestellte in der Apotheke, Estrella, hat sich bei mir über ihren Chef beschwert. Angeblich ist er ein totaler Kontrollfreak, hat ausgerechnet die Schmerzmittel im Lagerraum eingesperrt und im Verkaufsraum immer zu wenig davon vorrätig. Seine Angestellten, die es ohnedies nicht lange bei ihm aushalten, müssen dann den Ärger der Kunden ausbaden."

„So etwas kommt vor, Katie. Was soll daran so komisch sein?"

„Komisch war, dass eine Frau, die nach mir gekommen ist, ganz offensichtlich das Schmerzmittel, das für mich nicht lagernd war, doch noch bekommen hat. Als ich hinausging, stand sie hinter mir. Ich glaube, das war eine Prominente. Die werden immer bevorzugt behandelt."

„Wie hat sie denn ausgeschaut, deine Prominente?"

„Nicht dein Typ, würde ich sagen, Héctor. Ich glaube, ich habe sie einmal im Fernsehen gesehen, aber ich weiß nicht, in welchem Zusammenhang."

Héctor war aufgestanden.

„Weißt du was, Katie, eigentlich interessiert mich das nicht. Ich bin müde. Ich gehe schlafen. Du kannst gerne noch hierbleiben und deinem Nachbarn nachtrauern."

Sie war tatsächlich noch draußen geblieben, und erst als es ihr zu kalt geworden war, war sie hineingegangen. Da hatte er schon geschlafen und laut vor sich hin geschnarcht.

Früh am Morgen dann war er weg und sie hatte nur mehr den Zettel mit seiner Nachricht vorgefunden. Ihre Versuche, ihn am Handy zu erreichen, waren gescheitert. Sie hatte keinerlei Verbindung zur Außenwelt aufbauen können.

Soeben landete ihr Handy in hohem Bogen auf dem Bett. Das großartige Hotel hat schon fast alles, dachte sie empört, nur keinen Empfang für mein Handy!

7

Bereits lange vor dem Frühstück widmete sich Amalia Fink der Vogelbeobachtung, Teil ihres gewohnten Morgenrituals. Die Umgebung der Finca mit ihrer lockeren und gegen die Berge zu immer dichteren Vegetation eignete sich bestens dafür.

Eineinhalb Stunden vor Sonnenaufgang begab sie sich an ihren Lieblingsplatz, genoss die Frische des Morgens und die noch sehr kühle Luft. Gleichzeitig freute sie sich auf einen Tag, der hier so verlässlich Sonnenschein bringen würde, wie man in Salzburg um diese Jahreszeit mit Regen rechnen durfte.

Es war die Zeit der Morgendämmerung, in der die Vögel ihren ersten Gesang anstimmten. Nicht alle gleichzeitig, sondern in einer ganz bestimmten Reihenfolge.

Seit ihrer Ankunft hatte Amalia Aufzeichnungen zur Vogeluhr auf Teneriffa gemacht. Befriedigt und beglückt lauschte sie den Vogelstimmen unmittelbar nach deren Erwachen. Mittlerweile wusste sie schon recht genau, welcher Vogel zu welchem Zeitpunkt hier sein Lied anstimmte.

Als sie heute einige Minuten später als am Vortag ihren Platz erreichte, war es ausgerechnet das Rotkehlchen, das sie als Erstes zu hören bekam. Sofort musste sie wieder an Katie denken. Katie, die die letzte Nacht vermutlich in einem Hotel verbracht hatte, auf Wunsch ihres Liebhabers, der die Beziehung zu ihr unbedingt geheim halten wollte.

Das ungute Gefühl, das sie mit Lydia gestern Abend geteilt hatte, war wieder da. Was für eine dumme Geschichte, auf die sich die Gesangsstudentin eingelassen hatte. Hätte Katie in Salzburg ihren Rat gesucht, hätte Amalia ihr bestimmt davon abgeraten. Bei ihren zufälligen Begegnungen hatte Katie das Singen als ihre wahre Berufung bezeichnet und von ihrer Musikuniversität und den Lehrern, die sie forderten und förderten, geschwärmt. Sie hatte den Eindruck erweckt, zur Gänze in ihrer Rolle als Sängerin aufzugehen. Außerdem war sie kurz vor dem Abschluss gestanden. Wie hatte sie das nur alles hinschmeißen können?

Es blieb Amalia ein Rätsel, wie man sich von der Liebe derart die Sinne benebeln lassen konnte.

Das Rotkehlchen im Garten der Finca hatte zum Singen aufgehört und Amalia zuckte mit den Schultern. Es nützte doch nichts, sich jetzt den Kopf darüber zu zerbrechen. Die ganze Geschichte ging sie nichts an. Die überraschende Begegnung gestern war reizvoll gewesen und auf das Treffen mit Katie heute freute sie sich.

Sie atmete tief durch, beobachtete, wie der Himmel heller wurde und die Bäume und Sträucher um sie herum vielfältige Konturen annahmen. Dickblättrige Sträucher, spitzzüngige Farne, schlanke Pinien, ein Drachenbaum und einige hoch aufragende Dattelpalmen. Der Chor der Vogelstimmen schwoll an. Der anbrechende Tag duldete keine düsteren Gedanken, schon gar nicht in dieser herrlichen Umgebung. Amalia schnappte sich das Notizbuch, das sie immer bei sich trug, und begann mit der Aufzeichnung ihrer Eindrücke.

***

Zwei Stunden später fand sie sich zum gemeinsamen Frühstück mit Lydia ein, zubereitet und serviert von der Besitzerin der Finca. Ein angenehmer Platz unter einem Blätterdach, das nur wenige Sonnenstrahlen durchließ.

Wie jeden Tag war Amalia barfuß gekommen. Ihre Füße liebten den weichen, mit Flechten bewachsenen und mit kleinen Steinen bestreuten Boden. Zu Hause war mittlerweile fast jeder Gastgarten zubetoniert. Die ausufernde Bodenversiegelung in ihrer landschaftlich so schönen Heimat bereitete ihr schon lange Sorgen.

Schweigend tranken sie ihre erste Tasse Kaffee. Erst danach war Lydia gesprächsbereit. Im Gegensatz zu Amalia, die in jeder Lage gut schlief, war sie eine unruhige Nachtwandlerin.

„Herrlicher Tag", sagte sie jetzt.

Amalia nickte. „Perfekt für unsere Fahrt ans Meer. Was hältst du mittlerweile vom Vorschlag unseres Taxifahrers? Sollen wir das machen?"

„Aber natürlich!" Lydias Antwort kam wie aus der Pistole geschossen. „Das ist doch ein gutes Angebot, von dem wir alle etwas haben. Der junge Mann schiebt eine ruhige Kugel und wir brauchen nicht zu fahren und uns auch sonst nicht um ein Auto zu kümmern. Oder verunsichert dich vielleicht sein Erscheinungsbild?"

Amalia schüttelte den Kopf.

„Ich dachte es mir. Du liebst ja die bunten Vögel", lachte Lydia. „Er muss uns natürlich seinen Taxischein und Führerschein vorlegen und dann werden wir ihn beschäftigen."

„Das ist nicht nötig, er hat ein blaues Kennzeichen. Das bekommen nur die angemeldeten Taxis."

„Aha, das wusste ich nicht. Amalia, wie immer gut informiert! Dann kann er uns ja schon heute fahren. Ich rufe ihn gleich an."

Erst einmal lehnte Lydia sich jedoch in ihrem türkisblauen Sessel zurück und ließ den Blick über die Gegend schweifen.

„Das, was ich bei diesem Anblick jeden Tag aufs Neue empfinde, ist ein ganz besonderes Gefühl von Freiheit", bemerkte sie. „Nicht unähnlich dem, wie ich es in meiner Kindheit – selten genug – auf einem der Berggipfel unserer Heimat empfunden habe."

Amalia konnte ihr nur zustimmen. Im Lichte des heutigen Morgens war das Bild der Landschaft prächtiger denn je. Von dem leuchtenden Firnis des Tagesbeginns überzogen, erschien es wie ein orientalischer Teppich, durchwirkt von den hellen Bändern der Wege und Straßen. Bald fiel der Blick auf eine Gruppe von Palmen, dann wieder auf weiße Dörfer, auf Einzelgehöfte, Parks und Blumengärten und schließlich auf das Meer mit seinen vorgelagerten Felsen und seinem Saum von bunten Küstenorten. Vereinzelt ragte ein roter Hügel als kostbarer Solitär hervor und selbst die zahlreichen mit Plastikplanen überzogenen Bananenplantagen, die im Morgenlicht unterschiedliche Farbtöne annahmen, passten ins Bild.

„Dieser Anblick ist ein großes Geschenk", sagte Lydia. Aufrecht und bewegungslos saß sie da, und Amalia hatte den Eindruck, dass ihre Freundin bereits zu Lebzeiten ein Denkmal ihrer selbst geworden war. So in sich versunken und attraktiv in ihrer Fülle. Sie trug eine lange Hose und eine Art Kaftan. Als sie damals die Rolle der Bäckersgattin abgestreift und sich in eine progressive und emanzipierte Philosophin verwandelt hatte, hatte sie auch ihr Dirndlkleid gegen den Kaftan getauscht. Sie besaß Unmengen dieses praktischen Kleidungsstücks in allerlei Stoffen und Farben.

Das Denkmal regte sich. Lydia zeigte in Richtung Gartentor. Dort war gerade der Taxifahrer aufgetaucht.

„Hast du ihn schon bestellt?", fragte Amalia.

Lydia schüttelte den Kopf.

„Wohnen die Ladys hier alleine oder gibt es noch andere Gäste?" Der junge Mann war vor der Frühstücksterrasse stehen geblieben.

„Nein, aber wir scheinen die einzigen Frühaufsteherinnen zu sein", sagte Lydia.

„Und Señora Michaela hat Ihnen das Frühstück zubereitet?"

„Wie Sie sehen. Sie kennen die Besitzerin dieser Finca?"

„Natürlich. Hier kennt jeder jeden. Fragen Sie sie. Sie wird mich sicher empfehlen."

„Hallo Jesús", ertönte eine heitere Frauenstimme. „Kann ich etwas für dich tun?" Die Inhaberin des Anwesens war soeben mit einer Platte voll süßer Gebäckstücke erschienen und stellte sie vor Lydia und Amalia auf den Tisch.

Jesús streckte ihr flehend seine Hände entgegen. „Können Sie ein gutes Wort für mich einlegen? Ich habe mich als Alternative zu einem Mietwagen angeboten, und ich befürchte, dass man mir nicht ganz traut."

„Die Damen werden selbst wissen, was und wen sie benötigen", antwortete Señora Michaela, setzte jedoch eine freundliche Miene auf. „Jesús Vidal ist in Ordnung."

„Schön zu hören", bemerkte Lydia. „Wir hatten uns ohnedies schon entschieden, nicht wahr, Amalia? Wir nehmen das Angebot an. Und können Sie uns gleich in einer Stunde nach Alcalá fahren?"

„Super und mit dem größten Vergnügen", war die Antwort.

„Gut, dann reden wir jetzt noch über den Preis und Sie zeigen uns Ihren Taxiführerschein."

Als der frischgebackene Chauffeur wieder verschwunden und der Deal gemacht war, bemerkte die Gastgeberin, dass Jesús tatsächlich ein ausgezeichneter Fahrer und ein sehr intelligenter Kopf sei.

„Ich kenne seine Mutter gut", sagte sie. „Natürlich hat er den Eltern Sorgen bereitet. Zuerst war er der beste Schüler, sogar ein richtiger Streber. In der Pubertät ist er dann in einen Freundeskreis geraten, in dem auch Drogen konsumiert wurden. Sensibel, wie er ist, hat er das nicht verkraftet. Damals hatten ihn seine Eltern schon fast aufgegeben. Überraschend hat er den Ausstieg geschafft, Informatik studiert, jedoch nicht die Ausdauer für ein geregeltes Arbeitsleben gehabt. Wenn er gerade keinen Auftrag für sein Homeoffice hat, fährt er Taxi. Jesús hat das Gewerbe von seinem Großvater übernommen. Er ist zuverlässig, aber er hat Stimmungen. Dann redet er eine Weile nichts und kann ruppig sein." Während dieser Empfehlungsrede für Jesús war das benutzte Frühstücksgeschirr vom Tisch verschwunden.

„Kann ich Ihnen noch etwas bringen?", fragte Señora Michaela.

Lydia und Amalia schüttelten gleichzeitig den Kopf. Man hörte, wie Jesús sein Auto startete und sich mit einem Aufbrausen des Motors, das man als triumphal oder auch fröhlich interpretieren konnte, wieder entfernte.

8

In zehn Minuten hätte Katie bei dem Treffen mit Amalia Fink sein müssen.

Stattdessen befand sie sich immer noch allein in einem Appartement, dessen Eingangstür fest verschlossen war. Nun versuchte sie zum dritten Mal, draußen auf der Terrasse einen Handyempfang zu bekommen, hatte aber keine Chance. Das Hotel lag in völliger Einsamkeit. Absolute Stille rundherum. Eine Atmosphäre wie in einem Science-Fiction-Film. Als ob eine Katastrophe plötzlich alles ausgelöscht und eine einzige Person überlebt hätte.

Als sie sich ein Stück an den Rand der unbefestigten Terrasse wagte, sah sie, dass die Gartenanlage, ausgestattet mit Tennisplätzen und drei Swimmingpools, noch nicht ganz fertig war. Obwohl es ein gewöhnlicher Arbeitstag war, arbeitete hier niemand. Ein Kran und ein Bagger warteten darauf, wieder in Gang gesetzt zu werden. Immerhin ein Signal, dass hier noch Gäste einziehen sollten, die diese Stille, die Katie kaum mehr ertrug, schätzen würden.

Es war so irreal, gleich einem Härtetest oder einer Prüfung wie für Tamino und Pamina in Mozarts *Zauberflöte*.

Rasch trat Katie einen Schritt zurück.

Héctor war aber bestimmt kein edler Weiser, so wie Sarastro. Vielleicht war er für sie tatsächlich einmal eine Mischung aus Tamino und Sarastro gewesen, jugendlicher Liebhaber und lebenskluger Mentor in einem. Aber das war vorbei.

Wer war Héctor wirklich? Er war ein Opernliebhaber und jedenfalls dem äußeren Anschein nach ein reicher Mann. Vielleicht sogar ein Mafiaboss? Nichts schien ihr mehr unmöglich.

Katie hatte endgültig genug von der Stille. Mit ihrer Stimme würde sie die ganze Hotelanlage zum Vibrieren bringen. Vielleicht erreichte sie damit sogar auch ein menschliches Ohr.

Erneut wagte sie sich ein Stück weiter an den Rand. Sie schauderte.

Gerade als sie zu einer ersten Kaskade von Tönen ansetzen wollte, legte sich von hinten eine Hand auf ihre Schulter. Erschrocken drehte sie sich um und blickte in die Augen von Héctor.

Er sagte nichts und wirkte auf merkwürdige Art unentschlossen. Viel später würde sie sich fragen, ob er zu diesem Zeitpunkt nicht schon erwogen hatte, sich ihrer zu entledigen.

„Vorsicht, du stehst zu nahe am Abgrund, geh bitte wieder hinein", sagte er nach einer Pause des Schweigens, die für Katie eine Ewigkeit zu dauern schien.

Wie eine Marionette folgte sie seiner Anweisung. Betont langsam und auf den Boden blickend schritt sie durch das Schlafzimmer in den Salon zurück.

Dann sah sie, dass er nicht alleine gekommen war. Ein anderer Mann war da, breitbeinig, die Arme über der Brust verschränkt. Ein bedrohlicher Anblick.

Sie erstarrte. Gleich darauf stand Héctor daneben und sie spürte, wie sich all die Fragen und Vorwürfe, die sie die ganze Wartezeit schon auf der Zunge gehabt hatte, in ihrem Mund in eine trockene, spröde Masse verwandelten. Vielleicht zum ersten Mal in ihrem Leben erfuhr sie, wie es war, keinen Ton herauszubringen.

Diese unerwartete Situation machte ihr eine Riesenangst, denn er war nicht in versöhnlicher Absicht gekommen.

Héctor ließ seine Arme fallen und streckte ihr eine Hand entgegen. „Komm her, Katie", sagte er, „ich kann es erklären."

Katie blieb regungslos stehen. Nein, durchfuhr es sie. Sie würde ihm jetzt nicht den Gefallen tun. Ihre Erstarrung hatte sich bereits gelöst, und sie wusste, was sie zu sagen hatte. Kein Vorwurf, keine Bitte um Versöhnung, kein Ausbruch von Verzweiflung.

Sie richtete sich auf. „Dann erkläre es mir."

Er seufzte und seine Stimme klang bedauernd. „Es tut mir leid, aber du hast dir selbst zu verdanken, was passiert ist. Ich hatte dich doch immer wieder gebeten, mit keinem der Bewohner deiner Wohnanlage in Kontakt zu treten, da die Gerüchteküche dort unsere besondere Beziehung in Gefahr bringen könnte, aber einer deiner Nachbarn hat behauptet, dass du bei dem Deutschen ein und aus gegangen bist."

„Du weißt, dass das nicht der Fall ist, und abgesehen davon lasse ich mir sicher nicht vorschreiben, mit wem ich reden darf."

Wieder seufzte er. „Die Polizei war leider auch bei meiner Frau. Die Wohnung ist auf sie geschrieben. Sie hat mich gefragt, wer diese Frau sei, die neben dem Verunfallten gewohnt hat. Natürlich wusste ich nichts und dabei muss es nun auch bleiben. Da siehst du, was du mit deinem Verhalten angerichtet hast."

Ungläubig starrte sie ihn an, unvorbereitet auf das, was nun folgte.

„Ich muss davon ausgehen, dass du mit dem toten Nachbarn eine Affäre hattest."

„Bist du verrückt?" Endlich ging sie mit den Fäusten auf ihn los.

Héctors Begleiter reagierte sofort. Er packte ihren rechten Arm und drehte ihn brutal auf ihren Rücken.

Katie begann zu schreien, ohrenbetäubend und in einer Lautstärke, zu der nur eine ausgebildete Sängerin fähig war.

Gleich darauf legte sich die Hand von Héctors Begleiter über ihren Mund, riss ihren Kopf nach hinten und ihren Arm schmerzhaft weiter nach oben. „Sei still", raunte er ihr von hinten zu.

Héctor, der noch immer vor ihr stand, griff nach einem Sessel und stellte ihn für sie hin. „Setz dich. Wir schreien nicht, wir reden."

Der Schmerz in ihrem Arm verstärkte sich, sie ergab sich und ließ sich ohne Widerstand von Héctors Begleiter auf den Sessel drücken.

„Hör jetzt gefälligst zu, ich erklär dir alles."

Auch Héctor hatte sich einen Sessel genommen und sich Katie gegenübergesetzt. Die Hände etwas gelockert, hielt ihr Peiniger sie auf dem Sessel fest.

„Ich kann es absolut nicht zulassen, Katie, dass meine Frau in diese unselige Geschichte hineingezogen wird. Sie hat das Apartment, das ich dir zur Verfügung gestellt habe, noch nie betreten, denn es dient mir als Gästewohnung für Geschäftspartner. Ich habe ihr erklärt, dass in den letzten Wochen Leute unterschiedlicher PR-Agenturen dort einquartiert waren, die für mich ein Werbekonzept für die neuen Hotelbauten erarbeiten. Vielleicht war auch eine Katie Falkensteiner darunter, keine Ahnung. Ich kontrolliere nicht das ganze Personal meiner Auftragnehmer. Man glaubt mir. Natürlich. Ich habe die Wohnung heute Morgen räumen und säubern lassen. Sollte sich die Polizei näher dafür interessieren, wird sie dort keine Spuren mehr von dir finden. Den Koffer mit deinen Sachen bekommst du noch."

Katie hatte erneut zu schreien begonnen. Seine Ohrfeige kam überraschend. Offensichtlich auch für ihn, denn er zog seine Hand sofort wieder zurück, hielt sie vor sein Gesicht und blickte beinahe verwundert darauf.

Dann war sein Ton wieder freundlich, sogar schmeichelnd.

„Katie, mein Liebling, es tut mir leid, du hast keine Wahl. Du darfst dieses Hotel noch mehrere Tage testen. Wenn du dich anständig benimmst, brauchst du nichts zu befürchten. Am besten ist es, wenn du für einige Tage verschwindest. Außer deiner Professorin wird dich niemand vermissen. Und dann sorge ich dafür, dass du so bald wie möglich unauffällig die Insel verlassen kannst."

„Täusch dich nicht, Héctor", Katie verspürte grenzenlose Wut. „Es gibt mehr Leute, die mich vermissen werden, als du denkst. Immerhin hat man mich hier schon als Sängerin gefeiert. Ich war nur so dumm und habe keine anderen Angebote angenommen. Wenn ich da an diesen Politiker denke, der mir damals nach meinem ersten Konzert in der Hauptstadt Avancen gemacht hat. Er hat mich vor dir gewarnt! Und ich habe ihm nicht geglaubt."

Héctors Miene versteinerte sich. Dann beugte er sich vor und griff nach ihrem Handy, das sie inzwischen wieder an einer Kette um den Hals trug. Er riss es herunter, drehte sich um und verließ den Raum.

Sein Mitarbeiter stieß sie samt Sessel brutal zu Boden. Bevor sie reagieren und aufstehen konnte, war auch er weg und die Tür fiel hinter ihm ins Schloss.

Ungläubig und wütend blieb sie liegen. Ihre Wut verwandelte sich erneut in Verzweiflung – und dann in grenzenlose Angst.

9

Die Bar am Rande der rechteckigen und von Platanen beschatteten Plaza in Alcalá hatte ausgerechnet heute wegen Renovierungsarbeiten geschlossen. Katie war noch nicht da. Amalia und Lydia beschlossen, erst einmal hier auf sie zu warten. Sie mochten den Markt, denn es wurden überwiegend Handwerkserzeugnisse kleiner lokaler Kunsthandwerker angeboten. Einige von ihnen waren noch Hippies der ersten Generation, die sich zu Beginn der Siebzigerjahre in Höhlenwohnungen am Meer einquartiert hatten.

Nach einer Weile beobachtete Amalia, wie Lydia ungeduldig wurde. „Geh ruhig und mach jetzt deine Besorgungen, ich halte die Stellung", sagte sie.

„Ist das wirklich okay für dich?"

„Natürlich. Für mich gibt es hier genug zu schauen. Kannst mich auch anrufen, wenn du fertig bist. Handy vorhanden."

Lydia schlenderte los in Richtung Markt, und bald darauf konnte Amalia beobachten, wie sie sich mit einer der Marktfrauen aus der Generation der Hippies lebhaft unterhielt. Beide groß gewachsen, beide schon ergraut. Lydias kurzer Haarschopf ließ Amalia heute an einen Kuckuck denken. Für die Hippiefrau im knöchellangen, farbenfrohen Kleid fiel ihr kein passender Vogel ein, ihre fast taillenlangen Haare konnte man nur als Löwenmähne bezeichnen. Das Gespräch war kurz und Lydia bald darauf im Getümmel untergetaucht.

Eine halbe Stunde später kam ihr Anruf.

„Ich habe alles erledigt, Amalia, aber ich bin selbst total erledigt. Die Hitze und der Wirbel hier setzen mir zu. Ich bin daher in einem angenehmen Café oberhalb der Plaza neben der Autobushaltestelle gelandet. Komm doch auch. Es ist nur fünf Minuten von dir entfernt und auf Katie hast du lange genug gewartet."

Amalia konnte sich nicht dazu entschließen. Wie dumm, dass sie Katie nicht um ihre Handynummer gebeten hatte.

Dass kein Anruf von Katie kam, beunruhigte sie mehr, als es sie ärgerte. Katie hätte sich gemeldet, wenn nicht widrige Umstände sie daran gehindert hätten. Schließlich besaß sie Amalias Visitenkarte.

„Ich gebe dir maximal eine weitere halbe Stunde", ertönte es wieder aus Amalias Handy, „ich trinke noch meinen Kaffee und komme dich dann holen. Und ich verständige jetzt auch unseren Chauffeur. Ich hätte Lust auf ein ruhiges Mittagessen mit spanischer Küche. Vielleicht kann er uns etwas empfehlen."

„Einverstanden." Amalia sah ein, dass es keinen Sinn mehr hatte, noch länger auf Katie zu warten. Es amüsierte sie, wie selbstverständlich Lydia von „unserem Chauffeur" gesprochen hatte.

Auch für Jesús hatte sie schon den passenden Vogel gefunden. Als er ihnen heute Morgen die Wagentüre geöffnet hatte, hatte er eine Verbeugung angedeutet, und da war ihr der Eisvogel eingefallen. Vom äußeren Erscheinungsbild her konnte man bei dem hochgewachsenen Jesús Vidal zwar nicht unbedingt auf den recht kleinen Eisvogel kommen, aber Lydia hatte sie auf die Idee gebracht, als sie Jesús als bunten Vogel bezeichnet hatte. Die Farben des Eisvogels waren traumhaft schön und verbeugen konnte er sich auch. Allerdings nicht aus Höflichkeit. Es war vielmehr Teil seines Drohverhaltens im Angesicht eines Gegners.

Eine Viertelstunde später tauchte der Eisvogel alias Jesús vor Amalia auf. Er trug eine Kappe, die Amalia an Privatchauffeure aus Hollywoodfilmen erinnerte.

Mit gerunzelter Stirn blickte er auf Amalia herab. Sie war mehr als einen Kopf kleiner als er und trotz ihres ärmellosen Kleides bereits total verschwitzt. Mittlerweile stand sie in der prallen Sonne.

„Señora Denk hat mich geschickt. Wir sollen hier auf sie warten. Sie wird auch gleich da sein."

„So ist es", ertönte eine Stimme hinter ihnen. „Amalia, wenn du noch lange hier stehst und dich nicht in den Schatten begibst, holst du dir noch einen Sonnenstich – trotz Hut."

„Stimmt, Lydia. Es hat jetzt keinen Sinn mehr, auf Katie zu warten."

„Du hättest dich ja auch vor eines der anderen Cafés setzen können."

„Da hätte ich Katie vielleicht übersehen."

„Du und jemanden übersehen. Dass ich nicht lache! Mit deinem Adlerblick siehst du doch kilometerweit."

„Also gut. Gehen wir etwas essen?"

„Ja, aber wir gehen nicht, sondern wir fahren. Jesús kennt ein Lokal in Puerto Santiago, das meinen Vorstellungen entsprechen dürfte. Ruhig gelegen und mit einer guten spanischen Küche."

„Ja", ergänzte Jesús. „Die *Tasca Juanita*. Mit dem Auto sind wir in zehn Minuten dort."

* * *

Jesús hatte nicht zu viel versprochen. Im Inneren des kleinen Familienbetriebs waren sie die einzigen Gäste und genossen bereits kurz nach der Ankunft eine kleine Auswahl ausgezeichneter Tapas.

Er lehnte an der Bar, vor sich ein großes Glas mit Limonade. Von dort aus konnte er sowohl mit dem

Lokalbesitzer als auch mit seinen Fahrgästen quatschen.

„Wer genau ist eigentlich diese Katie und warum ist sie nicht gekommen?", fragte er jetzt.

„Eine Bekannte aus Österreich, die wir gestern zufällig hier in Puerto Santiago getroffen haben und mit der wir uns für heute verabredet haben. Keine Ahnung, warum sie mich sitzen gelassen hat."

„Dann ist ihr etwas dazwischengekommen", meinte Jesús, der in Gesprächslaune war. „Oder gibt es einen Grund, warum Sie sich Sorgen machen müssen?"

„Nein, nein." Amalia schüttelte den Kopf. Stumm einigte sie sich mit Lydia darauf, Katies Geheimnis noch zu wahren. Jesús gab sich damit zufrieden und sie setzten ihre Gespräche in deutscher Sprache fort, während er mit dem Barkeeper palaverte.

Die Hauptspeisen kamen rasch.

„Ausgezeichnet", sagte Amalia auf Spanisch, als der Wirt die Teller wieder abservierte. Sie hatte schon öfter eine *Garbanza*, ein einheimisches Gericht mit Kichererbsen, gegessen, aber so gut wie hier hatte es ihr noch nie geschmeckt.

„Die Fleischbällchen waren köstlich", ergänzte Lydia und fragte, wer hier so gut koche.

„Meine Frau", antwortete der Besitzer, „gemeinsam mit ihrer Mutter. Aber sagen Sie es ihr selbst, sie war als junges Mädchen ein Jahr in Deutschland. Sie können Deutsch mit ihr sprechen."

„Arabella", rief er in den dunklen Raum hinein. „Hier ist wieder einmal jemand begeistert von deinem Essen."

Das Klappern des Geschirrs aus der Küche hörte auf und Arabella erschien, klein und drahtig im schwarzen T-Shirt und kurzen Shorts, über denen sie eine weiße

Kochschürze trug. Ihr dichtes hellbraunes Haar hatte sie unter einer hohen schwarzen Kochhaube hochgesteckt.

„Freut mich, wenn es Ihnen geschmeckt hat", sagte sie auf Deutsch. „Darf ich Ihnen noch einen *Barraquito* bringen? Ich glaube, wir machen den besten hier im Ort."

„Was ist denn das?"

„Ein Kaffee mit Alkohol, eine Spezialität der Kanarischen Inseln. Den müssen Sie probieren!"

Amalia und Lydia sahen sich an. „Warum nicht? Wir müssen ja nicht Auto fahren", sagte Lydia.

„Mir bitte nur einen Espresso, Arabella, ich bin im Dienst", sagte Jesús.

„Sehr gerne", sagte diese und verschwand wieder in der Küche.

„Bei meiner Feier heute Abend wird es spät werden. Sollen wir Jesús auch zum Essen einladen?", flüsterte Amalia der Freundin zu.

„Bestimmt nicht", flüsterte Lydia zurück. „Der wird sich die Zeit schon zu vertreiben wissen. Ist schließlich sein Job."

„Na gut", Amalia dachte noch immer an Katie. „Oh, ist das hübsch", rief sie gleich darauf, als ein junger Mann aus der Küche kam und zwei Gläser auf den Tisch stellte.

Schwerelos schwebten mehrere Schichten von Flüssigkeiten übereinander, jede Schicht in einer anderen Farbe: Vanillegelb, Schokoladebraun, leuchtendes Orange, Nachtschwarz und obenauf Sahneweiß.

„Das ist ja ein Kunstwerk und kein Getränk", bemerkte Lydia, „wer hat denn das gemacht?"

„Ich", sagte der junge Mann stolz. „Allerdings nach einem Geheimrezept meiner Chefin. So viel kann ich aber sagen: Die Basis ist ein sehr gesunder Kräuterlikör namens *Licor 43*."

Das Getränk schmeckte so gut, wie es aussah.

Mittlerweile waren weitere Gäste eingetroffen, von denen zwei Frauen ebenfalls an der Theke standen.

„Weiß man hier eigentlich schon etwas über den Todessturz eines deutschen Touristen gestern Nachmittag in Puerto Santiago?", fragte eine von ihnen.

Der Wirt des Lokals, der nur einen Meter von ihr entfernt hinter der Theke stand, kratzte sich nachdenklich am Hinterkopf.

„Könnte sein", sagte er. Er musterte seine Gäste und schien zu überlegen, ob er etwas sagen sollte.

Als ihn auch Jesús neugierig anblickte, sprach er weiter.

„Ein Gast von uns, eine Engländerin, war gestern Abend noch hier", sagte er dann.

„Kurz bevor wir zugesperrt haben. Sie war einigermaßen verzweifelt und hat zwei Biere hinuntergestürzt. Dann hat sie mir und Arabella davon erzählt. Sie wohnt hier in Puerto Santiago und war die Vermieterin des Deutschen. Sie sagte, der Mann sei ihr noch die Miete für zwei Monate schuldig."

„Hat sie erwähnt, seit wann und für wie lange er diese Wohnung gemietet hat?" Amalia war an die Bar getreten und mischte sich ins Gespräch.

Zu ihrer Überraschung bekam sie sofort eine Antwort.

„Insgesamt für ein halbes Jahr. Er war ein Stammgast, der jedes Jahr wiederkam. Ein zuverlässiger Barzahler. Deshalb hat sie anfangs in Kauf genommen, dass er als Kettenraucher die Wohnung mit Zigarettengestank verpestet hat. Das Rauchen hatte er dann zwar aus gesundheitlichen Gründen aufgegeben, aber wenn er ihr über den Weg lief, hat er anscheinend nur mehr gejammert und zunehmend vernachlässigt gewirkt. Furchtbare Geschichte."

Er kratzte sich erneut am Kopf und wirkte irgendwie verlegen.

„Mehr weiß ich nicht."

Amalia ging zurück an den Tisch und trank ihren *Barraquito* zu Ende.

Die Frau des Wirtes kam aus der Küche und brachte noch einen Teller mit kleinen Süßigkeiten.

„Darf ich?", fragte sie und deutete auf einen leeren Sessel am Tisch von Amalia und Lydia, erhielt die erwartete Zustimmung und nahm Platz.

Dann senkte sie ihre Stimme und sprach auf Deutsch weiter. „Ich habe gehört, was Sie meinen Mann gefragt haben, aber das, was ich Ihnen jetzt verrate, wollte er wohl nicht vor unseren Gästen ausbreiten. Das Seltsame war nämlich, dass der Mann bei seinem Absturz völlig nackt war und seine Kleidungsstücke wild über die Wohnung verstreut waren. Einer der Polizisten hat das der Wohnungsbesitzerin erzählt."

Jesús, der alles, was der Wirt erzählte, mitangehört hatte, hatte die ganze Zeit geschwiegen. Als sie später im Auto saßen, drehte er sich vor der Abfahrt zu Amalia und Lydia um.

„Ich nehme an, Señora Amalia, Ihre Frage nach dem Toten aus der Ferienwohnung hat etwas mit dieser Katie zu tun, die heute nicht gekommen ist. Wegen ihr wollten Sie gestern aussteigen, oder?"

„Möglicherweise." Amalia gab sich immer noch bedeckt.

„Wenn ich helfen kann, sagen Sie es mir bitte. Ich kenne hier ziemlich viele Leute."

„Auch Gangster?", fragte Lydia im Scherz.

„Auch solche", antwortete Jesús mit ernster Miene. Er hatte wieder seine Chauffeurkappe auf. Seine neue Rolle schien ihm zu gefallen.

10

Während der Fahrt zurück in die Finca hatte Amalia mit Lydia die Lage besprochen. Dass ihr Chauffeur alles mithören konnte, nahm sie in Kauf. Da sie jetzt oft in seiner Gesellschaft sein würden, ließ sich das ohnedies nicht vermeiden. Er hatte während der ganzen Rückfahrt keinerlei Kommentare mehr abgegeben. Bereute er es bereits, seine Kontakte zu „Gangstern" zugegeben zu haben? Sie hatte sogar überlegt, das heutige Geburtstagsessen abzusagen, um Katie ausfindig zu machen, es aber als sinnlos verworfen. Am wahrscheinlichsten war doch, dass die verliebte Studentin sich mit ihrem Héctor in einem Hotelzimmer vergnügte und das Treffen mit zwei alten Schachteln einfach vergessen hatte. Sie würde sich schon wieder melden.

Nachdem Jesús sie abgesetzt hatte, legte Amalia sich noch für ein Stündchen an den Gemeinschaftspool der Finca. Mit der Gesellschaft von Lydia hatte sie nicht gerechnet. Lydia konnte nicht schwimmen und mochte keine Strandatmosphäre. Dennoch saß sie jetzt Amalia gegenüber, in einem weißen Plastiksessel, den sie zu sich herangezogen hatte. Sie trug einen grün-weißen Kaftan aus dünnem Stoff und einen Sonnenhut, groß wie ein Wagenrad, auf dem kurzgeschnittenen grauen Haar. Ausnahmsweise hatte sie einmal kein Buch mitgebracht.

„Wir müssen uns noch einmal über dein Rotkehlchen unterhalten", sagte sie. „Ich habe ein komisches Gefühl bei der Geschichte, und das, obwohl es mich rein gar nichts angeht."

„Ich habe gerade versucht, sie zu vergessen. Wir waren uns doch einig, dass wir erst einmal bis morgen abwarten."

„Dennoch. Könnte man nicht versuchen, das Hotel ausfindig zu machen, in dem sie als Sängerin auftritt?"

„Daran habe ich allerdings auch schon gedacht. Willst du es machen?"

„Gerne", sagte Lydia. Etwas Schelmisches lag in ihrem Blick. „Ich finde ja, dass Falkensteiner als Künstlername auf Teneriffa nicht taugt. Unter diesem Namen wird sie hier nicht auftreten." Sie sah Amalia herausfordernd an.

„Da hast du vermutlich recht."

„Vielleicht nennt sie sich ja *Salzburger Nachtigall*?"

Amalia lachte. „Bestimmt nicht, das ist doch viel zu kitschig. Katie hat Geschmack."

„Sie vielleicht schon, aber die Hotelleitung möglicherweise nicht. Du wirst es nicht glauben, *Salzburg Nightingale*, genau unter diesem Namen tritt jemand auf, und zwar im Hotel *Europa Cabrera* in Las Américas. Ich habe die Ankündigung mit einem Bild gesehen, das allerdings nur eine Silhouette zeigt. Es ist keine Nachtigall, es ist dein Rotkehlchen. Ich bin mir sicher."

„Alle Achtung! Vermutlich hast du recht."

„Das war nicht schwer. So viele Opernsängerinnen gibt es nicht, die an der Westküste Teneriffas ein Konzert geben. Ich finde, du solltest dort anrufen und dich nach ihr erkundigen. Vielleicht weiß man etwas über sie und ihren Freund, er dürfte ihr den Job vermittelt haben. Das musst schon du erledigen, denn du bist schließlich ihre ehemalige Professorin. Lass dir etwas einfallen, sodass sie damit herausrücken."

„Okay. Da sollten wir aber persönlich vorbeischauen. Ob sich das heute vor der Feier in Puerto Santiago noch ausgeht?"

„Jetzt ist es fünf. In einer halben Stunde sind wir dort und dann noch einmal eine halbe Stunde bis zum

Lokal. Wenn wir um halb sechs fahren, haben wir noch genug Zeit, um mit denen zu reden."

Amalia seufzte, dann gab sie sich einen Ruck.

„Du hast recht", sagte sie. „Ich hatte insgeheim gehofft, dass sie sich im Laufe des Nachmittags noch meldet. Hat sie aber nicht."

Sie kramte in der Badetasche nach ihrem Handy, fand es und überprüfte es noch einmal.

„Nein, nichts. Dann rufe ich jetzt Jesús an. Ich hoffe, er hat Zeit."

Sie erreichte ihn, und er versprach, sie in 20 Minuten abzuholen. Er kannte auch das Hotel, das sie interessierte, und betonte noch einmal, dass er den ganzen Tag rund um die Uhr für sie zur Verfügung stehe, und sollte er tatsächlich einmal nicht erreichbar sein, wäre er höchstens am Klo und würde sogleich zurückrufen.

„Na gut, dann mach dich für den Abend fein", sagte Lydia zu Amalia.

„Na klar", Amalia grinste. „Große Garderobe natürlich."

„Selbstverständlich", sagte Lydia und verschwand in ihrem Zimmer.

Der Chauffeur war pünktlich. Er trug sein gewohntes Outfit, aber Amalia und Lydia hatten tatsächlich Glanz und Glitzer angelegt. Lydias Kaftan war mit Goldfäden durchwirkt und ihr Lippenstift ein leuchtendes Rot. Amalia trug eine durchsichtige hellblaue Überjacke und eine dreifache Perlenkette zu einem dunkelblauen Etuikleid. Die Haare hatte sie ausnahmsweise zu einem Knoten im Nacken zusammengefasst.

„Wow", sagte Jesús. „Die Damen sehen ja toll aus. Ich wusste gar nicht, dass das heute so ein festlicher Anlass ist. Da bin ich ja total underdressed." Er sah auf seine Bermudas und sein bedrucktes lila T-Shirt hinab.

Dann ging er zum Wagen, sagte „Einen Moment bitte!" und holte aus dem Handschuhfach ein Paar weiße Handschuhe. Er zog sie sich über und eilte zur hinteren Wagentüre, hielt sie auf und wartete, bis seine Gäste eingestiegen waren.

„Es kann losgehen, meine Damen."

11

An Katies Schicksal hatte sich inzwischen wenig geändert. Einiges war sogar schlimmer geworden. Als sie irgendwann vom Wohnzimmer ins Schlafzimmer gehen wollte, hatte sie festgestellt, dass auch dieses verschlossen war. Wie Héctor das angestellt hatte, wusste sie nicht. Möglicherweise gab es noch einen anderen Zugang zum Appartement. Er hatte ihr jegliche Möglichkeit zur Flucht genommen. Obwohl ihr die Sinnlosigkeit bewusst war, hämmerte sie jetzt auch an diese Tür. Dann drehte sie sich um, entdeckte eine Vase und schleuderte sie gegen die Wand. Sie würde dem Inventar dieses angeberischen Appartements noch einigen Schaden zufügen. Es sah edel aus, war aber bestimmt nur die typische Hotelmassenware.

In diesem Augenblick öffnete sich die Eingangstür für einen kurzen Moment und in Sekundenschnelle wurde ein Korb mit Essen hereingeschoben. Keine Chance für Katie, noch schnell zur Tür zu gelangen, ehe sie wieder ins Schloss fiel.

Der Korb war ziemlich groß und sollte wohl für längere Zeit reichen. Ein schwacher Duft von Kaffee stieg ihr in die Nase. Nicht einmal ein Frühstück hatte sie heute gehabt. Jawohl, sie war hungrig, und sie gehörte nicht zu jenen Leuten, die den Appetit verloren, wenn es ihnen schlecht ging. Eher im Gegenteil.

Sie inspizierte den Korb. Einige Gläser lagen darin mit der englischen Aufschrift: *„Put it in the fridge."*

Aha, vermutlich einige seiner Leckereien aus dem Drei-Sterne-Restaurant. Das Brotkörbchen daneben kannte sie. Es kam ebenfalls von dort. Dann eine Tüte mit Gebäckstücken. Köstlichkeiten aus ihrer Lieblingskonditorei. Die hatte sie erst gestern gekauft und stammten aus ihrer Wohnung! Außerdem Obst.

Der Kaffee befand sich in einer Thermoskanne. Dazu ein Becher, eine Flasche mit Orangensaft und eine Tafel ihrer Lieblingsschokolade. Kein Wein. Offensichtlich wollte er vermeiden, dass sie ihren Kummer in Alkohol ertränkte. Warum eigentlich? Sie hätte jetzt gerne eine große Flasche Whisky geleert.

Gierig und verzweifelt packte sie alles aus und legte es auf den Sofatisch. Am Boden des Korbes lag ein zusammengefaltetes Blatt Papier. Daneben eine völlig zerfledderte rote Rose. Sie entfaltete das Blatt:

„Ich benötige drei Tage, um die Dinge zu regeln. Ich bitte um Geduld. Dies geschieht zu deiner Sicherheit.
Ich liebe dich – unverändert leidenschaftlich!
Bitte stell keine Fragen. Du wirst gut versorgt.
Héctor"

„Lügner! Feigling! Manipulator!"

Katie schrie es gegen die Wände. Beinahe wäre sie ihm in die Falle gegangen, aber mit der Aufforderung, keine Fragen zu stellen, hatte er seine Schmeichelstrategie wieder zunichtegemacht.

Sie setzte sich auf das Sofa und goss Kaffee in den Becher – wie eine verdammte feine Lady, die nichts Besseres zu tun hatte, als auf ihren Mann zu warten.

„Ich hoffe, Ihre Geschichte geht besser aus als die von Gilda in Rigoletto." Die gestrigen Worte von Frau Professor Finks Freundin fielen ihr ein.

Nein, sie war keine Gilda, auch wenn sie sich wie diese in den falschen Mann verliebt hatte. Er hatte sie zwar geschlagen, aber sie steckte in keinem dreckigen

Sack, sondern befand sich in einem großen, gepflegten Appartement.

Für ein Happy End taugte die Geschichte mit Héctor aber längst nicht mehr. Sie war ja nicht blöd.

Er hatte an alles gedacht, um ihr jeden Kontakt mit der Außenwelt unmöglich zu machen. Auch ihr Handy hatte er mitgenommen, obwohl er wissen musste, dass sie hier ohnedies keinen Empfang hatte. Wenn er aber geglaubt hatte, er würde sie damit jeglicher Fluchtmöglichkeit berauben, dann hatte er sich getäuscht. Ihr würde schon noch etwas einfallen.

Sie probierte ein Marmeladeteilchen. Es war zäh und nicht mehr frisch. Empört pfefferte sie es auf die Scheibe des Panoramafensters und beobachtete dann den roten Fleck, der der Schwerkraft folgend nach unten rutschte und feine rote Rinnsale auf der Glasfläche bildete. Rot war ihre Lieblingsfarbe. Deshalb nannte Frau Professor Fink sie auch Rotkehlchen. Ein Kommilitone hatte das einmal mitbekommen und es ihr erzählt.

Ob sich Amalia Fink wegen ihres Fernbleibens schon Sorgen machte oder nur verärgert war? Eher ersteres. Amalia Fink war eine fürsorgliche Person. Wie Katie wusste, hatte sie keine Kinder. Sie hatte sich immer in besonderem Maße für ihre Studentinnen und Studenten eingesetzt. Einmal hatte man über eine Affäre mit einem Studenten gemunkelt. Warum auch nicht? Früher hatte Katie sich Vogelkundlerinnen immer als schrullige Persönlichkeiten vorgestellt, aber schrullig war die Frau Professor nicht. Klein, zart, einfühlsam, gleichzeitig zäh und konsequent, wenn es darauf ankam. Eine attraktive Person mit dichten, noch immer dunklen langen Haaren. Sie besaß eine Ähnlichkeit mit ihrer berühmten Kollegin Jane

Goodall, trug im Gegensatz zu dieser jedoch einfarbige, elegante Etuikleider, in denen sie sich offensichtlich wohlfühlte. Ihre wetterfesten Kapuzenjacken mit zahlreichen Taschen und ihre festen Sportschuhe waren dann wieder ganz in der Art der berühmten Naturforscherin und gleichzeitig ein reizvoller Stilbruch zum schlichten Kleid. Der Blick durch die Panoramascheibe von Katies Gefängnis hätte ihr vermutlich gefallen. Ein noch unfertiges Pflanzenparadies. Palmen, Kiefern, Gebüsch und schmale Pfade, die sich im Dickicht verloren.

Katie musste an den idyllischen Weg denken, auf dem ihr die Frau Professorin früher oft begegnet war. Auf ihrem morgendlichen Gang zur Salzburger Uni in der Nähe der Hellbrunner Schlossallee. Einmal war Katie früher als sonst unterwegs gewesen und da war ihr Amalia Fink in Sportkleidung entgegengekommen. „Tai-Chi", hatte sie erklärt. „Habe ich mir während meines Jahres an der Uni in Schanghai angewöhnt und hier in der Nähe praktiziere ich das bei Schönwetter mit einigen Freundinnen."

Sie hatte Katie noch auf einen Kaffee in ihre Wohnung eingeladen, die sich ganz in der Nähe befand. Eine kleine Wohnung in einer schönen alten Villa. Katie hatte sich gewundert, wie spartanisch sie eingerichtet war.

„Bei mir verschwindet alles hinter Schiebewänden", hatte ihr die Frau Professor erklärt und eine Schiebetür geöffnet, hinter der sich eine kleine Küche befand. „Ich habe es nicht so mit dem Haushalt und diese Art zu leben habe ich den Japanern während meines Auslandsjahres in Kyoto abgeschaut. Sehr praktisch."

Frau Professor Fink war ganz schön herumgekommen. Katie bewunderte sie für ihren unabhängigen Lebensstil. Sie wäre bestimmt nicht so dumm gewesen, sich von einem Typen wie Héctor den Kopf verdrehen zu lassen.

Was würde sie wohl in einer solchen Situation machen? Eingeschlossen in einem Käfig, wie einer jener armen Singvögel, die sich manche Leute hielten?

Amalia Fink war schon immer gegen die Haltung von Vögeln in Käfigen gewesen, hatte sie einmal erzählt. Im Gegensatz zu ihr wäre sie aber nicht wie wild im Käfig herumgeflattert. Zarte Vögel konnten sich damit nur selbst schaden. Amalia Fink hätte sich bestimmt erst einmal hingesetzt, die Situation analysiert und einen Fluchtplan entwickelt. Vielleicht war sie sogar gerade dabei, einen Plan zur Rettung ihrer vermissten ehemaligen Studentin auszutüfteln?

Jetzt begann Katie mit dem Singen, das verlieh ihr etwas Energie. Und kurz überlegte sie, eine Botschaft auf die Fensterscheibe zu schreiben. Aber was hätte das für einen Sinn gehabt? Hier kam niemand vorbei, und wenn, dann konnte man es aus dieser Entfernung bestimmt nicht lesen.

Sie sang weiter.

„Bitte stell keine Fragen", hatte Héctor geschrieben. Es war unausbleiblich, dass ihr das Lied einfiel, das sie zwei Wochen nach ihrer Ankunft in der Bar eines Nobelhotels in Santa Cruz als Draufgabe gesungen hatte. Es war ein Lied von Marlene Dietrich und zufällig das Lieblingslied ihrer Mutter. *„Frag nicht, warum ich gehe. Frag nicht, warum."*

Ob Héctor auch an das Lied gedacht hatte, als er diese unverschämte Botschaft schrieb? Er kannte es natürlich. Als sie das Programm für ihr erstes Konzert ausgewählt hatte, sang sie es ihm vor. Bei dem bejubelten Auftritt in Santa Cruz, von Héctor organisiert, war er dann – angeblich wegen eines unausweichlichen Termins – nicht im Publikum gewesen.

Sie hatte es bedauert und die Avancen eines bekannten Politikers ertragen, der – wie sie erst viel später erfuhr – zufällig Héctors Schwager war und stinkreich auf dem ererbten Familiensitz in der Hauptstadt lebte. Er war zu ihr in die Garderobe gekommen, hatte sich vorgestellt, ihre Eleganz und Gesangskunst bewundert und sie noch auf eine Flasche Champagner an seinen Tisch eingeladen. Es abzulehnen, war nicht möglich gewesen. Auf die Frage, wie sie denn nach Teneriffa gekommen sei, war sie mit ihrer Antwort nur teilweise bei der Wahrheit geblieben und hatte ihm Héctor Guarnido als Auftraggeber, aber natürlich nicht als Liebhaber genannt.

„Passen Sie auf, dass einer wie Guarnido Sie nicht in etwas hineinzieht, aus dem Sie nicht mehr herauskommen." Sie war verärgert gewesen und hatte die Einladung des Politikers, mit ihr am nächsten Morgen in seinem Yachtklub zu frühstücken, natürlich nicht angenommen.

Stattdessen hatte sie dann noch mit Héctor, dem sie nichts davon erzählte, ein schönes Wochenende verbracht, weit weg von dessen Familie, wie sie zu diesem Zeitpunkt noch geglaubt hatte.

Sie hätte auf den Politiker hören sollen.

Auch zu ihren späteren Auftritten in der Nähe von Puerto Santiago war Héctor nicht gekommen. Er behauptete, kein Risiko eingehen zu können, denn angeblich hatten sich er und seine Frau bereits über eine baldige Ehescheidung geeinigt, und die wollte er nicht dadurch zerstören, dass sie von seiner Freundin erfuhr.

Sie zerriss seine Botschaft in tausend Stücke, marschierte ins Bad und spülte sie die Toilette hinunter.

12

„Ich kenne das Hotel und weiß sogar, wer der Besitzer ist", sagte Andreas Brauneis zu Amalia.

Die kleine Geburtstagsrunde im *Noche y Día* in Puerto Santiago war von Anfang an in bester Stimmung gewesen und Amalia hatte sich davon mitreißen lassen. Man hatte ausgezeichnet gegessen und das Gemeinschaftsgeschenk war bereits überreicht. Die Torte mit dem Inselvulkan aus Marzipan in der Mitte war eigentlich viel zu kunstvoll, um verspeist zu werden, aber Amalia hatte sie fotografiert, beherzt zum Tortenmesser gegriffen und an ihre Gäste verteilt.

Sie waren acht Personen, zwei befreundete Paare und zwei junge österreichische Ornithologinnen sowie Amalia und Lydia. Die beiden Ornithologinnen waren nur eine Woche hier gewesen und würden morgen schon wieder zurückfliegen. Das Ehepaar Brauneis hingegen war den ganzen Winter über auf der Insel.

Andreas Brauneis besaß ein Textilgeschäft in Salzburg, das mittlerweile von seiner Tochter geführt wurde. Seine Frau Susanne war Anästhesistin am Klinikum der Stadt gewesen. Die Freundschaft mit Amalia war entstanden, als Susanne sich nach ihrer Pensionierung mit großer Begeisterung der Vogelbeobachtung zugewandt hatte. Sie und ihr Mann hatten vor einigen Jahren ein Ferienhaus in Alcalá erworben. Susanne Brauneis hatte Amalia von den beeindruckenden Naturlandschaften im Inneren der Insel vorgeschwärmt und in diesem Jahr war Amalia also tatsächlich gekommen.

Das zweite Paar war wesentlich jünger als der Rest der Gesellschaft. Daimantas Gardauskas und Karolis Milonas hatten Andreas und Susanne Brauneis in Alcalá vor einem beliebten Lokal am Meer kennengelernt.

Weil alle vier keinen Tisch mehr bekommen hatten, waren sie miteinander ins Gespräch gekommen und hatten beschlossen, gemeinsam ein anderes Lokal aufzusuchen.

Die beiden Männer stammten aus Litauen und lebten das ganze Jahr über in Puerto Santiago. Bereits zweimal waren Amalia und Lydia gemeinsam mit ihnen beim Ehepaar Brauneis zum Essen eingeladen gewesen. Daimantas, den sie der Einfachheit halber Manti nannten, war gelernter Programmierer und arbeitete mittlerweile an der Entwicklung von künstlichen Intelligenzen, Karolis war Physiotherapeut und Sportlehrer und hatte sein eigenes Sportstudio in Alcalá.

Als die Torte verspeist und das Gespräch auf die Ereignisse des heutigen Tages gekommen war, hatte Amalia von der gestrigen Zufallsbegegnung mit Katie berichtet, von der heute geplatzten Verabredung mit ihr und vom Versuch, im Hotel *Europa Cabrera* in Las Américas mehr über die *Salzburg Nightingale* zu erfahren. Der Besuch hatte nicht allzu viel gebracht und war etwas seltsam gewesen. Sie war an der Rezeption zwar höflich behandelt worden, aber die erhofften Informationen hatte sie nicht erhalten. Man wisse nichts Näheres über die Sängerin, und die Bar, in der sie vielleicht mehr über diese erfahren könnte, sei noch nicht offen. Die Hoteldirektion sei derzeit bedauerlicherweise auch nicht im Lande, sondern bei einem Kongress in Spanien. Amalia hatte ihre Telefonnummer hinterlassen und um einen Rückruf gebeten. Diskretion sei hier das oberste Gebot, war die Antwort gewesen. Sie könne es ja morgen wieder versuchen.

„Du kennst den Besitzer dieses Hotels in Las Américas?", fragte Amalia jetzt Andreas Brauneis und sah ihn erstaunt an. Seine Frau beschwerte sich gerne darüber, dass ihr Mann seit seiner Pensionierung kaum mehr aus dem Haus zu bringen war.

„Ja", antwortete er, „es ist Héctor Guarnido."

Der nun folgende Überraschungsschrei kam von Amalia und Lydia gleichzeitig.

„Héctor also", sagte Amalia, „das muss er sein."

„Héctor", echote Lydia, „ja bestimmt, der Name ist doch eher ungewöhnlich. Kennst du ihn persönlich, Andreas?"

„Beinahe", sagte Andreas Brauneis, denn „beinahe" war sein Lieblingswort. „Er besitzt nicht nur eine Kette von Hotels hier in der Gegend, sondern auch einige Nachtklubs und zwei Restaurants. Unsere unerfreuliche Begegnung fand am Golfplatz statt. Er war dort einmal mit zwei anderen Männern in dem Flight hinter uns. Sie haben sich wie Platzhirsche aufgeführt, hatten es eilig und haben uns vorgeworfen, dass wir zu langsam sind und ihr Spiel blockieren. Er hat dabei mit dem Golfschläger herumgefuchtelt und meinen Golffreund Frank am Knöchel getroffen. Das war ihm dann doch peinlich und er hat Frank seine Karte gegeben und ihn gönnerhaft auf ein Abendessen in eines der Restaurants des Hotels *Europa Cabrera* in Las Américas eingeladen. Das Hotel, in dem ihr beide gerade gewesen seid. Jedenfalls war mir dieser Guarnido nicht besonders sympathisch. Vielleicht zehn Jahre jünger als ich und ein ziemliches Muskelpaket. Nicht unattraktiv, aber sehr von sich eingenommen."

„Was hat nun dieser Guarnido mit eurer vermissten Katie zu tun?" Karolis blickte Lydia fragend an.

„Da musst du schon Amalia fragen. Es ist ihre Geschichte."

Amalia zögerte. Katie wollte nicht, dass ihre Verbindung zu Héctor öffentlich wurde, und wenn er tatsächlich ein bekannter Hotelbesitzer mit Familie war, durfte sie erst recht nicht diejenige sein, die Katies Geheimnis verriet. Nach wie vor konnte man auch annehmen, dass Katie den Termin bloß vergessen hatte – Turteltauben konnte Derartiges schon passieren.

Karolis meldete sich zu Wort. „Mir ist da gerade etwas eingefallen, Amalia. Ich kenne eine Katie. Sie trainiert in meinem Sportstudio hier in Puerto Santiago. Außer ‚Hola' und ‚Adiós' habe ich aber noch nichts mit ihr gesprochen. Meine Mitarbeiterin Julia scheint sich mit ihr gut zu verstehen. Die beiden unterhalten sich hin und wieder und diese Katie hat eine laute Stimme und möglicherweise einen deutschen Akzent. Wie sieht sie denn aus?"

„Mittelgroß, attraktiv, sehr dunkles, dichtes Haar, hochgesteckt. Sie trägt eigentlich nur Rot und Schwarz. Wahrscheinlich auch beim Training."

„Das könnte sie durchaus sein. Soll ich Julia fragen, ob sie etwas von ihr weiß?

Vielleicht war sie heute im Studio."

„Oh bitte, Karolis, das wäre super!" Amalia sah auf ihre Uhr. „Möglicherweise schläft Julia um diese Zeit schon."

Karolis brach in schallendes Gelächter aus.

„Sorry, Amalia. Um wie viel Uhr geht ihr Österreicherinnen denn zu Bett? Ich wundere mich immer, wie früh die Touristen hier essen gehen. In Spanien macht man sich um diese Zeit erst zum Ausgehen fertig."

13

Als Amalia und Lydia am Morgen nach der Geburtstagsfeier zur selben Zeit vor die Türe traten, war die Sonne längst aufgegangen.

„Wie gewöhnlich ein herrlicher Tag", stellte Lydia fest. „Wir sollten etwas unternehmen."

Lydia zeigte auf eine Gruppe von Kakteen und bizarren Schachtelhalmen.

„Ich liebe das Licht um diese Tageszeit", stellte sie fest. „Schau, wie die in der Sonne glänzen. Wie frisch lackiert. Mittags wirken sie dann eher wie mit Puderzucker überzogen."

„Ja, schön", sagte Amalia.

Ihre Freundin sah sie mitfühlend an. „Du fürchtest tatsächlich, dass deiner Studentin etwas zugestoßen ist."

„Irgendwie schon." Amalia zuckte mit den Schultern. „Du hast doch gehört, was diese Fitnesstrainerin gestern zu Karolis am Telefon gesagt hat. Dass es ungewöhnlich für Katie ist, nicht zum Training zu erscheinen. Wir gehen heute zur Polizei und melden sie als vermisst. Wir wissen ja, in welchem Haus sie wohnt. Auf diesen Héctor Guarnido können wir da keine Rücksicht mehr nehmen."

„Und was ist mit unserem Ausflug hinauf zu einem der Vulkane? Den verschieben wir doch ständig. Morgen haben wir dann das Ticket für den Lorbeerwald. Da geht es wieder nicht."

„Wir sind noch lange genug hier, Lydia."

„Du hast recht. Komm, wir gehen erst einmal frühstücken, dann entscheiden wir, wie es weitergeht."

Amalia seufzte, folgte Lydia zum Frühstückstisch und beschloss, das Thema Katie erst nach dem Frühstück wieder anzuschneiden. Es war jedoch Lydia, die es wieder aufgriff.

„Pass auf, Amalia", sagte sie und schenkte sich eine zweite Tasse Kaffee ein. „Heute Mittag sind es genau 24 Stunden, dass Katie nicht aufgetaucht ist. Dann gehen wir zur Polizeidienststelle in Puerto Santiago und melden sie als vermisst. Mehr können wir vorerst nicht tun."

„Schon komisch, Lydia, gestern war ich ruhig und habe mir weniger Sorgen als du um Katie gemacht und heute scheint es umgekehrt zu sein."

„Was willst du denn sonst groß unternehmen?"

„Ein bisschen recherchieren kann man immer." In Amalias Stimme lag Unternehmungslust.

„Und was genau willst du tun?"

„Ich würde zuerst zu ihrer Wohnanlage fahren. Vielleicht gibt es dort jemanden, der weiß, wo sie ist. Auch der Zufall könnte uns entgegenkommen. Außerdem könnten wir versuchen, mehr über diesen Héctor Guarnido zu erfahren. Ich finde, in diesem frühen Stadium der Ermittlungen muss man sehr offen an die Sache herangehen."

„Stadium der Ermittlungen ..." Lydia grinste. „Du bist also jetzt eine Detektivin. Was packst du denn in dein Köfferchen? Lupe? Fernrohr? Reagenzglas? Vielleicht auch die Tageszeitung, in die du zuerst noch Löcher schneiden musst, damit du dich hinter ihr verstecken und verdächtige Objekte beobachten kannst?"

„Amüsiere dich nur, Lydia. Katies Verschwinden ist ernst genug. Ich kann mir nicht vorstellen, dass sie einfach auf uns vergessen hat. So ist sie nicht."

„Gut. Du kennst sie besser als ich. Ich mache in der Zwischenzeit einen Spaziergang am Meer und gehe den Fall Katie Falkensteiner philosophisch an. Ich denke darüber nach, warum jemand wie sie einen Grund haben könnte, freiwillig zu verschwinden, und warum nicht. Ich weiß, du hältst nicht viel von solchen Reflexionen, du bist Empirikerin. Also, was sagst du zu diesem Vorschlag: Wir fahren nach Puerto Santiago, ich wandle denkend am Strand und du recherchierst auf deine Weise?"

„Warum nicht?", war die Antwort.

„Dann lass uns jetzt Jesús anrufen. Ich möchte bald fahren. Die Zeit verfliegt so schnell."

Amalia stimmte dem Vorschlag zu. Sie hatte tatsächlich einen Plan und dazu benötigte sie ihren Fahrer. So konnte ihre Freundin geruhsam auf philosophischen Pfaden wandeln.

14

„Autsch! Ich glaube, mich hat eine Wespe gestochen."
Jesús Vidal verzog das Gesicht. „Nein", sagte er gleich darauf grinsend. „Ich wollte Ihnen nur vorführen, wie es sich anfühlt, wenn man in ein Wespennest gegriffen hat. Denn das tun Sie bestimmt, wenn Sie sich für Héctor Guarnido interessieren."

Er hatte Lydia soeben in der Nähe der Strandpromenade aussteigen lassen und Amalia saß jetzt neben ihm auf dem Vordersitz.

„Der Name Héctor Guarnido sagt Ihnen also etwas?", fragte Amalia.

„Natürlich. Den kennt hier fast jeder. Er ist unser Großmogul, was den Besitz von Hotels und Bars betrifft. Der hat seine Finger überall drin und die sind bestimmt nicht ganz sauber."

„Seltsam, dass Katie nicht bemerkt hat, was das für ein Typ ist."

„Jetzt sagen Sie mir endlich, wer diese Katie ist, dann kann ich Ihnen vielleicht weiterhelfen."

„Katie hatte ihre Wohnung neben dem Apartment des Mannes, der gestern in den Tod gestürzt ist, und sie ist eine ehemalige Studentin von mir."

„Aha. Und diese Katie ist verschwunden und Guarnido hat etwas damit zu tun." „Allerdings." Da sich Katie noch immer nicht gemeldet hatte, wollte Amalia nicht mehr um den heißen Brei herumreden. „Er ist mit ziemlicher Sicherheit ihr Liebhaber."

Jesús pfiff durch die Zähne. „Das ist keine Wespe. Das ist ein ganzes Nest! Guarnido ist verheiratet und hat Kinder. Dass er sich hin und wieder auch noch eine andere Frau schnappt, ist bei so einem Typen anzunehmen. Mit einer Hotelkette auf der Insel, drei Nachtklubs und mehreren Spielcasinos lebt er auf großem Fuß. Diese Katie muss wirklich naiv sein, wenn sie auf ihn hereingefallen ist."

Amalia schluckte. Nein, Katie war eigentlich nicht naiv. Dieser Mann musste alle Register gezogen haben, um sie so zu blenden.

Sie erzählte ihrem Chauffeur eine verkürzte Version von Katies Geschichte.

„Vermutlich kann Guarnido mit seinem Charme die Frauen tatsächlich einwickeln", kommentierte er das Gehörte. „Ich kann das nicht nachvollziehen. Ich kann diesen korrupten Typen nicht leiden. Davon laufen genug hier herum. Sorry, Señora. Wenn Sie wollen, kann ich mich ja ein bisschen umhören. Vielleicht erfahre ich, wo er sich derzeit aufhält. Seien Sie aber vorsichtig, falls Sie vorhaben, sich ihn vorzuknöpfen."

„Sie halten ihn also für gefährlich?"

„Wie man es nimmt. Harmlos ist er nicht. Sein Vermögen hat er bestimmt nicht nur auf legale Weise gemacht. Und er hat einflussreiche Freunde."

„Wissen Sie, wo er wohnt?"

„Zufällig, ja. Er hat natürlich seinen Privatchauffeur so wie jeder aus der High Society." Er zwinkerte Amalia zu. „Der dürfte aber nicht immer verfügbar sein, denn ich musste Guarnido neulich nach Hause fahren. Trinkgeld hat er mir übrigens keines gegeben."

„Super, also wo?"

„Ich weiß nicht, ob ich Ihnen das verraten soll. Ich traue Ihnen zu, dass Sie versuchen, in sein Anwesen einzudringen."

„Na klar", sagte Amalia, „man wird wohl verstehen, dass eine anerkannte Professorin für Ornithologie einen seltenen Vogel beobachten möchte, der sich möglicherweise in einem Privatgarten aufhält."

Jesús seufzte, startete den Wagen und brachte seinen Fahrgast zum Anwesen von Héctor Guarnido, das sich auf einer Anhöhe über Puerto Santiago befand.

* * *

Gut eine Stunde später waren sie wieder auf dem Rückweg.

„Das war leider ein Flop", stellte Amalia fest. Señor Guarnido sei auf unbestimmte Zeit verreist, hatte man ihr mitgeteilt, und dass es ohne seine Zustimmung ganz sicher nicht möglich sei, sein Anwesen zu betreten.

Sie und Jesús hatten dennoch einige Zeit dort verbracht. Jesús, dem Amalias Verhalten nicht geheuer war, wartend im Auto, Amalia im Alleingang den Garten umkreisend. Sie hatte beschlossen, sich diese Luxusimmobilie wenigstens von außen anzusehen, und sie insgesamt zweimal in aller Ruhe umrundet. Niemand hatte sie daran gehindert, und sie hatte sich Zeit gelassen, um einige Fotos von dem prächtigen Garten zu schießen. Palmen, Büsche und Gräser in den unterschiedlichsten Höhen und Formen verliehen ihm jene Struktur, die einen faszinierenden Garten von einem langweiligen unterschied. Das intensive Rot der üppig blühenden Bougainvilleen kontrastierte mit dem türkisblauen Himmel, der sich am Horizont in der Ferne mit einem ebenso blauen Meer vereinte. Ein breiter Weg, gesäumt von Rosensträuchern, gab den Blick auf das Haus frei. Für einen Augenblick hatte sich Amalia vorgestellt, dessen Besitzerin zu sein. Das Haus gefiel ihr. Hier war ein großzügig und kühn denkender Architekt am Werk gewesen.

Jetzt saß sie neben Jesús und sah sich die Bilder an, die sie gemacht hatte. Ihr Besuch war nicht ganz vergeblich gewesen. Von dem Pool, der hinter einer Gruppe von Kakteen erkennbar gewesen war, hatte sie ebenfalls ein Foto machen können. Sie lachte kurz auf.

Die steil abfallende Straße im Auge behaltend, fragte Jesús, ob sie etwas Interessantes entdeckt hätte.

„Nur Kakteen", sagte sie. „Ich musste lachen. Bei uns heißen sie *Schwiegermuttersitz*. Ich habe zwei kleine Exemplare zu Hause auf der Fensterbank. Hier sind sie so groß, dass man bequem darauf Platz nehmen könnte, so man eine masochistische Veranlagung hat."

„Bei uns werden sie auch so genannt, *asiento de suegra, Schwiegermuttersitz*", bemerkte er trocken.

Amalia hatte inzwischen auf dem Foto eine Frau auf einer Sonnenliege entdeckt. Sie war nicht genau zu erkennen, aber es war definitiv nicht Katie. Vielleicht die Ehefrau von Héctor Guarnido.

„Kennen Sie Señora Guarnido?", fragte sie Jesús.

„Allerdings."

„Allerdings? Ich vernehme einen eigenartigen Unterton."

„Ihnen entgeht nichts, Señora. Also gut. Sie wäre einmal beinahe meine Schwiegermutter geworden, fand aber, dass ich nicht der angemessene Mann für ihre Carla wäre. Meinetwegen könnte sie gerne auf einem solchen Kaktus Platz nehmen."

„Aha, Sie grollen ihr noch und sind in das Mädchen noch immer verliebt?"

„Das ist längst vorbei, Señora Amalia. Ich vermute ja, dass es ihr Onkel Diego Rosario war, der verhindern wollte, dass seine Nichte sich mit einem einfachen Jungen vom Land abgibt, der zudem gerade einen Drogenentzug hinter sich hat. Er ist der Bruder von Carlas Mutter, und es war ihm als nationalistisch konservativem Politiker immer wichtig, eine Vorzeigefamilie zu haben. Immerhin hat er es damals gerade geschafft, mit seiner Partei, der *PLIC*, also der *Partido por la Libertad de las Islas Canarias*, in das Regionalparlament in Santa Cruz einzuziehen. Der war ohnedies schon unglücklich über die Beziehung seiner Schwester zu einem Emporkömmling wie Héctor Guarnido. Dass Carla sich dann bald darauf mit einem reichen Trottel verheiraten musste, mit dem sie jetzt unglücklich ist, war ebenfalls sein Werk. Der stammt nämlich aus seinem politischen Lager. Ich weiß außerdem von Carla, dass der Onkel ihrem Vater immer finanziell unter die Arme gegriffen hat und dass die ganze Familie in dessen Schuld steht. So gesehen hatte ich keine Chance und Carlas Mutter hat sich auch nicht bei ihrem Bruder für mich eingesetzt. Eher im Gegenteil. Sie hat es auf perfide Weise geschafft, ihre Tochter davon zu überzeugen, dass sie sich von mir trennen muss."

„Wie denn?"

„Nein, Señora, das bleibt mein Geheimnis, das erfährt niemand."

Amalia spürte, dass sie nicht weiterfragen durfte. Stattdessen bat sie Jesús, sie zu Katies Wohnanlage zu fahren. Er tat wie geheißen und blieb ein Stück davor stehen.

„Was jetzt?", fragte er, während Amalia den imposanten Häuserblock zum ersten Mal aus der Distanz betrachtete.

Da sich die sechsstöckige Anlage auf einem mächtigen Felsen direkt über dem Meer befand, hatte man vermutlich nur schwimmend und von einem Schiff aus einen vollständigen Blick auf die Terrassen und die Dachgärten der Bewohner.

Wegen der hohen Wellen hätte sich heute allerdings niemand zum Baden in die Fluten gewagt.

„Können Sie mich zum Eingang der Anlage fahren? Ich will probieren, ob ich dort mit jemandem sprechen kann."

„Ich lasse Sie dort aussteigen und fahre dann zum Parkplatz. Der befindet sich hinter der kleinen Strandbar, in der Sie sich mit Señora Lydia treffen wollen. Dort beginnt der Uferweg nach Alcalá und man dürfte von dieser Stelle einen recht guten Blick auf die Terrassen haben. Wie ich Sie kenne, wollen Sie sich sicher hier noch weiter umsehen. Wann soll ich dort hinkommen?"

„Ungefähr in einer halben Stunde", antwortete Amalia.

***

Amalia drückte sämtliche Klingelknöpfe, alle nur mit Nummern und nicht mit Namen versehen. Doch niemand antwortete ihr. Die Stille, die ihrer frechen Aktion folgte, konnte durchaus als geisterhaft bezeichnet werden.

Stumm schüttelte sie den Kopf und machte sich wieder auf den Weg.

Als sie zur Strandbar kam, sah sie, dass Lydia schon da war. Sie saß an einem der hinteren Tische im Schatten einer Markise und war nicht allein. In ihrer Gesellschaft befand sich eine jüngere Frau, die über ihrem füllligen und kompakten Körper hautenge kurze Hosen und ein ebensolches T-Shirt trug und deren nackte Beine mit Tattoos geschmückt waren.

„Das ist Estrella Gutierrez Lillo", sagte Lydia. „Sie arbeitet in der Stadtapotheke und hat mir gerade etwas sehr Interessantes berichtet. Sie kannte den Mann, der vorgestern von einer dieser Terrassen zu Tode gestürzt ist."

„So ist es", sagte Estrella. „Er ist, also war ein Stammkunde und hat sich am Tag seines Todes noch sein übliches Medikament bei uns in der Apotheke geholt." „Welches Medikament?" Auch Amalia war formlos und neugierig ins Gespräch eingestiegen.

„Ich weiß gar nicht, ob ich das verraten darf, aber da er schon tot ist, habe ich eigentlich keine Schweigepflicht mehr. Es ist auch nichts Besonderes, nur ein starkes Schmerzmittel, Tramadol. Wir haben ziemlich viel davon vorrätig, weil es einige der hier überwinternden alten Leute wie ihr tägliches Brot konsumieren. Ich verkaufe es wegen der möglichen Nebenwirkungen gar nicht so gern, aber mein Chef meint, nachdem es die meisten Ärzte großzügig verschreiben, können wir es ihnen wohl geben. Dem Chef geht es ohnedies nur ums Geld. Jedenfalls hat auch Señor Lorenz behauptet, dass er ohne dieses Medikament seine Schmerzen nicht aushalten würde."

„Glauben Sie, dass er sich wegen seiner Krankheit das Leben genommen hat?"

„Das kann ich mir nicht wirklich vorstellen. Der Typ ist er eigentlich nicht. Vorgestern war ich nicht da, als er sich das Medikament geholt hat. Ich hatte es aber am Tag davor für ihn zur Seite gelegt und mein Chef hat es ihm dann verkauft. Ich kann ihn gerne fragen, wie Señor Lorenz an diesem Tag drauf war. Aber warum sollte er sich denn von der Terrasse stürzen, wenn er zuvor noch sein Medikament bekommen hat?"

Estrella nahm einen Schluck aus ihrem Glas.

„Warum interessieren Sie beide sich eigentlich so für diesen Toten? Kannten Sie ihn denn auch?"

Amalia und Lydia sahen sich an. Amalia dachte, dass es nicht schaden konnte, Katies Namen zu erwähnen.

Wer weiß, vielleicht war sie der Apothekerin ja bekannt.

„Wir beide leben in Österreich, in Salzburg", sagte Amalia.

„Wunderbare Stadt", sagte Estrella und sah Lydia von der Seite an.

„Ich habe es bereits erwähnt", sagte Lydia.

„Wir haben gestern hier in Puerto Santiago eine Bekannte aus Salzburg getroffen", übernahm wieder Amalia, „die eine Nachbarin des Toten ist oder – wie man jetzt sagen muss – war. Sie heißt Katie Falkensteiner. Kennen Sie sie zufällig?"

„Durchaus. Eine sehr attraktive junge Frau, die einigermaßen gut Spanisch spricht, obwohl sie selbst das nicht so sieht. Eine Sängerin, wie sie mir erzählt hat. Sie brauchte etwas für ihre Stimmbänder, weil sie heiser war, und ich habe ihr eine Dose GeloRevoice verkauft. Das verwenden alle, die mit ihrer Stimme arbeiten."

Amalia und Lydia sahen sich erfreut an.

„Sie ist immer erpicht darauf, sich mit mir zu unterhalten. Eine sympathische Person. Und ...", sagte sie gleich darauf und machte eine kurze Pause, wie um die Spannung zu steigern, „... sie hat schon mehrere Male bei mir ein Medikament für Señor Lorenz abgeholt."

„Das gibt's doch nicht!", sagten Amalia und Lydia wie aus einem Mund.

Estrella nickte. „Ehrlich gesagt, hätte ich diesen Mann nicht in Gesellschaft einer solchen Klassefrau vermutet. Als ich ihn mal darauf ansprach, hat er zunächst wie ein eitler Gockel sein Kinn gehoben und mit dem Kopf gewackelt. Dann hat er aber zugegeben, dass es sich um seine Nachbarin handelt, und hinzugefügt, dass er bei einer, die von einem reichen Freund ausgehalten wird, sowieso keine Chance hat."

Die Kellnerin, die erst jetzt Amalia bemerkt hatte, trat an ihren Tisch.

„Was darf ich Ihnen bringen?", fragte sie.

Amalia zeigte auf Estrellas Glas. „Dasselbe."

„Einen Caipirinha also. Möchten Sie auch noch einen?" Die Frage ging an Estrella.

„Den möchte ich auch probieren", mischte sich Lydia ein. „Ich lade Sie noch auf einen ein, Estrella."

Die nickte. „Warum nicht?"

15

Amalia und Lydia mussten sich eingestehen, dass sie völlige Banausinnen waren, was Cocktails betraf, und keine Ahnung hatten, welche Wirkung dieser Cocktail haben konnte, noch dazu, wenn man zwei Gläser trank. Das, was Lydia mit ihrer Einladung bezweckt hatte, nämlich Estrellas Zunge bezüglich Katie zu lösen, ging nicht wirklich auf.

„Wir glauben, dass Katies Freund ein gewisser Héctor Guarnido ist", sagte Lydia, nachdem sie mit ihren Cocktails erneut angestoßen hatten. „Sagt Ihnen der Name etwas?"

„Den kennt hier jeder", sagte Estrella, und Amalia dachte, dass sie diese Aussage heute schon zum zweiten Mal hörte.

„Er ist ein alter Schulfreund meines Chefs", fuhr Estrella fort. „Mich hat er bisher völlig ignoriert. Frauen wie ich sind Luft für ihn. Glücklicherweise, muss ich sagen. Er steht nur auf Glamourgirls, wenn Sie wissen, was ich meine. Dass diese Katie ihm gefallen könnte, kann ich mir schon vorstellen."

„Warum glücklicherweise?"

„Weil mir mein Chef schon reicht und ich froh bin, wenn mir sein Freund nicht auch noch auf die Pelle rückt."

„Wieso erlaubt eine starke Frau wie Sie, dass ihr der Chef auf die Pelle rückt?", fragte Lydia mit strenger Miene.

„Darauf muss ich Ihnen eigentlich keine Antwort geben, aber Sie können es sich denken. Als Angestellte bin ich von ihm abhängig." Estrellas bisher heitere Gesichtszüge verdüsterten sich.

Das konnte Lydia – bereits leicht illuminiert – so nicht stehen lassen, noch dazu, wo ein Stichwort zu einem passenden Zitat gefallen war.

„*‚Abhängigkeit ist das Los der Frauen. Macht ist da, wo die Bärte sind.'* Das sagte bereits Molière, und das ist leider eine Erfahrung, die wir Frauen seit Menschengedenken mit uns herumschleppen. Aber die Zeiten haben sich geändert, Estrella. Wir Frauen müssen uns heute nichts mehr gefallen lassen. Schon gar nicht, wenn wir eine gute Ausbildung haben."

„Als ob ich das nicht wüsste. Ich bin eine emanzipierte Frau, aber das ist leichter gesagt als getan. Ich würde lieber heute als morgen in der Apotheke aufhören und zu meiner Geliebten nach La Laguna ziehen. Aber ich bin an meinen Chef gefesselt, bis ich alles abgearbeitet habe."

Mit einer heftigen Geste hatte sie ihr Glas umgestoßen. Die Kellnerin war sofort herbeigeeilt und wischte auf. Estrella sah ihr tatenlos zu, entschuldigte sich und seufzte laut.

„Hier bei uns wird trotz aller Emanzipation noch immer alles vertuscht, was nicht in die geheiligte spanische Tradition passt, und deshalb ist der Apotheker auch ein Edelmann und ich seine brave und dankbare Nichte, die bestimmt mit keiner Frau schläft. So, und jetzt habe ich viel zu viel gesagt."

Sie legte zehn Euro auf den Tisch.

„Das ist für meinen ersten Drink. Ich bedanke mich für die Einladung zum zweiten. Adios, Señoras."

Schon war sie weg und nur 30 Sekunden später bog Jesús um die Ecke.

„War das nicht Estrella von der Stadtapotheke?"

„Ja, Sie kennen sie?" Lydias Erstaunen war zu hören. „Wir haben uns nett mit ihr unterhalten, auch über ihren Chef, der nicht einfach sein dürfte, gelinde gesagt. Ich habe dann in diesem Zusammenhang wohl das Falsche gesagt, denn plötzlich ist sie abgerauscht."

„Na ja, sie hat es vermutlich auch nicht leicht. Der Apotheker ist ein entfernter Verwandter von ihr und angeblich hat er ihr das Studium bezahlt. Sie muss wohl nach seiner Pfeife tanzen."

„Kennen Sie ihn und Estrella persönlich?"

„Nur so, wie man sich halt kennt, wenn man hier aufgewachsen ist. Den Rest erfahre ich von meiner Mutter und ihren Freundinnen."

„Und ich weiß nun nicht, ob Estrella Katie in letzter Zeit gesehen hat. Genau das wollte ich sie nämlich noch fragen, bevor sie so schnell die Flucht ergriffen hat", stellte Amalia fest.

„Das können wir ja noch nachholen", erwiderte Lydia. „Jetzt sollten wir aber erst einmal Katies Verschwinden melden. Die Wartezeit von 24 Stunden ist um. Können Sie uns zur nächsten Polizeidienststelle fahren, Jesús?"

„Da brauche ich Sie nicht zu fahren", Jesús streckte seinen Arm aus und zeigte in Richtung Hauptstraße. „Eine Dienststelle der Policía Canaria finden Sie gleich da gegenüber. Ich warte hier so lange, aber nicht in der Bar, sondern auf einer der Bänke auf der Aussichtsplattform."

Nachdem Amalia und Lydia noch einen doppelten Espresso bestellt hatten, um wieder halbwegs nüchtern zu werden, gingen sie in Richtung der Polizeidienststelle und äußerten auf dem Weg ihre Verwunderung über Estrellas Verhalten.

Amalia fragte Lydia, wie sie die junge Apothekerin überhaupt kennengelernt habe.

„Hier auf dieser Aussichtsplattform", war die Antwort. „Im Gegensatz zu den anderen Leuten, die alle La Gomera und das Meer fotografiert haben, ist sie nur dagestanden und hat neugierig zu den Terrassen von Katies Wohnanlage geschaut, und da habe ich sie angesprochen."

„Ich dachte, du hältst nichts von empirischen Untersuchungen und Befragungen, und dann sprichst du eine Unbekannte an?"

„Wenn es der Wahrheitsfindung dient, warum nicht? Sokrates hat auch die Menschen auf der Agora angesprochen, und das, was wir jetzt über Katie und diesen Lorenz gehört haben, war doch hochinteressant."

„Vielleicht besteht sogar ein Zusammenhang zwischen dem Tod von Lorenz und dem Verschwinden von Katie", spekulierte Amalia. „Katies Nachbar scheint ja etwas von der Beziehung zwischen Katie und Guarnido gewusst zu haben. Vielleicht hat Lorenz Guarnido erpresst und Guarnido hat ihn deshalb von seiner Terrasse geschubst ..."

„... und Katie ist dann am nächsten Tag im Meer gelandet, aber niemand hat sie gefunden", vollendete Lydia erbarmungslos Amalias Satz.

Sie waren bei der Polizeistation angekommen.

„Ich glaube, es ist besser, wir behalten unsere wilden Spekulationen erst einmal für uns", sagte Amalia, während sie die Klingel zur Polizeistation drückte, „sonst halten die uns noch für Spinnerinnen und unternehmen gar nichts."

„Also gut, wir bleiben bei den Fakten." Lydia nickte und öffnete die Eingangstüre, denn diese war gerade mit einem Summen aufgegangen.

16

Sie hatten Glück. Niemand sonst, der gerade vorgeladen war oder ein Anliegen hatte, befand sich im Dienstzimmer.

Der einzig anwesende Beamte bat sie, Platz zu nehmen, hörte sich an, worum es ging, und begann, ein Protokoll aufzusetzen.

Er hatte gerade ihre Personalien aufgenommen, als sich die Türe öffnete und ein weiterer Beamter den Raum betrat. Es war derjenige, der Amalia vorgestern vor Katies Wohnanlage angesprochen hatte.

„Ah, was für eine Überraschung!" Er schien erfreut, sie zu sehen. „Sie fragen sicher wegen des Apartments nach, für das Sie sich bereits vor zwei Tagen interessiert haben." Jetzt zwinkerte er Amalia sogar scherzhaft zu. „Soviel ich weiß, ist es leider noch immer nicht zu vermieten." An seinen Kollegen gerichtet, sagte er: „Ich übernehme jetzt die Señoras, Inspektor. Eine der beiden Damen kenne ich bereits."

Er stellte sich als Kommissar Martínez vor, ließ sich von seinem Kollegen die Unterlagen geben, die dieser bereits ausgefüllt hatte, und wollte dann noch einmal alles von ihnen selbst erfahren.

Amalia berichtete erneut und hielt sich, wie mit Lydia vereinbart, an die Fakten.

Aber die Hoffnung, die sie damit verband, bekam rasch einen Dämpfer. Der Kommissar bedauerte. Dass Katie Falkensteiner zu dem mit ihnen vereinbarten Treffen nicht erschienen und seither auch nicht erreichbar gewesen war, sei kein wirklicher Anlass, schon jetzt eine Suchaktion zu starten. Schließlich sei Señora Fink der Vermissten hier auf Teneriffa nur zufällig begegnet und außerdem nicht mit ihr verwandt.

Sein Bedauern verwandelte sich nun in Interesse und – wie Amalia spürte – auch in Irritation, als sie ihm Katies Adresse hier auf Teneriffa nannte.

„Die ist Ihnen sicher bekannt, Kommissar", ergänzte sie. „Ihre Wohnung liegt nämlich neben der jenes Mannes, der vorgestern von seiner Terrasse in den Tod gestürzt ist. Diese Wohnung wurde Katie Falkensteiner meines Wissens von ihrem Freund, besser gesagt, von ihrem Liebhaber zur Verfügung gestellt. Sein Name ist Héctor Guarnido."

Die Augenbrauen des Kommissars schnellten in die Höhe. Jetzt wirkte er wirklich irritiert, und es war für Amalia offensichtlich, dass ihm diese Information nicht gefiel. Er antwortete nicht, lehnte sich in seinem Sessel zurück und runzelte die Stirn.

„Also gut", sagte er schließlich, „wir werden uns um die Sache kümmern. Die Wohnung gehört der Ehefrau von Señor Guarnido und nach deren Aussage dient sie ihr und ihrem Mann als Gästewohnung. Wir werden der Sache nachgehen und uns melden, wenn es etwas zu berichten gibt. Sollten Sie selbst weiterhin nach Katie Falkensteiner suchen wollen – wovon ich Sie nicht abhalten kann –, rate ich Ihnen, den Namen Héctor Guarnido mit Vorsicht zu verwenden. Er ist ein wichtiger Mann in dieser Gegend, und solange wir nichts Konkretes gegen ihn in der Hand haben ..."

Der Rest des Satzes blieb offen, aber es schien alles gesagt und erledigt.

Amalia wollte sich erheben, doch der Blick des Kommissars hielt sie fest.

„Machen Sie nicht so ein kummervolles Gesicht, Señora Fink", sagte er auf Deutsch.

Braune Augen mit einem Stich ins Orangefarbige. Fast wie bei einem Haubentaucher, dem Lieblingsvogel meiner Kindheit, schoss es Amalia durch den Kopf und ein wenig auch durchs Herz, was sie aber nicht zu bemerken geruhte.

„Möchten Sie noch eine Tasse Kaffee?", fragte er jetzt, noch immer auf Deutsch, und wandte seinen Blick nun wieder beiden Frauen zu.

„Nein, danke", sagte Amalia rasch und auf Spanisch, „wir müssen jetzt wirklich gehen. Unser Taxi wartet."

„Na gut", antwortete er und fuhr förmlich fort: „Wir haben jetzt Ihre Telefonnummern. Im Falle neuer Entwicklungen setzen wir uns wieder mit Ihnen in Verbindung."

Als er sich erhob, fuhr er sich mit der linken Hand über den Kopf und Amalia durchlief ein kurzer Schauer. Sein kräftiges dunkles Haar hatte sich aufgestellt und fiel ihm dann langsam wieder in die Stirn. Was sie als Kind am Haubentaucher am meisten geliebt hatte, war der Haarschopf, den er zeigte, wenn er sein Prachtkleid trug.

Manchmal hatte sie wirklich genug von den Parallelen, die sie immer wieder zwischen Menschen und Vögeln zog.

17

„So", versicherte Amalia am nächsten Morgen beim Frühstück, „das Kapitel Katie Falkensteiner ist für mich fürs Erste beendet, zumindest was meine Einmischung in den Fall betrifft. Ich habe mir Sorgen gemacht und tue das noch immer, aber die Sache liegt jetzt in den Händen der Polizei, namentlich Kommissar Martínez, der einen durchaus fähigen Eindruck macht."

Lydia, die einen Gofio-Frühstücksbrei löffelte, sagte nichts und wackelte nur skeptisch mit dem Kopf. Amalia staunte noch immer, dass Lydia diesen Brei aus geröstetem Getreide bereits bei der ersten Verkostung hier zu ihrem Lieblingsfrühstück erklärt hatte. Amalia konnte dieser Nationalspeise Teneriffas nichts abgewinnen und hatte heute bereits ihr gewohntes Frühstücksbrot verzehrt. Nun fuhr sie mit einer Erklärung fort.

„Du weißt, ich habe anderes zu tun. Ich muss mich um die Vogelwelt Teneriffas kümmern. Meine Leserinnen und Leser warten auf den Beitrag in meinem Blog. Ich habe seit drei Wochen nichts mehr geschrieben. Wenn die Polizei nicht spurt, muss ich morgen ohnedies weitersuchen und mich als Hobbydetektivin lächerlich machen. Einiges habe ich ja doch schon herausgefunden."

Lydia konnte wieder sprechen. „Meine Verdienste sollten dabei aber nicht unerwähnt bleiben." Sie klopfte sich demonstrativ auf die Brust. „Die Idee eines möglichen Zusammenhangs zwischen dem Tod des Deutschen und dem Verschwinden von Katie verdanken wir meinem Gespräch mit der Apothekerin. Und nun auf zu unserem geplanten Ausflug in den Lorbeerwald, auch Märchenwald – *Bosque Encantado* – genannt. Unsere Genehmigung für diesen besonderen Wanderweg, den

El Pijaral, gilt schließlich nur für heute. Hoffentlich kannst du deine Lorbeertaube fotografieren. Da ich dabei wieder sicher stundenlang still sitzen muss, werde ich dir mit einer Lektüre Gesellschaft leisten. Ich will endlich Julia Kristevas Buch über Hannah Arendt lesen. Oder was meinst du? Soll ich mich wieder einmal meiner Schwäche hingeben und mir einen Krimi gönnen? Die Französin Fred Vargas finde ich faszinierend."

„Das überlasse ich dir. Aber ist Julia Kristeva auf einer Wanderung nicht eine etwas anstrengende Lektüre?"

Lydia grinste. „Nicht für eine Expertin, aber dennoch hast du recht."

Amalia hatte noch rasch ihren letzten Schluck Kaffee getrunken und erhob sich.

„In 20 Minuten kommt unser Chauffeur", sagte sie. „Ich muss mich beeilen und noch meine Utensilien einpacken. Vergiss bitte nicht, deine Bergschuhe anzuziehen. Wir wandern durch unwegsames Gelände."

„Ja, ich weiß. Ich komme!" Lydia folgte ihrem Beispiel.

Sie durchquerten den Garten, auch heute von einem Nebelhauch überzogen, und betraten das Vorzimmer ihres Quartiers.

„Also dann direkt am Gartentor", sagte Amalia, die nach ihrem Notizbuch Ausschau hielt. Sie musste es hier gestern Nacht verlegt haben.

***

Eine Viertelstunde später war das Notizbuch wieder aufgetaucht und Jesús ebenso. Pünktlich wie immer. Ohne Zweifel hatten sie mit ihm die richtige Wahl getroffen.

Heute war er allerdings besonders schweigsam. Außer einem schwachen „Hallo" hatte er noch kein einziges Wort über die Lippen gebracht. Wortlos hatte er Amalias großen Rucksack in den Kofferraum des Autos gepackt und den Wagen gestartet. Sein Fahrstil schien wilder denn je zu sein, und Amalia bekam es mit der Angst zu tun. Sie war froh, dass Lydia die Initiative ergriff und ihn bat, etwas langsamer zu fahren. Von nun an bremste er auf der kurvenreichen Straße vor jeder Kurve so stark ab, dass sie zuerst vor und dann in ihre Sitze zurückgerissen wurden.

Amalia überlegte, ob sie etwas sagen sollte, aber Lydia kam ihr erneut zuvor.

„Halt!", brüllte sie, und Jesús blieb so abrupt stehen, dass andere Autofahrer hupend und mit kreischenden Bremsen einen großen Bogen um sie machten.

Neben dem Auto gähnte ein Abgrund.

Jesús drehte sich um, jetzt sogar lächelnd, und fragte, ob sie hier vielleicht aussteigen möchten.

„Was ist denn heute los mit Ihnen?" Lydia hatte einen Ton angeschlagen, der für einen zornigen kleinen Jungen passte. Immerhin hatte sie selbst zwei von dieser Sorte gehabt.

„Nichts." Trotz in der Stimme.

„Jetzt sagen Sie schon", forderte ihn nun Amalia auf.

Noch immer schwieg er.

Amalia hatte ein unangenehmes Gefühl und eine Eingebung. „Hat Ihr Schweigen etwas mit der langen Fahrt zu tun, die wir Ihnen heute zumuten, oder mit unserem gestrigen Besuch beim Wohnhaus von Héctor Guarnido? Sind Sie deshalb noch verstimmt?"

„Möglicherweise", war jetzt die Antwort. „Ich habe heute schon gearbeitet und alle vier Reifen ersetzt. Sie waren aufgestochen und dieser Zettel steckte hinter der Windschutzscheibe." Die Aufschrift auf dem Zettel, den er ihnen hinhielt, lautete wie folgt: *"Schick deine Touristinnen in die Hölle. Wir beobachten dich."*

Amalia fröstelte. Sie befanden sich in großer Höhe.

"Und offensichtlich folgen Sie bereits dieser Anweisung, Jesús", kommentierte Lydia die Drohbotschaft.

"Das tue ich", explodierte er. "Hier bei uns nimmt man solche Warnungen ernst."

"Und ich dachte, so etwas gibt es nur in Sizilien", versuchte Amalia, die Lage mit einer trockenen Bemerkung zu entschärfen.

Ihr gerade noch sehr angespannt wirkender Chauffeur atmete tief ein und aus und ließ sich auf seinen Autositz fallen. "Verbrecher gibt es überall. Vielleicht sogar in Ihrer heilen Welt in Österreich. Ich habe da einmal von einem Mann gehört, der seine Tochter jahrzehntelang in einen Keller gesperrt hat."

"Lenken Sie jetzt nicht vom Thema ab und hören Sie mir zu, Jesús", sagte Amalia. "Wenn wir diese Sache ernst nehmen, sollten wir auf Ihre Dienste verzichten. Zumindest vorübergehend. Wir gefährden Sie und Sie gefährden uns. Das vereinbarte Gehalt bekommen Sie dennoch."

Lydia hob zwar kurz die Augenbrauen, gab dann aber Amalia recht und bestätigte deren Aussage.

Jesús gab sich einen Ruck. "Wir fahren jetzt weiter, Ladys. Wir benötigen noch mindestens eine halbe Stunde, bis wir an der Stelle sind, an der ich Sie aussteigen lassen soll. Und was diese Drohung betrifft: Wenn noch weitere folgen, werde ich es mir überlegen. Ich habe allerdings Interesse, Ihr Fahrer zu bleiben. Sie sind faszinierende Fahrgäste."

Er startete den Wagen und fuhr den Rest der Strecke in langsamer und ruhiger Fahrweise.

***

„So", eine halbe Stunde später parkte er auf einem kleinen asphaltierten Parkplatz, auf dem nur zwei Autos standen. „Wir sind am gewünschten Ausgangspunkt. Hier ist nicht viel los, wie Sie sehen. Kein Besucherzentrum oder so was. Ich hoffe, Sie sind gut ausgerüstet. Ich fahre in der Zwischenzeit nach Taganana. Da gibt es eine Bar und ich kenne den Besitzer. Hier ist kein idealer Platz, um stundenlang zu warten. Wenn Sie mich brauchen, rufen Sie mich an. Ich bin dann in 20 Minuten bei Ihnen."

Lydia war schon ausgestiegen, aber Amalia blieb im Wagen sitzen.

„Was ist, Señora Amalia?", fragte Jesús.

„Ich muss die ganze Zeit über etwas nachdenken, das Sie zuvor erwähnt haben." Amalia beugte sich zu ihm vor.

„Sie haben diesen Österreicher erwähnt, der seine Tochter in einen Keller gesperrt hat. Das hat mich stutzig gemacht. Was ist, wenn auch Katie von Héctor Guarnido irgendwo festgehalten wird? Haben Sie eine Idee, welchen Ort er dafür wählen könnte?"

„Woher soll ich das wissen? Der Mann hat doch unzählige Hotelzimmer, die dafür geeignet wären, und Tiefgaragen und Keller haben die meisten seiner Hotels auch. Außerdem gibt es auf dieser Insel genug Höhlen."

Amalia seufzte. „Sie haben recht. Nur so eine Idee. Aber wenn Ihnen noch etwas einfällt ..."

„... sage ich es Ihnen. Versprochen, Señora Amalia."

Als Amalia und Lydia bald darauf durch den Lorbeerwald wanderten, hatten sie alles, was außerhalb dieser geheimnisvollen Welt lag, vergessen.

Während Lydia sich ganz der Magie der Landschaft aus Lianen, Farnen, moosbewachsenen Bäumen und gekrümmten Ästen hingab, blickte Amalia von Anbeginn mit dem Auge der Wissenschaftlerin auf das bizarre Habitat der Lorbeertaube und anderer seltener Tierarten.

Nach einer halben Stunde bat Amalia um einen ersten Halt, öffnete ihren Rucksack und entnahm ihm Fernglas und das dicke Notizbuch.

„Die Wissenschaftlerin in Amt und Würden", lästerte Lydia.

„Ist doch klar. Allzu oft werden wir hier nicht herkommen. Da muss ich rausholen, was geht." Amalia ließ sich nicht aus der Ruhe bringen.

„Und eine Lorbeertaube sichten", ergänzte Lydia.

„Unter anderem. Ich interessiere mich für den kompletten Lebensraum der Vögel. Deshalb halte ich auch Ausschau nach speziellen Pflanzen und den Bedingungen für die Nistplätze der Lorbeertaube. Die nisten hier sehr nah oder direkt am Boden. Wir sind ziemlich am Beginn ihrer Brutzeit. Da beginnen sie, ihre Nester zu bauen."

„Hallo." Eine Gruppe von Wanderern, angeführt von einem Ranger, marschierte an ihnen vorbei.

„Alles in Ordnung bei Ihnen?", fragte der Ranger.

„Danke", antwortete Amalia, „wir kommen zurecht."

Schon war sie wieder mit ihrem Notizbuch beschäftigt.

„Das waren jetzt acht Personen", kommentierte Lydia. „Wie viele bekommen pro Tag eine Genehmigung für diesen Teil des Bosque Encantado?"

„Etwa 40, glaube ich", antwortete Amalia zerstreut.

„Na gut, das wird der Wald verkraften. Wir werden aber schon von dem Trampelpfad etwas abweichen und uns in die Büsche schlagen müssen, wenn wir seltene Vögel entdecken wollen, oder?"

„Ein wenig, Lydia. Ich bin natürlich auch darauf vorbereitet und habe mich mit anderen Vogelkundlern, die schon hier waren, beraten. Ich weiß genau, wo wir hinwollen."

Amalia entnahm ihrem Rucksack zwei transparente Plastikhüllen und hielt die erste Hülle in die Höhe. „Hier habe ich unsere Route."

„Und hier", sie überreichte die zweite Hülle der Professorin, „sind jene Tiere und Pflanzen eingezeichnet, nach denen wir Ausschau halten können. Ich habe für dich ein eigenes Blatt angefertigt. Das ist natürlich alles schon gut erforscht, aber wer weiß, vielleicht sichtest du ja eine Seltenheit."

„Super", sagte Lydia. „Dann mal los."

18

In dieser dritten Nacht ihrer Gefangenschaft hatte Katie Falkensteiner sich verzweifelt in den Schlaf geheult und dann – völlig erschöpft – wie ein Stein geschlafen.

Der darauffolgende Vormittag war so ähnlich verlaufen wie der vorherige Tag. Hin und her laufen in der jetzt verkleinerten Wohnung, aus dem Fenster starren, lautstark singen, schreien, heulen, brüllen, dazwischen ruhig werden und der Versuch, vernünftige Gedanken zu fassen, sich den Kopf über mögliche Auswege zerbrechen, den Korb mit dem Essen langsam leeren, Kaffee trinken, Héctor verfluchen und sich selbst genauso, weil sie so dumm gewesen war, sich mit ihm einzulassen, sich die Frage stellen, wer Héctor eigentlich wirklich war, und dafür in der Erinnerung nach Indizien für dessen Verhalten suchen, und dann noch ganz viel Angst vor dem haben, was auf sie zukommen könnte.

Im Augenblick war Katie gerade wieder auf der Suche nach den Ursachen für diese ultimative Katastrophe.

Dass dieser Mann nicht derjenige war, als der er sich ihr gegenüber für lange Zeit ausgegeben hatte, verstand sie bereits. Jetzt wanderten ihre Gedanken in die Vergangenheit und an den damals so strahlenden Beginn ihrer Beziehung. Je weiter sie in Richtung Gegenwart kam, desto mehr Anzeichen entdeckte sie für das düstere Ende, das sie gerade durchlebte. Hätte sie doch damals ... wäre sie doch damals ... Die Stunde der Selbstvorwürfe war angebrochen.

Wie verblendet sie gewesen war!

In ihrer großen Verliebtheit hatte es sie zum Beispiel nie gestört, dass er sie praktisch keinem seiner Freunde vorstellen wollte. Auf die Frage nach seiner

Familie hatte er ausweichend geantwortet und sie auf einen späteren Zeitpunkt vertröstet. Der große Respekt, der ihm überall, wo sie mit ihm hinkam, entgegengebracht wurde, erhielt nun eine neue Bedeutung. War es möglich, dass die Leute einfach nur Angst vor ihm hatten? Es war kein Respekt gewesen, sondern Unterwürfigkeit! Jene Unterwürfigkeit, wie sie einem Boss entgegengebracht wurde, von dem man abhängig war und den man fürchtete.

Auch an der Art und Weise, wie er regelmäßig Probleme und Widerstände aus dem Weg räumte, hätte sie es erkennen müssen. Stattdessen hatte sie sich gefreut, dass er Unmögliches möglich machen konnte.

Solche Szenen hatte sie nie hinterfragt.

Das Museum hat heute geschlossen? Gilt nicht für Señor Guarnido.

Hier darf man nicht parken? Für Señor Guarnido gibt es eine Ausnahme.

Die Karten für das Konzert sind ausverkauft? Señor Guarnido bekommt immer noch zwei Karten.

Im Restaurant sind alle Plätze vergeben? Für Señor Guarnido finden wir einen Platz.

Katie hatte ihn für eine hochgestellte und einflussreiche Persönlichkeit gehalten und dafür auch bewundert, und vermutlich war er das auch. Allerdings in einem anderen Sinn. Er war ein mächtiger Mann, den sich niemand zum Feind machen wollte und den sie nun selbst zum Feind hatte.

Die Angst war wieder da. Um sich und um andere. Amalia Fink würde sie vielleicht suchen, und da Héctor von ihr wusste, konnte auch sie in Gefahr sein.

Zum hundertsten Mal trat sie ans Fenster, legte ihre Handflächen an die Scheiben und sah, wie ein Schwarm sehr kleiner Vögel einen Baum umflatterte.

Auch in ihrer Brust schien sich plötzlich ein Vogelschwarm zu befinden. Ihr Herz raste und mit ihrem bisher lautesten Schrei entließ sie die Vögel ins Freie.

Im Hotel blieb alles regungslos. Dass ihre Schreie hier im Nichts verhallten, war nicht gerade neu. Der Vogelschwarm draußen stob hingegen flatternd auseinander.

War ihr Schrei auch draußen zu hören gewesen? Ließen sich die Vögel durch ihre Stimme in die Flucht schlagen? Wozu war sie noch fähig?

Als sie sah, wie der Vogelschwarm sich immer mehr entfernte, paarte sich ihre Sehnsucht nach Freiheit mit ihrem Hass auf Héctor.

Und dann hatte sie gleich zwei Ideen, wie sie sich aus ihrem Gefängnis befreien konnte. Essen hatte sie keines mehr, und wenn man sie nicht verhungern lassen wollte, war die Lieferung eines neuen Korbes wahrscheinlich. Sie begann mit ihren Vorbereitungen und hoffte, damit fertig zu sein, bevor jemand kam – mit oder ohne Essen.

Das gelang, und als es erledigt war, stand direkt hinter der Tür ein hohes Tischchen mit einer großen Vase, die sie in ihrem ersten Wutanfall verschont hatte. Diesmal würde die Vase daran glauben müssen.

Sie hatte das Tischchen so an die Tür angelehnt und ausbalanciert, dass es nur auf einer Kante stehen blieb. Beim Öffnen der Türe musste es umkippen und die Vase klirrend zu Boden fallen.

Sie selbst würde zum Angriff übergehen. Sie wusste, wie das ging, denn die Ausbildung zur Opern- und Musicalsängerin beinhaltete ein forderndes Fitnessprogramm inklusive Fecht- und Kampftraining. Wie sonst sollte man auf der Bühne in den unmöglichsten Posen auftreten und dann auch noch singend dekorativ am Boden liegen?

Ihr Plan ging auf. Um die Mittagszeit herum hörte sie, wie sich ein Schlüssel im Schloss drehte. Ihr persönlicher Zaubertrick, um sich aus dem Gefängnis zu befreien, würde gelingen.

Als die Eingangstür, wie erwartet, nach innen aufging, folgte dem Klirren, mit dem die Vase am Boden zersprang, sofort der Hilfeschrei und das bühnenreife Ächzen und Stöhnen einer Frau, schwer krank oder sogar im Sterben liegend.

Katie hatte darauf gezählt, dass der Helferinstinkt eines spanischen Kavaliers funktionieren würde. Weder Héctor noch ein anderer abgebrühter Gauner würden eine Frau in Not einfach am Boden liegen lassen, und wer auch immer es war, der das Essen lieferte, er konnte nicht riskieren, seinem Boss erklären zu müssen, warum er dessen Geliebter nicht zu Hilfe geeilt war.

So blieb die erwartete Reaktion nicht aus und auch das helle Stoffband – herausgerissen aus einem Tischtuch, das knapp vor der stöhnenden Frau über den Boden gespannt war – blieb unbemerkt.

Der Mann, der ihr zu Hilfe eilte, stolperte, kam aber nicht ganz zu Fall. Dennoch hatte Katie genug Zeit, ihm den Besen, den sie in einem Schrank im Bad gefunden hatte, in seine Weichteile zu rammen.

Als er mit einem Schmerzensschrei zu Boden ging, floh Katie aus ihrem Gefängnis und rannte über das Stiegenhaus nach unten – nur, um Héctor Guarnido direkt in die Arme zu laufen.

* * *

Zwei Ohrfeigen und ein langsam zuschwellendes Auge später saß sie wieder in ihrem Gefängnis, die Hände mit ihrem eigenen Seidenschal am Rücken gefesselt. Héctor Guarnido stand vor ihr, sein übertölpelter Begleiter mit steinerner Miene direkt dahinter.

Die Aggression, die Héctor Guarnido bereits hierher mitgebracht hatte, war durch den Ärger über ihren Fluchtversuch noch verstärkt worden. Als sie dann, auf ihren Sessel gestoßen, zu schreien begann und eine Erklärung forderte, hatte er brutal zugeschlagen.

Jetzt war sein Ton wieder freundlich, aber von jener Art, die bedrohlicher war als jeder laute Ton.

„Katie Falkensteiner", sagte er, „hast du etwa meine Botschaft nicht bekommen?"

Ihr beinahe unmerkliches Nicken schien ihm zu genügen.

„Habe ich dir nicht mitgeteilt, dass du auf mich warten sollst? Noch sind die drei Tage nicht vergangen, die wir vereinbart hatten, damit ich dein diskretes Verschwinden von der Insel arrangieren kann. Nun wird die Sache aber schwieriger. Wenn du gehorsam gewesen wärst, wäre alles ganz einfach gewesen. Aber nun muss ich davon ausgehen, dass du nicht kooperierst, und ich muss mir eine andere Lösung einfallen lassen."

Die geschlagene und gedemütigte Katie gab aber nicht klein bei. Ihr „Jetzt erst recht nicht!" entsprang einer Mischung aus Verzweiflung und tiefer Enttäuschung.

„Kannst du mir endlich erklären, Héctor, warum du dich so verhältst? Vorgestern bist du noch ganz anders gewesen. Wenn du wirklich glaubst, dass ich dir mit diesem Lorenz von der Nebenwohnung untreu geworden bin, dann ist das lachhaft. Du musst doch gesehen haben, was für ein Typ das ist. Der hätte dir doch niemals das Wasser reichen können."

Die Schmeichelei war ihrem Mund entschlüpft, ohne dass sie es beabsichtigt hatte, verfehlte jedoch ihre Wirkung auf Héctor Guarnido.

„Es ist jetzt keine Zeit für Erklärungen. Ich bin mit dir fertig. Du hast mir nicht vertraut, Katie. Diese Professorin aus Salzburg weiß, wer ich bin, und offensichtlich weiß mittlerweile halb Teneriffa von unserer Beziehung. Sollte dir etwas zustoßen, kannst du dich bei ihr bedanken. Sie war bei mir zu Hause und hat die Polizei verständigt. Ich muss mir jetzt überlegen, wie ich dich loswerde. Mich jedenfalls hast du zum letzten Mal gesehen."

Er drehte sich zu seinem Begleiter um.

„Bring sie an den verabredeten Ort", sagte er und verließ so schnell den Raum, dass Katie keine Möglichkeit zur Erwiderung fand.

Ihre verzweifelten Protestschreie hallten seinen Schritten nach.

Teil 2: Margarita

19

Fasziniert wanderten Amalia und Lydia durch den Lorbeerwald. Amalia immer ein kleines Stück vor ihrer Freundin. Jetzt blieb sie stehen und drehte sich zu Lydia um.

„Demnächst sollten wir den Punkt erreichen, an dem wir uns, wie du es ausgedrückt hast, in die Büsche schlagen. Hier zweigt der Nebenpfad ab." Sie hielt den Plan in die Höhe. „Den habe ich von einem spanischen Kollegen. Er erforscht Lurche und Amphibien und ist ein ausgewiesener Teneriffa-Experte."

„Das ist seltsam", sagte sie zehn Minuten später. „Jetzt dürfte ich die Stelle trotzdem übersehen haben. Es tut mir leid. Ich möchte noch einmal ein Stück zurück."

„Ich mache dir einen Vorschlag, Amalia." Nun war Lydia vorne und schaute zurück.

„Wir gehen ganz langsam und ich konzentriere mich auf die rechte und du dich auf die linke Seite. So müssten wir es finden. Hoffe ich."

„Gute Idee."

Lydia marschierte los und gab das Tempo an. Nach einiger Zeit blieb sie stehen. „Was man hier alles entdeckt, wenn man durch dieses Labyrinth aus Bäumen und Pflanzen hindurchblickt. Schau einmal dorthin." Sie zeigte auf eine Gruppe von besonders bizarr geformten Baumstämmen. „Die sehen fast wie ein Schloss aus, bewohnt von einem geheimnisvollen Wesen."

„Echt schön", sagte Amalia, die an ihre Seite getreten war. „Und dahinter scheint sich eine Lichtung zu befinden."

Sie nahm die Stelle etwas genauer in Augenschein. Vielleicht führte hier der Pfad hinein.

„Kein Pfad", sagte sie dann. „Aber warte mal, etwas ist dort merkwürdig. Das will ich mir anschauen."

„Wieso, was ist, Amalia?"

„Irgendetwas liegt auf dieser Lichtung." Amalia nahm ihr Fernglas und versuchte, durch das Dickicht hindurchzublicken. „Da sind Schwärme von Insekten. Vielleicht wegen eines toten Tieres. Warte mal kurz. Das schaue ich mir an."

„Muss das sein?" Lydia klang genervt. „Wollen wir nicht lieber nach diesem speziellen Pfad suchen?"

Amalia reagierte nicht. Behände kletterte sie über Wurzeln und moosbewachsene Steine und schob mit ihren Armen ganze Vorhänge von herabhängenden Kletterpflanzen zur Seite.

Dann verwandelte sie sich selbst in ein Bäumchen. Mitten in einer Bewegung hielt sie inne und streckte einen Arm wie versteinert in die Höhe, während ein Bein über der nächsten größeren Wurzel schwebte.

„Was ist los? Brauchst du Hilfe, Amalia?"

Sie gab keine Antwort, machte nur eine heftige abwehrende Bewegung mit der nach oben ausgestreckten Hand. Schließlich stolperte Amalia noch drei Schritte weiter. Wieder blieb sie stehen, zog aus der Tasche ihrer Jacke ein Tuch hervor und hielt es sich vors Gesicht, denn nun hatte sie die Insektenschwärme erreicht. Dann drehte sie sich abrupt um und rief: „Es ist nicht Katie. Bleib, wo du bist."

Sie hätte wissen müssen, dass sie mit einer derartigen Ansage genau das Gegenteil erreichte.

„Was meinst du mit: ‚Es ist nicht Katie'?", rief Lydia und teilte mit ihren kräftigen Armen das Gebüsch wie Herakles die Arme der zwölfköpfigen Hydra.

Gleich darauf stand die Freundin neben ihr.

„Nein, es ist nicht Katie", stellte Amalia erneut fest und von Lydia kam es wie ein Echo: „Nein, es ist nicht Katie."

Stille. Im Moment gab es nichts mehr zu sagen.

Amalia überreichte nun auch Lydia ein Tuch, das sich diese vors Gesicht hielt. Es waren nicht nur die Insekten, es war auch der abstoßend faulige Geruch, der mit einem Mal den bisher so aromatischen Duft des Waldes abgelöst hatte.

Wenn man so wie Amalia von vornherein befürchtet hatte, dass es sich bei der Toten am Waldboden im Bosque Encantado um Katie Falkensteiner handeln könnte, so gab es einige wenige Ähnlichkeiten. Die eine war deren Jugend, die andere die langen schwarzen Haare, die am Oberkopf zusammengebunden waren und sich am Boden ausbreiteten. Der leblose stämmige Körper hingegen, vom Tau überzogen und von einigen Blättern bedeckt, war mit Katies zarter Figur nicht vergleichbar. Die ausgebreiteten Arme waren dick und durchtrainiert wie von einer, die Gewichte stemmte. Breite Hüften und kräftige Beine steckten in einer langen kakifarbenen Wanderhose, die teilweise heruntergezogen war. Der Oberkörper war unbekleidet.

Die ausgezogenen Kleidungsstücke hingen in den Ästen umliegender Bäume und Sträucher. Ein graues T-Shirt, ein blauer Anorak, noch ein T-Shirt, gelb und weiß, ein schwarzer Büstenhalter. Den Rucksack entdeckten sie auf dem Ast eines entfernteren Baumes. Es sah aus, als wäre er mit dem Schwung eines Diskuswerfers dorthin geschleudert worden, und nun war der Großteil seines Inhalts auf dem Boden verstreut.

„Vielleicht sollten wir schauen, ob sie noch lebt", sagte Lydia. „Auch wenn es nicht danach aussieht, aber es ist ein Gebot der Menschlichkeit. Schließlich kann man nie wissen."

Von Amalia kam ein tiefer Seufzer.

„Gehen wir hin", sagte sie entschlossen und setzte sich schon wieder in Bewegung. Die Tatsache, dass es nicht Katie war, machte es ihr leichter. Später würde sie sich eingestehen, dass diese Erkenntnis sogar zu einer kurzen Gefühllosigkeit gegenüber der Leiche führte und bereits ihre Neugierde das Ruder übernommen hatte.

Erst als sie das Gesicht der Toten betrachtete, stellte sich wieder ihr Mitgefühl ein. Ein völlig erstarrtes Antlitz, beschmutzt und grausam längst von Insekten in Besitz genommen. Eine Maske des Todes, unter der mädchenhafte Gesichtszüge noch vage zu erkennen waren. Dass die Augen weit offen standen, konnte man nur an jener Stelle erkennen, an der eines der Blätter ein klein wenig verrutscht war. Hatte sich jemand der Toten erbarmt und diese schützend auf ihre Augen gelegt? Ein Geist, ein Wesen dieses Waldes? Absurd, tadelte Amalia sich, und an Lydia gewandt sagte sie: „Sie ist tot, eindeutig."

Dies war der Moment, in dem ihre bisherige Beherztheit wie ein Kartenhaus zusammenfiel und der Schock einsetzte. Ihr Herz begann zu rasen und unvermittelt musste sie sich erbrechen.

Lydia, die zunächst einige Schritte hinter ihr stehen geblieben war, war nun herbeigeeilt und reichte ihr eine Wasserflasche. Auch ihre Hände zitterten.

Dann nahm die Freundin sie in die Arme, und für einige Zeit verweilten sie derart umschlungen, bis sie sich wieder etwas beruhigt hatten.

„Okay", sagte Lydia, „wir müssen etwas unternehmen."

Sie holte ihr Handy aus der Hosentasche.

„Ich fürchte, wir haben keinen Empfang."

Sie versuchte es und behielt recht.

„Tote Hose", sagte sie. Dann hielt sie ihre Hand vor den Mund und murmelte: „Was für eine unpassende Bemerkung."

„Komm", sie streckte Amalia die Hand entgegen, „wir gehen jetzt zurück zum Parkplatz, und sobald wir einen Empfang haben, rufen wir die Polizei und außerdem Jesús, der uns abholen soll. Wir haben genug für heute."

„Nein, Lydia", Amalia schüttelte den Kopf. „Wir können hier nicht einfach weg. Die Polizei wird uns befragen wollen, und was ist, wenn inzwischen jemand anderer hier vorbeikommt, der nicht so abgebrüht ist wie wir." Ein kurzes Lächeln mit einem Anflug von Ironie. „Ich bleibe, und du gehst so weit zurück, bis dein Handy wieder einen Empfang hat. Wäre das in Ordnung für dich, Lydia? Findest du den Weg?" Jetzt lag Besorgnis in Amalias Stimme.

„Na klar." Das Handy verschwand wieder in Lydias Hosentasche. „Fürchtest du dich nicht davor, mit diesem unheimlichen Fund alleine zu bleiben?", fragte sie zurück.

„Nein. Das schaffe ich schon."

„Bist du dir sicher?"

„Ja. Ich konzentriere mich auf die Vogelwelt. Vielleicht habe ich Glück und es taucht doch noch eine Lorbeertaube auf."

Das war für Amalia Fink eine absolut glaubwürdige Ankündigung und so drehte sich Lydia um und stapfte los.

„Bin bald wieder zurück", hörte sie Lydia rufen, als diese den Touristenpfad erreicht hatte.

Amalia zog sich an den Rand der Lichtung zurück und fand einen Platz in dem bizarren Gerüst von Ästen, das ihnen noch vor Kurzem wie ein Zauberschloss erschien und nun zu einem Tor der Hölle geworden war.

Sie ärgerte sich über ihren drastischen Vergleich, sagte sich aber, dass es für die Tote genau das gewesen sein musste.

„Man kann nur hoffen", murmelte sie, „dass das Höllentor sie direkt in den Himmel geführt hat."

Mittlerweile war es Mittag und eine große Stille lag über dem Bosque Encantado. Amalia entfaltete ihren Leichtmetallhocker, den sie, wie immer, im Rucksack hatte, und brachte ihre Kamera in Stellung, falls die Lorbeertaube doch noch auftauchen sollte. Kein sehr hoffnungsvolles Unterfangen angesichts der Tageszeit. Dennoch hatte sie nach einer Wartezeit, die ihr endlos vorkam und in der sie mehrmals kurz eingenickt war, unglaubliches Glück. Kurz bevor Lydia mit einem Arzt, einem Ranger des Nationalparks und einer kleinen Polizeitruppe eintraf, erblickte sie den seltenen und scheuen Vogel.

Rasch schoss sie einige Bilder, und obwohl das Tier sofort wieder weg war, war es beim ersten Abdrücken gut getroffen worden.

Im Hintergrund konnte man allerdings auch die Tote erkennen. Sollte Amalia das Bild je herzeigen wollen, würde sie es mit Photoshop bearbeiten müssen.

20

Zweieinhalb Stunden später war in dem stillen Zauberwald überhaupt nichts mehr still.

Lydia, die auf Anraten Amalias für die Wanderung ebenfalls einen Klapphocker mitgebracht hatte, saß neben ihr. Gemeinsam beobachteten sie das Geschehen auf dem Schauplatz des Todes.

„Ein Marabu", sagte Amalia zu Lydia und meinte damit den Arzt, der sich gerade über die Tote beugte. Zur Beruhigung der Nerven war sie dabei, sich die ganze Truppe im Umkreis als Vögel vorzustellen. Der Kommissar, der die Untersuchungen leitete, hatte sie mehr aufgefordert als gebeten, hier auf ihre Einvernehmung zu warten. Er habe zuerst die schwierigen Ermittlungen zu organisieren. Sie waren nicht die Einzigen, die auf die Zeugenaussagen warteten.

Der Ranger des Nationalparks gesellte sich zu ihnen, ein freundlicher, gesprächiger jüngerer Mann, der ihnen von seinem Job erzählte und sich als engagierter Naturschützer erwies, stolz darauf, dass das Anaga-Gebirge zum Biosphärenreservat ernannt worden war. Als er hörte, dass Amalia eine Ornithologin war, bot er an, sie jederzeit durch die interessantesten und von den Besuchermassen kaum frequentierten Gebiete *seines* Gebirges zu führen.

„Kennen Sie die Tote?", fragte Lydia ihn.

„Ich fürchte, ja", war seine sehr leise Antwort.

„Wer ist sie?"

„Es muss Margarita Sánchez Jiménez sein. Sie war vorgestern hier angemeldet, ohne Begleitung. So wie heute hatte ich auch an diesem Tag Dienst und bin ihr am Eingang begegnet. Jetzt habe ich die Tote nur aus der Ferne gesehen, aber eine so bekannte Politikerin erkenne ich selbst aus dieser Distanz. Auch einige ihrer Sachen, die hier herumliegen, habe ich sofort wiedererkannt."

„Bekannte Politikerin?"

Lydia und Amalia hatten wie aus einem Mund gesprochen.

„Sie kennen sie nicht?", fragte er. „Müssen Sie auch nicht. Wahrscheinlich erstreckt sich ihre Bekanntheit nicht über die Grenzen unseres Landes hinaus."

Amalia hatte eine andere Frage. „Fällt es nicht auf, wenn eine Person, die für einen bestimmten Tag angemeldet ist, nicht mehr zurückkommt?"

„Wie denn?" Er zuckte mit den Schultern. „Wir können das gar nicht kontrollieren. Wir überprüfen nur in Stichproben, ob alle, die hier unterwegs sind, auch eine Genehmigung für diesen Tag haben. Außerdem kann das Gelände auch in einer anderen Richtung und über ein nicht genehmigungspflichtiges Gebiet verlassen werden."

Jetzt kam endlich der Kommissar zu ihnen. Ein unfreundlicher Typ und – wie sich bald herausstellte – ein spanischer Macho. Er wollte die beiden Zeuginnen und den Mann vom Nationalpark nicht gemeinsam befragen und befahl ihm, in angemessenem Abstand zu warten, bis er das Verhör der beiden Frauen – er nannte es tatsächlich Verhör – beendet hatte. Er behandelte Amalia und Lydia wie Verdächtige, die die Frau auf dem Gewissen haben könnten. Den Namen der Frau werde er nicht nennen, sagte er, denn man wisse leider nie, in welcher Form eine solche Geschichte an die Presse weitergegeben werde. Dass sie bereits erfahren hatten, wer sie war, behielten sie nun auch für sich.

Immerhin dankte er ihnen abschließend dafür, dass sie die Polizei verständigt hatten, und entschuldigte sich für die lange Wartezeit. Der Grund, den er ihnen nannte, passte dann wieder gut zu dem Eindruck, den er von Anfang an auf sie gemacht hatte.

„Leider", sagte er, „stand mir für diesen spontanen Einsatz keiner meiner bewährten Polizisten zur Verfügung. Die vielen jungen Damen, die neuerdings in unseren Beruf drängen, sind zwar fleißig und ambitioniert, aber bei einer derartigen Geschichte muss man schon ein besonderes Auge auf sie haben. Sie sind doch um einiges emotionaler als ihre männlichen Kollegen und könnten in der Aufregung etwas Wichtiges übersehen."

Lydia sah Amalia an und rollte mit den Augen.

„Komm, wir gehen", sagte sie zu Amalia auf Deutsch. „Ich hoffe, dass man diese Sorte Mann in Spanien bald unter Artenschutz stellen wird. Die Frauenpolitik der spanischen Regierung erscheint mir derzeit eigentlich um einiges fortschrittlicher als die bei uns in Österreich."

Grußlos drehte sie sich um, und Amalia folgte ihr, froh, hier endlich wegzukommen.

Schon bald spürte Amalia die Erschöpfung, die ihr dieses Erlebnis beschert hatte.

Lydia ging schweigend hinter ihr her.

„Für heute reicht es mir", hörte Amalia sie sagen, als der Parkplatz und das Auto mit dem wartenden Jesús in den Blick kamen.

Jesús wiederum hatte sich angesichts seiner offensichtlich ermattet wirkenden Fahrgäste Schweigen verordnet. Er hielt die Wagentüre auf – und dann waren sie auch schon unterwegs in Richtung Chirche.

Während der von Jesús betont ruhig gehaltenen Fahrt kamen Amalias Lebensgeister wieder zurück. Sie betrachtete ihren Chauffeur, der ihr bereits ans Herz gewachsen war.

„Es ist schon merkwürdig", sagte sie auf Deutsch zu ihrer Freundin.

„Was denn?", fragte Lydia.

„Wir begegnen auf dieser Insel ständig interessanten jungen Männern, die uns nützlich sein könnten. Erst Jesús, dann dieser Ranger, die beiden Litauer und irgendwie auch der Kommissar in Puerto Santiago."

„Na, wenn das so weitergeht ...", murmelte Lydia, und plötzlich prusteten beide lauthals los, ein Gewitter von Gelächter, das sich nach der Anspannung der letzten Stunden ausgerechnet über dem Haupt ihres verblüfften Chauffeurs entlud.

„Darf ich auch mitlachen?", fragte er.

„Es ist nichts. Wir lachen nur, weil wir so erleichtert sind, dass wir den Schauplatz dieser furchtbaren Geschichte endlich verlassen durften."

21

„Wow."

Carmen Montero Salvez, die noch recht junge Reporterin vom regionalen Radiosender der Insel Teneriffa, stand vor dem Eingang zum Lorbeerwald im Anaga-Gebirge und sprach ihren Bericht ins Mikrofon.

Sie hatte es geschafft, heimlich und unerlaubt bis zu jener Stelle vorzudringen, an der die zwei Österreicherinnen den Fund gemacht hatten. Wer die Tote war, war allerdings aus dieser Position nicht zu erkennen gewesen. Der Kommissar hatte ihr natürlich nichts verraten, nicht einmal den Namen. Er werde ihn später bei einer offiziellen Pressekonferenz bekannt geben. Ihr wurde vom Kriminalbeamten das schleunigste Verschwinden angeraten. Selbst das Fotografieren mit dem Handy hatte er ihr untersagt, aber einige Bilder hatte sie machen können. Das Glück war ihr dennoch hold gewesen. Als sich ein Ranger des Nationalparks mit den beiden Österreicherinnen unterhalten hatte, war es ihr gelungen, das Gespräch zu belauschen, und dabei hatte sie auch den Namen der Toten aufgeschnappt – eine Sensation.

Dass die beiden Österreicherinnen die in Spanien recht prominente Politikerin Margarita Sánchez Jiménez nicht kannten, war durchaus vorstellbar. Erst vor einem Jahr war sie als eine der ersten Vertreterinnen einer Protestpartei ins Madrider Parlament gewählt worden und setzte sich dort unter anderem für Gender- und Umweltfragen ein. Durch ihre auffallende und manchmal radikale Art, unbequeme Dinge anzusprechen, war sie in ganz Spanien bekannt geworden und ein gern gesehener Gast in zahlreichen Talkshows. Da sie jedoch vor allem nationale Themen ansprach, dürfte ihr Ruhm noch nicht über die Grenzen Spaniens hinausgedrungen sein.

Als sich der Kommissar – er hieß Lobo, wie sie von einer früheren, ebenfalls unerfreulichen Begegnung wusste – den Österreicherinnen und dem Ranger genähert hatte, war Carmen Montero Salvez auf Distanz gegangen. Der Kommissar wäre wütend geworden, wenn er sie in der Nähe gesehen hätte. Die Tatortgruppe hatte mittlerweile damit begonnen, das größere Umfeld des Leichenfundes zu durchkämmen. Da es für sie nicht mehr viel zu holen gab, hatte sie den Rückweg angetreten.

Jetzt war sie gerade dabei, als Allererste die sensationelle Nachricht zu verbreiten. Ein Interview mit den Frauen aus Österreich wäre natürlich ein medialer Coup gewesen. Aber die waren mit einem Taxi abgefahren, als sie den Parkplatz erreicht hatte. Pech gehabt. Rasch googelte sie noch einige Daten zu Margarita Sánchez Jiménez, denn glücklicherweise hatte ihr Handy wieder Empfang. Ein Eintrag in Wikipedia fasste die noch kurze, soeben so tragisch zu Ende gegangene Karriere der Politikerin zusammen.

Margarita Sánchez Jiménez, einzige Tochter einer Lehrerin und eines Automechanikers. Auf Teneriffa geboren, Grundschule in La Laguna. Als sie 16 war, Umzug mit ihren Eltern nach Madrid. Ab 16 Schülerin an der Juan-de-Valdés-Schule. Danach Studium der Sozialarbeit an der Universidad Autónoma de Madrid. Mit 22 Teilnahme an den Protesten Movimiento 15-M, was in ihrer Mitgliedschaft in einer neu gegründeten Partei mündete. Engagement für die Rechte der Frauen und in den letzten Jahren vermehrt für den in Spanien sträflich vernachlässigten Schutz der Umwelt. Mit ihrem Programm zur Selbstverteidigung von Frauen und

Mädchen wurde die Freizeitboxerin in ganz Spanien bekannt.

Jetzt war sie also tot. Carmen hatte es selbst gesehen. Ein Unfall konnte das nicht gewesen sein. Wieso sollte sie sich mitten in einem Naturschutzgebiet die Kleider vom Leib gerissen haben? Hier musste es sich um ein Verbrechen handeln. Alles andere war undenkbar.

Höchste Zeit, diese Nachricht in den Äther zu schicken. Bald würden ganz Spanien und besonders die Inseln durch ihren hochaktuellen Bericht in Aufregung versetzt werden. Dass sie das Ganze dann auch noch auf Instagram und Facebook stellen würde, war selbstverständlich.

22

„Vielleicht ist mir inzwischen doch noch etwas zu dem eingefallen, worüber ich in Ihrem Auftrag nachdenken sollte, Señora Amalia."

Jesús hatte Amalia und Lydia wieder vor der Finca abgesetzt, holte Amalias Rucksack aus dem Kofferraum und überreichte ihn ihr. Lydia hob die Augenbrauen.

„Ich glaube aber, dass Sie heute ohnedies schon genug Aufregung gehabt haben, und eigentlich ist es ziemlich unwahrscheinlich", fuhr er fort.

„Heraus mit der Sprache, Jesús", sagte Amalia. „Wo könnte dieser Héctor Guarnido Katie gefangen halten?"

„Na ja", sagte er, „das ist vermutlich genauso wahrscheinlich wie jede andere Möglichkeit. Mir ist nur eingefallen, dass der Bau eines neuen Hotels von Guarnido kurz vor seiner Fertigstellung nach Protesten von Umweltaktivisten gestoppt werden musste. Angeblich wurde eine Reihe von Auflagen der Naturschutzbehörde nicht erfüllt. Theoretisch also Platz genug, um dort jemanden gefangen zu halten."

„Aha. Ein Hotel, das noch nicht eröffnet ist. Das wäre ein Versteck. Eine interessante Idee. Wo genau befindet sich das Hotel?"

„Nicht am Strand, sondern in den Bergen. Oberhalb von Costa Adeje. Wenn Sie wollen, schaue ich mich dort ein wenig um."

„Das kommt überhaupt nicht infrage. Das ist viel zu gefährlich. Besonders nach der Drohung, die Sie heute erhalten haben. Mir wäre es ohnedies noch immer am liebsten, wenn Sie das zu Ihrem eigenen Schutz der Polizei melden würden. Was sagst du dazu, Lydia?"

„Ich wusste gar nichts von deiner Denksportaufgabe, aber die Idee mit dem Hotel ist nicht ganz abwegig. Du solltest den Kommissar, der Katies Fall jetzt bearbeitet, davon informieren. Er muss ja nicht wissen, dass die Information von Jesús kommt. Seine Entscheidung, nicht zur Polizei zu gehen, müssen wir wohl respektieren."

„Also gut, Lydia. Ich überlege es mir. Ich könnte Kommissar Martínez einen Wink geben, was das neue Hotel betrifft. Ihren Namen erwähne ich dabei nicht, Jesús. Aber noch einmal: Passen Sie bitte auf sich auf."

„Die Drohung galt ja nicht mir, sondern nur meinem Auto, und darauf kann ich schon aufpassen."

Sein Lächeln wirkte aufgesetzt.

„Sie können mir vertrauen, Señoras. Ich werde keine Anweisungen befolgen, die Ihnen schaden, und meine Idee zu dem Versteck gehört bereits Ihnen."

„Gut, belassen wir es dabei. Wir melden uns morgen Früh."

Damit war alles gesagt, Jesús stieg in sein Auto und schlug die Tür zu. Amalia wandte sich zum Gehen.

„Warte", Lydia hielt sie zurück.

„Ich möchte wissen, ob er nach Hause in Richtung Dorf oder wieder dorthin fährt, von wo wir gerade gekommen sind. Ich traue ihm zu, dass er sich doch noch für dieses nicht eröffnete Hotel interessiert."

Kurz darauf nickte Lydia befriedigt. „Er ist brav, er fährt ins Dorf", sagte sie, „gehen wir ins Haus."

Das Highlight der Wohnung von Amalia und Lydia war neben der wunderbaren Lage mit Blick aufs Meer das große Wohnzimmer.

„Tolle Atmosphäre", hatte Lydia bei der ersten Besichtigung zu Amalia gesagt.

„Und wie!", war auch Amalia begeistert gewesen. „Man merkt, dass hier eine Frau am Werk war, die weiß, was man braucht, um sich wohlzufühlen."

Um ihren Lieblingsplatz hatten sie nicht streiten müssen, denn die Auswahl an unterschiedlichsten Sitzmöbeln war ungewöhnlich groß. Wenn sie, wie jetzt, müde von einem Ausflug nach Hause kamen, war es von Anfang an klar, dass Amalia das blau-weiß gestreifte Sofa und Lydia den hellgrauen, gepolsterten Schaukelstuhl mit Fußstütze in Besitz nehmen würden.

Sie hatten sich noch keine fünf Minuten ausgeruht, als der Anruf von Andreas Brauneis kam.

„Zwei Österreicherinnen haben heute im Bosque Encantado eine tote Frau gefunden", teilte er Amalia mit. „Kann es sein, dass ihr das gewesen seid?"

„Wie kommst du darauf?" Amalia runzelte die Stirn, und Lydia, die gerade die Augen geschlossen hatte, richtete sich wieder auf.

„Wir haben es im Radio gehört", ergänzte Andreas.

„Haben sie unsere Namen genannt?"

„Nein, aber den Namen der Toten. Eine in Spanien weithin bekannte Politikerin von der linken Fortschrittspartei."

„Ja, Margarita Sánchez Jiménez."

Lydia saß bereits neben Amalia auf dem Sofa. „Bitte schalt den Lautsprecher ein. Ich will mithören."

Amalia tat ihr den Gefallen.

„Den Namen wisst ihr also auch", stellte Andreas Brauneis fest. „Erzählt."

„Jetzt bitte nicht, Andreas. Wir sind total erschöpft. Wir brauchen eine Pause. Ruf bitte in einer Stunde noch einmal an."

„Natürlich. Nur einen Augenblick noch."

Amalia hörte, wie Andreas flüsterte, vermutlich mit seiner Frau.

„Habt ihr etwas zum Abendessen zu Hause?", fragte er dann.

„Im Kühlschrank haben wir noch einige Reste von gestern."

„Dürfen wir zu euch kommen? Wir bringen Essen mit, nach einem derartigen Erlebnis braucht ihr etwas Ordentliches im Magen. Wir bringen auch Geschirr."

Amalia und Lydia schauten sich an und nickten.

„Danke, Andreas, gerne", sagte Amalia und Lydia beugte sich über das Handy. „Bitte nicht vor 20 Uhr", sprach sie ins Telefon. „Ich brauche Zeit für eine sehr verspätete Siesta."

„Passt", antwortete Andreas Brauneis und legte auf.

„Ich verziehe mich in mein Zimmer", sagte Lydia, „ich brauche wirklich Ruhe."

„Okay. Dann rufe ich jetzt noch unseren Kommissar an. Ich hoffe sehr, dass es positive Nachrichten von Katie gibt."

„Dann hätte er sich schon bei dir gemeldet", Lydia stand auf und ging zum Fenster. „Der weiß natürlich auch schon, wen wir heute gefunden haben. Also gut, ich höre noch mit, wenn ich darf. Ich bin gespannt auf seinen Kommentar."

Außer einer kurzen Bemerkung, dass er gehört habe, was ihnen heute zugestoßen war, verlor Kommissar Martínez kein weiteres Wort darüber. Auch das, was er von der Suche nach Katie Falkensteiner zu berichten hatte, war enttäuschend. Keine Spur von ihr. Immerhin hatte er auch Héctor Guarnido befragen können. Der behauptete, noch nie etwas von einer Katie Falkensteiner gehört zu haben. Die Wohnung seiner Frau hätten in den letzten acht Wochen verschiedene Gäste einer PR-Agentur aus den USA bewohnt. Solle er die jetzt alle anrufen und ausfragen, ob eine der Frauen mit dem Deutschen geschlafen habe?

Als der Kommissar bereits auflegen wollte, hielt ihn Amalia noch einmal zurück. Sie habe zufällig von einem Hotel gehört, das Guarnido gehörte. Es sei noch nicht eröffnet, aber fast fertig. Oberhalb von Costa Adeje. „Wäre es nicht möglich, dass Katie dort versteckt und festgehalten würde?"

Der Kommissar reagierte mit einem Brummen und wünschte Amalia eine gute Nacht.

„Ich befürchte, dass der Kommissar vor diesem Guarnido zu viel Respekt hat. Was meinst du?", fragte Amalia nach dem Gespräch.

„*Wo das Vertrauen fehlt, spricht der Verdacht*', sagt Laotse." Lydia hatte wieder einen passenden Philosophen auf Lager. „Heute ist es aber bestimmt zu spät, um einem Verdacht nachzugehen. Sehen wir morgen weiter. So, und jetzt lege ich mich für eine Stunde aufs Ohr."

23

Susanne und Andreas Brauneis erschienen kurz nach acht und bald stand eine Schüssel mit kalter Suppe auf dem Tisch.

„Schmeckt großartig, weckt meine Lebensgeister. Kalt, aber dennoch keine Gazpacho?" Amalia sah Susanne Brauneis fragend an.

„Nein", grinste diese. „Hat aber gewisse Ähnlichkeiten damit. Kalt, Gurke und eine rote Knolle, aber keine Tomate. Was glaubst du, welche?"

„Rote Rübe", antwortete Amalia sogleich. „Unverkennbar! Hast du die gemacht?"

„Nein", sagte Susanne, „die produziert unser litauischer Freund Karolis derzeit in Unmengen. Er sagt, in seinem Fitnessstudio ist sie der Renner. Er hat uns heute einen größeren Vorrat für den Tiefkühlschrank mitgebracht. Der Name ist allerdings unaussprechlich: Saltibarsciai."

Für einige Zeit widmeten sich alle dem Essen. Nach der Suppe tauchten aus Susannes Kühlbox immer neue Köstlichkeiten auf. Diesmal aus der spanischen Küche.

„Deine Tasche ist ein echtes *Tischlein deck dich*", kommentierte Lydia, nachdem Susanne die vierte Schüssel mit Tapas auf den Tisch gestellt hatte. „Diesmal aus deiner Küche?"

„Leider wieder nein", Susanne schüttelte den Kopf. „Ich muss euch enttäuschen. Noch schnell bei Alfredo geholt. Ich bin im Besorgen einfach besser als im Kochen."

„Apropos litauischer Freund", die Farbe der Suppe erinnerte Amalia an das Gefieder von Rotkehlchen, und damit waren ihre Gedanken auch schon wieder bei Katie. „Meinst du, ich könnte morgen einmal mit Karolis'

Mitarbeiterin, dieser Julia, reden? Ich kann jede Information zu unserer vermissten Freundin gebrauchen."

„Sagtest du nicht gerade erst, dass du die Angelegenheit der Polizei überlassen willst?" Lydia runzelte die Stirn.

„Ja, schon ...", antwortete Amalia gedehnt. Wenn sie sich für etwas engagierte, dann ganz, und das galt auch für untreue Studentinnen, die das Studium der Zoologie an den Nagel gehängt hatten. Sie sorgte sich wirklich um Katie.

„Ich verstehe dich, Amalia", mischte sich Susanne ins Gespräch. „Ich würde mir an deiner Stelle auch Sorgen machen. Wen interessiert hier schon eine österreichische Studentin, von der man nicht einmal weiß, ob sie gesucht und gefunden werden möchte. Der Fall dieser Margarita Sánchez Jiménez ist für die Medien und bestimmt auch für die Polizei viel spektakulärer."

„Ziemlich abenteuerlich eigentlich", ergänzte ihr Mann, „was ihr in den letzten Tagen hier so erlebt habt. Erst die vermisste Katie und jetzt der Fund einer Frauenleiche. Wir kommen schon seit einigen Jährchen nach Teneriffa, aber im Vergleich zu euren Abenteuern ist unser Leben hier ein gemütlicher Sonntagsspaziergang."

„Dem kann abgeholfen werden", sagte Susanne, „zumindest, was mich betrifft. Amalia, ich fahre morgen gerne mit dir zum Fitnessstudio. Das ist eindeutig spannender, als meinem Mann am Golfplatz hinterherzulaufen."

„Warum nicht", war Amalias Antwort. „Kannst du mich am Vormittag entbehren, Lydia?"

„Natürlich", war die Antwort, „dann marschiere ich inzwischen von Alcalá nach Puerto Santiago. Der Weg hat mir gefallen. Ich habe da ein Plätzchen entdeckt, an dem ich mich ohnedies einmal länger aufhalten wollte. Der Blick aufs Wasser beruhigt und regt gleichzeitig zum Denken an. Ein Bild, das sich ewig wandelt."

„Panta rhei", kommentierte Amalia und übersetzte gleich darauf. „Alles fließt."

„Heraklit von Ephesos", kam es von Andreas wie aus der Pistole geschossen.

„Römisch eins", Lydia gähnte. „Da ihr heute ohnedies keine Lektion in Philosophie mehr benötigt, kann ich ja gehen. Ich bin schrecklich müde. Das Essen war wunderbar, und ihr verzeiht mir, wenn ich mich zurückziehe."

24

„Waren Sie es, die gestern die tote Margarita Sánchez Jiménez gefunden haben?"

Ein Satz, dachte Amalia, den wir jetzt sicher noch öfter hören werden.

Es war die Vermieterin der Finca, die das morgendliche Geplänkel zwischen Amalia und Lydia beendete.

Sie nickten.

„Unglaublich", sagte Señora Michaela, „das muss ein schwerer Schock gewesen sein. Gut, dass man den Täter schon gefasst hat."

„Wieso Täter? Wir wissen nicht einmal, ob es ein Mord war. Seit wann gibt es einen Täter?", fragte Amalia.

„Ich habe es soeben im Radio gehört. Ein Ranger des Nationalparks, der am Tag des Todes von Margarita Sánchez Jiménez Dienst hatte. Name wurde keiner genannt, aber angeblich hat er sie mit einem Hammer erschlagen, den er an diesem Tag im Gepäck hatte. Mehr haben sie nicht gesagt."

Amalia und Lydia sahen sich an und schüttelten gleichzeitig den Kopf.

„Das kann ich mir nicht vorstellen", kam es beinahe im Duett.

„Frühstück kommt gleich", sagte die Señora, „wie immer?"

„Mir bitte nur einen Espresso und vielleicht etwas Obst. Mir ist der Appetit vergangen", seufzte Amalia.

Ihre Gastgeberin gab sich damit nicht zufrieden.

„Vielleicht noch ein Tomatenbrot mit Olivenöl, Señora Amalia? Nach dieser Aufregung brauchen Sie etwas, das Sie kräftigt. Sie sind doch so zart und schmal."

„Gracias, ich weiß schon selbst, was ich brauche."

Amalia hatte das Gefühl, soeben in die Schublade „hilfsbedürftige Seniorin" gesteckt worden zu sein. Etwas, das sie nicht leiden konnte. Ihre unüberlegte Reaktion auf das Angebot der Vermieterin war ihr aber peinlich. Ausnahmsweise hatte sie letzte Nacht zuerst schlecht und dann länger als gewöhnlich geschlafen. Gestern Abend hatte sie an Jesús noch eine SMS geschickt mit der Bitte, sie heute schon um neun Uhr abzuholen. Er sollte sie nach Alcalá zu Susanne Brauneis und Lydia dann an den Strand bringen. Er hatte sofort zugesagt.

Lydia rettete die Situation. „Ich hätte gerne noch eine zweite Schale Gofiobrei, am liebsten mit einer frischen Papaya, wenn das möglich ist", sagte sie, „und wie gewohnt noch einen Tee."

„Wird gemacht." Señora Michaela war schon in der Küche verschwunden.

Amalia und Lydia hingen ihren Gedanken nach, bis sich ihr Handy meldete. Es war der Kommissar aus Puerto Santiago.

„Zwei Dinge", sagte er, nachdem er Amalia einen guten Morgen gewünscht hatte. „Erstens: Ich habe heute Morgen bereits zwei Kollegen zu dem noch nicht eröffneten Hotel geschickt. Sie haben sich umgeschaut, aber nichts Verdächtiges gefunden. Ich selbst war noch einmal bei der Wohnanlage, in der Katie Falkensteiner gewohnt hat. Derzeit ist der größere Teil der Apartments unbewohnt. Fast alles Ferienwohnungen. Nur zwei Bewohner habe ich angetroffen und ihnen ein Bild der Vermissten gezeigt. Fehlanzeige. Sie war ihnen nicht bekannt. Ich fürchte, wir müssen davon ausgehen, dass Katie Falkensteiner nicht gefunden werden will."

„Das ist doch absurd. Ich kenne Katie gut genug..."

„Keine Sorge, Señora. Ich setze mich für Ihr Anliegen ein. Wir tun alles, was wir können."

Amalia schwieg, während Lydia sich abwartend zurückgelehnt hatte.

„Was war das Zweite, das Sie mir sagen wollten?"

„Mein Kollege aus La Laguna hat uns angerufen. Es geht um die Tote im Lorbeerwald. Er hat mich gebeten, Ihnen dazu noch einige Fragen zu stellen."

Amalia antwortete nicht sofort und der Kommissar ließ ihr Zeit.

„Wir haben schon gehört, dass ein Ranger des Nationalparks der Tat verdächtigt wird", sagte sie dann. „Hoffentlich wir beide nicht."

„Nein, aber Sie sind natürlich wichtige Zeuginnen. Könnten Sie heute noch zu uns auf die Dienststelle kommen?"

„Sicher", antwortete sie. „Wann denn?"

„Wann immer Sie wollen."

„Dann spreche ich noch mit Señora Denk und melde mich wieder."

25

Die Reporterin Carmen Montero Salvez vom Inselradio triumphierte. Heimlich natürlich. Noch wusste niemand von ihrem heute gemachten sensationellen Interview mit Fermina Sánchez, der Großmutter von Margarita Sánchez Jiménez. Sensationell vor allem, weil zufällig auch deren Freundin, Inés Díaz Castillo, anwesend gewesen war und sich als Geliebte von Margarita geoutet hatte.

Im Moment befand sich Carmen gerade in ihrem eigenen Miniapartment in La Laguna und überlegte, wie sie für sich den höchstmöglichen Profit aus diesem Exklusivinterview herausschlagen konnte. Sie hatte es ohne Zweifel der Tatsache zu verdanken, dass sie ein weiblicher Speedy Gonzales war. In diesem Beruf musste man schneller als die anderen und cleverer als die anderen sein, und feige und schüchtern durfte man schon gar nicht sein. Was sie glücklicherweise nicht war. Sie blieb an einer Sache dran, grub bei ihren Recherchen tiefer als die Kollegen und war eine hartnäckige Interviewerin.

Das Haus von Margaritas Großmutter, das am Rande einer Kleinstadt in der Gegend von La Laguna lag, hatte vorher noch keiner ihrer Berufskollegen zu Gesicht bekommen. Margarita hatte es als ihr geheimes Refugium betrachtet und nicht einmal ihren Parteifreunden davon erzählt. Es war ihr Rückzugsort für die seltenen privaten Momente, die ihr das Leben als Politikerin ließ.

Carmen hatte zunächst die Großmutter befragt, Inés, die Freundin von Margarita und Tochter des Nachbarn von Fermina, war anfänglich nur Zuhörerin gewesen.

Die Großmutter konnte bis heute nicht verstehen, dass ihre eigene Tochter, Margaritas Mutter, mit einem Automechaniker nach Madrid gezogen war und die erst fünfjährige Margarita mitgenommen hatte. Der Kontakt zwischen Tochter und Mutter war jahrelang unterbrochen gewesen und ihre geliebte und einzige Enkelin hatte Fermina nicht mehr zu Gesicht bekommen. Erst als erfolgreiche Studentin an der Madrider Universität hatte Margarita die Großmutter wieder aufgesucht und war von da an regelmäßig gekommen. Bald darauf hatte sie sich mit Inés angefreundet und die beiden waren ein Liebespaar geworden.

Überschwänglich und liebevoll hatte die Großmutter die Persönlichkeit ihrer verstorbenen Enkelin geschildert, einer hochintelligenten jungen Frau, die sich für eine gute Sache glühend begeistern konnte, aber niemals den Boden unter den Füßen verlor. In der politischen Landschaft Spaniens würde sich keine Zweite finden, die ihre Ideale und Ideen mit so viel Mut, Entschlossenheit und gleichzeitig politischem Spürsinn für das Machbare einsetzte. Davon war die Großmutter überzeugt gewesen. Ganz Spanien, vor allem aber die Frauen und auch alle jene, denen der Schutz der Umwelt ein Anliegen war, hatten einen unersetzbaren Verlust erlitten.

„Und stellen Sie sich vor", hatte sie an dieser Stelle gesagt, „meine Margarita und Inés wollten demnächst heiraten." Ein Seitenblick zu Inés. „Margarita hat mir erst vor einer Woche gesagt, dass ihr beide euch outen wollt und eine große Hochzeit geplant ist. Keine leichte Entscheidung für Margarita, die im Blitzlicht der Öffentlichkeit stand."

Inés hatte, wie die Reporterin fand, eher betreten reagiert.

„Das hätte Zeit gehabt. Margarita hat das nur so gesagt. Sie hatte immer Angst vor einem Outing und das sollten wir jetzt respektieren."

„Ich glaube, Margarita hätte jetzt bestimmt nichts dagegen. Aber natürlich hast du zu entscheiden, ob es bekannt werden soll, Inés."

Inés hatte Carmen und dann die Großmutter angeschaut. „Dafür ist es wohl jetzt zu spät, aber was soll's. Ich habe nichts dagegen, wenn die Öffentlichkeit es erfährt."

Die Großmutter war aufgestanden, zu einem Regal gegangen und mit einem Foto zurückgekommen, auf dem zwei kleine Mädchen zu sehen waren, die sich innig umarmten.

„Auch wenn du sagst, Inés, dass du dich nicht mehr erinnern kannst." Sie hatte das Foto auf den Tisch gelegt, sodass sowohl Inés als auch die Reporterin es sehen konnten. „Hier sieht man, wie nahe ihr euch schon als Kinder gestanden seid, bevor Margarita nach Madrid ziehen musste. Du warst die große Liebe ihres Lebens, Inés."

„Das stimmt schon, Fermina", ein verlegenes Lächeln von Inés. „Aber ihre Familie und auch du haben sich doch immer einen Mann für Margarita gewünscht."

„Papperlapapp! Natürlich wäre es mir anfangs auch lieber gewesen, wenn mir Margarita einen Mann ins Haus gebracht hätte, aber als ich gesehen habe, wie sehr sie in dich vernarrt und dabei so unglaublich glücklich war, war es mir auch so recht. Allerdings werden einige Leute aus unserer Familie, insbesondere mein eigener aus der Art geschlagener Sohn, Margaritas Onkel, ein erzkatholischer Priester, nicht erfreut sein, wenn sie es erfahren. Der war entsetzt genug darüber, dass ihre

Eltern sie auf eine protestantische Schule geschickt haben."

„Genauso wenig erfreut übrigens wie der Leiter ihres Parteibüros", ergänzte Inés, „der hatte schon lange ein Auge auf Margarita geworfen."

Nach dieser Aussage war Inés abrupt aufgestanden und wollte sich verabschieden, Carmen hatte sie jedoch noch zurückgehalten und gefragt, ob sie, und natürlich auch die Großmutter, Margarita denn nicht vermisst hätten. Immerhin sei sie schon zwei Tage im Lorbeerwald gelegen, ehe sie gefunden wurde.

Ein erneuter Grund für die Großmutter, in Tränen auszubrechen. Sie hatte ihre Enkelin immer wieder gebeten, sich bei einem dieser Retreats, die sie von Zeit zu Zeit machte und dringend brauchte, wenigstens einmal am Tag zu melden, damit man wisse, dass alles in Ordnung sei. Da war Margarita aber stur gewesen. Ihre Auszeit war ihr heilig und musste absolut frei von äußeren Einflüssen bleiben. Alle paar Monate – so erfuhr Carmen hier – hatte sich Margarita für drei Tage zurückgezogen und das Handy ausgeschaltet. Dann war sie in die Natur gegangen, um – wie sie sagte – sich selbst wiederzufinden und sich gleichzeitig zu beweisen, dass man auch ohne moderne Technik und ununterbrochene Erreichbarkeit noch überlebensfähig war.

„Leider war sie das diesmal nicht", Inés war schon an der Tür, „und ich muss jetzt wirklich los. Eine dringende Erledigung."

Neben eher unwichtigen Details, wie denen, dass Margarita häufig unter schweren Migräneattacken litt, hatte sie auch erzählt, wie Margarita sich wegen ihrer hohen ethischen Ansprüche und ihrer Unbestechlichkeit eine Menge Feinde geschaffen hatte, auch hier auf ihrer Heimatinsel, die ihr besonders am Herzen lag.

So erfuhr Carmen auch von Margaritas Engagement für den Biosphären-Nationalpark im Nordosten der Insel.

Dass an dessen südlichem Rand ein Hotelprojekt geplant war, war ihr natürlich bekannt gewesen, nicht aber, dass dieses Naturparadies um drei Hektar verkleinert werden sollte.

Mehr könne sie dazu jetzt nicht mehr sagen, hatte Fermina Sánchez abschließend gesagt, denn sie wolle nicht auch noch tot im Lorbeerwald landen.

Die junge Reporterin war zufrieden. Jetzt besaß sie genug Material für einen Sensationsbericht und sie brauchte eine Sensation. Keinesfalls aber würde dieses Interview ihr Chef vom Inselradio bekommen. Dazu war sie viel zu wütend auf ihn. Er hatte ihr gestern für ihren raschen Bericht gedankt, dann aber doch einen älteren Kollegen auf die Beobachtung der polizeilichen Untersuchungen angesetzt. Mit der empörenden und fadenscheinigen Ausrede, dass dieser mehr Erfahrung im Kontakt mit der Polizei hätte. Natürlich steckten auch hier die üblichen Männerseilschaften dahinter, zu denen sie keinen Zugang hatte. Und sie hatte schon lange genug davon.

Sie würde jetzt ihr Interview einem privaten spanischen Fernsehsender in Madrid anbieten. Dem mit der höchsten Reichweite natürlich. Vielleicht würde ihr dieser Sender im Gegenzug sogar eine Anstellung als Moderatorin in Aussicht stellen? Einer steilen Karriere stünde dann nichts mehr im Wege.

Während sie sich kurz ihren Träumen hingab, verfolgte sie alle nur verfügbaren Informationen zu dem Fall, die Radio und Fernsehen lieferten, und scrollte sich durch die sozialen Medien. Sie war Multitaskerin aus Leidenschaft.

Soeben war bekannt geworden, dass die Polizei eine Pressekonferenz zum Tod von Margarita Sánchez Jiménez abgehalten und bereits eine Verhaftung vorgenommen hatte.

26

Das Fitnessstudio von Karolis Milonas befand sich in der Altstadt von Puerto Santiago oberhalb einer wild zerklüfteten Bucht, auf deren Uferfelsen bunt gestrichene Häuser und ein Restaurant direkt über dem Meer thronten. Von der Plaza aus, dort, wo Amalia Katie zum ersten Mal gesichtet hatte, gelangte man über eine gewundene Straße bis zu den berühmten Klippen von Los Gigantes, dem Land's End der Ostküste Teneriffas. Das Fitnessstudio von Karolis lag oberhalb dieser Straße, nicht weit von der Stadtapotheke entfernt.

Susanne Brauneis fürchtete, dass sie dort keinen Parkplatz finden würde, und so wanderten sie und Amalia das letzte Stück zu Fuß nach oben, belohnt von einer grandiosen Aussicht.

„Der Blick auf diese Bucht ist einfach fantastisch", sagte Amalia. „Anders kann ich es nicht ausdrücken. Ich frage mich gerade, wie es wohl vor hundert Jahren hier ausgesehen hat. Die Wildheit der Felsen und des Meeres muss für die einheimischen Fischer seit jeher eine besondere Herausforderung gewesen sein."

„Und wahrscheinlich gab es auch viele Todesopfer zu beklagen", sagte Susanne. „Schau mal, Amalia. Hier gibt es ein Fischereimuseum. Da würden wir sicher mehr zu diesem Thema erfahren. Und wahrscheinlich auch einiges über die Vogelwelt am Meer. Aber diesbezüglich kann dir ja niemand etwas erzählen."

„Das weiß man nie", antwortete Amalia. „Im Moment habe ich anderes im Kopf, aber irgendwann können wir uns das ansehen."

Sie hatte sich kurz zu dem Museumsgebäude umgedreht, dessen Fassade mit einem Mosaik aus bunten Fischen und anderen Meeresbewohnern geschmückt war.

„Amalia", zischte Susanne, tippte ihr auf die Schulter und zeigte dann zum Himmel. „Ist das ein Adler?"

Amalia hatte bereits in die Tasche ihrer Jacke gegriffen, in der sich immer ein kleiner Feldstecher befand. Trotz der Entfernung erkannte sie schon mit freiem Auge, wer da über dem Meer schwebte.

„Der Fischadler", flüsterte sie und reichte Susanne selbstlos den Feldstecher, die ihn an ihre Augen führte und schweigend den beeindruckenden Luftbewohner beobachtete. „Eine ungewöhnlich seltene Sichtung."

„Oh, er hat einen Fisch in seinen Fängen."

„Und fliegt Richtung Los Gigantes", sekundierte Amalia. „Ich habe gehört, dass dort zwei Pärchen leben, sehe aber heute zum ersten Mal einen. Brutzeit ist jetzt allerdings nicht. Ich bin ganz beglückt."

Susanne gab Amalia den Feldstecher zurück. „Wir sind in der Kindheit viel in die Berge gewandert und die Sichtung eines Greifvogels war für meinen Vater der seltene Höhepunkt dieser Ausflüge. Er hat mehrmals Steinadler gesichtet und jedem, der es hören wollte, davon erzählt. Wenn ich Andreas von einer meiner Vogelbeobachtungen berichte, sagt er nur: ‚Aha.' Er hat keine Ader für die Wunder der Natur. Seit er in Rente gegangen ist, ist es überhaupt ziemlich langweilig mit ihm geworden. Es reicht ihm, hier den ganzen Tag am Pool zu liegen oder Golf zu spielen. Vielleicht habe ich deshalb mit der Vogelbeobachtung begonnen. Aber jetzt quatsche ich wieder zu viel. Es wird Zeit für dein Gespräch mit dieser Fitnesstrainerin."

Amalia hätte gerne das Thema Fischadler noch vertieft, weniger das Thema *pensionierter Ehemann*. Zu letzterem konnte sie glücklicherweise nichts beitragen. Es war doch das Beste, mit einem Beruf verheiratet zu sein, der einem auch nach der offiziellen Pensionierung noch genügend Beschäftigung bot.

※ ※ ※

Als Amalia und Susanne den großen Trainingssaal des Fitnessstudios betraten, waren nur wenige Personen im Raum. Die Geräte und Maschinen, an denen trainiert wurde, waren alle zu einem großen Panoramafenster hin ausgerichtet, das die ganze Längsseite ausfüllte und einen malerischen Ausblick auf bunte Altstadthäuser, Palmen und das dahinterliegende Meer ermöglichte. Ein Ausblick, der die Menschen an den Trainingsgeräten offensichtlich kaum interessierte. Konzentriert blickten sie auf die kleinen Bildschirme unmittelbar vor ihnen und schauten auch nicht auf, als Amalia und Susanne den Saal durchquerten.

Hinter der dem Eingang gegenüberliegenden Bar war kurz zuvor eine junge Frau aufgetaucht, die ihnen zuwinkte und Julia sein musste. Sie winkten zurück und saßen bald darauf gemeinsam mit ihr am Tresen, jede ein Glas frisch gepressten Orangensaft vor sich.

Groß und schlank, bekleidet mit einem ärmellosen Top und schwarzen Leggings, hätte Julia eine Zwillingsschwester von Katie sein können. Zum Unterschied von dieser waren ihre langen Haare weißblond gefärbt und im Nacken zusammengebunden.

„Ich unterhalte mich gerne mit Katie", sagte Julia, „und ich hoffe sehr, dass sie wiederkommt und ihr nichts Schlimmes zugestoßen ist. Sie war immer pünktlich und hat keine Stunde versäumt. Ich war überrascht, als sie vorgestern nicht zum Training erschienen ist."

„Würden Sie mir sagen, worüber Sie sich mit ihr unterhalten haben?", fragte Amalia.

„Von sich selbst hat sie nicht viel erzählt. Ihr Spanisch ist im Übrigen noch sehr holprig. Nicht gut genug, um großartige Geheimnisse auszutauschen. Sie hat aber einmal erwähnt, dass sie wegen eines Mannes hier auf der Insel gelandet ist und dass sie klassischen Gesang studiert hat. Sie beklagte sich auch, dass die wenigen Engagements und das Geld, das man als Sängerin hier verdient, nicht dem entsprechen, was sie sich erhofft hatte."

„Hat sie Ihnen gesagt, wo sie als Sängerin auftrat?", fragte Amalia.

„Sie hat ein Hotel in Playa de las Américas erwähnt und vor einigen Tagen sind mir zwei Plakate aufgefallen, auf denen Konzerte mit einer Operndiva aus Österreich angekündigt wurden. In Playa de las Américas und Puerto Santiago. Leider habe ich nicht darauf geachtet, wo genau. Ich nehme an, dass es sich um Katie handelte. Auf dem Bild war nur die Silhouette der Sängerin abgebildet, kein Gesicht und auch kein Name. Da dachte ich mir noch, dass ich sie selbst danach fragen könnte."

„Wo haben Sie die Plakate gesehen?"

„Eines in der Apotheke und eines am Rande der Plaza."

„Hallo Susanne, hallo Amalia. Wo habt ihr denn Andreas und Lydia gelassen?"

Karolis war plötzlich hinter ihnen aufgetaucht.

„Hallo Karolis", Amalia hob grüßend die Hand. „Lydia hat sich für eine Wanderung nach Alcalá entschieden ..."

„... und Andreas liegt am Pool", ergänzte Susanne. „Er holt sich den nächsten Sonnenbrand, denn auf seine Frau, die immerhin einmal Ärztin war, hört er ja nicht."

„Bist du Hautärztin?", fragte Karolis.

„Nein, Anästhesistin", lachte Susanne, „ist schon einige Zeit her, aber wenn du möchtest, könnte ich dich immer noch in einen Tiefschlaf versetzen – vorausgesetzt, ich käme hier an die geeigneten Substanzen heran."

„Die könnte ich dir vermutlich verschaffen", scherzte Karolis. „Die Apotheke ist ganz in der Nähe und ich kenne den Besitzer."

Dann wurde er ernst. „Jetzt aber ohne Scherz, Amalia. Sag mal, waren das du und Lydia, die gestern die tote Politikerin im Anaga-Gebirge gefunden haben?"

Die Frage des Tages, dachte Amalia und nickte, worauf die ihr gegenübersitzende Julia erstaunt durch die Zähne pfiff.

„Sie waren das? Das ist ja ein Ding. Meine Freundin Anita kennt Margarita Sánchez Jiménez persönlich. Anita arbeitet als Physiotherapeutin und die Politikerin kommt immer wieder mal hierher nach Puerto Santiago und lässt sich von ihr behandeln. Es ist noch nicht lange her, dass sie hier war, glaube ich. Sie hatte Probleme mit ihrer Hüfte und niemand kann sie angeblich so gut behandeln wie Anita. Konnte, muss ich wohl sagen."

„Interessant", sagte Susanne Brauneis. „Sollen wir vielleicht ..."

„Nein, bestimmt nicht!" Amalia hatte Susanne ungewöhnlich scharf angefahren und entschuldigte sich sogleich.

„Du weißt ja noch gar nicht, was ich sagen wollte."

„Tut mir leid, Susanne", sagte Amalia, „ich wollte nicht so reagieren, aber ich will mich jetzt nicht auch noch um die tote Politikerin kümmern."

„Verständlich. Ich möchte dir ohnedies etwas anderes vorschlagen. Ich dachte, wir könnten noch zur

Apotheke gehen und das Plakat ansehen, auf dem die Operndiva angekündigt wird. Hängt das Plakat an der Tür, Julia?"

„Nein, im Inneren. Da gibt es eine Säule mit unterschiedlichen Informationen." Amalia rutschte von ihrem Barhocker.

„Gute Idee, Susanne, das machen wir. Vielleicht treffen wir auch die Angestellte an, die ich und Lydia kürzlich kennengelernt haben. Ich wollte sie ohnedies noch etwas fragen."

Sie verabschiedeten sich von Julia und Karolis und machten sich auf den Weg zur Apotheke.

27

Amalia und Susanne trafen zehn Minuten vor Lydia am vereinbarten Treffpunkt ein. Es war ein vorwiegend von Engländern frequentiertes Café mit Terrasse.

Der Besuch der Apotheke hatte für Amalia und Susanne nicht die gewünschten Informationen gebracht. Auf dem Weg zum Café hatten sie, deshalb etwas missmutig, über die weniger attraktiven Seiten von Puerto Santiago geschimpft: über die riesigen Hotelkästen, von denen einige bereits Ruinen waren, sowie über die zahlreichen Baustellen mit ihrer Ansammlung von Kränen und Absperrungen. Mit dem rapide anwachsenden Massentourismus war auch hier eine Architektur entstanden, die so verwechselbar war, dass man manchmal die paradiesischen Seiten der Insel vergessen konnte. Amalia las derzeit ein Buch über Wilhelm von Humboldt und berichtete Susanne, wie sehr dieser angesichts der einzigartigen Landschaften Teneriffas ins Schwärmen geraten war.

Lydia Denk schien heute nur die schönen Seiten der Gegend wahrgenommen zu haben. Ungewöhnlich beschwingt nahm sie am Tisch der Freundinnen Platz und schwärmte von ihrer Wanderung.

Susanne und Amalia wechselten einen erstaunten Blick.

„Du scheinst ja himmlisch gut drauf zu sein. Wie Zeus, der sich den Irdischen bekanntlich in wechselnden Formen nähert", scherzte Amalia.

„Wäre schön, wenn man das könnte", antwortete Lydia. „Ich werde mich wohl für den Rest meines Lebens mit meiner irdischen Form zufriedengeben müssen, was mit zunehmendem Alter nicht einfacher wird. Jedenfalls ist es mir gelungen, auf diesem Küstenweg, auf dem mir nur wenige Menschen begegnet sind, weniger als sonst an alltägliche Dinge zu denken. Ich gehe davon aus, dass ihr mich gleich wieder auf den Boden der Tatsachen zurückholen werdet."

Ein ausgesprochen freundlicher junger Mann stellte soeben zwei Gläser Campari auf den Tisch und Lydia bestellte ein großes Glas Wasser mit Zitrone.

„Erneut ein Cocktail nicht ganz ohne Alkohol", bemerkte sie mit Blick auf Amalias Campari.

„Ich entwickle gerade ein neues Ritual", antwortete Amalia. „Ich muss demnächst wieder auf das Polizeirevier und dieses Doping mit einem kleinen Cocktail hat mir schon das letzte Mal gutgetan."

Sie berichtete vom Gespräch mit der Fitnesstrainerin und dass sie danach die Apotheke aufgesucht hätten. Da das gesuchte Konzertplakat nicht mehr vorhanden war, hatte Amalia nach Estrella, der jungen Apothekerin, Ausschau gehalten. Die war jedoch gerade nicht im Dienst und der Apotheker selbst war äußerst unfreundlich und wollte sich an keines erinnern.

„Brauchen Sie noch etwas aus meiner Apotheke?", hatte er hinzugefügt und sich, als sie verneinten, abrupt von ihnen abgewandt.

Beim Verlassen der Apotheke war ihnen dann doch noch Estrella begegnet. Sie war jedoch grußlos an ihnen vorbeigerauscht.

„Ich habe versucht, sie anzusprechen", berichtete Amalia, „aber ich hatte keine Chance. Sie hat so getan, als hätte sie mich noch nie gesehen."

Inzwischen hatte sich auch Jesús zu ihnen gesellt.

„Vielleicht haben Sie ja recht mit Ihrer Vermutung, dass Katie irgendwo eingekerkert ist oder war", kommentierte er nun das soeben Gehörte.

„Wie kommen Sie jetzt darauf?", fragte Amalia.

Jesús räusperte sich.

„Na ja, ich hatte gerade Zeit und bin mal zu diesem Hotel *Vista al Mar* oberhalb von Costa Adeje hinaufgefahren. Ein Projekt von Héctor Guarnido, dessen Fertigstellung von Umweltschützern noch immer blockiert wird. Im Übrigen nicht das einzige, bei dem ihm die Aktivisten Probleme machen, er hat drüben im Nationalpark mit einem weiteren Projekt ähnliche Schwierigkeiten. Ich habe mir aber gerade das hier herüben angeschaut. Eine eingesperrte Sängerin habe ich nicht entdeckt."

„Jesús", Amalia sah ihn für einige Sekunden sprachlos an, „hatten wir nicht vereinbart, dass Sie sich keiner Gefahr aussetzen? Außerdem waren die Leute von Kommissar Martínez heute Morgen auch schon dort und haben nichts gefunden."

„Ich habe nur gesagt, dass ich keine eingesperrte Sängerin entdeckt habe. Das heißt aber nicht, dass ich sonst nichts gefunden hätte."

Er zog ein Stück zusammengefaltetes Papier aus der Hosentasche.

„Es ist zwar nur eine Kleinigkeit, aber die sollten Sie sich vorsichtshalber anschauen."

Er entfaltete das Papier und legte einen kleinen Fetzen roten Stoffes sowie ein kurzes Stück von einem schwarzen Bändchen auf den Tisch.

„Kommt Ihnen das zufällig bekannt vor?", fragte er.

Amalia inspizierte seine Fundstücke und blickte erstaunt auf.

„Das könnte von Katie sein! Nicht wegen des roten Stoffes, viele Leute tragen Rot, aber das Bändchen ... und dann doch auch wieder wegen der roten Farbe, wenn man beides zusammennimmt."

Sie drehte sich zur Seite und hob ihren rechten Fuß so in die Höhe, dass alle ihren blauen Schuh sehen konnten. „Das ist ein *Großglockner*-Schuh. Eine bekannte österreichische Marke. Seht ihr das Schuhband? Es hat diese kleine Kappe am Ende, und das hat dieses Bändchen auch. So etwas haben nur *Großglockner*-Schuhe, und natürlich ist mir bei unserem letzten Treffen aufgefallen, dass Katie schwarze Schuhe dieser Marke trägt. Wo genau haben Sie das gefunden, Jesús?" Amalia klang erregt und auch ein wenig vorwurfsvoll.

„In der Nähe des Hoteleingangs. Als ich dort eintraf, ist gerade das Fahrzeug einer unbekannten Gärtnerei weggefahren. Das Hotel wirkt ein wenig gespenstisch. Alles scheint für eine baldige Eröffnung bereit zu sein, allerdings dürften der Garten und die Pools noch nicht ganz fertig sein. Balkone und Terrassen sind erst teilweise begehbar. Die Bauarbeiten stehen still."

„Okay, aber wo genau haben Sie die Sachen gefunden?"

„Das Stoffstück hing an einem Riesenkaktus, der vor dem Eingang gepflanzt ist. So, als hätte jemand im Vorbeigehen den Kaktus gestreift und wäre mit dem Kleid oder T-Shirt an seinen sehr großen und spitzen Stacheln hängen geblieben. Ich war neugierig und habe in der Umgebung des Kaktus den Boden abgesucht und auch noch dieses kurze Band gefunden. Vielleicht ein abgerissenes Schuhband. Ich habe das Gebäude von außen genau inspiziert. Sämtliche Fenster waren geschlossen, bis auf eines ganz oben, ein kleines Seitenfenster, womit wir am Ende meiner Beobachtungen wären."

„Wissen Sie noch den Namen der Gärtnerei?"

„Natürlich. Das Auto war grün und trug die weiße Aufschrift *Jardinería de Palmeras*. Es war ein mittelgroßer Lieferwagen mit der Nummer 4233ABY."

„Alle Achtung, Sie haben ja ein super Gedächtnis", stellte Amalia fest, „aber ich hatte Sie doch ersucht, nichts Gefährliches ..."

Lydia berührte Amalia am Ellenbogen.

„Lass ihn", sagte sie, „das weiß er. Wir sind nicht seine Eltern."

Susanne Brauneis hatte die ganze Szene schweigend beobachtet.

„Ich muss jetzt leider gehen", bedauerte sie. „Verabredung mit meinem Mann. Bei euch ist es jedenfalls spannend, aber was macht ihr jetzt mit diesen Informationen?"

Alle sahen Amalia an.

„Zunächst müssen Lydia und ich zu dem Termin bei Kommissar Martínez. Wir sollen dort Fragen beantworten, die er uns im Auftrag seines Kollegen aus La Laguna zu stellen hat. Ich verstehe ohnedies nicht, was der noch wissen will. Wir haben gestern genau berichtet, warum und auf welche Weise wir die tote Politikerin gefunden haben. Ich bin dennoch froh über die Gelegenheit, mit Martínez zu sprechen. Er muss natürlich über den Fund von Jesús informiert werden. Was meint ihr? Sollen wir schwindeln und behaupten, dass nicht Jesús das Stoffstück und das Schuhband gefunden hat, sondern dass Lydia und ich bei dem Hotel waren? Ich will nicht, dass Jesús Schwierigkeiten bekommt."

Jesús schüttelte den Kopf und Lydia war auf seiner Seite.

„Wir könnten sagen, dass Jesús in unserem Auftrag gehandelt hat", schlug sie vor. „Mehr oder weniger hat er das ja auch. Außerdem", sie lächelte schelmisch,

„kannst du von diesem Kommissar ohnedies alles verlangen. Letztes Mal hatte ich den Eindruck, dass er dir aus der Hand frisst."

„Also gut", Susanne Brauneis war schon aufgestanden, „dann bin ich gespannt, wie die Geschichte weitergeht. Bitte haltet mich auf dem Laufenden und sagt, wenn ich etwas für euch tun kann."

28

Da es heute in der Polizeistation von Puerto Santiago nur so von Touristen wimmelte, die einen Diebstahl melden wollten, war Kommissar Martínez mit Amalia und Lydia in ein derzeit geschlossenes Café ausgewichen. Schon öfter hatte ihm dessen Besitzerin einen Raum zur Verfügung gestellt.

Sie saßen in einem klimatisierten Hinterzimmer und hatten das Angebot, ihnen eine Tasse Kaffee bringen zu lassen, angenommen. Vielleicht war es die privatere Atmosphäre hier im Kaffeehaus, die den Kommissar erneut ungewöhnlich freigiebig mit polizeiinternen Informationen sein ließ.

„Der Fall schlägt jetzt sogar in der internationalen Presse hohe Wellen und dieser Ranger ist nicht mehr der einzige Verdächtige. Mein Kollege in La Laguna neigt zu übereilten Handlungen. Mittlerweile gibt es bereits eine längere Liste. Eine Frau in der Position von Margarita hat natürlich Feinde und sie hat gerade in letzter Zeit jede Menge Drohbriefe erhalten. Auch in den sozialen Medien war sie immer wieder einem Shitstorm ausgesetzt."

„Man braucht schon ein dickes Fell, wenn man heutzutage in die Politik gehen will", kommentierte Lydia den Bericht von Kommissar Martínez.

„Das gilt für jeden, der im Rampenlicht steht", ergänzte Amalia. An den Kommissar gewandt sagte sie: „Das, was Sie von Ihrem Kollegen in La Laguna berichten, passt zu dem Eindruck, den ich von ihm hatte. Ich fand die Art dieses Kommissars, der uns befragt hat, sehr unangenehm und eigentlich unverschämt."

„Das kann ich verstehen, Señora. Ich kenne ihn gut, denn er war einmal mein Chef."

Kommissar Martínez nickte dem schlanken Mädchen mit extrem kurzen Haaren und einer großen runden Brille zu, das soeben ein Tablett mit drei Tassen Kaffee, einer Kanne Milch und einer Schale mit Zucker auf den Tisch gestellt hatte.

„Gracias, Silvia", sagte er. „Was macht das Surfen? Bist du heute schon draußen gewesen?"

„Meine Tochter ist gerade erst vom Strand zurückgekommen", sagte die Chefin, die hinter dem Mädchen mit einem Teller mit Keksen hereinkam.

„Sie ist ganz verrückt nach dem Meer, was mir ehrlich gesagt manchmal Sorgen macht. Glücklicherweise hält sie sich an meine Zeitvorgaben und war zur angegebenen Zeit wieder zurück. Ich habe mich inzwischen mit Backen abgelenkt." Sie deutete auf den Teller, den sie mittlerweile auf den Tisch gestellt hatte.

„Das sind *Truchas*, süße Pasteten nach einem alten Familienrezept. Wir essen sie immer zu festlichen Gelegenheiten. Bald ist Ostern und meine Gäste verlangen danach, da sie viel besser sind als die aus dem Supermarkt. Aber wir wollen nicht stören. Komm, Silvia."

Schon waren sie wieder weg und der Kommissar verteilte die drei Kaffeetassen.

Dann fuhr er fort. „Mein ehemaliger Chef kommt ursprünglich aus Madrid. Dort hatte er gute Beziehungen zu gewissen Kreisen. Er stammt aus einer Familie strammer Anhänger von General Franco. Nicht ganz freiwillig ist er nach Teneriffa gekommen. In Madrid gilt das immer noch als Strafversetzung, obwohl es eigentlich in mancher Hinsicht ein Haupttreffer sein kann. Jedenfalls werden wir ihn in La Laguna nicht mehr los, und ich war heilfroh, als ich die Stelle hier erhalten habe, noch dazu in der Stadt, in der ich geboren bin. Zur Ehrenrettung des früheren Chefs muss ich sagen, dass er sich letzten Endes immer streng an den Buchstaben des Gesetzes hält."

Die Fragen, die Kommissar Martínez nun im Auftrag seines Kollegen Lobo aus La Laguna stellte, waren rasch abgehakt und im Wesentlichen dieselben, die dieser ihnen schon am Schauplatz gestellt hatte. Wenn er gehofft hatte, der Auftrag an Kommissar Martínez würde neues Belastungsmaterial gegen den Ranger zutage fördern, dann hatte er Pech gehabt. Mit Interesse reagierte Martínez auf das, was Amalia von Julia erfahren hatte. Weder ihm noch seinen Kollegen war bekannt gewesen, dass Margarita Sánchez Jiménez von Zeit zu Zeit in Puerto Santiago gewesen war, um sich von einer Physiotherapeutin behandeln zu lassen.

Dann versprach er, sich weiterhin um die vermisste Katie Falkensteiner zu kümmern. Amalia übergab ihm den kleinen roten Stofffetzen und das Schuhband, nannte ihm die von Jesús beschriebene Fundstelle, erklärte, warum diese Sachen von Katie stammen mussten, und berichtete von dem Lieferwagen einer – übrigens auch für den Kommissar – unbekannten Gärtnerei.

Während sie sprach, machte er sich Notizen. Dann rieb er sich die Nase und schien nachzudenken.

„Also gut", sagte er schließlich, „ich kümmere mich um diesen Lieferwagen, den Ihr Zeuge gesehen hat, und werde das Hotel noch einmal genauer untersuchen lassen. Wenn die Gesuchte dort festgehalten wurde, könnte man vielleicht noch weitere Spuren finden. Möglicherweise auch im Keller. Mit Durchsuchungsbefehl! Meine beiden Kollegen, die sich dort umgesehen hatten, konnten das Hotel nicht betreten."

Er erhob sich. „Señoras, es tut mir leid, ich muss los. Ich habe noch einen Termin."

Sie hatten das Gespräch auf Spanisch geführt. Jetzt zwinkerte er Amalia zu. Auf Deutsch sagte er: „Dankeschön. Ich verspreche mein Bestes. Wir bleiben in Kontakt."

Dann nahm er den Kekstellerund schob ihn Amalia hin. „Sie haben ja das Gebäck noch gar nicht probiert, Señora Fink. Ich muss los. Bleiben Sie doch noch und genießen Sie Ihren Kaffee."

„Hat der Kommissar gerade mit dir geflirtet?", fragte Lydia, als er weg war.

„Sieht fast so aus", antwortete Amalia, „er hat sich aber auch an die Nase gefasst gerade eben, und ich habe mal gelesen, dass dann jemand lügt."

„Die Bedeutung solcher Gesten wird meiner Meinung nach viel zu sehr überbewertet. Für mich ist plausibel, dass jeder Griff in das eigene Gesicht zumindest eine Geste der Beruhigung ist. Aber ich brauche jetzt zu diesem Zweck noch so ein herrliches Pastetchen."

Lydia schnappte sich den Teller und nahm ein weiteres Stück. „Ich finde, dass sowohl der Kaffee als auch das Gebäck ausgezeichnet sind."

„Leider ist mir der Appetit völlig vergangen, seit ich dieses Stück Stoff und das Schuhband von Katie gesehen habe. Hier ist Gewalt im Spiel, ich kann es mir nicht anders vorstellen. So entgegenkommend Kommissar Martínez auch ist, glaube ich doch nicht, dass er sich ausreichend engagiert. Ich bin jedenfalls nicht mehr bereit, die Suche nach Katie aufzugeben. Es fehlt mir nur die zündende Idee, wie und wo ich beginnen beziehungsweise weitermachen soll."

„Kann ich verstehen, Amalia. Aber haben wir wirklich einen Beweis dafür, dass Katie einem Verbrechen zum Opfer gefallen ist?"

„Indizien gibt es genug", antwortete Amalia. „Dass sie nicht zu unserer Verabredung gekommen ist, sich danach nicht mehr gemeldet oder entschuldigt hat, und dann das Stoffstück und das Schuhband. Und Guarnido behauptet, dass nie eine Katie in seinem Apartment gewohnt hat. Das ist doch absurd. Man wird ja noch sehen, wem die Polizei glaubt, mir oder diesem Héctor Guarnido. Was, wenn sie in dem Lieferwagen der unbekannten Gärtnerei war?"

„Was, wenn mit diesem Lieferwagen einfach Pflanzen transportiert wurden? Es gibt immer noch eine andere Möglichkeit. Du weißt, Sokrates hat immer ..."

„Nein, bitte nicht, Lydia", Amalia stöhnte auf, „komm mir bitte jetzt nicht wieder mit deinem heiligen Sokrates. Die Drohung, die Jesús erhalten hat, ist übrigens noch ein weiteres Indiz dafür, dass hier etwas ziemlich faul ist."

Lydia konnte nicht mehr antworten, denn nun betraten wieder die Gastgeberin und ihre Tochter Silvia den Raum.

„Ich hoffe, es hat Ihnen geschmeckt", sagte die Mutter. „Ich muss Sie jetzt leider darum bitten zu gehen, weil ich meine Tochter zu ihrem Tanzunterricht nach Alcalá bringen muss. Sie packt den Rest des Gebäcks für Sie ein." Das Mädchen beförderte die Süßigkeiten mittels einer silbernen Zange in eine Papiertüte und reichte sie ihnen.

„Herrlich." Lydia nahm das Säckchen. „Es geht nichts über Selbstgebackenes. Vielen Dank. Komm, Amalia, wir müssen los."

29

„Eigentlich hat die ganze Geschichte mit dem Tod von Katies Nachbarn begonnen", sagte Amalia, als sie draußen vor dem Café standen. „Ich habe jedenfalls beschlossen, mich noch einmal in ihrer Wohnanlage umzuhören, und bitte, Lydia, lass mich das allein machen. Wenn zwei ältere Frauen dort aufkreuzen, halten uns die Leute für Missionarinnen von irgendeiner Sekte und machen erst recht nicht auf. Lass dich von Jesús Vidal zu unserer Finca fahren, er kann mich dann später wieder abholen."

„Nein, Amalia, ich gehe noch einmal an den Strand. Ich kann stundenlang in die Wellen blicken, die hier so spektakulär auf die tiefschwarzen Felsen zurollen. Ruf mich an, wenn du fertig bist. Und dann genehmigen wir uns hier noch ein Abendessen."

Amalia näherte sich der Wohnanlage und hatte Zeit, sie genauer zu betrachten. Die Apartments türmten sich – strahlend weiß – wie unordentlich geschlichtete Schuhschachteln übereinander, errichtet auf einem steilen Küstenfelsen, an dem Tag für Tag die Wellen abprallten. Fenster und Terrassen waren zum Meer hin ausgerichtet. Kleine Gärten lockerten das Ensemble auf und für einen gemeinschaftlichen Swimmingpool war eine der unteren Ebenen freigehalten worden. Die Bepflanzung war üppig und wie überall im Ort wuchs auch hier eine bunte und prächtige Mischung aus Palmen, Agaven, Bougainvilleen, Wandelröschen und Dipladenien mit prächtigen roten Blüten.

Die Eingangstüren befanden sich straßenseitig, bei jeder Klingel gab es einen Zahlencode, aber keinen Namen.

Dann stand sie auch schon vor der ersten Tür, wollte klingeln, tat es aber nicht. Sie hatte wenig Hoffnung, diesmal jemanden anzutreffen.

Während sie noch überlegte und die Klingel anstarrte, hörte sie das ratternde Geräusch eines Koffers auf Rollen, und als sie sich umdrehte, stand ein älteres Ehepaar hinter ihr. Er in kurzen Hosen und einem T-Shirt mit der Aufschrift *„I can fix everything"*. Sie in einem bodenlangen Blümchenkleid mit Spaghettiträgern.

„Can I help you?", fragte die Frau.

Fünf Minuten später saß Amalia auf einer der Terrassen und hatte eine Tasse Tee vor sich stehen. Sie nahm einen Schluck und fragte höflichkeitshalber, um welche Sorte es sich bei diesem ausgezeichneten Getränk handle.

„Lipton, of course", sagte der Mann, der Amalia gebeten hatte, ihn einfach Bill zu nennen. Ein Hauch von hochnäsigem Oxford-Akzent hatte sich in seinen Londoner Slang gemischt. Das Ehepaar war aus allen Wolken gefallen, als sie von Amalia erfuhren, was sich während ihres kurzen Besuchs in ihrer Heimatstadt London hier im Haus ereignet hatte, und Amalia stellte mit Erleichterung fest, dass ihnen der Name Katie ein Begriff war.

Die Aufregung löste ihre Zungen und Amalia fand sich in der Rolle der aufmerksamen Zuhörerin. Dass ihnen die Buschtrommeln ihrer englischen Kolonie hier noch nichts von der Katastrophe mit ihrem deutschen Nachbarn berichtet hatten, fanden sie nicht gänzlich verwunderlich. Kaum einer las oder hörte Nachrichten in spanischer Sprache. Der Deutsche hatte einigermaßen gut Englisch gekonnt und deshalb hatten sie sich auch mit ihm angefreundet. Von Zeit zu Zeit genossen sie auf einer ihrer Terrassen gemeinsam ein Bier oder halfen sich gegenseitig mit etwas aus.

Einmal hatte Wolfgang Lorenz dann auch eine junge Frau namens Katie dazu eingeladen und so hatten sie diese kennengelernt. Sie hatte ihnen erklärt, dass sie hier nur vorübergehend im Apartment neben Wolfgang Lorenz einquartiert sei. Es gehöre dem Bekannten einer Freundin, die das Quartier als Übergangslösung vermittelt hätte.

Sie wussten auch, dass Katie, so wie sie selbst, für Wolfgang Lorenz hin und wieder Besorgungen gemacht hatte. Es sei ihm zeitweise schlecht gegangen. Er habe sich über seine Schmerzen beklagt und darüber, dass seine geschiedene Frau die Kinder von ihm fernhielt. Manchmal schaffte er es nicht aus dem Haus, und so hatte er seine Nachbarn gebeten, ihm Bier oder etwas aus der Apotheke mitzubringen. Ihr Mann trinke ja auch gerne Bier, sagte die Engländerin, aber angesichts der vielen Medikamente, die der Deutsche genommen hatte, habe er eindeutig zu viel davon konsumiert.

„War er denn so schwer krank?", fragte Amalia.

„Irgendein rheumatisches Leiden", antwortete die Frau, die sich als Milly Velman vorgestellt hatte. „Er war angeblich keine 60, aber manchmal hat er wie 80 ausgesehen. In seiner Jugend war er sicher ein attraktiver Mann."

Amalia wagte eine weitere Frage. „Denken Sie, dass diese Katie mehr als nur eine freundschaftliche Beziehung zu ihm hatte?"

„Pfffft", Milly blies die Luft durch ihre geschlossenen Lippen und ihre Augen waren schmal geworden. „Das kann ich mir nicht vorstellen."

„Keine Ahnung", sagte sie dann. „Warum interessieren Sie sich für sie? Kennen Sie sie? Ich dachte, Sie sind wegen der Wohnung hier."

Als Milly sie angesprochen hatte, war Amalia so überrascht gewesen, dass sie bei der Version geblieben war, die sie schon dem Kommissar aufgetischt hatte. Sie interessiere sich für eine Wohnung, die angeblich hier frei geworden sei, weil deren Inhaber tragisch verstorben war. Jetzt musste sie aber mit der Wahrheit herausrücken.

„Die Wohnung interessiert mich tatsächlich, aber ich gebe zu, dass ich eine Katie kenne, die hier angeblich wohnt. Sie ist eine ehemalige Studentin von mir. Ich war bis vor einem halben Jahr Professorin für Ornithologie in Salzburg."

Nun waren Bill und Milly ganz aus dem Häuschen. Die Vogelbeobachtung sei ihr liebstes Hobby hier auf Teneriffa und bei einem Großteil ihrer englischen Freunde sei das ebenso.

Schon war Milly aufgesprungen und mit einem ganzen Stapel Fotoalben zurückgekehrt. Ob Amalia denn wisse, dass die Vogelbeobachtung in England auf eine lange Tradition zurückblicken konnte.

Amalia lächelte gnädig.

Ihre Befürchtung, dass sie nun sämtliche Alben durchblättern und die Fotos ansehen musste, nahm bereits reale Formen an. Schließlich gelang es ihr, das Paar auf ein späteres Treffen zu diesem Thema zu vertrösten und das Gespräch wieder auf Katie zu bringen.

„Ich sorge mich um Katie", sagte sie. „Ich kann sie seit Tagen nicht erreichen."

„Ach, das Vögelchen ist schon öfter für ein paar Tage ausgeflogen", bemerkte Bill. „Wir geben Ihnen

Bescheid, wenn wir sie wiedersehen. Sollen wir ihr etwas ausrichten?"

Amalia nannte ihre Telefonnummer. Dann fragte sie noch, ob Bill oder Milly Katie jemals zusammen mit einem anderen Mann gesehen hätten.

„Ja doch, das haben wir", antwortete Milly, „nicht wahr, Bill?"

„Ich kann mich nicht erinnern", brummte dieser.

„Ich schon", sagte Milly. „Wissen Sie, wenn es sich nicht gerade um Vögel handelt, geht Bill ziemlich blind durch die Gegend."

Katie sei einmal mit einem etwas älteren, aber noch sehr gut erhaltenen und attraktiven Mann in der Nähe der Wohnanlage gewesen. Sie hatten zusammen die Straße überquert und seien dann in einem chinesischen Supermarkt verschwunden.

Der Versuch, aus Milly und Bill noch mehr Erinnerungen an Katie herauszukitzeln, scheiterte. Erneut kamen sie auf die Vogelkunde zu sprechen und Amalia blieb nichts anderes als das Versprechen übrig, sich demnächst wieder zwecks Plausch zu Teneriffas Vogelwelt zu melden.

Ihre Freunde würden staunen, wenn sie von ihrer Begegnung mit einer Professorin der Ornithologie erführen, strahlten Bill und Milly.

Der Besuch bei den beiden hatte mehr Zeit in Anspruch genommen als gedacht, und so verzichtete Amalia darauf, an weiteren Wohnungstüren zu klingeln.

30

„Zeigen Sie uns, was Sie können, und bringen Sie noch ein weiteres spannendes Interview. Diesmal vor laufender Kamera. Dann können wir über einen Job reden."

Die junge Reporterin vom Inselradio war im Zustand höchster Erregung. Sie, Carmen Montero Salvez, befand sich in einer Onlinekonferenz mit dem Boss von ETVa, dem größten privaten TV-Sender Spaniens.

„Dazu brauche ich ein Kamerateam", sagte sie und gab sich selbstsicherer, als sie sich fühlte.

„Ich habe jemanden auf Teneriffa. Der ist in einer halben Stunde bei Ihnen, sobald Sie mir Zeit und Ort des Interviews bekannt gegeben haben."

Bereits zuvor war im Rahmen einer aktuellen ETVa-Nachrichtensendung mit größter Reichweite darüber berichtet worden, dass eine Journalistin namens Montero Salvez aus La Laguna auf eine sensationelle Geschichte gestoßen war. Es sei ihr gelungen, die Geliebte der verstorbenen Politikerin Margarita Sánchez Jiménez ausfindig zu machen und ein Interview von ihr zu erhalten. Diese hatte ihr berichtet, dass sie und Margarita kurz vor dem Outing als lesbisches Paar gestanden seien und in Kürze hatten heiraten wollen. Eine Sensation, denn niemand hatte etwas von dieser Beziehung geahnt.

Der Anfang der Nachrichtensendung war durch einen beliebten Sprecher – ihr Traummann, wie Carmen einmal einer Freundin gestanden hatte – eingeleitet worden. Jetzt, als er ihren Namen aussprach, hatte dieser Traum eine reale Gestalt angenommen.

„Wie Carmen Montero Salvez aus La Laguna berichtete, hatte die gestern im Lorbeerwald von Teneriffa tot aufgefundene und mit höchster Wahrscheinlichkeit einem Mord zum Opfer gefallene Margarita Sánchez Jiménez eine Geliebte in La Laguna. Nicht einmal der Chef ihrer eigenen Partei, der *Partido Fuerte Juntos*, hatte von dieser Beziehung Kenntnis gehabt. Der Rundfunkreporterin Montero Salvez war es gelungen, dieser Freundin sowie der Großmutter der in ganz Spanien bekannten Politikerin in einem Interview bis dato gänzlich unbekannte Details aus deren Privatleben zu entlocken. Außerdem war Sánchez Jiménez einem Korruptionsskandal rund um den Parque Rural de Anaga auf der Spur, mit dem sie demnächst an die Öffentlichkeit gehen wollte. Weitere Details folgen im Laufe unserer Sendung."

Mit Stolz und Genugtuung hatte Carmen diese Sendung gesehen und für ihren Bericht auch ein ungewohnt hohes Honorar erhalten.

Dass ihr Vorgesetzter vom nationalen Radio umgehend von diesem Bericht erfahren hatte und alles andere als erfreut über ihren Alleingang gewesen war, lässt sich denken. Seinem Anruf, in dem er ihr die Kündigung angedroht hatte, war ein anderer überraschender Anruf gefolgt. Er kam vom Sekretariat des TV-Senders ETVa und hatte zur Folge, dass sie sich nun in einem Videogespräch mit dessen oberstem Boss befand, für das sie sich noch rasch herausgeputzt hatte. Ganz offensichtlich wollte er sich noch ein Bild von ihr machen.

„Natürlich kann ich Ihnen noch ein Interview liefern", sagte sie jetzt ohne eine Sekunde des Nachdenkens. „Ich werde sofort die Geliebte von Margarita

Sánchez Jiménez kontaktieren und sie für Ihren Sender vor die Kamera holen."

„Machen Sie das", war die Antwort, „ich brauche das Interview noch heute für unser Spätabendprogramm!"

31

„Ich dachte, du hattest nichts anderes vor, als in die Wellen zu blicken?" Amalia blinzelte Lydia durch ihre Sonnenbrille zu.

Erst vor wenigen Minuten hatten sie sich an derselben Stelle wiedergetroffen, an der sie auseinandergegangen waren. Dabei war ihnen ein kleines Restaurant aufgefallen, das sie noch nicht kannten. Jetzt waren sie dabei, es auszuprobieren. In wenigen Augenblicken würde die Sonne hinter der Wolkenwand, die sich wieder einmal vor die Nachbarinsel La Gomera geschoben hatte, untergehen. Ein letztes Mal an diesem Tag erreichten ihre blendenden Strahlen die beiden Frauen, die den einzigen nicht reservierten Tisch im *Blue Martini* ergattert hatten.

Noch waren sie in dem Lokal alleine, bedient von einem freundlichen Kellner, der ihnen die übliche Frage stellte: ob sie zum ersten Mal hier in Puerto Santiago seien und ob es ihnen gefalle. Dann nahm er ihre Bestellung auf und verschwand.

„Man weiß nie, was der Blick in die Wellen in einem selbst auslösen kann. Manchmal beruhigen sie, dann wieder stöbern sie einen Gedanken oder eine Idee auf und mit der Ruhe ist es vorbei." Lydia saß mit dem Rücken zur untergehenden Sonne.

„Und das scheint bei dir heute der Fall gewesen zu sein?" Amalia nahm ihre Brille ab. Die Sonne war weg.

„Allerdings", antwortete Lydia. „Ich erzähle es dir gleich. Allerdings bin ich hungrig und hätte vorher gerne etwas gegessen. Wo bleibt nur unsere Vorspeise?"

„*¡Cuidado, muy caliente!*", warnte der Kellner beim Servieren.

Zwei Schalen aus Keramik landeten vor ihnen auf dem Tisch, gefolgt von zwei ebenfalls noch sehr heißen Fladenbroten, die der Kellner mittels einer silbernen Zange in das Brotkörbchen beförderte.

„Zufrieden?", fragte Amalia, nachdem ihre Lieblingsvorspeise *Gambas al ajillo* verzehrt war.

„Sehr." Lydia zeigte mit ihrem rechten Daumen nach oben. „Beinahe die besten, die ich bisher gegessen habe."

„Dann erzähl endlich."

„Also gut. Ich hatte die Idee, im Ort noch eine Runde zu drehen und zu schauen, welche Plakate hier in Puerto Santiago so herumhängen."

„Ach ja", bemerkte Amalia, „es war wohl höchste Zeit, dass du deine alte Gewohnheit wiederaufnimmst und jedes Plakat, das du siehst, eingehend studierst."

„Ja, aber wie du weißt, interessieren mich nur politische Plakate und solche mit kulturellen Veranstaltungen. Da erfährt man viel über einen Ort. Diesmal wollte ich aber nur nach der Ankündigung eines Konzerts mit unserer *Salzburger Nachtigall* Ausschau halten."

„Und hast du etwas entdeckt?"

„Nichts. Die Plakate zu den bevorstehenden Regionalwahlen hier auf Teneriffa dominieren alles. Vor allem die für Diego Rosario, einen rechtsextremen Politiker. Ist mir in letzter Zeit schon öfter aufgefallen. Er kämpft für die volle Autonomie der Kanaren. Ein Gespräch zwischen zwei jungen Leuten, die ebenfalls die Plakate betrachteten, durfte ich auch belauschen. Einer von ihnen vermutete, dass Diego Rosario aus den Kanaren die Cayman-Inseln machen und ein Steuerparadies errichten wolle, und der andere erzählte, dass Rosario ein Feinschmecker sei und es offensichtlich auf deine Lorbeertaube abgesehen hat. Die ist angeblich eine Delikatesse und gleichzeitig streng geschützt. Stimmt das?"

„Allerdings. Sie ist eine gefährdete Art – und leider auch äußerst schmackhaft. Deshalb wurde sie beinahe ausgerottet. Wenn es stimmt, dass dieser Politiker eine geschützte Vogelart vernascht, und dies bekannt wird, kann ihm das aber extrem schaden."

„Vermutlich einer, der sich für unverwundbar hält. Ein Gauner von der schlimmsten Sorte, wie unser Jesús kürzlich Héctor Guarnido bezeichnet hat. Übrigens ist Rosario der Schwager von Guarnido. Ich habe ihn gegoogelt."

„Ja, ich weiß. Das hat mir Jesús schon erzählt, der übrigens einmal mit der Tochter von Guarnido zusammen war. In was für einen Sumpf ist Katie da bloß hineingeraten?"

„Wenn du jetzt hörst, was ich dir noch von Jesús zu erzählen habe, wird dich das leider auch nicht beruhigen", bemerkte Lydia mit hochgezogener Stirn.

„Dann gleich heraus damit. Unsere Hauptspeise lässt ohnedies auf sich warten."

„Ich wollte dir die schlechte Nachricht eigentlich erst nach dem Essen überbringen, aber wenn du unbedingt möchtest, erzähle ich sie dir sofort."

Lydia nahm sich noch ein Stück Brot, tunkte es in die von den Gambas übrig gebliebene Sauce, steckte es in den Mund und verdrehte genüsslich die Augen.

Dann sprach sie weiter. „Jesús kann uns heute nicht mehr hinauffahren. Er hat mich angerufen. Er hat schon wieder eine Warnung erhalten, von jemandem aus Guarnidos Haushalt. Er möge sich schleunigst irgendwo verstecken, hieß es, ein Schlägertrupp sei auf dem Weg zu ihm. Die Quelle war vertrauenswürdig und deshalb hat er der Aufforderung auch Folge geleistet. Dass er bei dem Hotel war, ist offensichtlich genauso wenig unbemerkt geblieben, wie dass er uns chauffiert. Wir hätten schon die erste Warnung ernst nehmen sollen, Amalia."

„Er aber auch. Er ist kein Kind mehr und kennt diese Leute, wie er gesagt hat."

„Ja, aber er mag uns."

„Und wir mögen ihn auch. Er muss jetzt erst einmal in Deckung bleiben."

„Natürlich."

Sie kamen nicht mehr dazu, das Thema zu vertiefen. Ihre Aufmerksamkeit richtete sich jetzt auf den Teller mit einem Nationalgericht von Teneriffa, das sich soeben vor ihnen materialisiert hatte.

32

Die Inselreporterin Carmen Montero Salvez war sauer. Sie hatte gedacht, es sei ein Leichtes, Inés, die Lebensgefährtin von Margarita Sánchez Jiménez, vor die Kamera zu bringen. Leider hatte sie sich getäuscht. Die Frau hatte zwar am Telefon in ein weiteres Interview eingewilligt, es war jedoch ein Fehler gewesen, ihr den Kameramann zu verschweigen. Als die Reporterin am späten Nachmittag mit dem aus Puerto de la Cruz kommenden Mann vor deren Elternhaus aufkreuzte und Inés das Logo von ETVa auf der Kameraausrüstung sah, hatte sie sich geweigert, für den Fernsehsender ein Interview zu geben.

Der Kameramann war ohnedies nicht erfreut über den Auftrag gewesen. Er kannte die Gegend und die Kleinstadt Tegueste und ahnte, wo sie landen würden: bei den allerletzten Häusern einer steilen, kurvenreichen Straße und nach einer Fahrt, die viel länger dauerte, als es die Kilometerzahl erwarten ließ.

Jetzt machte Carmen ein enttäuschtes Gesicht, und er konnte wieder einpacken und würde nicht einmal etwas bezahlt bekommen. Inés war in dem desolaten Haus verschwunden und ein alter Mann – vermutlich ihr Vater – hatte ihnen soeben mitgeteilt, dass sie das Interview vergessen konnten. Der Kameramann überlegte noch, wie er das der Reporterin heimzahlen konnte, als sie ihn aufforderte zu warten und ihre Schritte ohne einen Augenblick des Zögerns über Geröll und kaputte Bodenplatten zum Nachbarhaus lenkte.

Das Gartentor stand offen und bald darauf war sie im Haus verschwunden. In einem Haus übrigens, das viel schöner war als das, zu dem man ihnen gerade den

Zutritt verwehrt hatte. Originell und etwas Besonderes, wie das geübte Auge des Kameramanns feststellte. Die Mauern waren abwechselnd in Weiß und in einem hellen Blau gestrichen und wirkten sehr sauber und gepflegt, so als würde die Farbe immer wieder nachgebessert. Er nahm seine Kamera, machte einen kurzen Dreh und zoomte die aus Holz gefertigten Fußabdrücke heran, die sich von dem Gartentor weg bis zum Eingang zogen und dann als Wandmalerei um das ganze Haus herumliefen. Sehr süß, dachte er und bekam die Reporterin ins Bild, die gerade in der Haustür erschien. Mit ihrem hellblauen Kleid und den langen schwarzen Haaren passte sie perfekt ins Bild. Die Kamera brauchte er nun doch nicht einzupacken, denn fünf Minuten später kam sie in dem Haus, das der Großmutter von Margarita Sánchez Jiménez gehörte, zum Einsatz – in einem großen, jedoch äußerst sparsam möblierten Wohnzimmer mit strahlend weißen Wänden, nur eine davon mit einem abstrakten Gemälde geschmückt, das fast die ganze Wand ausfüllte.

Die Großmutter hatte einem Interview sofort und ohne lange nachzudenken zugestimmt.

„Er soll sich an das andere Ende des Zimmers verziehen", sagte sie, als sie des Kameramanns ansichtig wurde. „Ich will nicht, dass er mir zu nahe kommt."

Sie hatte auf einer gelb gestrichenen Bank Platz genommen.

Reden konnte sie heute. Genauso viel, wie sie beim gestrigen Besuch der Reporterin geweint hatte, redete sie nun, also fast ununterbrochen.

Danach gefragt, wie es zu der engen Beziehung zwischen ihr und der Enkelin gekommen sei, hatte sie mit der Erzählung ihrer eigenen Kindheit begonnen, und jedes Mal, wenn die Reporterin sie unterbrechen wollte, hatte sie gesagt: „Nein, warten Sie bitte, das müssen Sie unbedingt noch wissen."

Das, was sie erzählte, war spannend, aber der Reporterin lief die Zeit davon.

„Ich habe Margarita gesagt, sie soll mit diesen Nachforschungen aufhören."

Die Großmutter war endlich in der Gegenwart angekommen.

„Hier auf unserer Insel gibt es eine verbrecherische Organisation, die *Amigos para siempre*. Die haben alles, was Geld bringt, unter Kontrolle, auch die Obrigkeit. Natürlich hält sich ihre Freude in Grenzen, wenn eine eifrige Politikerin vom Festland, so eine wie meine Margarita, ihre Machenschaften aufdecken will. Jetzt planen sie schon wieder so ein Luxushotel an einer Stelle, die vor Kurzem noch als Naturschutzgebiet zum Nationalpark gehört hatte."

„Glauben Sie denn, dass Ihre Enkelin sterben musste, weil sie dieser Organisation zu nahe gekommen ist?"

„Meine Enkelin war eine Gerechtigkeitsfanatikerin, die an mehreren Fronten gekämpft hat. Ich verstehe das sogar. Wir waren schon immer eine Familie, die sich gegen das Unrecht eingesetzt hat. Meine eigenen Eltern sind im spanischen Bürgerkrieg umgekommen. Nur mein Sohn ist aus der Art gefallen und ein konservativer katholischer Priester geworden. Der hat es nicht verkraftet, dass seine Mutter früher Kommunistin war und er in Kuba von einem unbekannten Vater gezeugt wurde."

„Sie glauben aber auch nicht, dass Ihre Enkelin von einem Nationalpark-Ranger ermordet wurde?"

„Nein, das glaube ich nicht. Ich kenne seine Mutter und weiß, dass sie ihre Kinder anständig erzogen hat.

Sie war Teilnehmerin eines Theaterprojekts, das ich geleitet habe. In La Laguna. Ja, da staunen Sie, junge Dame. Das alte Mütterchen, das vor Ihnen sitzt, hat ein interessantes Leben geführt. Auch wenn man es ihr nicht mehr ansieht. Aber jetzt habe ich genug vom Diesseits. Margarita war die größte Freude meines Alters und ich möchte ihr so schnell wie möglich in die andere Welt folgen. Mein Sohn hat zwar bisher vergeblich versucht, mich davon zu überzeugen, dass es so etwas wie ein Jenseits gibt. Aber vielleicht überlege ich es mir noch, wenn ich dort meine Margarita treffen kann."

Sie brach in Tränen aus und der Kameramann deutete auf die Uhr.

Die Reporterin war jedoch noch nicht fertig.

„Sie waren also einverstanden mit der Beziehung Ihrer Enkelin zur Tochter der Nachbarin?"

Die Großmutter schnäuzte sich und war auch schon wieder im Redefluss. „Ich hatte nichts dagegen. Bis heute Nachmittag. Da ist Inés zu mir herübergekommen und hat erzählt, dass Margarita ein Testament zu ihren Gunsten aufgesetzt hätte. Ich habe Margarita schon vor einiger Zeit dieses Haus überschrieben – und nun soll es Inés gehören! Sie wolle mir möglichst rasch einen Platz in einem Seniorenheim besorgen, denn sie hätte Margarita versprochen, dass sie sich um mich kümmern würde. Das Haus würde sie aber jetzt leider für sich benötigen, denn hier wolle sie sich ihr Architekturbüro einrichten. Ihr Architekturstudium hat sie vor knapp einem Jahr abgeschlossen, aber dann keinen Job bekommen und nur ein wenig Geld mit Surfunterricht verdient. Mittlerweile befürchte ich, dass sie nur aus Berechnung den Avancen von Margarita nachgegeben hat und auf ihre Prominenz und ihr Geld aus war. Margarita war wirklich in Inés verliebt."

„So sehr verliebt, dass sie Inés sogar das Haus ihrer Großmutter vererben wollte?"

„Nun ja, Margarita hatte auch genug Feinde. Mit Hass und Todesdrohungen hat sie leben müssen. Deshalb dieses frühe Testament. Vielleicht um Inés an sich zu binden, aber wohl auch aus Sorge um mich. Sie wollte eben, dass sich jemand um ihre Oma kümmert, falls sie das nicht mehr kann, und Inés auf diese Weise dazu verpflichten!"

Sie faltete die Hände wie zum Gebet und drehte die Augen nach oben.

„Ach, du lieber Gott. Wahrscheinlich hat Inés sie um den Finger gewickelt. Aber Liebe macht bekanntlich blind. Das kann ich Margarita nicht vorwerfen, denn das habe ich am eigenen Leib erfahren."

Der Kameramann meldete sich zu Wort. „Das geht sich nicht mehr aus bis zur Sendung, wenn wir nicht sofort das Interview beenden. Ich schalte jetzt die Kamera aus."

„Eine allerletzte Frage noch bitte." Die Inselreporterin hob flehend die Hände.

„Eine Minute", sagte der Kameramann.

Die alte Dame kam der Reporterin mit einer Antwort zuvor. „Sie wollen sicher noch wissen, wen ich für den Tod von Margarita verantwortlich mache, und das können Sie sich mittlerweile schon denken. Feinde hatte sie in ihrer Position genug. Da aber die meisten Morde in der Familie passieren, bin ich überzeugt davon, dass es hier auch so ist. Ich klage Inés Díaz Castillo des Mordes an meiner Enkelin an. Wie sie das angestellt hat, weiß ich nicht, aber ein Motiv hat sie, und was für eines. Die Gier ist meiner Meinung nach das stärkste Motiv für ein Verbrechen. Merken Sie sich das, junge Frau. Inés hat mein Haus immer bewundert. Es ist auch etwas ganz Besonderes, ganz im Gegenteil zu der baufälligen alten Hütte da drüben, in der ihr Vater wohnt. Eine Erbschaft wie die von Margarita ist Grund genug für einen Mord. Und stellen Sie sich vor, Inés hat mir sogar eine Kopie des Testaments dagelassen, damit ich weiß, woran ich bin. Das Original befindet sich angeblich bei einem Notar drüben in Puerto Santiago."

Sie stand auf, ging zur Eingangstür und öffnete sie.

„Aber jetzt hinaus mit euch beiden. Ich habe genug für heute."

33

Im Fitnessstudio von Karolis herrschte Hochbetrieb.

Amalia hatte nach dem Essen die Idee gehabt, Karolis zu fragen, ob er sie später zur Finca fahren könnte, jetzt wo Jesús ausgefallen war.

Er habe noch einen Klienten, hatte er gesagt, in einer guten halben Stunde wäre er so weit. Sie könnten gerne im Studio auf ihn warten.

„Setz dich auf einen der Hocker, Lydia, ich hole Wasser."

Amalia stand hinter der Bar, stützte ihren Kopf in die Hände und beobachtete das Geschehen an den Fitnessgeräten. Zum überwiegenden Teil waren es ältere Menschen, die sich entweder auf Laufmaschinen oder Rädern abstrampelten oder Gewichte stemmten. Auch Julia war da. Sie hatte ihnen den Rücken zugewandt und erklärte einem Kunden die Übung an einem der Geräte.

Jetzt wandte sie sich Amalia zu und winkte. Lydia schien davon nichts zu bemerken. Über Amalias Kopf hinweg verfolgte sie die Bilder auf einem großen TV-Schirm.

Plötzlich packte Lydia sie am Arm. „Dreh dich rasch um", forderte sie sie auf.

Amalia gehorchte und erblickte sich selbst auf dem Bildschirm. Sie und Lydia in einer kurzen Einstellung, an jener Stelle, an der sie die Tote gefunden hatten. Offensichtlich mit einer Handykamera gefilmt. Gemeinsam mit Kommissar Lobo aus La Laguna, der sie gerade befragte.

Über eine Banderole am unteren Bildschirmrand lief ein Text: „*Wurde Margarita Sánchez Jiménez von ihrer Freundin ermordet? Die Großmutter klagt an.*" Es folgten Ausschnitte aus dem Interview mit der Großmutter, die man nicht hören konnte, da der Fernsehapparat ohne Ton lief.

„Waren das nicht eben Sie?" Ein junger Mann, der ebenfalls den Bericht verfolgt hatte, gesellte sich zu ihnen. Er hob einen muskelbepackten Arm und zeigte damit auf den Fernsehschirm.

Amalia und Lydia nickten.

„Freut mich, Sie kennenzulernen. Ich habe alles verfolgt, was in den Medien über den Tod von Margarita Sánchez Jiménez berichtet wurde. Hier in Puerto Santiago habe ich sie des Öfteren gesehen. Ich weiß auch, dass sie mit einer Frau namens Inés befreundet ist, ich meine, war, die hier als Surflehrerin arbeitet. Meine Verlobte Suzan hat sogar bei Inés Surfunterricht genommen. Sie hat aber immer von einer normalen Frauenfreundschaft zwischen den beiden gesprochen. Dass Inés lesbisch ist, hat Suzan nicht gewusst. Was sagen Sie denn dazu?"

Die Frage hatte er direkt an Amalia gerichtet.

„Was soll ich dazu sagen, ich weiß kaum etwas über Margarita Sánchez Jiménez." Amalia fühlte sich überrumpelt, aber der Mann ließ nicht locker.

„Komisch. Es geht mich zwar nichts an, aber das verwundert mich. Wenn ich so eine prominente Leiche gefunden hätte, hätte ich schon gerne mehr über sie gewusst. Die Sánchez Jiménez war einer dieser Gutmenschen, politisch korrekt und noch dazu Naturschützerin. Und außerdem eine starke Frau." Er streckte seinen Körper nach oben, zeigte seine Muskelpakete und nickte bedächtig und anerkennend mit dem Kopf. „Ich weiß nicht, ob ich es mit ihr hätte aufnehmen können."

„Hallo Ramiro." Julia war neben Ramiro aufgetaucht. „Versuchst du wieder einmal, mit deinen Muskeln Eindruck zu schinden?"

Beide grinsten.

Julia wandte sich an Amalia. „Störe ich?"

„Ganz und gar nicht", sagte Lydia. „Wir sprechen gerade über den Tod von Margarita Sánchez Jiménez."

„Schreckliche Sache. Ich habe schon gehört, dass Sie die Tote gefunden haben."

„Kanntest du sie, Ramiro?" Julia wandte sich wieder an den jungen Mann.

„Ich nicht, aber meine Freundin hat bei ihrer Freundin Inés Surfunterricht genommen. Die ist eine gute Surflehrerin."

„Die Freundin von Margarita ist Surflehrerin hier in Puerto Santiago? Sprichst du von Inés Díaz Castillo?" Julia staunte und Ramiro nickte.

„Na so etwas", sagte Julia. „Das hat mir meine Freundin Anita nie erzählt. Sie ist die Physiotherapeutin von Margarita. Aber ist schon klar, Anita würde keine Geheimnisse ihrer Klientinnen ausplaudern, und wenn Margarita es ihr erzählt hat, dann unter dem Siegel der Verschwiegenheit."

„Dann habe ich es jetzt ausgeplaudert. Aber da Margarita tot ist, spielt es wohl keine Rolle mehr." Ramiro rutschte von seinem Hocker.

„Ich muss jetzt los", sagte er dann. „Adios. Das war ein interessantes Gespräch."

Karolis wollte in zehn Minuten losfahren, und Amalia nutzte die Zeit, den Kommissar anzurufen. Er hob sofort ab.

„Haben Sie Neuigkeiten?", fragte sie ihn.

„Von Margarita Sánchez Jiménez oder Katie Falkensteiner?"

„Ich dachte an Margarita, wenn es aber Neuigkeiten zu Katie gibt, dann bitte unbedingt heraus damit."

„Gut, Katie Falkensteiner zuerst. Wir waren noch einmal in besagtem Hotel. Wir haben uns Schlüssel geholt und es genauer durchsucht. Alle Zimmer sind tadellos und sozusagen noch jungfräulich. Nur eines nicht. Ganz oben. Da könnte man sie festgehalten haben. Das Zimmer schien frisch gereinigt, dennoch wurde einiges übersehen. Es gibt einen Kratzer an der Türe, die Spur eines Lippenstifts im Bad, einige winzige Glassplitter am Boden. Milchglas, hellgrün. Eindeutig von einer der Lampen, die es in jedem Zimmer gibt. Das ist nicht viel, ich weiß."

„War in diesem Raum das Fenster offen?"

„Nein, die Fenster des besagten Appartements lassen sich nicht öffnen. Das Fenster eines anderen kleinen Raumes ganz in der Nähe war offen, offensichtlich gedacht für das Personal. Da könnte sich auch jemand aufgehalten haben."

„Jemand, der Katie bewachen musste? Ich finde, Sie sollten sich noch einmal mit Héctor Guarnido unterhalten."

„Das habe ich vor. Im Moment ist er aber verreist."

„Oder untergetaucht."

„Das denke ich nicht, der kommt wieder. Mehr gibt es nicht zu Katie Falkensteiner zu sagen. Jedenfalls derzeit."

„Und zu Margarita? Ich habe zufällig gerade einen Bericht im TV gesehen."

„Sie meinen sicher das Interview mit der Großmutter."

„Ja, richtig geraten", antwortete Amalia.

„Dachte ich es mir. Auch ich weiß bereits von dem Testament und der Notar hier hat es mir soeben bestätigt. Das Haus von Margaritas Großmutter gehört jetzt wohl Inés Díaz Castillo."

„Dann wissen Sie auch schon, dass Inés Surflehrerin in Puerto Santiago ist?"

„So ist es. Das habe ich durch den Notar erfahren. Margarita muss öfter hier gewesen sein. Inés hat im Ort immer bei einer Verwandten gewohnt."

Als Amalia nachdenklich schwieg, fuhr er fort. „Und Sie, Señora Fink, wissen Sie vielleicht schon wieder mehr als ich? Wenn das der Fall ist, dann muss ich mir überlegen, Sie als meine Assistentin einzustellen. Wir beide wären ein gutes Team. Schade, dass Sie bereits eine anerkannte Zoologin sind."

Amalia sah ihn vor sich, wie er den Telefonhörer anlächelte. Natürlich hatte er sie schon gegoogelt. Sie lächelte zurück.

Dann sagte sie: „Bedaure, ich weiß im Moment auch nicht viel mehr als Sie. Eine Kleinigkeit vielleicht. Von einer Fitnesstrainerin im Studio von Karolis Milonas habe ich zufällig erfahren, dass Margarita hier regelmäßig bei einer Physiotherapeutin mit dem Vornamen Anita in Behandlung war."

„In Ihrem Leben wimmelt es nur so von Zufällen, Señora Amalia", sagte der Kommissar. „Ich bin schon gespannt, welcher Zufall uns demnächst wieder zusammenführt. Ich kümmere mich um diese Anita und Sie können mich morgen jederzeit anrufen."

***

Als Karolis Amalia und Lydia mit seinem Luxusgefährt über Gebirgsstraßen nach Hause fuhr, war es schon dunkel. Selbst über holprige Bergstraßen glitt der Jaguar völlig ruhig dahin, was auch daran lag, dass Karolis ein ausgezeichneter Fahrer war. Er fuhr konzentriert und redete nicht. Amalia saß neben ihm auf dem Vordersitz und war dankbar für die Stille. Lydia schnarchte auf dem Sitz hinter ihr leise vor sich hin.

Gegen Ende der Fahrt begann Karolis dann doch noch zu sprechen. „Wenn sich diese Margarita Sánchez Jiménez des Öfteren in Puerto Santiago aufhielt, dann wundert es mich, dass sie nie in meinem Fitnessstudio aufgetaucht ist. Es ist das einzige Studio dieser Größe und sie war eine Leistungsathletin, zumindest bis zu ihrer politischen Karriere."

„Mit Rückenproblemen", ergänzte Lydia überraschend von hinten, „die sie jedoch nicht in deine heilenden Hände legte, Karolis, sondern in die Hände einer Konkurrentin."

„Es gibt keine Konkurrenz. Wir teilen uns einen Markt, der ohnedies zu wenig Fachkräfte hat. Wir Physiotherapeuten sind sehr gefragt. Es gibt hier mehr als genug ältere Menschen mit Schmerzerkrankungen."

„Auch jüngere Leute", ergänzte Lydia, „wie wir wissen. Zum Beispiel der Deutsche, der von der Terrasse gestürzt ist, und Margarita, unser trauriger Fund im Lorbeerwald. Wegen ihrer Schmerzen war sie offensichtlich bei Julias Freundin in Behandlung."

„Meine Damen, wir sind da, und ich fürchte, ihr müsst später weiterspekulieren."

Karolis war soeben in der Einfahrt zur Finca stehen geblieben.

„Natürlich", sagte Amalia. „Für heute reicht es wirklich. Danke, Karolis, dass du uns hierhergebracht hast. Das war eine edle Tat."

„Gerne geschehen. Mein Auto hat sich gefreut und nach dem Wirbel heute im Studio werde ich jetzt die

Fahrt nach Hause genauso genießen wie soeben die Fahrt mit euch."

„Komm gut heim!"

Sie stiegen aus und blickten den sich entfernenden Lichtern des Jaguars nach. Gleich darauf befanden sie sich in völliger Dunkelheit.

„Ich bin todmüde." Amalia gähnte. „Schlaf gut, Lydia. Ich gehe jetzt ins Bett, sonst falle ich hier noch um."

„Gute Nacht, Amalia. Bis morgen beim Frühstück, unserem fünften Frühstück übrigens seit Katies Verschwinden."

„Was du alles beobachtest, Lydia."

Teil 3: Fermina

34

Fermina Sánchez, die Großmutter von Margarita Sánchez Jiménez, hatte in der vergangenen Nacht keinen Schlaf gefunden. Dass sie ihr eigenes Haus an Inés verlieren sollte, machte sie noch immer fassungslos.

Es war gestern am Nachmittag geschehen. Inés hatte bei ihr angeklopft, Fermina hatte ihr Tee angeboten, Inés hatte angenommen, und dann hatte Inés mit plötzlich versteinertem Gesicht Margaritas Testament auf den Tisch gelegt. Es tue ihr leid, aber dieses Testament sei hieb- und stichfest und von einem Notar in Puerto Santiago beglaubigt. Ferminas Haus, das sie vor einiger Zeit ihrer Enkelin überschrieben hatte, gehe jetzt in Inés' Eigentum über. Sie selbst benötige es dringend aus beruflichen Gründen. Nur ein schwaches Bedauern hatte Fermina aus der Stimme von Inés heraushören können.

Inés hatte ihre heuchlerische Attitüde beibehalten und erklärt, dass für Fermina vorgesorgt sei, denn das Testament enthalte eine Klausel, die sie, Inés, dazu verpflichte, für die Großmutter zu sorgen. Nur für den ungewöhnlichen Fall, dass Margarita vor ihrer Großmutter das Zeitliche segne. Diese Klausel nehme sie ernst, hatte Inés gesagt, und deshalb habe sie bereits ein schönes Zimmer in einer Seniorenresidenz in La Laguna organisiert. Bezugsfertig in zwei Wochen.

Fermina war fassungslos. Ausnahmsweise hatte sie sogar ihre Tochter, Margaritas Mutter, angerufen.

„Mich wundert nichts mehr, Mutter, aber natürlich tut es mir leid", war alles, was diese zu sagen hatte. Nicht einmal der Tod Margaritas konnte den Keil zum Verschwinden bringen, der sich vor Jahren zwischen die beiden Frauen geschoben hatte. Fermina kannte bis heute nicht die Ursache und ihre Tochter hatte dazu immer nur geschwiegen. Die Tochter und deren Mann, die natürlich bei ihr hätten übernachten können, hatten es vorgezogen, bis zum Begräbnis von Margarita in einem Hotel in La Laguna zu logieren, in einem Luxushotel übrigens, denn in Madrid waren sie zu Geld gekommen.

Der Gedanke, Margarita in den Tod zu folgen, kam Fermina nicht zum ersten Mal. Vor Margaritas Tod hatte sie das Leben immer geliebt, und das, obwohl sie ihre eigenen Eltern kaum gekannt hatte. Diese waren Kommunisten und Revolutionäre der ersten Stunde gewesen und hatten ihre Tochter bei Verwandten abgegeben, bevor sie im spanischen Unabhängigkeitskrieg in den Tod gingen. Tante Esmeralda und Onkel Philipp waren gut zu Fermina gewesen und hatten sie zur Schule geschickt. Dass Fermina damals – man schrieb das Jahr 1959 und sie war 16 Jahre alt – zu diesem verrückten Maler zog, der sie geschwängert hatte, war ein Schock für die Tante und den Onkel gewesen. Fünf Jahre war sie mit der gemeinsamen Tochter bei diesem Mann geblieben, der daneben immer andere Frauen hatte. Fünf Jahre allerdings, die sie in einer faszinierenden Welt von Malerinnen, Musikern und Schauspielerinnen verbracht hatte. Damals war ihre eigene Kreativität erwacht und sie hatte ihre Lehrmeisterin kennengelernt, die ihr den Weg zur Kunsttherapie geöffnet hatte.

Dass sie gestern gegenüber der jungen Reporterin ihrem Groll auf Inés Díaz Castillo freien Lauf gelassen hatte, tat ihr nun irgendwie leid. Sie hatte schließlich keinen wirklichen Beweis für ihre Anklage und Inés schien tatsächlich ein Alibi zu besitzen. Der jungen und ambitionierten Reporterin Carmen Montero Salvez schien das Interview jedenfalls zu einem Karrieresprung verholfen zu haben. Schon heute am Morgen hatte sie sich in einem E-Mail bei Fermina bedankt. Sie rechnete damit, in Kürze in Madrid bei einem populären Fernsehsender angestellt zu werden.

Fermina schlug sich auf die Stirn. In Kürze würde sie ihren 80. Geburtstag feiern und noch immer machte sie Fehler wie mit 16 Jahren. Offensichtlich wurde man im Alter doch nicht klüger.

Diesem höchst unangenehmen Kommissar Lobo, der gestern schon zum zweiten Mal bei ihr gewesen war, traute sie jedenfalls nicht zu, dass er die Wahrheit ans Licht bringen könnte. Er hatte sie sogar gefragt, ob ihre Enkelin ein Drogen- oder Alkoholproblem gehabt habe. Margarita und Drogen – unvorstellbar!

Fermina fasste einen Entschluss. Wenn die Polizei nicht richtig arbeitete, musste sie selbst dafür sorgen, dass Margarita Gerechtigkeit widerfuhr. Sie würde sich mit den beiden Österreicherinnen in Verbindung setzen, die Margarita entdeckt hatten. Sie musste wissen, wie diese sie im Lorbeerwald vorgefunden hatten.

Die Reporterin hatte erwähnt, dass sie in Chirche wohnten, und so beschloss Fermina, noch heute nach Chirche zu fahren. Der Ort war nicht groß und sie kannte dort Leute. Es konnte nicht schwer sein, sie ausfindig zu machen.

35

Am selben Morgen, an dem Fermina Sánchez den Plan fasste, nach Chirche zu fahren, erschien die sonst so pünktliche Lydia Denk mit erheblicher Verspätung am Frühstückstisch.

„Na, verschlafen?", fragte Amalia, die sich mangels Gesellschaft in eine der Zeitschriften vertieft hatte, die im Frühstücksraum auflagen.

„Leider nein", antwortete Lydia. „Es tut mir leid, dass ich dir diesen Morgen verderben muss, Amalia, aber ich muss noch heute einen Flug nach Salzburg bekommen."

„Was?"

„Mein Mann hat angerufen. Es geht um unseren Ältesten. Thomas hatte einen Skiunfall. Gestern. Er liegt im Spital. Soweit man bisher weiß, eine Gehirnerschütterung, ein Bruch des rechten Schlüsselbeins, ein Kreuzbandriss im Knie. Hoffentlich nicht noch mehr. Seine Frau muss im Betrieb einspringen. Opa wahrscheinlich auch. Jemand muss sich um die Kinder kümmern. Die Zwillinge sind im ersten Schuljahr und der Kleine ist erst drei. Amalia, es tut mir leid, ich muss zu ihnen. Eine Ausnahmesituation."

„Oje, Lydia, das ist ja furchtbar. Dein armer Sohn. Es tut mir so leid!" Amalia umarmte ihre Freundin. „Irgendwie sind wir derzeit vom Pech verfolgt. Erst Katies Verschwinden, dann die Geschichte mit Margarita Sánchez Jiménez und jetzt das."

„Nun ja, Amalia. Für so etwas gibt es eben keinen richtigen Zeitpunkt. Ich verzichte auf das Frühstück und schaue, ob ich heute noch einen Flug bekomme."

„Nein, Lydia. Du brauchst jetzt ein Frühstück. Ich kümmere mich um den Flug, ich bin schon fertig."

Lydia zierte sich nicht. „Danke dir. Das Angebot nehme ich an. Mein Pass liegt in meinem Zimmer auf dem Fensterbrett. Ich brauche wirklich eine Stärkung, auch wenn mir nicht danach ist."

Keine zehn Minuten später war Amalia wieder zurück. „Ein Fluggast ist für den heutigen Direktflug nach Salzburg ausgefallen. Das Ticket ist für dich reserviert. Du musst um 13 Uhr am Flughafen sein. Businessclass, sie haben dir ein Upgrade gegeben."

„Danke dir! Ich rufe Valentina an", sagte Lydia.

„Wer ist Valentina?"

Lydia griff sich auf den Kopf. „Entschuldige. Das habe ich dir noch gar nicht gesagt! Valentina ist eine Taxifahrerin, die für Jesús einspringt. Er hat das für uns arrangiert und mich gestern noch angerufen. Ich gehe packen, Amalia. Du kannst dir denken, dass ich dich jetzt nur ungern allein lasse."

Amalia zuckte mit den Schultern. „Ich komme schon zurecht. Mach dir keine Sorgen um mich. Und wenn du nicht mehr gebraucht wirst, kannst du wieder kommen. Ich bin schließlich noch einige Wochen hier."

Bald darauf winkte Amalia dem Wagen mit Valentina am Steuer hinterher, hoffend, dass die Geschichte für Lydias Sohn einen guten Ausgang nehmen würde. Valentina hatte versprochen, sich nach ihrer Rückkehr vom Flughafen zu melden, für den Fall, dass Amalia ihre Dienste benötigte.

Als Amalia alleine zum Haus zurückging, kamen ihr überraschend die Tränen. Solange sie mit der Organisation von Lydias Abreise beschäftigt war, hatte sie die Gefühle der Trauer und Enttäuschung über die plötzliche Wendung der Dinge ignorieren können. Jetzt waren sie da, und es war am besten, sie nicht sogleich wieder wegzuschieben. Sie setzte sich und blickte auf einen Garten, der ihr in seiner exotischen Schönheit plötzlich ganz unwirklich erschien. Ein Garten ohne Lydia! Vielleicht sogar für den Rest ihres Urlaubs hier.

Sie blieb noch eine Weile. Dann raffte sie sich auf und ging ins Haus. Sie würde jetzt Kommissar Martínez anrufen und ihn über Lydias Abreise informieren.

Das, was er ihr dann vorschlug, kam überraschend. Er lud sie zum Mittagessen ein, bei sich zu Hause in Puerto Santiago. Seine Mutter würde kochen. Es sei dies heute für ihn die einzige Möglichkeit, sie zu treffen. Ansonsten sei sein Terminkalender bis zur letzten Sekunde angefüllt.

Amalia sagte zu und Valentina, die sich nach dem Abflug von Lydia wie versprochen meldete, fuhr sie hin. Sie erwies sich als lebhafte und gesprächige Frau um die 50, die früher selbst Taxilenkerin gewesen war, jetzt aber nur gelegentlich für ehemalige Kollegen einsprang. Mit Begeisterung berichtete sie Amalia von ihrer neuen Tätigkeit als erfolgreiche Bloggerin und leidenschaftliche Hobbyköchin. Ihre Kochvideos könne Amalia sich auf YouTube ansehen!

36

Was für ein Tag, dachte Amalia, als sie mit Kommissar Martínez und dessen Mutter am Mittagstisch saß. Erst Lydias überraschende Abreise, dann die Einladung des Kommissars zum Essen und schließlich ein Anruf der British Birdwatcher Society hier auf Teneriffa. Deren Vorsitzende hatte angefragt, ob Amalia noch am heutigen Abend einen Vortrag halten könne, gut honoriert, das Thema frei wählbar. Die Anruferin hatte sich tausendmal für ihre kurzfristige Anfrage entschuldigt. Ein Vortragender sei ausgefallen und man hätte die Frau Professor aus Österreich ohnedies für einen späteren Zeitpunkt einladen wollen, aber nun habe sie es wegen des Ausfalls eines wesentlich unbedeutenderen Sprechers gewagt. Amalia hatte spontan zugesagt und versprochen, das Thema in Bälde nachzuliefern.

Hier mit dem Kommissar und seiner Mutter zu Mittag zu essen, fühlte sich im Moment seltsam unwirklich an. Wie war er nur auf die Idee gekommen, sie in einem derart privaten Rahmen einzuladen? Vielleicht hatte Lydia doch recht gehabt und er flirtete mit ihr?

Seine schon betagte Mutter hatte zunächst einen traditionellen *Gofio Escaldado* serviert und die tiefen Suppenteller bis zum Rand gefüllt. Zu Amalias Überraschung, die bekanntlich Lydias Liebe zum Gofio-Frühstücksbrei nicht teilte, hatte ihr die dicke und sehr sättigende Suppe aus Fischbrühe, Zwiebeln und dem gerösteten kanarischen Getreide ausgezeichnet geschmeckt.

Señora Martínez hatte ihre Suppe in Windeseile ausgelöffelt, war wieder in der Küche verschwunden und soeben mit der Hauptspeise, einem *Conejo Salmorejo*, zurückgekehrt. Dieses Kaninchen war eines der Nationalgerichte Teneriffas und Amalia hatte keine Wahl. Unter den aufmerksamen und erwartungsvollen Augen der Gastgeberin verzehrte sie das nach einem Familienrezept zubereitete und erneut sehr üppige Gericht und wusste, dass sie danach keinen weiteren Bissen mehr schaffen würde.

Der Kommissar und seine Mutter bewohnten ein kleines Häuschen, das über jener Bucht schwebte, in welcher Susanne Brauneis kürzlich den Fischadler gesichtet hatte. Amalia war es bei Strandspaziergängen schon aufgefallen.

Nachdem auch der Hauptgang verzehrt war und die Mutter sich erneut in die Küche zurückgezogen hatte, lehnte sich Kommissar Martínez in seinem Sessel zurück und berichtete erstaunlich offen von den Ermittlungen im Fall von Margarita Sánchez Jiménez.

„Es ist zwar nicht mein Fall, aber ich – und auch mein ehemaliger Chef – sind uns mittlerweile sicher, dass die Anklage von Margaritas Großmutter nicht stimmen kann. Inés Díaz Castillo, die Freundin von Margarita Sánchez Jiménez, kann nicht deren Mörderin sein. Ihre Zimmervermieterin bezeugt, dass sie die Nacht vor Margaritas todbringender Wanderung in Puerto Santiago verbracht und dann bei ihr bis neun Uhr gefrühstückt hat. Abgesehen von der Tatsache, dass nur Margarita für den *El Pijaral* angemeldet war und diesen nach Aussage des Rangers tatsächlich allein betreten hat, haben ihr auch die Schülerinnen und Schüler, denen Inés hier in Puerto Santiago das Surfen beibringt, ein Alibi gegeben. Der Surfunterricht habe um zehn Uhr begonnen und nach dem Gruppenunterricht hatte sie noch Privatschüler."

„Und", fragte Amalia, „waren Sie auch schon bei der Physiotherapeutin, die Margarita hier in Puerto Santiago behandelt hat?"

Obwohl sie sich insgeheim vorgenommen hatte, sich mit dieser Geschichte nicht länger zu beschäftigen, war ihr Interesse erneut geweckt.

„Dort waren wir auch schon. Die Sánchez Jiménez dürfte sich in ihrer Zeit als aktive Sportlerin den Rücken ruiniert haben. Anita, die Physiotherapeutin, scheint jedoch ein besonderes Händchen für sie gehabt zu haben. Nach deren Behandlung sei sie immer wie auf Wolken hinausgeschwebt, wie Margarita zu Anita gesagt haben soll. Einige Wochen später stand sie wieder vor ihrer Tür. Die Behandlung selber hat selten mehr als vier Wochen ihre Wirkung gezeigt. Laut Anita kein Wunder bei dem stressigen Leben des politischen Shootingstars. Sie wäre mit Sicherheit die nächste Kandidatin für ein Burn-out gewesen. Anita wusste, dass Margarita kiloweise Nahrungsergänzungsmittel geschluckt hatte, und vermutete, dass sie es nicht dabei beließ. Vermutlich nahm sie auch Aufputsch- und Beruhigungsmittel."

Ehe Amalia diese Information kommentieren konnte, wechselte der Kommissar das Thema.

„Und übrigens", sagte er, „haben wir vielleicht doch wieder eine Spur von Katie Falkensteiner entdeckt."

„Und das erfahre ich erst jetzt?"

Er grinste. „Ich weiß, wie schwer verdaulich das Essen meiner Mutter für empfindliche Mägen sein kann. Den Ihren kenne ich leider noch nicht. Ich wollte ihn nicht schon vorher belasten."

Natürlich flirtete er mit ihr! Und sie hatte nichts dagegen.

„Bitte fahren Sie fort", sagte sie streng.

„Jemand hat uns angerufen, sehr früh am Morgen. Ein Jogger, der ausgerüstet mit einer Stirnlampe kurz vor Tagesanbruch unterwegs war. Auf der Strandpromenade zwischen Alcalá und Puerto Santiago. Dort gibt es die Ruine eines alten Hauses. Und gegenüber befindet sich ein hoher Zaun. Tatsächlich war dahinter einmal eine auf Palmen spezialisierte Gärtnerei. Der Jogger habe einen Schrei gehört, lange und durchdringend. Er könne nicht sagen, aus welcher Richtung er kam, da es sehr windig war. Es sei unheimlich gewesen, sagte er. Deshalb habe er sich dann doch verpflichtet gefühlt, es uns zu melden. Ich war nicht im Dienst, aber sie haben mich angerufen. Wir sind hingefahren und haben alles durchsucht, das verlassene Haus, die Gärtnerei und das Land rundherum."

„Haben Sie etwas gefunden?"

„Allerdings. Nicht im Haus und nicht in dem verkommenen Garten der ehemaligen Gärtnerei, sondern dahinter. Hinter dem hohen Zaun. Dort stand ein Lieferwagen. Ohne Nummernschild. Grün. Die Aufschrift *Jardinería de Palmeras* war mit Sprühlack offensichtlich frisch aufgebracht. Ein alter Wagen, äußerlich auf neu getrimmt. Er war nicht einmal abgesperrt. Im Inneren wies einiges darauf hin, dass er erst vor Kurzem benutzt worden war. Dort haben wir zwei schwarze Haare gefunden. Ich habe die Spurensicherung kommen lassen, was gedauert hat. Die haben noch weitere Proben von den Rücksitzen genommen. Eine Stofffaser war darunter, wieder rot. Das wird jetzt im kriminaltechnischen Labor in Puerto de la Cruz mit dem roten Stoff und dem Bändchen abgeglichen, das Ihr Fahrer vor dem Hotel entdeckt hat."

„Wie lange müssen wir da auf ein Ergebnis warten?"

„So schnell geht das nicht, Señora Amalia. Erstens dürften die Proben erst vor einer Stunde im Labor eingetroffen sein und zweitens befinden wir uns hier in Spanien und nicht in Deutschland."

„Und was haben wir davon, wenn wir wissen, dass Katie in dem Wagen war? Wohl nur ein weiterer Hinweis darauf, dass sie sich in höchster Gefahr befindet und mittlerweile vielleicht schon tot ist?"

„*La muerte no es el final*", murmelte die Mutter des Kommissars, die jetzt wieder zur Tür hereinkam und eine große Glasschüssel mit einem Dessert auf den Tisch stellte, das Amalia an *Mousse au Chocolat* erinnerte.

„Ich habe gehört, worüber Sie gerade gesprochen haben", fuhr sie fort. „Einige Worte Deutsch verstehe ich. Hat mein Sohn mir beigebracht."

„*Gofio-Mousse*, Familienrezept", fügte sie gleich darauf mit Blick auf das Dessert hinzu.

Amalia warf dem Kommissar einen leicht verzweifelten Blick zu. Sie schaffte jetzt kein Dessert mehr.

Er verstand sofort und reagierte prompt. „Das musst du für später aufheben, Mama. Wir müssen los. Ich muss unserem Gast etwas zeigen, das nicht warten kann."

Die Mutter akzeptierte. „Ich friere es ein, bis Sie wiederkommen", sagte sie zu Amalia.

Vor dem Haus befand sich ein kleiner, liebevoll bepflanzter Garten. Der Rest des Grundstücks war zu steil für eine Begehung und reichte bis zur Meeresbucht hinunter.

„Kommen Sie", sagte der Kommissar und führte Amalia an den Rand des begehbaren Teils, wo sie neben einer hohen Tamariske mit zarten Federblüten stehen blieben.

„Es gibt nichts zu zeigen", stellte er dann fest. „Ich habe nur bemerkt, dass Sie jetzt sicher nichts mehr essen können."

„Ja, Ihre Mutter ist eine beeindruckende Köchin. Ich bin es jedoch nicht gewohnt, zu Mittag viel zu essen. Aber sagen Sie mir bitte, wie ich eigentlich zur Ehre dieser privaten Einladung gekommen bin?"

„Ich wollte Ihnen damit zeigen, dass mir Ihr Anliegen wirklich wichtig ist, ein Treffen im öffentlichen Raum wollte ich jedoch vermeiden. Wenn man uns zusammen sieht, könnte das die Suche nach Katie Falkensteiner gefährden."

„Sie meinen ...?"

„Pssst", er legte den Finger an seinen Mund. „Ich habe Ihnen eigentlich schon viel mehr gesagt, als ich dürfte. Fragen Sie mich bitte nicht, warum. Jetzt wissen Sie jedenfalls, dass wir an der Geschichte dran sind, und können sich in Ruhe um Ihre Vögel kümmern. Das mit Señora Denks Sohn tut mir übrigens sehr leid. Aber noch einmal, alleine sollten Sie jetzt bitte nichts mehr unternehmen. Ich berichte Ihnen, sobald wir die Ergebnisse der Spurensuche haben – und wir suchen weiter, systematisch! Krankenhäuser und Arztzentren können wir mittlerweile ausschließen, dort war keine Katie Falkensteiner."

„Das haben Sie also schon gecheckt?"

„Natürlich. Wir machen unseren Job."

Eigentlich wieder nichts, dachte sie und fühlte sich matt, wohl auch mutlos.

„Also gut", sie zuckte mit den Schultern. „Ich muss dann los. Noch einmal vielen Dank für die überraschende Einladung."

„Gerne, Señora Amalia. Ihr Besuch war mir und meiner Mutter eine Ehre. Sie sind eine Frau, die ich bewundere."

Amalia gab es einen kleinen Stich. Bewunderung also. Damit war alles klar zwischen ihr und diesem attraktiven Maurizio. Sie brauchte nicht weiter über die Natur ihrer Beziehung zu spekulieren, verabschiedete sich mit den Worten, dass sie allein hinausfände, und ging.

Mit ihrem Verzicht auf das Dessert war auch der sonst übliche *Café solo* ausgefallen. Nach dieser schweren Kost brauchte sie einen.

Von hier waren es nur wenige Minuten bis zu einem kleinen Café in herrlicher Lage direkt am Meer. Dort hatte sie sich schon einmal gemeinsam mit Lydia wie auf dem Bug eines Schiffes gefühlt. Die Sessel waren allerdings alt und wackelig und unter Lydia war neulich einer zusammengebrochen. Nach dem, was Amalia heute zu Mittag gespeist hatte, konnte ihr das ebenfalls passieren.

Ein einziger Tisch war frei. Der Kaffee kam sofort und es war allerhöchste Zeit, sich das Thema für den heutigen Vortrag zu überlegen. Er sollte im Hotel *Europa Cabrera* in Playa de las Américas stattfinden. Dort, wo sie und Lydia wegen ihrer Frage zur *Salzburger Nachtigall* abgeblitzt waren, und das war der eigentliche Grund für ihre spontane Zusage gewesen. Die Hoffnung, noch auf irgendeinen Hinweis zu Katies Verbleib zu stoßen, hatte sie noch nicht ad acta gelegt. Wer weiß, vielleicht war die Sängerin nach einem Konzert vom Fleck weg an ein großes Opernhaus engagiert worden?

„Du hast zu viel Fantasie für eine seriöse Wissenschaftlerin", tadelte sie sich jetzt, wusste aber auch, dass es gerade diese Fantasie war, die ihr zu einigen überraschenden Entdeckungen verholfen hatte. Sie hatte Brutvögel an Plätzen aufgestöbert, die andere gar nicht erst in Augenschein genommen hätten, und war immer wieder ungewöhnliche Pfade gegangen. Schließlich verhielten sich auch Vögel manchmal ungewöhnlich, und ja, genau darüber würde sie heute Abend ihren Vortrag halten. Sie musste ihn aber erst vorbereiten.

Wie auf Bestellung kam ein Anruf von Valentina.

„Brauchen Sie mich, Señora Amalia?"

„Würden Sie mich in Puerto Santiago abholen? Ich müsste zur Finca und am Abend noch nach Las Américas."

„Selbstverständlich. Wo soll ich hinkommen?"

Eine Viertelstunde später war Valentina da. Anstatt direkt zur Finca fuhren sie jedoch in das Ortszentrum von Chirche, denn schon wieder hatte sich an diesem Tag etwas Unerwartetes ereignet.

37

„Waren Sie schon einmal hier im Ort, Señora? Chirche ist etwas Besonderes."

Valentina parkte vor der kleinen Kirche im Zentrum.

„Einmal", antwortete Amalia. Obwohl sie und Lydia am Rande von Chirche wohnten, hatten sie das Zentrum nur ein einziges Mal besucht. Es hatte sich gelohnt und sie waren vom Charme des Ortes hingerissen gewesen. Besonders die reizvollen historischen Häuser hatten es ihnen angetan. Der Ort, der nur zweihundert Einwohner zählte, war zum europäischen Kulturerbe erhoben worden. Die kleinen Häuser hatten durch ihre besondere Bauweise einen ganz eigenen Charakter. Angepasst an diese spezielle Lage gab es verwunschene Gärten, von Hecken überwachsene Durchgänge sowie Dachterrassen in unterschiedlicher Höhe. Auf einigen flatterte die Wäsche, und Lydia hatte lachend auf eine Wäscheleine gezeigt, auf der sich blendend weiße Unterhosen vom Blau des Himmels abhoben.

Dennoch hatte Lydia sich geweigert, noch einmal dort spazieren zu gehen. Ihren angeschlagenen Kniegelenken wollte sie die steilen Straßen nicht zumuten. Tatsächlich war der kleine Platz, auf dem die Kirche stand, die einzige öffentliche Fläche von Chirche, auf der man nicht hinauf oder hinunter musste.

Jetzt war Amalia also wieder hier. Nachdem Fermina Sánchez sie direkt von Chirche aus angerufen hatte, war ihr keine Wahl geblieben.

Amalia dachte an das Interview mit der Großmutter von Margarita. Sie hatte ein verzweifeltes altes Mütterchen gesehen, das es nach ihrem Gefühl faustdick hinter den Ohren hatte.

Bald saß sie neben Fermina auf einer Bank vor der Kirche. Der Großmütterchen-Look war verschwunden. Fermina Sánchez glich nun eher einer in die Jahre gekommenen Rockerbraut. Schwarze Kunstlederhosen, flauschiger, sehr langer Pulli und viel Silber um den Hals und auf den Handgelenken. Mit einem Motorrad war sie zwar nicht gekommen, aber mit einem alten VW-Cabrio, das auf der anderen Seite der Straße geparkt war.

„Sehe ich so aus, als würde ich in ein Seniorenheim passen?", fragte sie Amalia. „Das kann ich mir nämlich genauso wenig vorstellen wie eine Margarita, die tot im Lorbeerwald liegt."

Sie erwartete offensichtlich keine Antwort und fuhr fort. „Aber jetzt sind Sie da und Sie haben sie dort mit eigenen Augen gesehen."

„Unglücklicherweise, ja." Amalia kamen angesichts dieser unverrückbaren Tatsache die Tränen. Fermina Sánchez schloss sich ihr an, und beide griffen gleichzeitig zu einem Taschentuch, um die Augen zu trocknen.

In dieser Stimmung war es für Margaritas Großmutter nicht schwer, Amalia zu überreden, sich morgen mit ihr im Lorbeerwald zu treffen und jene Stelle aufzusuchen, an der Margarita gestorben war. Ferminas Argumente, warum sie das unbedingt musste, waren zwingend: Kommissar Lobo war ein unfähiger Idiot, dann der Versuch einer möglichen Täterin, etwas zu vertuschen, das Vorhandensein eines Tatmotivs wegen des Erbes, schließlich die Notwendigkeit für sie, jenen Ort zu sehen, an dem die Enkelin ihr Leben ausgehaucht hatte.

„Aber wir haben keine Genehmigung für diesen Weg", bedauerte Amalia.

„Darum kümmere ich mich, das ist für mich kein Problem", stellte Fermina fest. Amalia blieb nichts anderes übrig. Sie sagte zu. Als sie merkte, dass Fermina sich gerne länger mit ihr unterhalten hätte, winkte sie ab. Sie hätte heute noch einen Vortrag vorzubereiten, und morgen hätten sie genug Zeit, um alles genau zu bereden.

Valentina hatte auf sie gewartet. Rauchend wechselte sie auf die andere Straßenseite hinüber und bestaunte den Wagen von Fermina.

Dann fuhr sie Amalia zur Finca und am Abend nach Las Américas zum Hotel *Europa Cabrera*.

***

Der Saal, in dem Amalias Vortrag stattfand, war klein und voll besetzt. Im Publikum hatte sie auch einige vertraute Gesichter bemerkt.

Susanne Brauneis war da, wie erwartet ohne Ehemann. Und dann natürlich Katies Nachbarn Bill und Milly. Mit der Anwesenheit von Kommissar Martínez hatte Amalia jedoch nicht gerechnet. Er saß in der letzten Reihe und lauschte aufmerksam ihren Worten.

Den größeren Teil ihrer Rede hatte sie bereits hinter sich, und sie fragte sich, was der Kommissar von der Aktion halten würde, die sie am Ende des Vortrags geplant hatte.

„Eine ungewöhnliche und tragische Situation", fuhr sie fort, „ist der Vogel in Gefangenschaft. Ob er hilflos im Fangnetz gewissenloser Menschen flattert, ob er durch einen Windstoß, wegen der Flucht vor einem Feind oder aus anderen Gründen in einer Höhle oder einem Raum landet, aus dem er in seiner Panik keinen Ausweg findet, oder sich in einem Gewirr von Pflanzen oder Ähnlichem verheddert, es ist eine katastrophale Situation für dieses zarte Wesen und manchmal bedeutet es tatsächlich seinen Tod. Es gibt jedoch verblüffende Beispiele, wie schlaue Vögel einen Ausweg aus solchen Lagen gefunden haben. Zum Beispiel jene, die sich in dunklen Räumen an einem Lichtstrahl orientieren und so ihren Weg ins Freie finden. Darüber können wir uns bei der anschließenden Diskussion gerne noch unterhalten."

Amalia holte tief Luft, sprach sich Mut zu und kam zu ihrem letzten Punkt. Es war der, für den sie Susanne um Unterstützung gebeten hatte.

„Ich möchte Sie in diesem Zusammenhang noch in einer persönlichen Angelegenheit um Hilfe bitten", sagte sie. „In diesem Hotel tritt von Zeit zu Zeit eine wunderbare Sängerin auf, unter einem Künstlernamen, der jenem Vogel entliehen ist, der vielleicht das größte Repertoire an Gesängen besitzt: der Nachtigall. Ihr Künstlername lautete *Salzburger Nachtigall*. Ich sage: ‚lautete', denn ob sie hier noch einmal auftreten kann, vermag ich nicht zu sagen. Katie Falkensteiner, so heißt sie, ist eine liebe Freundin und ehemalige Studentin von mir, die seit einiger Zeit hier auf Teneriffa vermisst wird. Nicht nur ich, sondern mittlerweile auch die Polizei geht von der Annahme aus, dass sie einem Verbrechen zum Opfer gefallen ist. Es kann sein, dass sie irgendwo hier in dieser Gegend gefangen gehalten wird und keine Möglichkeit hat, sich bei mir oder ihren Verwandten in Österreich zu melden. Katie hat eine wundervolle und unglaublich kräftige Singstimme. Da viele von Ihnen als Beobachterinnen und Beobachter von Vögeln unterwegs sind, hege ich die verzweifelte Hoffnung, dass jemand auf eine Spur der vermissten Katie gestoßen ist oder noch stoßen könnte. Meine

Freundin Susanne Brauneis wird jetzt Zettel austeilen, auf denen sich ein Foto der Vermissten sowie die Telefonnummer von Frau Brauneis befindet. Sie wird alle Beobachtungen und Informationen entgegennehmen. Ich danke Ihnen sehr für Ihre Aufmerksamkeit. Gerne können Sie mir noch Fragen stellen oder über Ihre eigenen Beobachtungen zu meinem Vortrag berichten."

Was Kommissar Martínez tatsächlich von dieser Aktion dachte, erfuhr sie an diesem Abend nicht mehr. Er hatte den Saal verlassen, als die Diskussion noch im Gange war. Erst später sollte sie sein SMS entdecken. Er entschuldigte sich für seinen frühen Abgang, beglückwünschte sie zu ihrer spannenden Rede, schrieb, dass er auf ein baldiges Wiedersehen hoffe, und ging mit keinem Wort auf ihren Aufruf bezüglich Katie ein.

Anders die Gruppe der englischen Birdwatcher. Sie luden sie und Susanne noch in die Bar des Hotels ein und waren erpicht darauf, sich mit der Vortragenden zu unterhalten.

Birdwatcher waren ausdauernde Beobachter, und auch wenn es zu ihrem Ehrenkodex gehörte, durch ihre Ferngläser ausschließlich Vögel zu betrachten, konnten sie es nicht verhindern, dass ihnen von Zeit zu Zeit Menschen und andere Dinge ins Visier gerieten. Auch an diesem Abend sprachen sie über ihre Vogelsichtungen, holten ihre Aufzeichnungen und Fotos hervor und tauschten sich darüber aus. Eine Katie Falkensteiner hatte bedauerlicherweise niemand fotografiert, aber während der Unterhaltung gab es nicht wenige, die sich plötzlich daran erinnerten, in den vergangenen Tagen eine Person gesehen zu haben, die Katie hätte sein können. Als Straßensängerin, verkleidet als Musikerin mit Gitarre, als Bedienung in einem Lokal, am häufigsten aber alleine oder in Begleitung im roten Bikini am Strand. Demnach mussten in letzter Zeit Teneriffas schwarze Strände mit schönen jungen Frauen im roten Tanga geradezu übersät gewesen sein. Es war klar, dass bei diesen Sichtungen Sensationslust und Fantasie eine große Rolle spielten, und so konnte man einen Großteil dieser Meldungen sofort wieder vergessen.

Die letzte Meldung war aber dann, wie es öfter vorkommt, gleichzeitig die interessanteste.

Eine junge Frau, die, wie sie sagte, schon morgen Früh wieder abreisen würde, stellte sich als Betty Parker, Journalistin bei der populären englischen Fachzeitschrift *Animals* vor und lobte Amalias Vortrag.

„Wie schön, Sie persönlich kennenzulernen", sagte Amalia überrascht. „Ich lese und schätze Ihre Beiträge in *Animals* sehr und finde sie originell und anregend."

Betty Parker errötete und berichtete von einer seltsamen Szene, die sie am späteren Nachmittag dieses Tages am Fischerhafen von Playa San Juan beobachtet hatte. Ein letztes Mal vor ihrer morgigen Abreise nach London hatte sie von einer Aussichtsplattform auf der Hafenmauer aus Ausschau nach Möwen und auch Gelbschnabel-Sturmtauchern gehalten und besagte Szene war zufällig ins Visier ihres Fernglases geraten.

Eine Frauengestalt von hinten, die von zwei Männern mehr getragen wurde, als dass sie selbst gegangen wäre. Die Frau trug ein schwarzes Kopftuch, das auch ihren Oberkörper verhüllte, und darunter blitzte ein rotes Kleid hervor. Möglicherweise, so hatte sie sich gedacht, eine schon gebrechliche oder körperlich beeinträchtigte Frau, die von ihrem Sohn oder Partner auf das Boot eingeladen worden war. Eine durchaus plausible Erklärung. Sie hatte sich nicht weiter dafür interessiert, es ging sie nichts an. Wenn sie Vögel beobachtete, richtete sie ihr Fernglas nie länger als nötig auf Menschen. Angesichts von Amalias Suche nach ihrer Studentin kam ihr diese Szene jetzt aber eigenartig vor.

„Können Sie mir das Boot beschreiben? Hatte es einen Namen?", fragte Amalia.

„Es sah wohl aus wie alle Fischerboote hier. Das ist das Problem, ich habe es mir nicht genau angeschaut. Wie gesagt, ich habe mein Fernglas rasch wieder auf die Suche nach Möwen, Seeschwalben und Gelbschnabel-Sturmtauchern geschickt. Mein Interesse gilt der Community der Küstenvögel. Jetzt fürchte ich, dass ich nicht besonders hilfreich bin. Warten Sie, mir fällt gerade ein, dass es ein blaues Boot war. So ein typischer Fischerkahn mit einer Kajüte aus Holz obendrauf, blau und weiß gestrichen."

Viel mehr war von Betty Parker nicht mehr zu erfahren gewesen. Sie verabschiedete sich, sie müsse ins Bett, da ihr Flugzeug schon morgen um halb sieben Uhr starten würde. Amalia bat sie noch um eine kurze schriftliche Dokumentation, die sie rasch und präzise erledigte und unter die sie ihre Unterschrift setzte. Bei Anfragen, auch durch die Polizei, wäre sie jederzeit per E-Mail erreichbar. Man konnte schließlich nie wissen.

38

Hätte es die verzweifelte Katie getröstet, wenn sie gewusst hätte, dass nach einer Nacht, die für sie schlimmer und unangenehmer nicht hätte sein können, ein ganzes Heer von britischen Hobby-Ornithologen beschlossen hatte, ihre Ferngläser nicht mehr auf Vögel zu richten, sondern damit die Westküste Teneriffas nach ihr abzusuchen?

Wohl kaum, denn an diesem Morgen war sie sich sicher, dass jener Tag angebrochen war, an dem Héctor Guarnido sich ihrer endgültig entledigen und ihr Leben in den Tiefen des Atlantiks ein brutales Ende finden würde. Warum sonst hätte er sie am Tag zuvor auf ein Fischerboot bringen lassen, das auf das Meer hinausgefahren und die Nacht über draußen geblieben war? Ihre Lage hatte sich gegenüber ihrem letzten Quartier nicht geändert. Dort, wo sie zuletzt eingesperrt gewesen war und wo sie außer einer Wasserflasche keine Nahrung vorgefunden hatte, war es entsetzlich und unerträglich gewesen, und doch hatte sie es ertragen müssen. Wie lange, wusste sie nicht. Es fühlte sich endlos an.

Die letzte Nacht war auch hier ein Horror gewesen. Der Raum unter dem Deck des Bootes, in dem sie sich befand, war so niedrig, dass sie nur gebückt stehen, hocken oder liegen konnte. Irgendwann gegen Abend hatte man ihr eine Art Holztablett hineingeschoben, auf dem sich eine Flasche mit Wasser, Brot, etwas Käse und ein Stück gegrillter Fisch befand. Als die Luke zum zweiten Mal geöffnet wurde, hatte sie an Deck erregte Männerstimmen gehört. Wieder war niemand zu ihr gekommen, nur ein Kübel offensichtlich zur Verrichtung ihrer Notdurft und einige Decken waren neben ihr gelandet. Das wenige, das sie daraufhin zu essen versucht hatte, hatte sie wieder erbrochen. Sie hatte apathisch vor sich hin gelitten und musste irgendwann dennoch eingeschlafen sein, denn plötzlich war es Morgen gewesen. Die Tür ihres Gefängnisses war erneut aufgegangen und Sonnenlicht war hereingefallen.

Da an Flucht und Widerstand hier ohnedies nicht zu denken war, beobachtete sie schweigend, wie einer der Männer, die sie an Bord gebracht hatten, gebückt den Raum betrat und wortlos die Essensreste und den Kübel mit Erbrochenem entfernte. Dann kam er mit einer Wasserflasche und feuchten Tüchern wieder.

„Wischen Sie sich damit ab", sagte er und seine Stimme klang nicht hart oder unfreundlich. „Sie werden bald Besuch von Señor Guarnido bekommen."

Wenn dieser Mann sie mit dieser Ankündigung beruhigen wollte, hatte er sich getäuscht. Mit Héctors Erscheinen hatte sie nicht mehr gerechnet. Es war doch alles gesagt zwischen ihnen, was konnte er noch von ihr wollen? Gab es einen kleinen Funken Hoffnung, dass er es sich doch noch einmal anders überlegt hatte? Nein, das war unvorstellbar. Mittlerweile wusste sie, dass Héctor ein Krimineller war, und ein großes Kaliber noch dazu. Er würde kommen, um sie zu töten. Jener Héctor, der einmal ihr Geliebter gewesen war, existierte nicht mehr. Er war zu einem Monster geworden.

Die Angst vor seinem Besuch wuchs ins Unermessliche.

***

Auch wenn Katie im Großen und Ganzen mit der Einschätzung ihrer Situation richtiglag, so war die Gefühlslage von Héctor Guarnido an diesem Morgen komplizierter, als sie annehmen konnte.

Bereits vor Tagesanbruch war er aufgestanden, um seinem Bodyguard endlich jenen Befehl zu geben, zu dem er sich bisher noch immer nicht hatte durchringen können. Anstatt dessen Handynummer zu wählen, war er alleine in seinen Wagen gestiegen und zu seinem privaten Refugium auf der Dachterrasse seines Hotels in Playa San Juan gefahren. Es war für niemanden einsichtig und nur von seinen Arbeitsräumen aus zugänglich.

Wie ein gefangener Tiger lief er auf und ab, ohne Blick für die Schönheit dieses Morgens. Irgendwo da draußen am Meer, das er weit überblickte, befand sich Katie Falkensteiner. Hoffentlich eingeschlossen in den Bauch eines Fischerkahnes, so wie er es angeordnet hatte.

Noch immer zögerte er. Er wusste, dass er ihre Entdeckung nicht mehr riskieren konnte. In seinem Bemühen, seine Beziehung zu ihr vor jedermann, vor allem aber vor seiner Frau geheim zu halten, hatte er einen Fehler nach dem anderen gemacht. Er hätte sie nie nach Teneriffa bringen dürfen, und als er bemerkt hatte, dass sie ihm gefährlich wurde, hätte er sie rasch beseitigen lassen müssen. Sie wäre nicht die erste unbequeme Person, die er losgeworden war.

Dennoch, so sagte er sich gerade wieder, war diesmal alles ganz anders als sonst.

Es hatte in seinem Leben zuvor noch keine Frau gegeben, die ihn so bezaubert hatte wie diese wunderschöne, charmante und hochtalentierte Sängerin. Daran bestand kein Zweifel.

Sie war ein Teil seiner großen Passion, denn er, Héctor Guarnido, war geradezu süchtig nach Opern. Ein

Kindheitserlebnis war dafür ausschlaggebend gewesen. Ein einziges Mal hatte er seine Ferien bei seiner Großmutter in Mailand verbringen dürfen. Sie hatte in der Kantine der *Scala* gearbeitet und ihn zu einem Opernabend mitgenommen. In die *Tosca*. Dieser Abend war zu dem beeindruckendsten Erlebnis seiner Kindheit geworden und von da an war er der Welt der Oper verfallen. Er, dessen Frau keinerlei Verständnis für dieses Genre hatte, hatte mittlerweile alle großen Opernhäuser der Welt kennengelernt. Auf Teneriffa eines zu bauen, war seit Langem sein geheimer Traum.

Als er Katie in diesem Sommer bei den großartigen Salzburger Festspielen kennengelernt hatte, schien er am Ziel seiner Sehnsucht angekommen zu sein. Es war wie ein Erweckungserlebnis gewesen. Sein Leben hatte endlich Sinn bekommen. Er beschloss, sich von seiner Frau zu trennen. In Salzburg erschienen ihm alle Hindernisse leicht überwindbar. Er würde mit Katie zusammenleben und sie zu einem internationalen Opernstar machen. Sein Zutritt zum inneren Kreis dieser faszinierenden Welt wurde möglich.

Bisher gab es nur wenige Menschen, die seine Leidenschaft für die Oper geteilt hatten. Dass er ein Opernnarr war, war allgemein bekannt. Es hatte sogar seinem Image als erfolgreicher, eiskalter Unternehmer eine edlere Note hinzugefügt. Der Charakter eines Mannes, der die Musik derart liebte, musste – so dachten manche – noch eine andere Seite haben als diejenige, die er sonst zeigte, eine menschlichere, verständnisvollere und sensiblere.

Nachdem es ihm gelungen war, seine Geliebte endlich nach Teneriffa zu holen, war ihm allerdings schnell klar geworden, dass er in der Geburtsstadt Mozarts für einige Zeit seinen Verstand verloren hatte. Sein

Alltag mit Frau und Kindern und sein Geschäftsleben, das riskant, fordernd, ja brutal war, hatten ihn wieder eingeholt. Seine Leidenschaft für Katie war noch da, dennoch sah er nun, dass sie nicht nur eine Göttin, sondern auch eine ganz gewöhnliche Frau war, mit den üblichen Ansprüchen, die Frauen stellten und die ihm nicht immer ins Konzept passten. Mit ihrem besonderen Talent, ihrer Ausbildung und Disziplin und nicht zuletzt mit ihrem scharfen Verstand war sie jemand, den man keineswegs unterschätzen durfte.

Wenn er sie gehen ließ, würde sie sich rächen, das war klar.

Die Rache Sonias, seiner Frau, würde auf dem Fuß folgen. Sonia war mächtig und sie konnte unbarmherzig sein. Zusammen mit ihrem Bruder Diego. Noch immer stand Héctor in dessen Schuld. Der würde seine politische Karriere nicht von einem Familienskandal beschmutzen lassen und vor nichts zurückschrecken. Und seit Héctor wusste, dass Katie damals nach ihrem ersten Konzert in der Hauptstadt mit seinem Schwager gesprochen hatte, war ohnedies Feuer am Dach. Die Schulden, die er bei ihm hatte, würde er in alle Ewigkeit nicht abzahlen können. Niemals durfte Diego erfahren, dass die *Salzburger Nachtigall* seine Geliebte war.

Jetzt war ihm endgültig klar, dass er kein Risiko mehr eingehen konnte. Als die Sonne immer höher stieg und er annehmen musste, dass bald die ersten Mitarbeiter im Büro eintreffen würden, entschloss er sich zu handeln. Doch wieder überraschte er sich selbst. Anstatt Befehl zu ihrer endgültigen Eliminierung zu geben, kündigte er seine Ankunft auf dem Fischerboot an. Katie hatte eine letzte Erklärung verdient, und in seiner mittlerweile überhitzten Fantasie schwebte ihm eine letzte tragische und opernhafte Szene zwischen ihm und ihr vor, ein Ende wie in *Aida*, *Tosca* oder *Rigoletto*.

Einer seiner Leute würde ihn mit einem Motorboot hinaus aufs Meer fahren.

Mit seinem privaten Aufzug fuhr er nach unten und eilte zu Fuß zum Fischerhafen. Die ersten Cafés hatten schon offen, und dann sah er, wie Katies Professorin in Begleitung einer anderen Frau auf eines davon zusteuerte.

Noch gestern Nacht hatte man ihm davon berichtet, dass die Professorin nach einem Vortrag vor britischen Vogelkundlern zur Suche nach Katie aufgerufen hatte. Wie es aussah, musste er sich um diese Dame auch noch kümmern. Er würde heute einiges zu erledigen haben.

Rasch verschwand er zwischen zwei Lagerhallen. Dahinter wartete das Schnellboot auf ihn.

Dort kam er jedoch nie an.

Niedergestreckt von mehreren Schüssen, blieb er zwischen den Lagerhallen und neben einem Berg von Abfällen liegen.

39

Am Morgen des Tages, an dem auf Héctor Guarnido geschossen wurde, waren Amalia und Susanne Brauneis die ersten Gäste eines Cafés in Playa San Juan.

Susanne hatte in der Nacht zuvor Amalia noch nach Hause gefahren. Es war schon nach Mitternacht gewesen und Amalia hatte sie dazu überredet, in Lydias Zimmer zu übernachten.

Heute war es Susannes Vorschlag gewesen, noch vor dem Frühstück zum Hafen von Playa San Juan zu fahren und von jener Hafenmauer aus, auf der Betty Parker tags zuvor frühmorgens ihren Beobachtungsposten eingenommen hatte, einen Blick auf die Fischerboote zu werfen.

Nach einer halben Stunde war noch immer kein blaues Boot zu sehen gewesen, und als die zwei auf ihren Beobachtungsposten beinahe eingeschlafen wären, hatten sie beschlossen, das Café aufzusuchen.

Als der Kaffee bestellt war, rief Amalia Kommissar Martínez an.

„Ja, was ist?" Der Kommissar hatte sofort abgehoben.

„Amalia Fink hier. Entschuldigen Sie die frühe Störung, aber ich habe eine interessante Zeugenaussage zu Katie Falkensteiner."

„Und zwar?"

„Es gibt eine Zeugin, die gesehen hat, wie gestern eine Frau, die Ähnlichkeit mit Katie Falkensteiner hatte, auf ein Fischerboot gebracht wurde."

„Vermutlich jemand, der Ihren Vortrag gehört hat. Es tut mir leid, ich kann jetzt unmöglich. Ich bin auf dem Weg nach Los Gigantes zum Meerwasserpool. Wo hat die Zeugin die Szene beobachtet?"

„In Puerto San Juan."

„Okay, ich kümmere mich darum. Jemand wird der Sache nachgehen. Versprochen."

„Ich kann Ihnen einen schriftlichen Bericht mailen."

„Perfekt. Ich muss weiter. Bis bald."

„Kommissar, was ist im Meerwasserpool passiert?"

„Ich weiß es noch nicht genau. Eine Leiche ist angeschwemmt worden, jedenfalls ein Mann. Es kann unmöglich Ihre gesuchte Freundin sein. Adios, Señora Amalia. Wir hören uns."

Susanne Brauneis hatte das Gespräch verfolgt.

„Meerwasserpool?", fragte sie.

„Sie haben dort eine Leiche gefunden, männlich."

„Um Gottes willen. Weiß man, wer?"

„Machst du dir Sorgen um deinen Mann? Du hast einmal erzählt, dass er dort gerne schwimmt. So früh am Morgen?"

„Nein, natürlich nicht um diese Zeit." Susanne wirkte dennoch besorgt.

Dann tröstete sie sich selbst. „Ein einziges Mal übernachtet die Frau nicht zu Hause, und der verzweifelte Ehemann, der ein erklärter Langschläfer ist, fährt schon um sechs Uhr früh zum Schwimmen. Nein, wir befinden uns in der Realität und nicht in einem Fernsehkrimi."

Beide mussten lachen.

„Ich rufe ihn trotzdem an."

Susannes Anruf brachte das erwartete Ergebnis. Ein aus dem Tiefschlaf gerissener Ehemann, der seine Frau bat, ihn weiterschlafen zu lassen und endlich nach Hause zu kommen. Am besten mit frischem Frühstücksgebäck.

„Wenn ich meinen Kaffee getrunken habe, fahre ich los, oder brauchst du mich noch?", fragte sie dann Amalia.

Diese schüttelte den Kopf.

Sie würde jetzt noch etwas essen und Valentina bitten, sie nicht am Tor der Finca, sondern hier in Playa San Juan abzuholen. Wie verabredet, würde sie dann zum zweiten Mal zum *El Pijaral* im Anaga-Gebirge fahren, um dort Fermina Sánchez zu treffen.

Susanne, die schon im Gehen war, schien ihre Gedanken gelesen zu haben. „Musst du wirklich heute noch einmal zum Nationalpark fahren? Du kannst doch der Frau auch noch absagen. Es reicht, dass du noch immer mit der Suche nach Katie beschäftigt bist."

Amalia schüttelte den Kopf. „Nein, das kann ich nicht. Ich kann Fermina Sánchez nicht enttäuschen und hier kann ich vermutlich auch nicht mehr viel ausrichten. Ich werde fahren."

Als Amalia eine Stunde später zu ihrer neuen Chauffeurin ins Auto stieg, galt ihre erste Frage Jesús.

„Alles in Ordnung mit ihm", antwortete Valentina. „Es geht ihm gut. Er muss wohl noch eine Weile untergetaucht bleiben. Ihm ist aber nicht langweilig, sagt er, denn er arbeitet jetzt an einem spannenden Projekt. Mehr wollte er nicht sagen. Er schien erstaunlich gut drauf zu sein und Sie werden wohl weiterhin mit mir vorliebnehmen müssen. Also, wo genau fahren wir jetzt hin?"

Amalia erklärte es ihr und Valentina brauste los.

40

Jene Stelle, die einer jungen spanischen Politikerin zum Verhängnis geworden war und auf der noch vor Kurzem Sicherheitskräfte, Spurensicherer, eine Pathologin, eine Journalistin, ein Ranger des Nationalparks und zwei österreichische Professorinnen herumgetrampelt waren, wies erstaunlich wenig Spuren des Geschehens auf. Einige abgeknickte Äste und Zweige sowie unerwartete Leerstellen im Dickicht des grünen Dschungels erinnerten noch an das Drama.

Amalia war soeben dabei, diesen Ort unheimlicher Erinnerungen erneut zu inspizieren, begleitet von zwei weiteren Frauen, von Fermina Sánchez, der Großmutter der Toten, sowie einer Mitarbeiterin der Nationalpark-Leitung, die man ihnen zur Seite gestellt hatte.

Beim Anblick dieser Stelle überwältigte Amalia Fink eine sonst selten gekannte Schwermut und Verzagtheit. Es war nicht nur die Erinnerung an jenen Tag, an dem sie und ihre Freundin Lydia den toten Körper von Margarita Sánchez Jiménez gefunden hatten, es war auch die damit verbundene Erkenntnis, dass sie seither kaum Fortschritte bei ihrer Suche nach Katie Falkensteiner gemacht hatte. War sie damals sogar froh darüber gewesen, dass es sich bei der Toten nicht um Katie handelte, so war diese Freude jetzt einer tiefen Resignation gewichen.

Katie war vermutlich genauso tot wie Margarita, die gerade von ihrer Großmutter von Neuem beweint wurde.

„Schrecklich, was die Leute hier im Naturschutzgebiet alles wegschmeißen", murmelte nun die Mitarbeiterin des Nationalparks, die soeben eine kleine

Runde gedreht hatte und zu ihnen zurückgekehrt war. Sie hielt ihnen eine Medikamentenschachtel und einen kleinen roten Plastikbeutel mit weißen Tupfen entgegen, der sich, wie sie erzählte, im Blattwerk eines Mocán-Strauches verfangen hätte. Er war nass, mit Schmutz überzogen und ziemlich beschädigt.

„Halt, zeigen Sie es mir", rief Fermina, „dieser Beutel ist von Margarita. Sie hat ihn immer in ihrem Tourenrucksack bei sich gehabt!"

Die Frau vom Nationalpark öffnete die Hände und hielt ihr die Fundstücke unter die Nase. Fermina griff danach.

„Darf ich mir die Medikamentenschachtel genauer ansehen?" Die Frage kam von Amalia.

„Bitte sehr", sagte Fermina, die schon danach gegriffen hatte. Sie behielt den Beutel in der einen Hand und überreichte Amalia die kleine Schachtel.

„Wo haben Sie das gefunden?", fragte Amalia die Frau vom Nationalpark. Diese deutete auf die Stelle, an der sie die Sachen entdeckt hatte.

„Seltsam, dass das den Polizisten nicht aufgefallen ist."

Amalia besah sich die Schachtel von allen Seiten.

„Sie ist durchlöchert, wie vom spitzen Schnabel eines Waldvogels", sagte sie dann.

„Vielleicht hat sich ein Vogel den Beutel geschnappt und dann wieder fallen gelassen", rätselte die Frau vom Nationalpark. „Dieses Dickicht hat hier schon alles Mögliche verschluckt und es dann plötzlich wieder freigegeben."

Amalia inspizierte die Schachtel genauer und konnte die Aufschrift *Tramadol* entziffern.

Als sie das Päckchen auf den Kopf stellte, rutschten gleich zwei silberne Metallstreifen heraus, in denen Tabletten eingeschweißt waren. Ein Streifen war noch unbenutzt, aus dem anderen waren zwei Pillen herausgedrückt worden. Amalia gelang ein Zaubertrick. Während sie den bereits benutzten Metallstreifen wieder in die Schachtel zurückgleiten ließ, verschwand der andere unbemerkt in ihrem Rucksack. Dann überreichte sie die Schachtel samt Taschentuch der Finderin.

„Das sollten Sie Kommissar Lobo, der die Untersuchungen hier leitet, übergeben, und das Plastiksäckchen ebenfalls."

„Diesen Beutel will ich aber als Erinnerungsstück wieder zurückhaben", rief Fermina.

Mit den Worten „Halten Sie ihn bitte in die Höhe!" reichte sie ihn wieder Amalia und diese gehorchte. Dann nahm Fermina ihr Handy und fotografierte den Beutel.

„So", sagte sie, „ich fürchte, ich habe genug gesehen. Vielen Dank, Amalia, dass Sie mir diesen schrecklichen Ort gezeigt haben. Ich bin fast fertig hier. Bitte einen Augenblick noch." Sie griff in ihre Umhängetasche und hielt gleich darauf einen bemalten flachen Stein in der Hand.

„Wenn Margarita bei mir war", erklärte sie, „hat sie manchmal zur Entspannung Steine bemalt. Mit ihrem Lieblingstier, der Schildkröte. Einen dieser Steine will ich hier auf jenem Platz vergraben, an dem sie ihr Leben lassen musste."

Sie hockte sich hin, grub bedächtig mit den Händen ein Loch in die Erde und versenkte darin den Stein. „Zum Gedenken an meine wunderbare Margarita", flüsterte sie. Dann erhob sie sich und blieb noch für zwei Minuten mit gesenktem Kopf stehen.

„So, jetzt können wir gehen."

Entschlossen drehte sie sich um und trat, gefolgt von Amalia und deren Begleiterin, den Rückweg an.

Unterwegs lud sie Amalia noch zu sich nach Hause ein. Sie wollte ihr das Haus zeigen, das sie bald an Inés verlieren würde. Außerdem, sagte sie, hätte sie noch einige Fragen an Amalia. Ihr Haus sei nicht einmal eine halbe Autostunde von hier entfernt.

Amalia zögerte. Sie wollte so rasch wie möglich zurück. Die Sache mit Katie und dem Fischerboot ließ ihr keine Ruhe.

„Danke für die Einladung. Ich möchte lieber zurückfahren. Aber gibt es vielleicht in der Nähe des Parkplatzes einen Ort, wo wir etwas trinken und noch kurz reden können?"

Fermina nickte. „Ja, den gibt es. Die Herberge *Montes de Anaga* ist nicht weit vom Parkplatz entfernt. Wir sind in wenigen Minuten dort. Sie könnten gleich mit mir mitfahren und Ihre Chauffeurin kann Sie dann dort abholen."

„Gerne." Amalia hatte das Gefühl, erneut keine Wahl zu haben, und fügte sich dem Wunsch von Fermina Sánchez.

41

Nachdenklich und schweigend folgte Amalia Fermina Sánchez zurück zum Parkplatz am Eingang des Bosque Encantado. Dort wartete bereits ihr Taxi mit Valentina am Steuer.

Kaum hatte ihr Handy wieder Empfang, klingelte es in der Tasche ihrer Jacke.

Ehe sie abhob, informierte sie Valentina über ihre Planänderung. Sie würde noch ein kurzes Stück mit Fermina Sánchez im Auto zu einem Lokal fahren, ehe sie sich mit Valentina wieder auf den Rückweg machen würde.

Dann rief sie Lydia an und erkundigte sich nach dem Befinden ihres Sohnes.

„Es geht ihm besser, aber bis er wieder arbeiten kann, wird es noch dauern. Dafür bin ich in der Rolle der Großmutter gefangen, für ein paar Tage noch vermutlich. Dann kommen die anderen Großeltern aus der Karibik zurück und werden mich hoffentlich ablösen. Ich liebe meine Enkelkinder, aber wenn ich zu gar nichts anderem mehr komme, werde ich grantig."

„Was ist mit deinem Mann?"

„Der ist jetzt wieder in der Bäckerei, voll im Einsatz, gemeinsam mit der Schwiegertochter. Den sehe ich kaum. So wie schon immer. Aufstehen kurz nach Mitternacht, schlafen tagsüber, so war es seit jeher. Aber gut. Sprechen wir von dir. Gibt es etwas Neues?"

Amalia brachte Lydia auf den neuesten Stand, sagte, dass sie ihr fehle, sie jedoch dank der Unterstützung durch Freundinnen ganz gut zurechtkäme.

„Sehr gut", lobte Lydia, „ich versuche, dich aus der Ferne zu unterstützen.

Ich mache mich auf die Suche nach Freunden und Verwandten von Katie. Wer weiß, vielleicht ist sie längst wieder in Österreich."

„Unwahrscheinlich. Laut Kommissar Martínez ist sie in den Tagen seit ihrem Verschwinden auf keiner der Passagierlisten eines Flugzeugs aufgeschienen."

„Dann wirst du wohl weiter nach ihr suchen müssen. Ich fürchte, dass du mittlerweile selbst in Gefahr bist, deshalb – ich weiß, ich wiederhole mich – pass gut auf dich auf."

Amalia versprach es und verabschiedete sich.

Fermina drehte sich zu ihr um. „Bei Ihnen ist einiges los", bemerkte sie. „Ein paar Worte Deutsch verstehe ich ja. Mein erster Mann hatte oft einen deutschen Künstler zu Besuch, und es hörte sich so an, als hätten Sie auch noch andere Sorgen, während ich Sie hierherverschleppe."

Ehe Amalia antworten konnte, klingelte das Handy erneut.

„Nur zu", befahl Fermina. „Erledigen Sie Ihre Geschäfte."

Amalia gehorchte und diesmal war ihr „Geschäft" endlich wieder Kommissar Martínez.

„Buenos días, Kommissar", begrüßte sie ihn.

„Wir haben die Laborergebnisse", sagte er ohne Einleitung. „Wenn der Stoffrest tatsächlich von Katie Falkensteiner stammt, dann war sie in dem Wagen der Gärtnerei. Wir haben DNA-Spuren gefunden und sie mit einem Haar aus dem Wagen abgeglichen."

„Gratuliere", sagte Amalia, „dennoch haben wir keine Ahnung, wo sie sich jetzt befindet."

„Nein, noch nicht, aber mit einer Entführung, Verschleppung oder Ähnlichem hatten Sie wohl recht."

„Und dass ihr Liebhaber Héctor Guarnido dahinterstecken könnte, glauben Sie noch immer nicht?"

„Die Lage hat sich geändert", bemerkte der Kommissar trocken. „Auf Héctor Guarnido wurde geschossen, er liegt auf der Intensivstation des Krankenhauses in Costa Adeje. Sein Zustand ist kritisch."

„Wahnsinn", entfuhr es Amalia. „Wann und wo?"

„Im Hafen von Puerto San Juan."

„Also dort, wo gestern möglicherweise ein Boot mit Katie in See gestochen ist?"

„Danach sieht es aus", bestätigte Martínez.

„Dann war er vielleicht wegen Katie im Hafen?"

„Das wissen wir nicht, aber wir suchen nach dem von der Engländerin beobachteten Boot. Bei der unzulänglichen Beschreibung ist das schwierig."

„Weiß man schon, wer auf ihn geschossen hat?"

„Nein. Es gibt eine Vermutung, mehr kann ich nicht sagen. Wo sind Sie überhaupt?"

„Ich befinde mich auf einer Exkursion im Anaga-Gebirge."

„Sehr gut. Sie haben also doch meinen Rat befolgt und widmen sich wieder der Naturbeobachtung."

„Ja." Sie ließ ihm seinen Glauben, denn mittlerweile hatte auch schon Susanne Brauneis versucht, sie zu erreichen.

„Ich komme", hörte sie den Kommissar sagen.

„Hierher?"

„Nein. Das galt einem Kollegen. Ich wäre gerne bei Ihnen. Ich muss jetzt auflegen, rufen Sie mich bitte an, wenn Sie von Ihrer Exkursion zurück sind."

„Mache ich."

Und ich wäre gerne bei ihm, dachte sie. Bei diesem Gedanken verspürte sie eine vertraute und äußerst angenehme Empfindung, die sich in kleinen, zarten Wellen in ihr ausbreitete, ihren Mund lächeln und ihre Wangen erröten ließ.

Fermina, die an ihrem Wagen lehnte, hatte sie beobachtet.

„Gute Nachrichten von einem lieben Menschen, Señora Fink, oder vielleicht sogar verliebt?"

„Aber nein, nur ein freundliches Gespräch."

„Das muss aber ein sehr netter Kommissar sein, mit dem Sie sich da unterhalten haben."

„Da haben Sie nicht unrecht. Er ist schon anders als dieser unsympathische Typ hier in La Laguna."

„Verstehe, na dann los. Steigen wir ein."

42

Ungefähr drei Stunden nach dem Schussattentat auf Héctor Guarnido im Hafen von Puerto San Juan fuhren ein junger Mann und eine junge Frau auf derselben Seite der Insel in einem Landrover hoch hinauf in das Gebirge. Die junge Frau war mit einem weißen Kittel bekleidet, trug eine riesige Sonnenbrille und ihre Haare waren unter einem bunten Turban versteckt.

Der junge Mann war der Cousin eines Jungen namens Pablo, der bis vor Kurzem, gut bewacht vom dazu beauftragten Koch, in der Küche eines Restaurants geschuftet hatte, das Héctor Guarnido gehörte.

Der unglückliche Pablo war durch den Konsum von Drogen in die Abhängigkeit einer Drogenmafia geschlittert und hatte schließlich sogar seinen Vater, den Besitzer eines Fischkutters, in die Geschichte hineingezogen. Seither transportierte dieser im Auftrag eines großen Bosses gut verschlossene Kisten von Teneriffa nach La Gomera, ohne zu wissen, was sich in ihnen befand. Wahl hatte er ohnedies keine gehabt, denn man hatte ihm geflüstert, dass sein einziger Sohn eine Ablehnung dieses Auftrags nicht überleben würde. Bis vor Kurzem hatte er auch nicht gewusst, wer sein Auftraggeber war, aber das hatte sich am gestrigen Tag geändert. Da hatte man ihm einen neuen Auftrag erteilt und diesmal war auch der Name seines Auftraggebers gefallen: Héctor Guarnido, einer der reichsten Männer der Insel.

Wieder war ihm keine Wahl geblieben und so hatte er noch vor Einbruch der Dämmerung eine Unbekannte an Bord genommen und war mit dieser in Begleitung ihres Bewachers auf das Meer hinausgefahren.

In der vergangenen Nacht hatte Eligio, so hieß der Fischer, kein Auge zugetan, denn die Frau, die sich nun in dem engen Lagerraum seines Bootes befand, war in einem bemitleidenswerten Zustand gewesen. Erst gegen Morgen war er kurz eingenickt, doch gleich darauf vom Begleiter der Frau geweckt worden, als dieser ihm den Besuch von Héctor Guarnido ankündigte. Der Boss würde sich nun selbst um das Schicksal der Frau kümmern.

Ein Motorboot war tatsächlich eingetroffen, später als avisiert, doch ohne Héctor Guarnido. Der Bewacher hatte dem Fischer seine Waffe gezeigt. „Du bleibst hier mit deiner Fracht! Ein Unfall des Auftraggebers. Warte auf weitere Anweisungen!" Eligio, nun mit der Frau alleine im Boot, hatte eine weitere Stunde zugewartet – vergeblich. Dann war er durch einen Anruf von Pablo erlöst worden.

„Wo bist du, Papa? Ich bin dem Koch entwischt. Es hat ein Schussattentat auf den obersten Boss gegeben. Er ist angeblich tot und hier ist alles durcheinander."

„Gott sei Dank, Junge", hatte der Vater gesagt. „Bleib lieber noch in Deckung, aber was um Gottes willen soll ich jetzt mit der Frau im Laderaum machen?"

Eligio hatte dem Sohn seine Situation geschildert. Am Wasser konnte und wollte er nicht mehr mit ihr bleiben. Solange die Lage ungeklärt und unsicher war, war es am besten, irgendwo unterzutauchen. Aber wohin mit der Frau? Er hatte großes Mitleid mit ihr und zudem war er ein gläubiger Mensch. Er wollte seinem Schuldkonto vor dem lieben Gott nicht noch eine weitere, ja die schlimmste Schuld hinzufügen.

Nach einigem ratlosen Hin und Her hatte Pablo die Idee gehabt, die Frau mithilfe eines gutmütigen Cousins zu dessen Mutter in die Berge zu bringen. Solange nicht bekannt war, wer die Fremde war und weswegen sie derart behandelt wurde, war es auch nicht ratsam, sie den Ordnungshütern zu übergeben.

Pablo war ein Überredungskünstler, und so gelang es ihm tatsächlich, seinen Cousin zu gewinnen. Dieser verließ sein Keramikatelier, um eine Frau, die Schweres erlebt hatte, zu ihrer eigenen Sicherheit hinauf zu seiner Mama nach Las Fuentes in die Berge zu bringen.

***

Katie konnte es nicht fassen. Soeben noch auf grausame Weise eingekerkert, saß sie nun neben einem noch jungen Mann, der kaum ein Wort sprach, jedoch sein vorsintflutliches Gefährt in hellem Sonnenschein und unter einem unwahrscheinlich blauen Himmel durch unwegsames Gelände nach oben lenkte.

Später erfuhr sie, dass er absichtlich eine selten befahrene und nicht ungefährliche Route für die Flucht in ihre Befreiung gewählt hatte. Zu Beginn der Fahrt hatte er ihr erklärt, dass sie ihm vertrauen könnte, und da sie ohnedies keine Wahl hatte, hatte sie dies getan.

Schließlich hatte sie auch dem Besitzer des Fischkutters, der sie an Land und zu dem bereits wartenden Fahrzeug gebracht hatte, von Anfang an vertraut. Er hatte ihr am Morgen in ihrem Verlies die Ankunft von Héctor Guarnido angekündigt und ihr bald danach die Rettung verkündet. Dann war er zu ihr in den düsteren Laderaum hinabgestiegen und hatte eine Taschenlampe eingeschaltet. Er hatte diese jedoch nicht auf sie, sondern auf sich selbst gerichtet. Katie hatte sofort verstanden, dass er ihr damit zeigen wollte, dass von ihm keine Gefahr ausging. Gleichzeitig hatte er den Zeigefinger an seine Lippen gelegt. So als sei er in einer geheimen Mission zu ihr gekommen. Als Retter.

Es hatte einige Zeit gedauert, bis sie den Plan, den ihr Eligio, der Fischer, zu erklären versuchte, verstanden hatte. Er hatte sich bemüht, langsam und deutlich zu sprechen, aber seine offensichtlich von einem lokalen Dialekt gefärbten Worte waren schwer zu verstehen gewesen.

Schließlich war alles rascher gegangen, als sie und ihr Retter es erwartet hatten. Trotz des Terrors, dem Katie ausgesetzt gewesen war, hatte sie dank ihres Überlebenswillens letzte Kräfte mobilisieren können. Der Fischer wiederum, geprägt von schwerer täglicher Arbeit und einem ungewissen Schicksal, war ein starker und geschickter Mann.

Sie waren unbemerkt an Land gekommen und Katie hatte in dem startbereiten Landrover neben dem Fahrer Platz genommen. Wie ihr der Fischer zuvor erklärt hatte, sollte es so aussehen, als mache ein junges Paar eine Vergnügungsfahrt in die Berge. Wie bei einem Kostümwechsel hinter den Kulissen der Oper hatte sie sich im Wagen den vom Fahrer bereitgelegten Kittel angezogen, die Brille aufgesetzt und das bunte Tuch um den Kopf geschlungen, das er ihr gereicht hatte.

Nachdem der Fahrer sich vergewissert hatte, dass ihnen niemand folgte, waren sie losgefahren.

Ohne Gegenverkehr und Behinderung erreichten sie ihr Ziel, der Fahrer sprang aus dem Wagen, öffnete die Tür und ließ Katie aussteigen. Staunend blieb sie stehen. Sie befand sich an einem geradezu märchenhaften Ort. Ein steinernes Haus, das aus einem Felsen herauswuchs, leuchtende Blüten am Eingang, Stille, Sonne und kein Windhauch. Das Meer, das ihr gerade noch das Fürchten gelehrt hatte, weit weg. Ein schmales helles Band zwischen zwei Hügelketten, die sich rötlichbraun von beiden Seiten wie Kulissen in die Landschaft schoben.

Die Frau, die bereits am Gartentor auf sie gewartet hatte, war aber nicht Frau Holle aus dem Märchen, sondern eine ältere, drahtige Person, die sie am Arm nahm und schnell ins Haus hineinführte.

„Kommen Sie", sagte sie, „meine Nachbarin soll Sie lieber nicht sehen. Sie ist für die Buschtrommeln hier oben zuständig, und was sie weiß, weiß bald die ganze Gegend."

43

„Dieses Gebäude ist okay", sagte währenddessen Fermina Sánchez zu Amalia und meinte damit den schlichten Holzbau mit Flachdach, der in einen Hügel hineingebaut worden war und auf dessen Terrasse man über die Wälder des Nationalparks blickte.

Sie hatten sich Kaffee und ein Sandwich bestellt, denn sie waren beide hungrig.

„Früher konnte man sich hier das Essen sogar selbst zubereiten. Damals war das eine Herberge mit sehr einfachen Zimmern. Einmal hatte ich hier ein fantastisches Wochenende mit meiner Theatergruppe. Die Lage ist ein Traum."

Amalia stimmte ihr zu.

„Leider wird sich das noch drastisch ändern." Ferminas Gesichtsausdruck wechselte von beglückt zu empört. „Hier soll nämlich eine riesige Lodge gebaut werden. Es wird eine große Schneise in den Wald des Nationalparks geschlagen. Entgegen den Bestimmungen. Angeblich gibt es eine Ausnahmeregelung. Margarita hat immer gesagt, dass auf Teneriffa die Ausnahmen bereits die Regel sind. Sie hat sich gegen dieses Projekt starkgemacht. Wenn ihre Freundin, diese Erbschleicherin, sie nicht auf dem Gewissen hat, hätte ich denjenigen in Verdacht, der hinter diesem Hotelprojekt steht."

„Und wer ist das?", fragte Amalia.

„Ein Großunternehmer namens Guarnido. Einer von der Westküste, der auf ganz Teneriffa an den schönsten Stellen seine riesigen Hotels hinklotzt. Diesen Namen haben Sie sicher schon gehört."

„Allerdings", sagte Amalia, „und im Augenblick liegt er auf der Intensivstation, weil auf ihn geschossen wurde."

„Im Ernst? Das ist ja tragisch." Fermina verzog den Mund zu einem schiefen Lächeln. „Unschuldigen hat es damit keinen getroffen. Ich habe Margarita immer wieder davor gewarnt, sich mit einem Typen wie ihm anzulegen. Sie hat natürlich nicht auf mich gehört. Aber auch Sie scheinen schon Bekanntschaft mit ihm gemacht zu haben?"

Amalia verneinte. Von Katie würde sie jetzt nicht erzählen. Weder passte der Zeitpunkt noch hatte sie in diesem Moment die Kraft dazu. Ihr Kopf war angefüllt mit brisanten Informationen und vagen Vermutungen, die sie noch gründlich durchdenken musste. Das Gespräch durfte nicht in die Länge gezogen werden.

„Was wollten Sie denn noch von mir wissen?", fragte Amalia. „Ich habe nicht mehr viel Zeit und meine Fahrerin wird auch gleich da sein."

Wie sie es sich gedacht hatte, wollte Fermina noch einmal genau wissen, unter welchen Umständen sie und Lydia ihre tote Enkelin aufgefunden hatten.

Als Amalia berichtete, dass bis auf die Hose sämtliche Kleidungsstücke von Margarita auf der ganzen Lichtung hingeschleudert und verteilt gewesen waren, war Fermina fassungslos.

„Das passt doch gar nicht zu Margarita!"

Nachdenklich schwieg sie und blickte in die Ferne. Amalia tat es ihr gleich. Die Landschaft zu ihren Füßen glich einem Gemälde, unzerstörbar und unveränderbar, wie geschaffen für die Ewigkeit.

Das Bild, das Fermina jetzt in den Sinn kam, war jedoch ein anderes.

„Das, was Sie mir soeben erzählt haben, Amalia, erinnert mich an ein Theaterstück, das ich einst auf einer Freiluftbühne inszeniert habe. Es hieß *Sommernacht*. Damals mussten sich die Schauspielerinnen die Kleider vom Leib reißen und auf die umliegenden Bäume und Büsche schleudern. Es geschah in der Euphorie eines Tanzes, der die Mitternachtssonne feierte. Für mich wäre es zumindest ein schwacher Trost, wenn Margarita sich in einem vergleichbar euphorischen Zustand befunden hätte, bevor sie sterben musste. Wie ich schon mehrmals erwähnt habe, kann ich mir aber nicht vorstellen, dass Margarita Drogen genommen hat."

„Aber Schmerzmittel schon, vermute ich." Amalia dachte an das Medikamentenschächtelchen aus dem Nationalpark.

„Hin und wieder", kommentierte Fermina. „Margarita hatte von Zeit zu Zeit schwere Migräne und musste als Politikerin dennoch funktionieren. Dann nahm sie etwas, obwohl sie es hasste. Sie fühlte sich daraufhin besser, aber euphorische Zustände hat das bei ihr bestimmt nicht ausgelöst."

Oder es war eine andere Substanz im Spiel, dachte Amalia, sprach es aber nicht aus. Als Ornithologin wusste sie, dass bei Vögeln – wenn sie sich bizarr und seltsam verhielten – oft eine unbeabsichtigt eingenommene giftige Substanz die Ursache sein konnte, von Schwermetallen bis hin zu Giftpflanzen. Von Letzteren hatte Amalia hier auf der Insel genug gesehen, nicht nur in dem berühmten Giftgarten von Güímar, dessen Besuch ihr von Susanne Brauneis empfohlen worden war. Es waren vor allem die vielen blühenden Zierpflanzen, die in den Touristenzentren zu finden und ebenfalls oft giftig waren. Das Heer der Weihnachtssterne zum Beispiel, von denen immer noch einige zu sehen waren.

Ferminas Gedanken hatten inzwischen wieder eine andere Richtung eingeschlagen. „Bei all dem Schrecklichen, das passiert ist, bin ich jedenfalls froh, dass Sie es waren, Señora Amalia, die Margarita gefunden hat. Sie haben sozusagen die Totenwache gehalten, bis die Polizei kam. Wie lange waren Sie denn mit ihr allein?"

„Etwa eine halbe Stunde", antwortete Amalia, „und zum Schluss hat sich auch noch eine Lorbeertaube zu uns gesellt."

„Tatsächlich?" Ferminas Stimme hatte einen verträumten Klang angenommen. „Vielleicht hat sich ja die Seele meines Mädchens in eine Lorbeertaube verwandelt. Sie war so stolz auf diese Wälder und deshalb auch so engagiert, sie um jeden Preis zu erhalten. Leider ist die Lorbeertaube auch eine gefährdete Art." Fermina seufzte.

„Wegen ihres köstlichen Geschmacks ist sie fast ausgerottet", ergänzte Amalia.

„Ja, leider. Die Lorbeertaube war früher ein traditionelles Festessen auf Teneriffa. Es gibt auf der Insel einen Männerbund, der noch immer seine alten Rituale pflegt, und dazu gehört auch ein Initiationsritus, in welchem der Neue einer Lorbeertaube vor den Augen der anderen den Hals umdrehen und sie dann – zubereitet natürlich – verspeisen muss. Ein Nachbar von mir kennt Leute aus diesem Bund und hat mir davon erzählt. Einer von ihnen ist Diego Rosario, ein rechtsextremer Politiker, übrigens der Bruder von Guarnidos Frau. Ich weiß auch von einem Restaurant unten in La Caleta, wo in einem Hinterzimmer Lorbeertauben serviert werden. In einem Fischlokal wohlgemerkt, sodass niemand Verdacht schöpft. Obwohl ich glaube, dass es den Behörden ohnedies bekannt ist."

„Wissen Sie zufällig, wie das Lokal heißt?"

„Ja, *Amigo Antonio*."

Teil 4: Amalia

44

Schon zu Beginn der Fahrt zurück zur Finca war Amalia im Wagen eingeschlafen.

Sie wachte auf, als Valentina telefonierte.

„Das war Jesús", sagte diese, als sie bemerkte, dass Amalia wieder die Augen öffnete. „Er möchte Sie wieder chauffieren."

Sie machte eine kurze Pause, so, als überlegte sie, ob sie weitersprechen solle.

Das tat sie gleich darauf und berichtete vom Schussattentat auf Héctor Guarnido und dass dessen Tochter Jesús heute angerufen hatte. Carla hätte sich von ihrem Mann getrennt und sei noch immer verliebt in Jesús. Und er offensichtlich auch in sie. Er wisse jetzt, dass er nicht mehr in Gefahr sei.

„Eine verrückte Geschichte", schloss Valentina ihren Bericht ab. „Señora Fink, Sie müssen jetzt entscheiden, wie Sie damit umgehen. Ich muss mich nach Jesús richten. Ich bin nur eingesprungen."

Amalia konnte nicht mehr antworten, denn Valentina bremste scharf ab. Beinahe wäre sie mit einem entgegenkommenden Wagen zusammengestoßen, dessen Fahrer in einer unübersichtlichen Kurve riskant überholt hatte.

Valentina fluchte und schwieg für den Rest der Fahrt.

Amalia ebenfalls. Natürlich musste sie jetzt entscheiden, was zu tun war. Der Gedanke, der ihr dabei kam, war unerwartet, aber es war die Lösung. Sie musste sich ein anderes Ferienquartier suchen.

Alleine und ohne Lydia in Chirche wohnen zu bleiben, war reichlich unsinnig und auch unpraktisch. Sich als Einzelperson einen Chauffeur zu leisten, verrückt und eigentlich auch ein No-Go für jemanden, dem die Umwelt ein Anliegen war.

Was sie jetzt – auch in Hinblick auf ihre Suche nach Katie – brauchte, waren kurze Wege und die Möglichkeit, ihre Pläne rasch zu ändern, Leute zu treffen, wann und wo sie wollte, und sich rasch Abwechslung zu verschaffen, wenn ihr die Decke auf den Kopf fiel. Das passte auch viel besser zu ihr. Seltsam, dass ihr diese Idee erst jetzt kam.

Auf Dauer auf dem Lande zu leben, war für sie, trotz ihres Interesses an der Natur, ohnedies noch nie erstrebenswert gewesen. Seit jeher schätzte sie eine städtische Infrastruktur, in welcher man den Alltagskram einigermaßen rasch und ohne großen Zeitverlust erledigen konnte. Sie hatte Zoologie in Wien und in Cambridge studiert, hatte den größeren Teil ihrer Berufsjahre in Heidelberg verbracht und war für jeweils ein Jahr Gastprofessorin in Santa Cruz in Kalifornien sowie in Bologna in Italien gewesen. Alles Städte, die in ihren Augen das richtige Maß zwischen einer Großstadt und einer Community besaßen und in denen man unabhängig und dennoch in Austausch mit einer anregenden Umgebung leben und arbeiten konnte. Im Rahmen eines mehrjährigen Forschungsprojekts in der Salzburger Alpenregion war sie vor 15 Jahren nach Salzburg zurückgekommen und hatte schließlich einer späten Berufung an die dortige Universität nicht widerstehen können.

In ihrem Beruf mit viel Ausdauer und Disziplin gesegnet, war sie privat eine Frau der schnellen Entschlüsse. Aus ihrer Studentenwohngemeinschaft auszuziehen, als ihr die ewigen Streitereien um das gemeinsame Bad und die verdreckte Küche unerträglich geworden waren, und sich von ihrem Exmann zu trennen, als dieser sich – selbst Zoologe – Amalias wissenschaftliche Erkenntnisse für seine Vorträge angeeignet hatte, ohne ihren Namen zu erwähnen, waren genauso schnell erfolgt wie ihre nunmehrige Entscheidung, aus der Finca auszuziehen.

So schnell wie möglich musste sie ein Zimmer, besser eine kleine Ferienwohnung unten an der Küste finden, vorzugsweise in Puerto Santiago, auch um mit ihrer Suche nach Katie endgültig auf einen grünen Zweig zu kommen. Sie hoffte, dass das klappte und ihre Vermieterin in Chirche andere Gäste finden konnte.

Als Valentina sie absetzte, verabschiedete sie sich, bedankte sich für ihre Dienste und versprach, sich bei Jesús rasch zu melden.

Noch am Weg ins Haus hatte sie eine weitere Idee. Auch das verrückt, aber eine Möglichkeit. Vielleicht war die Wohnung dieses so tragisch zu Tode gekommenen Deutschen wieder auf dem Markt? Dass sie sich für sein Apartment interessierte, hatte sie beim ersten Zusammentreffen mit Kommissar Martínez als Ausrede verwendet. Jetzt könnte sich die kleine Notlüge bewahrheiten.

Sie hatte ohnedies einiges mit Martínez zu besprechen, rief ihn an und lud ihn für den Abend zu einem Essen ins Fischerdorf La Caleta ein. Dass er sofort zusagte, überraschte sie nicht wirklich. Auch Jesús war einverstanden, als sie ihn anrief und bat, sie heute Abend noch dorthin zu fahren. Ihre Umzugspläne verschwieg sie ihm vorerst. Sie musste wissen, wie es wirklich weiterging.

Angenehm ist dieses Quartier schon, dachte sie, als sie es sich noch einmal im Wohnzimmer auf ihrem Lieblingssofa bequem machte, aber ohne Lydia auch viel zu groß.

Die Stille, die hier herrschte, würde in den Touristenorten bestimmt nicht zu finden sein. Auch egal. Ihre Gedanken verselbstständigten sich. Sie schloss die Augen und glitt durch eine kurze Traumphase, in welcher Katie und Margarita gemeinsam auf einer Theaterbühne einen wilden Tanz aufführten.

Das, was Fermina Sánchez heute gesagt hatte, fiel ihr wieder ein: *„Für mich wäre es zumindest ein schwacher Trost, wenn Margarita sich in einem vergleichbar euphorischen Zustand befunden hätte, bevor sie sterben musste. Wie ich schon mehrmals erwähnt habe, kann ich mir aber nicht vorstellen, dass Margarita Drogen genommen hat."*

Drogen vielleicht nicht, überlegte Amalia, aber möglicherweise das Schmerzmittel Tramadol. Mit einem Mal war sie wieder ganz wach, sprang auf und begann, im Salon auf und ab zu gehen.

Was hatte es mit diesem Mittel auf sich?

Eine Packung mit Tramadol war heute in der Nähe des Schauplatzes von Margaritas Tod aufgetaucht. Katie hatte dieses Medikament für Wolfgang Lorenz besorgen wollen und es nicht sofort erhalten. Dann hatten sie und Lydia von der Apothekerin Estrella erfahren, dass Lorenz es vor seinem Tod noch selbst aus der Apotheke geholt hatte.

Und das war das Seltsame. Margarita und Wolfgang Lorenz waren auf eine sehr ähnliche und gleichzeitig bizarre Weise aufgefunden worden. Margarita teilweise, Wolfgang Lorenz gänzlich nackt. So hatte ihr es jedenfalls der Kommissar beschrieben. Alle beide hatten ihre Kleider offensichtlich regelrecht von sich geschleudert, oder ihr Mörder hatte es getan. Das schien bisher noch niemandem aufgefallen zu sein. Was nicht unbedingt neu für Amalia war. Auch im Beruf war ihr das oft passiert. Unter Berufskolleginnen war sie für ihre außergewöhnliche Beobachtungsgabe geradezu berühmt.

Also gut, dachte sie. Sowohl Margarita als auch der Deutsche waren erwiesenermaßen im Besitz des Schmerzmittels Tramadol gewesen. Konnte das eine Bedeutung für deren Tod gehabt haben? Eine unerwartete Nebenwirkung? Ein Produktionsfehler? War irrtümlich eine andere Substanz dem Medikament hinzugefügt worden?

Alles nicht sehr wahrscheinlich, aber doch denkbar. Es gab jedenfalls eine Vielzahl von Möglichkeiten, auch verbrecherische.

Amalia wusste, dass ihr das keine Ruhe mehr lassen würde. Sie musste der Sache nachgehen. Jemand, der sich auskannte, sollte sich die Pillen, die sie heute heimlich mitgehen hatte lassen, genauer anschauen. Enthielt diese Packung tatsächlich das, was die Aufschrift versprach? Eine Überprüfung der Inhaltsstoffe konnte nicht schaden.

Den Kommissar wollte sie damit nicht behelligen. Vermutlich würde er die Idee einer übereifrigen Touristin – dass eine Medikamentenschachtel, auf der *Tramadol* aufgedruckt war, kein gewöhnliches Schmerzmittel enthielt – als Hirngespinst abtun.

Sie brauchte jemanden, der sich mit Medikamenten auskannte. Estrella, die Apothekerin, zum Beispiel. Der Stimmungswandel dieser anfangs so aufgeweckten und gesprächigen jungen Frau war jedoch eigenartig gewesen. Hatte sie es bereut, gegenüber zwei Unbekannten so viel von sich preisgegeben zu haben? Hatte sie Amalia wirklich nicht mehr erkannt, als sie ihr gestern mit Susanne begegnet war?

Besser war es, Susanne anzurufen. Die war schließlich auch Expertin und hatte schon genug Menschen in die vorübergehende Bewusstlosigkeit geschickt.

Amalia rief sie sofort an, und wie erwartet fand auch Susanne diese Idee ziemlich weit hergeholt. Sie selbst sei Anästhesistin und keine Chemikerin oder Pharmazeutin. Sie besäße weder die Fähigkeit noch die Möglichkeit, eine Pille auf ihre Inhaltsstoffe hin zu untersuchen.

Amalia blieb hartnäckig, und schließlich fiel Susanne eine Bekannte aus Studienzeiten ein, die ihr vor einem halben Jahr hier auf der Insel über den Weg gelaufen war und von der sie die Telefonnummer besaß. Eine Professorin für Pharmakologie, die im Rahmen eines Sonderprogramms der Universität La Laguna dazu eingeladen worden war, im Frühlingssemester einige Vorlesungen über eines ihrer Spezialgebiete zu halten.

Seufzend erklärte Susanne sich bereit, Theresa, so hieß die Pharmakologin, anzurufen, und schon eine halbe Stunde später bat sie Amalia, ihr die Pillen noch heute vorbeizubringen. Theresa war eine neugierige Person, hatte sich tatsächlich überreden lassen und wollte die Sache möglichst rasch in den frühen Morgenstunden erledigen. Susanne würde morgen Früh nach La Laguna fahren, Theresa würde feststellen, dass es sich bei den Pillen, wie erwartet, um Tramadol handelte, und dann würden sie zusammen in La Laguna frühstücken, denn sie hatten sich ohnedies einiges zu erzählen.

Zwei Stunden später spazierte Amalia durch die engen Gassen von La Caleta in Richtung Uferpromenade. Es war bereits dunkel. Die schmale Promenade des romantischen Fischerdorfes, die sich direkt am Wasser befand, war jedoch hell erleuchtet. Touristen in großer Zahl, und alle schienen es darauf angelegt zu haben, einen Tisch im Freien zu ergattern.

Schon aus einiger Entfernung erblickte Amalia Kommissar Martínez. Elegant gekleidet saß er vor dem Lokal, das sie ihm vorgeschlagen hatte, *Amigo Antonio*. „Ah, ein tolles Fischlokal", hatte er es kommentiert. Jetzt wirkte er total entspannt – und ziemlich attraktiv. Das bevorstehende Essen fühlte sich plötzlich sehr verlockend an.

„Denk an Katie und Margarita", sagte sie gleich darauf zu sich selbst. „Du bist nicht hier, um mit diesem Mann zu flirten, sondern um Katie zu helfen und Margarita Gerechtigkeit widerfahren zu lassen."

Sie blieb noch einmal stehen, erneut verblüfft über das, was sie für diesen Kommissar gerade empfand. Dann drehte sie sich dem Meer zu, lehnte sich an das Geländer und blickte in das schwarze Gewässer, in dem die Lichter des Ortes tanzten. Ob er sie schon entdeckt hatte?

45

„Gestern Abend konnte ich dich nicht erreichen."

Lydias Einleitung beim morgendlichen Telefonat war eine Feststellung und kein Vorwurf, und so verstand es Amalia auch.

„Ich hatte vergessen, mein Handy aufzuladen", berichtete Amalia, „ich war mit Maurizio essen."

„Maurizio?"

„Ja, Maurizio Martínez, dem Kommissar, wir sind jetzt per du."

Amalia, die bereits gefrühstückt hatte, saß vermutlich zum allerletzten Mal im Wohnzimmer in der Finca und blickte auf die zwei gepackten Koffer und die beiden Reisetaschen zu ihren Füßen. Sie befand sich in einer seltsamen Stimmung. Eine Mischung aus Besorgnis, Spannung, aber auch Ausgelassenheit.

„Aha, der attraktive Kommissar. Jetzt gib es lieber gleich zu, damit wir dieses Thema abhaken können. Ihr seid euch nähergekommen."

„Möglicherweise. Ganz geheuer ist mir die Sache aber nicht. Der Mann ist zwölf Jahre jünger als ich."

„Na und? Schau dir einmal Brigitte und Emmanuel Macron an. Soweit ich weiß, ist sie 25 Jahre älter als ihr Mann, und außerdem hast du schon Erfahrung mit jüngeren Männern."

„Eben, die sind etwas anstrengend."

Lydia am anderen Ende der Leitung hüllte sich in ein bedeutungsvolles Schweigen. Dann sagte sie: „Alles im Leben hat seinen Preis."

„Du sagst es." Amalia gähnte und fragte sich kurz, wie viel sie der Freundin erzählen sollte.

„Ach, was soll's, Lydia. Dir kann ich es ja sagen. Ich habe mich tatsächlich in diesen Mann verliebt und er sich in mich. Vom ersten Augenblick an, als er mich damals vor Katies Haus gesehen hat, sagt er. Als ich ihn gestern in diesem Lokal traf, war es von Anfang an klar. Wir haben uns sofort geduzt und die Nähe war da und die Vertrautheit und das Begehren und alles, was dazugehört. Unkontrollierbare und wunderbare Gefühle eben."

„Ich staune", ertönte jetzt Lydias Stimme, „und freue mich für dich. Du kannst dich schließlich nicht nur für Vögel begeistern. Apropos: Was für ein Vogel ist er denn? Du hast ihn sicher schon eingeordnet."

Amalia lachte. „Ich bin mir nicht ganz sicher. Vielleicht ein Graupapagei."

„Eine Vogelart, von der du mir schon oft genug vorgeschwärmt hast. Na klar", kommentierte Lydia Amalias Wahl. „Intelligent, zutraulich, sprachbegabt und schön. Nicht wahr?"

„So ist es, Lydia. Ursprünglich habe ich einen Haubentaucher in ihm gesehen, aber Graupapagei könnte besser passen. Gestern hat er mich nach Hause gefahren und wir haben noch zwei sehr schöne Stunden miteinander verbracht. Ein wunderbarer Mann. Beruflich derzeit sehr im Stress, leider. Gestern am Morgen ist ein Toter im Meerwasserpool von Los Gigantes entdeckt worden. Offensichtlich von hohen Wellen gegen die Felsen geschleudert, dann im Pool gelandet und dort in der Umrahmung aus Natursteinen eingeklemmt hängen geblieben. Ziemlich entstellt durch die Wucht, mit der er an die Steinwände geschleudert wurde. Sie konnten ihn lange nicht identifizieren. Erst als Maurizio mich am Abend nach Hause brachte, hat er erfahren, dass sie Hinweise auf die Identität des Toten gefunden haben. Es sieht danach aus, dass es sich um Sergio Fortes, den Apotheker, handelt. Maurizio sagt, dass seine Angestellte Estrella ihn heute noch identifizieren muss, da sie in seinem Haus lebt und mit ihm verwandt ist."

„Unsere Estrella?"

„Genau die."

„Jetzt bin ich es, die staunt. Ein Unfall oder hat er sich das Leben genommen?"

„Beides sehr unwahrscheinlich, denn er ist zuvor offensichtlich von mehreren Kugeln getroffen worden."

„Ein Mord also. Aber warum bringt jemand einen Apotheker um?"

Dann gab Lydia sich selbst die Antwort. „Hat er jemandem das falsche Medikament verabreicht?"

„Vielleicht. Das ist gar nicht so abwegig. Immerhin haben der Deutsche, der neben Katies Apartment abgestürzt ist, und auch Margarita, unser betrüblicher Fund im Regenwald, vermutlich dieselbe Sorte Tabletten geschluckt, Tramadol. Zumindest von dem Deutschen wissen wir, dass er die letzte Packung vom Apotheker Sergio Fortes bekommen hat."

„Ein Zufall. Davon stirbt man nicht."

„Normalerweise nicht. Außerdem wissen wir natürlich nicht, aus welcher Apotheke Margaritas Tabletten stammen. Eigenartig ist es aber schon, und deshalb habe ich Susanne gefragt, ob sie jemanden kennt, der die Pillen aus Margaritas Schachtel auf ihre Inhaltsstoffe hin analysieren kann."

„Wieso? Das verstehe ich jetzt nicht. Woher hast du die Pillen aus Margaritas Schachtel?"

Amalia berichtete vom Fund der Medikamentenschachtel und wie sie sich einige der Pillen heimlich angeeignet hatte.

„Man weiß nie", verteidigte sie ihre Vorgehensweise. „Es könnte einen Produktionsfehler gegeben haben und die Tabletten waren höher dosiert, oder vielleicht wurden sogar irrtümlich andere, gefährlichere Tabletten eingeschweißt oder vertauscht, weil sie genauso aussahen. Dann wären der Deutsche und Margarita einem noch aufzudeckenden Skandal zum Opfer gefallen."

„Und Susanne hat sich auf deine ausschweifende Fantasie eingelassen und kennt jemanden, der das analysieren kann?"

„Sie hat Kontakt zu einer ehemaligen Studienkollegin, die an der Universität in La Laguna lehrt. Die ist Pharmakologin und wird das machen. Wenn alles gut geht, bekomme ich schon heute das Ergebnis."

„Deine Überzeugungskraft ist wirklich beeindruckend. Weiß es der Kommissar?"

„Nein, noch nicht. Ich wollte das Ergebnis abwarten und nicht unseren sehr netten Abend zerstören."

„Also gut, Amalia. Viel Glück bei deinen waghalsigen Unternehmungen. Jetzt interessiert mich aber noch Katie. Gibt es da etwas Neues?"

„Nach wie vor nichts. Es gibt Spuren, aber die verlaufen alle im Nichts. Bis dato. Ich bin jedoch zuversichtlich, dass sich Maurizio und seine Kollegen noch mehr dahinterklemmen. Jetzt, wo auf Héctor Guarnido geschossen wurde."

„Weiß man, ob Guarnido wieder bei Bewusstsein ist?"

„Gestern Abend war er es noch nicht. Die Ärzte rechnen aber damit, dass er bald wieder zu sich kommt, und Maurizio hofft, dass er ihn dann befragen kann. Er hat mir einiges über Guarnido erzählt, was ich nicht wusste. Möglicherweise erklärt das auch, warum ihn die Polizei – und, jawohl, auch Maurizio – bisher mit Samthandschuhen angefasst hat."

„Warum?"

„Es gibt gegen ihn immer wieder Anschuldigungen, aber bisher war ihm nichts nachzuweisen. Er ist von sogenannten Freunden umgeben, die von ihm profitieren und ihn abschirmen. Er fördert den Tourismus, scheint brav seine Abgaben zu zahlen, gibt sich als Spender und Gönner. Ein von der Gier Getriebener. Neben seinen offiziellen Hotelbauten macht er schmutzige Projekte. Er besitzt Spielsalons und vermutlich werden dort auch Drogen konsumiert. Laut Maurizio ist er ein Boss der hiesigen Mafia. Die Vereinigung nennt sich *Amigos para siempre*."

„Das habe ich doch von Anfang an gesagt: Katie ist in die Falle eines Gauners gelaufen."

„Der jetzt im Koma liegt. Dann müsste sie eigentlich freikommen, falls sie noch lebt." Amalia war keinesfalls überzeugt von dem, was sie da sagte.

„Was ist mit seiner Frau?"

„Die hat jetzt interimistisch die Leitung seines Unternehmens übernommen. Mit Rückendeckung ihres Bruders, des rechtsradikalen Provinzpolitikers, der am liebsten seinen eigenen Inselstaat errichten würde. Dem dürfte es Guarnido überhaupt erst zu verdanken haben, dass er so hoch gekommen ist. Wenn Guarnidos Ehefrau sein Verhältnis mit Katie zu Ohren gekommen ist, könnte sie ein Interesse daran haben, die Rivalin zu beseitigen. Ihr und ihrem Bruder dürfte die eigene Reputation sehr wichtig sein. Dieser Héctor Guarnido muss eine unglaublich charmante Seite haben. Nur so ist es erklärlich, dass ihm so unterschiedliche Frauen wie Sonia Guarnido und Katie auf den Leim gegangen sind."

„Charisma eben", bemerkte Lydia trocken, „und damit sind nicht nur die Guten gesegnet. Was hast du jetzt vor, Amalia?"

„Ich ziehe um. Ohne dich halte ich es hier oben nicht aus und außerdem brauche ich kürzere Wege für meine diversen Vorhaben. Die Vermieterin unserer Finca ist sogar froh, dass sie das Appartement jetzt zur Verfügung hat. Ihre Kinder haben sich auf einen Überraschungsbesuch angesagt und die können jetzt da wohnen. Später könnten wir es sogar wieder haben."

„Das ist okay. Natürlich. Aber wo ziehst du hin? Wirst du so schnell etwas finden? Jetzt sag aber nicht, dass du zum Kommissar ziehst."

„Nein, nein. Ich hatte an das Apartment des toten Deutschen gedacht, aber das ist nicht zu haben. Maurizio hat jedoch gewusst, dass die Vermieterin der Wohnung, auf deren Terrasse der Deutsche gelandet ist, im Augenblick keine Nachmieter findet. Die Lütherlis, das waren die Mieter dieser Wohnung, sind so schnell wie möglich ausgezogen. Und ab heute bin ich die Mieterin. Es ist alles geregelt. Und übrigens wäre sie groß genug auch für uns beide."

„Das freut mich. Ich habe Sehnsucht nach dir und Teneriffa! Doch berichte. Du machst dich jetzt also wieder auf die Suche nach Katie?"

„Jawohl, das tue ich und ich werde dich auf dem Laufenden halten."

„In Ordnung. Ciao, Amalia."

„Ciao, Lydia."

Jetzt habe ich ihr noch gar nicht von der Lorbeertaube erzählt, dachte Amalia, während sie nun auf Jesús wartete. Vielleicht besser so, denn möglicherweise hatte sie schon wieder in ein Wespennest gestochen.

Schon bei der Vorspeise gestern im *Amigo Antonio – Tapas del Mar* und *Pimientos de Padrón* – hatte sie Maurizio Martínez gestanden, dass ihre heutige Exkursion in den Lorbeerwald weniger der Vogelbeobachtung als dem gemeinsamen Gedenken der toten Politikerin mit deren Großmutter gedient hatte. Beim zweiten Gang, einer gegrillten Fischplatte, hatte sie ihn auf eine mögliche Verbindung zwischen Katie und Margarita hingewiesen. Darauf, dass jede von ihnen, wenn auch auf unterschiedliche Weise, für Héctor Guarnido zu einer Bedrohung geworden sein könnte. Katie, weil sie seine Ehe bedrohte, Margarita, weil sie den Bau einer Lodge bekämpfte, der gewiss gesetzwidrig war und das Gesicht des Bosque Encantado für immer verändern würde. Das, was Amalia dann den Wirt zum Thema Lorbeertaube gefragt hatte, war für diesen eine Provokation gewesen.

„Wäre es vielleicht möglich, auch einmal an einem der legendären Essen bei Ihnen teilzunehmen, bei dem eine eigentlich verbotene Delikatesse aus dem Lorbeerwald verzehrt wird?"

Der Wirt hatte keine Miene verzogen. Er kannte Kommissar Martínez.

„Ich verstehe Sie nicht, Señora. In diesem Lokal werden nur Fische angeboten."

Amalia war hartnäckig geblieben. „Ich habe aber gehört, dass hier diese Delikatesse von Zeit zu Zeit serviert wird."

Der Wirt hatte den Kopf geschüttelt. „Sie müssen sich irren, Señora", hatte er gesagt und sich abgewandt.

Anstatt ihr Vorwürfe zu machen, hatte Maurizio sie angelächelt. „Hatte diese Frage gerade etwas mit unserem Fall zu tun?"

„Vielleicht."

„Ich habe dieses Gerücht auch schon gehört. Wir werden der Sache nachgehen."

Sie hatte ihn angelächelt und er hatte ihr Lächeln erwidert.

Dann war das Dessert gekommen. Nicht vom Wirt serviert, der hatte sich an diesem Abend nicht mehr blicken lassen.

Amalia, in Gedanken versunken, hörte ein Auto kommen. Jesús war da.

Eigentlich, dachte sie, während sie sich nach ihrem Koffer bückte, wäre es mir lieber gewesen, wenn Jesús noch in Deckung geblieben wäre.

Dann sah sie, dass es gar nicht Jesús war, stattdessen eine ihr unbekannte Limousine.

„Jesús ist verhindert." Der Fahrer war ausgestiegen. Er war korrekt gekleidet, dunkler Anzug, weißes Hemd. Ein zweiter Mann in der gleichen Uniform.

„Was wollen Sie von mir?"

„Keine Angst, Señora", sagte dieser, während der Fahrer die hintere Wagentür öffnete.

„Es passiert Ihnen nichts. Kommen Sie einfach mit. Wir können Ihnen keine Fragen beantworten. Aber dies ist nur eine höfliche Einladung."

„Höflich von wem?"

„Señora Guarnido ersucht Sie um ein Gespräch. Es wird nicht lange dauern." Er deutete auf den Wagen.

Amalia hielt es für besser einzusteigen. Der Fahrer hatte soeben sein Sakko geöffnet und ein Pistolenhalfter samt Pistole war zu sehen. Außerdem war sie neugierig auf diese Señora Guarnido.

„Was ist mit meinem Gepäck?"

„Das nehmen wir mit."

46

„Mein Mann", sagte Sonia Guarnido, „liegt schwer verletzt im Krankenhaus. Ich will alles, wirklich alles wissen, was Ihnen seine Geliebte, diese Katie, erzählt hat und was Sie von dieser Beziehung wissen. Ich brauche jede Information. Wir wissen nicht, wer auf ihn geschossen hat."

„Das, was ich weiß, ist herzlich wenig", antwortete Amalia. „Ich habe Katie hier auf Teneriffa nur einmal gesehen und danach war sie verschwunden."

Amalia saß der Ehefrau von Héctor Guarnido in jenem Haus gegenüber, zu dem man ihr erst kürzlich den Zutritt verwehrt hatte.

Nicht nur deswegen war die Situation merkwürdig. Während der Fahrt hierher hatte sie über das, was möglicherweise auf sie zukommen würde, nachgedacht. Vermutlich hätte sie Angst haben sollen. Das war aber nicht wirklich der Fall. Ihre Neugierde überwog.

Was konnte Guarnidos Frau von ihr wollen? Hatte man Katie gefunden? War sie noch am Leben? Was wusste sie überhaupt von Katie? Was war mit Jesús geschehen? Auf der gestrigen Fahrt nach La Caleta war er einsilbig gewesen, und Amalia hatte nicht mehr von ihm erfahren, als sie von Valentina schon gewusst hatte.

Sonia Guarnido war keine schöne Frau. Das war neulich aus der Ferne nicht zu sehen gewesen und lag daran, dass sie trotz eines wohlgeformten Körpers ein seltsam aufgeschwemmtes Gesicht hatte, das auf einem Doppelkinn aufsaß. Zwei sehr kleine Äuglein korrespondierten mit einer auffallend großen Nase. Die Lippen darunter waren dünn und sorgfältig geschminkt.

Diese Frau, dachte Amalia, war in eine Gesellschaftsschicht hineingeboren worden, in welcher der Schönheit der Frauen gehuldigt wurde und in der man diese über andere Werte stellte. Attraktivität galt immer noch als Bedingung für einen erfolgreichen Eintritt in den Heiratsmarkt.

Sonia Guarnido musste als junges Mädchen darunter gelitten haben. Jetzt zeigte sie ihren Sinn für das Schöne durch ihre perfekte Frisur, ihre elegante Kleidung, ihren Schmuck und vor allem durch eine beeindruckende Persönlichkeit.

Der Autorität, die sie ausstrahlte, konnte man sich schwer entziehen. Amalia, die sich mit sich selbst gut auskannte, wusste, dass sie wachsam sein musste und sich nicht ohne weiteres in deren Bann ziehen lassen durfte.

„Es hat mich nie interessiert", sagte Sonia Guarnido jetzt, „welche Frauen mein Mann nebenbei hatte. Als wir heirateten, war er für mich die große Liebe, und ich habe diese Ehe meinem Vater und meinem Bruder abgetrotzt. Héctor hat immer um meinen Anteil an seiner Karriere gewusst. Er ist intelligent und besitzt einen erstaunlichen Geschäftssinn, aber ohne unsere Familie hätte er es nicht nach oben geschafft. Seine Seitensprünge haben bald nach unserer Hochzeit begonnen, irgendwelche Flittchen, die er wieder fallen ließ. Er wusste, dass er meiner Familie absolute Treue und Loyalität schuldete und eine Scheidung für mich nie infrage käme. Bei dieser Österreicherin war es offensichtlich anders. Er hat alles getan, um die Beziehung vor mir zu verheimlichen. Er hat aber auch gewusst, dass gewisse Leute nicht zimperlich sein würden, falls er unsere Ehre beschmutzt."

„Wann haben Sie von der Beziehung zu Katie erfahren?"

„Es tut mir leid, Señora. Im Augenblick stelle ich hier die Fragen. Aber gut, ich weiß es erst seit Kurzem, erst seit auf meinen Mann geschossen wurde. Übrigens nicht von mir, denn ich bin dumm genug, ihn immer noch zu lieben. Natürlich bin ich bereits misstrauisch geworden, als die Sache mit diesem Deutschen passiert ist und die Polizei sich für eine Frau interessierte, die in unserer Wohnung einquartiert war. Kurz nach dem Attentat auf meinen Mann ist einer seiner Bodyguards zu mir gekommen. Einer von jenen, die gewusst haben, dass sie sich jetzt mit mir gut stellen müssen. Von ihm habe ich von Héctors heimlicher Geliebter erfahren und davon, wie er sie in seiner Angst, dass sie zu viel über ihn wusste, in den letzten Tagen behandelt hat. Was für eine unschöne Geschichte!"

Amalia gab es einen Stich. „Lebt sie noch? Wissen Sie, wo sie jetzt ist?"

„Nein, das weiß ich nicht. Der Mann wusste nur, dass sie zuletzt auf ein Fischerboot gebracht wurde. Offensichtlich mit der Absicht, sie endgültig loszuwerden. Ob das gelungen ist, wissen wir nicht. Das Boot ist verschwunden und diese Katie Falkensteiner ebenfalls."

Dann wechselte Sonia Guarnido abrupt das Thema. „Aber was ist mit Ihnen? Gestern Abend zum Beispiel waren Sie mit Kommissar Martínez in La Caleta essen und haben dort seltsame Fragen gestellt. Sie wissen zu viel, richtig? Wissen Sie auch, wo die Geliebte meines Mannes sich jetzt befindet?"

Die Situation war absurd. Sowohl Amalia als auch Sonia Guarnido vermuteten, dass die andere mehr über Katie wusste als man selbst. Jedenfalls wusste Sonia Guarnido mittlerweile mehr über Amalia, als ihr lieb war. Sie musste jetzt aufpassen, was sie antwortete.

„Ich bin nur eine ehemalige Professorin von Katie Falkensteiner, Señora Guarnido", sagte sie. „Ich mache mir große Sorgen um meine Studentin, sonst nichts. Etwas anderes interessiert mich auch nicht. Und wenn Sie auf meine Frage nach der Lorbeertaube in La Caleta angespielt haben, dann hat mich das ausschließlich als Ornithologin und Professorin für Zoologie interessiert und hat absolut nichts mit Katie zu tun. Aber ich will sie finden und nach Österreich zurückschicken. Warum haben Sie mich eigentlich herbringen lassen?"

„Ihre Einmischungen sind natürlich nicht unbemerkt geblieben, schon gar nicht das Ausspionieren meines Hauses. Aber gut, Sie wollen diese Katie Falkensteiner finden. Dann kooperieren Sie mit mir und nicht mit der Polizei. Kommissar Martínez scheint ein sehr guter Freund von Ihnen zu sein, nicht wahr? Er ist ein lobenswerter und anständiger Polizist. Wir sind froh, dass wir ihn hier in Puerto Santiago haben. Dennoch ist es wichtig, dass er nichts von unserem Gespräch erfährt. Sein Eifer geht manchmal über das richtige Maß hinaus und dann könnte er unserem gemeinsamen Anliegen mehr schaden als nutzen."

„Unserem gemeinsamen Anliegen?"

„Sie sagten gerade, dass es Ihr einziges Anliegen ist, diese Studentin zu finden. Wenn Sie sich auf die Polizei verlassen, kann es lange dauern und auch noch andere Leute in Gefahr bringen. Ihren Chauffeur Jesús zum Beispiel."

„Was ist mit ihm? Was haben Sie mit ihm gemacht?"

„Derzeit noch nichts, aber wenn Sie nicht mit mir zusammenarbeiten, könnte sich die Lage ändern. Für Jesús, für Katie und möglicherweise auch für Sie. Also kooperieren Sie mit mir. Wenn diese Frau noch lebt, werden Sie sie lebend zurückbekommen, vorausgesetzt, dass Sie sie dann sofort in ihre Heimat begleiten, bevor sie hier noch mehr Schaden anrichten kann. Wir werden es arrangieren. Die Projekte hier, die alle dem Wohl unserer einheimischen Bevölkerung dienen, dürfen durch übereifrige Ordnungshüter nicht gefährdet werden. Wir sind Tinerfeños und keine Spanier. Und Sie sind eine Fremde."

„Ich verstehe." Amalia fröstelte. Wo war sie da hineingeraten?

„Gut. Ich nehme Ihr Verständnis als Zustimmung."

Aber es war nicht so, dass Amalia Derartiges nicht erwartet hätte. Die Art, wie sie eingeladen wurde, war keinesfalls vertrauenserweckend gewesen, gelinde gesagt. Was war tatsächlich mit Jesús? Hatte er sie verraten? Um Carla zurückzugewinnen? Sie konnte es nicht glauben. Vielleicht hatte man ihn getäuscht? Oder unter Druck gesetzt?

„Wo dürfen meine Mitarbeiter Sie nach unserem Gespräch hinbringen?", fragte Sonia Guarnido jetzt. „Sind die mitgebrachten Koffer bereits für Ihren Rückflug nach Österreich bestimmt?"

Als Amalia ihr die Hausnummer ihres neuen Quartiers nannte, hob Señora Guarnido erstaunt die Augenbrauen.

„Na gut", sagte sie gleich darauf und dann überraschend, „so, jetzt lade ich Sie noch auf einen *Zaperoco* ein. Eine kleine abschließende Plauderei unter Freundinnen, nicht wahr?"

Natürlich hätte Amalia lieber die Flucht ergriffen, als zu einem ihr unbekannten Getränk eingeladen zu werden. Für ihre Verabredung mit der Besitzerin ihres neuen Apartments war sie ohnedies schon viel zu spät dran.

Sonia Guarnido hatte bereits eine Tischglocke betätigt. Eine ältere Frau in schwarzem Kleid mit weißer Schürze und einer Miene, als würde sie zu einer Papstaudienz schreiten, schob einen Servierwagen herein. Das Getränk, das serviert und zu dem Mandelgebäck gereicht wurde, sah beinahe aus wie der *Barraquito*, den sie vor einigen Tagen in der *Tasca Juanita* probiert hatte. Passend dazu schlug Sonia Guarnido jetzt einen Plauderton an und kam auch da wieder sofort auf Katie zu sprechen.

„Die junge Dame, in die sich mein Mann verknallt hat", sagte sie leichthin, „scheint eine großartige Singstimme zu haben. Kein Wunder, er war schon immer ein Opernnarr. Ausgelöst durch eine sentimentale Erinnerung an seine Großmutter."

Sie erhob ihr Glas. „Lassen Sie sich den *Zaperoco* gut schmecken."

„Was ist das?", fragte Amalia.

„Ein *Barraquito*. Bei meiner Großmutter hieß er immer *Zaperoco*, sie kommt aus der Gegend von La Laguna. Sie scheinen die Gegend auch gut zu kennen. Wie ich hörte, haben Sie dort die tote Margarita Sánchez Jiménez gefunden. Sie scheinen Ihre Nase überall hineinzustecken. Offensichtlich lieben Sie die Gefahr."

Sie hatte ihr Glas in einem Zug ausgetrunken und erhob sich. Die Audienz war vorbei.

„Ich hoffe, Sie halten sich an das, was wir besprochen haben. Ich habe jetzt einen wichtigen Termin.

Meine Mitarbeiter werden Sie zur genannten Adresse bringen."

Grußlos verließ sie den Raum.

***

Eine Dreiviertelstunde nach dem vereinbarten Termin stand Amalia mit ihrem Reisegepäck vor der verschlossenen Tür des neuen Apartments. Dessen Besitzerin hatte das Warten offenbar bereits aufgegeben und war nirgends mehr zu sehen.

Als Amalia sie jetzt anrufen wollte, stellte sie fest, dass ihr Handy nicht aufgeladen war, doch Sekunden später ertönte hinter ihr eine vertraute Männerstimme.

„Was ist los mit dir, Amalia? Ich erreiche dich nicht. Ich will mit dir nach Las Fuentes fahren."

Abrupt drehte sie sich um und stieß mit Maurizio Martínez zusammen.

„Maurizio!" Sie sah ihn kopfschüttelnd an. „Es tut mir leid. Mein Handy hat keinen Strom mehr. Ich war bei Sonia Guarnido. Aber was meinst du mit Las Fuentes?"

„Sag du mir zuerst, warum du bei Sonia Guarnido warst."

„Okay", sagte sie, „die Kurzversion. Es gab eine überraschende Einladung von ihr, die musste ich annehmen. Alles gut."

Er runzelte die Stirn. „Was wollte sie von dir?"

„Gleich. Sag du endlich, was mit Las Fuentes ist."

„Na gut. Es geht um Katie. Ein Mann hat uns angerufen. Er hat gestern gesehen, dass eine Frau, die Katie Falkensteiner sein könnte, von einem blau-weißen Fischerboot aus in ein Auto eingestiegen ist, und zwar in El Puertito. Er ist dem Wagen sogar nachgefahren, bis zur Auffahrt nach Las Fuentes. Als ich ihn fragte, wie er heißt, hat er aufgelegt. So ein Mist. Ich kann einem anonymen Hinweis eigentlich nicht nachgehen."

„Und dennoch bist du jetzt hier?"

„Wegen dir natürlich. Ich habe mir Sorgen gemacht, weil ich dich nicht erreicht habe. Ich nehme an, dass du diesem Hinweis nachgehen willst. Natürlich kann ich keine Suchtruppe hinaufschicken, wir haben hier herunten mit der Aufklärung eines Mordes und eines versuchten Mordes genug zu tun. Ich würde mir aber zwei Stunden Zeit dafür nehmen. Las Fuentes ist überschaubar. Vielleicht finden wir etwas."

„Das ist wahnsinnig nett von dir. Natürlich komme ich mit."

„Nur, wenn du mir während der Fahrt dort hinauf von Sonia Guarnido erzählst."

„Zu Befehl, Herr Kommissar."

Er nahm ihre Koffer. „Kommen Sie, Señora. Dort steht mein Wagen. Und schnallen Sie sich gut an. Es geht steil nach oben."

Das ließ sich Amalia nicht zweimal sagen.

Und das Aufladen des Handys war wieder vergessen.

47

„Hörst du mir überhaupt zu?"

Amalia war, trotz Sonias Warnung, fast am Ende ihres Berichts über ihren ungeplanten Besuch bei Señora Guarnido angekommen, und der Kommissar, der sich alles kommentar- und regungslos angehört hatte, nickte.

Er musste sich auf die Fahrt konzentrieren. Seit 20 Minuten ging es auf einer sehr schmalen Straße steil nach oben, inklusive zahllosen scharfen Kurven.

„Die Zufahrt nach Las Fuentes ist nicht ohne", sagte er jetzt. Sein Blick blieb nach vorne auf die Straße gerichtet. „Man muss höllisch aufpassen, aber natürlich habe ich alles gehört. Demnach hast du von Anfang an recht gehabt. Katie Falkensteiner ist von Héctor Guarnido entführt beziehungsweise eingesperrt worden."

„Aber warum?" Amalia wollte hören, was Maurizio dazu dachte. „Dass er sie vor seiner Frau verbergen musste, kann doch nicht der einzige Grund gewesen sein. Er ist doch schon früher ein Risiko eingegangen, als er seine Freundin ausgerechnet in einem Apartment, das Eigentum seiner Gattin war, einquartiert hat."

„Offensichtlich hatte sie das Apartment ihm überlassen, und er war sich sicher, dass seine Frau nicht mehr daran interessiert ist. Vielleicht hat deine Katie etwas über ihn erfahren, das ihn in Gefahr brachte. Der Mann hat natürlich einiges zu verbergen und einiges zu verlieren."

Gerade kam ihnen ein großer Lieferwagen entgegen. Der Kommissar legte den Rückwärtsgang ein, ließ den Wagen ein Stück zurückrollen und blieb wartend an einer Ausweichstelle stehen. Der Mann am Steuer bedankte sich mit einem militärischen Habt-Acht-Zeichen, während ein großer Hund, der sich auf der Lieferfläche befand, das Polizeiauto anbellte.

Maurizio Martínez blieb noch stehen. Ein weiteres Fahrzeug war oben aufgetaucht. Seine Hand legte sich auf ihr Knie.

Sie wandte sich ihm zu.

„Was dir heute schon passiert ist, tut mir leid. Wie geht es dir?", fragte er Amalia.

Seine Berührung tat ihr gut, etwas löste sich in ihr. Als sie ihm von dieser unangenehmen Überraschung heute Morgen berichtet hatte, war ihr die Angst, die sie dabei hatte, erst zu Bewusstsein gekommen.

„Es geht mir gut", sagte sie.

„Gott sei Dank, Amalia. Gut, dass du mir trotz der Drohgebärden von Sonia Guarnido alles berichtet hast. Ich muss mich entschuldigen. Ich hätte dir in dieser Geschichte von Anfang an mehr Glauben schenken sollen."

„Das ist schon in Ordnung, du kanntest mich schließlich nicht und hast mehr unternommen, als ich erwarten konnte."

„Na ja, du hast wohl mitbekommen, wie heikel es selbst für die Behörde ist, sich auf Teneriffa mit einer Familie Guarnido anzulegen. Ich muss eben vorsichtig sein. Mehr aber auch nicht", fügte er hinzu. „Wir finden Katie und möglicherweise steckt ja die eifersüchtige Ehefrau hinter dem Anschlag auf den Ehemann."

Er startete den Wagen und fuhr diesmal mit dem Tempo eines wütend gewordenen Leoparden nach oben. Etwas, das Amalia bekannt vorkam. Sie dachte an Jesús, der neulich in ähnlicher Weise durch die Kurven gerast war.

„Jesús Vidal", rief sie jetzt. „Was ist mit ihm? Er hätte mich doch heute wieder abholen sollen und dann sind stattdessen die Männer von Sonia Guarnido gekommen. Ich habe Angst, dass ihm etwas passiert ist."

„Das ist verständlich. Warte kurz. Am sichersten ist er auf der Polizeidienststelle."

Während das nächste Fahrzeug von oben an ihnen vorbeifuhr, rief er in der Dienststelle an und gab den Auftrag, Jesús Vidal ausfindig zu machen und ihn als Zeugen aufs Revier einzuladen.

***

Der Funkspruch kam genau in dem Moment, in dem sie das in atemberaubender Höhe gelegene Tal von Las Fuentes erreicht hatten. Steinerne Gehöfte, wie von einem mit Bauklötzen spielenden Kind über die Gegend verstreut. Ein Hochplateau, zusammengesetzt aus Terrassen, Feldern und Gärten, die Böden hellgrau und schwarz, durchbrochen von grünen und blühenden Hecken und Baumgruppen.

Schweigend hörten sie die Botschaft, dass Héctor Guarnido im Krankenhaus gestorben und offensichtlich ermordet worden war. Die Schläuche, die ihn am Leben erhalten hatten, waren durchtrennt worden. Die beiden Leibwächter Guarnidos, die vor der Tür des Krankenzimmers gewacht hatten, wurden soeben verhört. Eine Bewachung durch die Polizei war von der Familie abgelehnt worden. Kurz vor seinem Tod hatte der Verstorbene noch Besuch von Frau und Kindern erhalten. Auch Krankenhauspersonal war zwischendurch anwesend gewesen.

„Ich muss zurück", sagte der Kommissar, „in dieser Situation ist meine Anwesenheit unbedingt erforderlich."

„Ich würde gerne hierbleiben."

„Ich fürchte, ich kann dich nicht daran hindern, aber ich mache mir Sorgen um dich. Wir wissen nicht, was mit Katie Falkensteiner passiert. Du bist hier ganz ohne Schutz unterwegs."

„Wieso?", antwortete Amalia. „Ich bin eine Ornithologin auf der Suche nach einer seltenen Unterart des Serinus canaria, und das ist nicht einmal gelogen. Den will ich schon lange fotografieren. Die perfekte Tarnung. Nach zwei Stunden schickst du mir ein Taxi. Am besten Jesús."

Maurizio zuckte mit den Schultern. „Ich kann dich nicht davon abhalten. Aber wir wissen nicht, was hier heroben los ist. Du bist unbewaffnet. Handyempfang gibt es glücklicherweise. Ruf jederzeit an. Ich schicke dir noch einen Kollegen. Spätestens in einer Stunde ist er da. Bitte bleib in dieser Gegend, damit du rasch mit ihm in Kontakt treten kannst."

„Gut, Maurizio. Ich halte mich hier im Umkreis auf."

Maurizio war mittlerweile auf einem hoch gelegenen, kleinen Parkplatz stehen geblieben. Amalia nahm ihre Tasche.

„Meine Koffer darf ich bei dir im Wagen lassen?"

„Ich werde auf deinen wertvollen Besitz aufpassen, als wäre er du selbst", sagte er. „Und du pass gut auf dich auf."

Sie gab ihm einen Kuss und stieg aus.

Lächelnd fuhr er weg.

Dass ihr Handy noch nicht aufgeladen war, hatte sie ihm nicht verraten. Sie wollte sich eine weitere Diskussion ersparen.

Erst jetzt sah sie sich hier heroben so richtig um und der Ort erschien ihr zunächst gänzlich von Menschen verlassen. Stille lag wie eine unsichtbare Hülle über dem Höhenkamm.

Unweit von ihr befand sich ein Aussichtspunkt mit Informationstafeln. Ein kreisrunder Platz mit freiem Blick bis zum fernen Meer, umgeben von einem Mäuerchen. Leider keine Information darüber, wo sie hier Katie suchen sollte. Mehrere Pfade, die in unterschiedliche Richtungen führten. Unschlüssig drehte sie sich langsam im Kreis.

Dann entdeckte sie im Gebüsch einen kleinen gelben Vogel. Der Kanarienvogel! Sein Anblick löste Erinnerungen aus. Katies perlendes Lachen, als sie von den Kanarienvögeln ihrer Oma erzählt hatte.

„Wo ist Katie?", fragte ihn Amalia.

Doch das Vögelchen schwieg, erhob sich in die Lüfte und verschwand im dichten Gesträuch eines Gartens.

Sollte Amalia ihm folgen? Lächerlich. Sie befand sich in keinem Märchen und brauchte einen vernünftigen Plan.

Während sie noch nachdachte, hörte sie hinter sich gedämpfte Stimmen. Sie drehte sich um und sah Leute, die auf der anderen Straßenseite auf einem Feld arbeiteten.

Amalia querte die Straße und ging hin.

Eine ältere Frau mit Strohhut hatte sie bereits entdeckt und kam zum Zaun, langsam gefolgt von zwei jüngeren Leuten. „Kann ich Ihnen helfen?"

Die Frage war in einem ausdruckslosen Ton gestellt, weder freundlich noch unfreundlich.

Amalia suchte nach einer passenden Formulierung.

„Ich suche jemanden, der erst vor Kurzem hier heroben angekommen ist, um für einige Zeit zu bleiben", improvisierte sie.

Die Frau schüttelte den Kopf. „Ich wüsste niemanden. Bin aber auch nicht ständig hier. Wir kommen nur herauf, um zu arbeiten, und übernachten selten. Wir haben einige Gemüsefelder. Das ist eine Menge Arbeit, aber hier wachsen die besten Kartoffeln. Eine Sorte, die unten im Tal nicht funktioniert."

„Schauen diese Kartoffeln anders aus als die kleinen kanarischen Kartoffeln, die man überall bekommt?"

„Im Aussehen gibt es keinen Unterschied, aber im Geschmack. Sie sind etwas süßer und haben ein richtig intensives Aroma und sind natürlich ebenfalls kanarisch."

„Kanarische Kartoffeln sind eine Spezialität." Amalia wollte das Gespräch noch in Gang halten.

„Allerdings."

Die Zurückhaltung der Frau war verschwunden. Es folgte ein längerer Vortrag über den Kartoffelanbau auf Teneriffa, den sie mit einem tiefen Seufzer beendete.

Danach musterte sie Amalia. Erst jetzt schien sie die Unbekannte richtig wahrzunehmen.

„Mir fällt da gerade etwas ein", sagte sie. „Ich glaube, Señora Ortega Moreno hat Besuch. Sie ist unsere Nachbarin. Aber meine Felder sind recht groß, der tiefe Graben dort gehört auch zu unserem Grundstück. Dahinter ist ihr Haus. Sie und ihre Familie leben seit Generationen hier heroben", fuhr sie fort. „So wie die meisten sind aber auch sie vor ungefähr 80 Jahren hinunter nach Guía de Isora gezogen. Die alte Señora Ortega Moreno ist vor zehn Jahren zurückgekommen, jetzt, wo wir hier ein brauchbares Bewässerungssystem haben. Ihr Mann ist schon gestorben und ihre Kinder kommen und helfen bei der Bestellung der Felder. So wie meine."

Amalia nickte. Sie wollte jetzt nur eines wissen.

„Besuch?", fragte sie und unterbrach den Redeschwall der Frau.

„Es gibt Anzeichen dafür. Zum Beispiel die unbekannten Wäschestücke, die auf der Wäscheleine am Dach hängen. Ich habe auch kurz jemanden gesehen. Ich denke, es ist eine junge Frau. Die Ortega Moreno hat aber nur zwei unverheiratete Söhne. Na gut, vielleicht hat einer von ihnen jetzt endlich eine Frau gefunden."

„Haben Sie auch jemanden singen gehört?"

„Nein, habe ich nicht. Oder doch? Aber das ist normal. Die Leute hier schalten bei der Arbeit im Freien gerne ihr Radio an. Da kommt das schon vor." Sie klatschte in die Hände. „Kinder, kommt", rief sie nach hinten. „Macht euch wieder an die Arbeit, es gibt noch viel zu tun." Nach vorne gerichtet zu Amalia entschuldigte sie sich. „Wir müssen wieder ans Werk, sonst werden wir heute nicht fertig. Sie können sich ja Ihr eigenes Bild machen, ob das da drüben Ihre Bekannte ist. Wenn Sie hingehen wollen, müssen Sie die Straße noch ein Stück nach oben gehen und dann rechts abbiegen."

Amalia zögerte keine Sekunde. Sie machte sich auf den Weg, getragen von einer Hoffnung, die ihr Verstand gleichzeitig als irrational abtat. Auf die Ankunft des Polizisten konnte sie hier jetzt nicht warten, aber sie würde ohnedies rechtzeitig zurück sein.

Das kleine Anwesen, dem sie sich schon bald näherte, war eine ebenso einzigartige Ansammlung kleiner, niedriger Gebäude wie die beiden anderen, an denen sie auf ihrem Weg in luftiger Höhe vorbeigekommen war. Dasjenige, worauf sie jetzt zusteuerte, schien geradezu aus dem Hang, in den es hineingebaut war, herauszuwachsen. Tatsächlich war es, wie sie später erfuhr, an eine Höhle angebaut worden. Ein Teil der Wohn- und Arbeitsräume befand sich in dieser Höhle.

Sie sah niemanden und eine Klingel schien es auch nicht zu geben. Als sie das Gartentor öffnen wollte, entfloh eine kleine Eidechse, die am oberen Rand gelegen hatte. Wieder war diese bemerkenswerte Stille da.

Bis der Esel loslegte.

Je primitiver konstruiert ihre Stimmbänder sind, desto lauter schreien sie, dachte Amalia, deren Gehör an Vogelstimmen geschult worden war.

Das Gebrüll verstummte und erneut herrschte Stille. Ein leuchtend gelber Vogel flog über eine Hecke. Es war der Serinus canaria.

Schon war er wieder verschwunden.

48

Susanne war an diesem Tag bereits um fünf Uhr Früh Richtung La Laguna aufgebrochen, zu einer Fahrt, die eineinhalb Stunden dauerte. Ihr Ehemann, der gerne lange schlief, war es gewohnt, am Frühstückstisch anstelle seiner Frau eine rasch hingekritzelte Nachricht über deren momentanen Verbleib vorzufinden.

In einem Labor der Universität von La Laguna hatte Susannes Freundin Theresa die Analyse vorgenommen, während sich der Rest der dort Tätigen noch im Tiefschlaf befand. Sie war zu einem alarmierenden Ergebnis gekommen.

Der von Amalia sichergestellte Medikamentenstreifen enthielt nicht wie aufgedruckt das Schmerzmittel Tramadol, sondern eine Partydroge. Ketamin vermischt mit anderen chemischen Substanzen wie MDMA, auch als Ecstasy bekannt. Ketamin war ein Narkosemittel, das Susanne gut kannte. Sie hatte es selbst immer wieder wohldosiert ihren Patienten im Rahmen einer Narkose verabreicht. Ihr war bewusst, dass Ketamin mittlerweile eine beliebte Partydroge mit wahrnehmungsverändernder Wirkung geworden war.

Ihre Freundin berichtete, dass es auch auf den Kanarischen Inseln in den letzten Jahren mehrere Todesfälle unter Jugendlichen gegeben hatte, die auf die Einnahme von Partydrogen und Glückspillen zurückgeführt werden mussten. Bis heute rätselte man darüber, wie diese Drogen an den strengen Grenzkontrollen vorbei ins Land kamen.

Nach dieser Entdeckung wollte Theresa sofort die Behörden informieren. Eine logische und eigentlich zwingende Maßnahme. Susanne aber gelang es, sie zu überreden, noch einen Tag lang abzuwarten. Sie beteuerte, dass die Person, von der sie die Tabletten erhalten hatte, absolut vertrauenswürdig sei und in Kontakt mit der Polizei stünde.

„Es weiß doch niemand, dass du heute Morgen dieses Medikament analysiert hast", beschwor sie die skeptische Freundin.

„Und wie soll ich morgen erklären, dass ich es nicht sofort gemeldet habe?"

Schließlich stimmte sie aber zu, denn wie so oft bei Gewissenskonflikten wog auch hier das Wort einer Freundin schwerer als andere Bedenken.

Sie verzichteten auf das geplante gemeinsame Frühstück und Susanne machte sich auf den Weg zu Amalia. Mit dem Versprechen, sich spätestens heute Abend wieder zu melden.

Susanne Brauneis war eine nüchterne und zupackende Person. In ihrem Beruf als Anästhesistin hatte sie gelernt, mit Risiken zu leben und in Krisensituationen die Nerven nicht wegzuwerfen. Wenn eine Situation Geduld erforderte, dann war sie eben geduldig. Wenn es nötig war, eine schnelle Entscheidung zu treffen, dann zögerte sie nicht lange. Wenn sie einer Patientin eine unangenehme Nachricht zu überbringen hatte, dann erledigte sie das so rasch wie möglich.

Die Situation, in der sie sich jetzt befand, überforderte sie. Sie hatte ein Gefühl, als hätte jemand den Sessel unter ihr weggezogen und sie würde unsanft auf dem Boden landen.

Amalia war nicht erreichbar und das war seltsam genug.

Zuerst war Susanne zur Finca nach Chirche gefahren, nur um erfahren zu müssen, dass Amalia ausgezogen war. Dann war sie in Puerto Santiago gelandet und da saß sie jetzt in einem Café in Strandnähe und hatte bereits ihren dritten Espresso getrunken.

Sie rief Lydia in Salzburg an. Vielleicht konnte die ihr sagen, wo Amalia sich befand.

Dies war zwar nicht der Fall, aber dennoch wusste Lydia schon wieder mehr. Sie berichtete ihr von Amalias geplantem Umzug in das Haus, in dem Katie gewohnt hatte.

Susanne war jetzt wirklich verärgert. Amalia hätte sie informieren müssen. Sie hielt das Warten nicht mehr aus, bezahlte und machte sich auf den Weg zu deren neuer Bleibe.

Ihr Weg führte sie an der Apotheke vorbei, deren Eingang etwas unterhalb des Straßenniveaus lag. Von dort ertönte jetzt eine Stimme.

„Señora."

Susanne reagierte und sah, dass die Apothekerin, die sie und Amalia erst kürzlich ignoriert hatte, auf sie zukam.

Sie hatte eine Zigarette in der Hand, die sie jetzt zu Boden warf und ausdrückte.

„Entschuldigen Sie", sagte sie, „mein Name ist Estrella Gutierrez Lillo. Ich habe Sie kürzlich zusammen mit einer Señora namens Amalia gesehen. Sind Sie eine Bekannte von ihr?"

Susanne, alles andere als in Gesprächslaune, bejahte und wandte sich wieder zum Gehen.

49

Von ihrem Platz im Garten aus, versteckt hinter blühenden Sträuchern und in einem Buch lesend, das im Haus gelegen war, hatte Katie Falkensteiner die Besucherin nicht sofort sehen können. Erst das wilde Gebrüll des Esels hatte sie aufgeschreckt und ihr Angst eingejagt.

Noch aufgewühlt von dem, was sie durchgemacht hatte, war sie hier heroben gänzlich abgeschnitten von der Welt. Der junge Mann, der sie herauffuhr, hatte sie einfach abgesetzt und war sofort wieder verschwunden. Seine Mutter, bei der sie nun seit gestern lebte, war eine etwas eigenartige, aber nicht unfreundliche Señora, die nicht viel sprach. Sie hatte kein Internet und auch kein Smartphone, sondern nur ein vorsintflutliches Handy, das sie kaum benutzte. Dafür besaß sie eine Schrotflinte. Sie hatte sie Katie gezeigt und angekündigt, dass sie damit sich und ihren Gast im Notfall verteidigen würde.

Katies größter Wunsch war jedoch ein Smartphone. Sie hatte ihre Beschützerin beschworen, ihr durch den Sohn eines zu besorgen. Diese hatte genickt, aber der Sohn war noch nicht wieder aufgetaucht.

Vorsichtig schob Katie nun ein paar Äste zur Seite und lugte zum Gartentor, bereit, sofort die Flucht zu ergreifen.

Obwohl Amalias Gesicht von Katie abgewandt war, erkannte sie sie auf der Stelle. Der freudigen Erregung, die sich bei diesem Anblick einstellte, folgte jedoch fast genauso schnell jene Vorsicht, die sie sich in den letzten Tagen und Stunden zu eigen hatte machen müssen. Ihr Retter, der Fischer Eligio, und jetzt auch Señora Ortega Moreno hatten sie gewarnt. Mit dem profitgierigen Netzwerk rund um Héctor Guarnido und seine Familie war nicht zu spaßen. Erst recht nicht, wenn – was möglich war – die Großfamilie hinter den Schüssen auf Héctor steckte, um den untreuen Ehemann zu richten. Genauso wenig aber, wenn es sich um einen Machtkonflikt unter konkurrierenden Clans handelte. Katie hatte für sich behalten, dass sie von Héctors Verstrickung in Drogengeschäfte wusste. Aber auch deshalb erachtete sie es als sinnvoll, noch für einige Zeit untergetaucht zu bleiben.

Nun wandte Amalia Katie das Gesicht zu, und mit Katies Zurückhaltung war es vorbei. Das, was sie seit Tagen ersehnt und nicht mehr gehofft hatte, war eingetreten. Die Frau Professor hatte sie gefunden und war gekommen, um sie zu retten.

„Frau Professor, da bin ich. Das Türl ganz fest drücken. Dann geht es von selber auf."

Dann stürmte Katie zum Gartentor.

„Entschuldigen Sie meinen Ausbruch", sagte Katie, als sie einige Minuten später neben Amalia auf der Gartenbank saß. Nach der Begrüßung hatte Katie unvermittelt zu schluchzen begonnen. Jetzt wischte sie sich mit dem Ärmel ihrer weißen Bluse über das feuchte Gesicht. „Ich hab nicht anders können. Sie wissen gar nicht, wie oft ich in den letzten Tagen an Sie gedacht habe."

„Und ich an dich, Katie." Angesichts der Situation, in der sie sich befanden, hatte Amalia ins Du gewechselt. „Ich habe die ganze Zeit nach dir gesucht, leider ohne Erfolg. Nun scheinst du gerettet. Bist du hier in Sicherheit?"

„Ja, das bin ich", Katie nickte langsam. „Ich bin der Señora Ortega Moreno so dankbar. Sie hat mich aufgenommen. Sie ist gerade einkaufen gefahren und wird noch eine Weile weg sein. Aber sagen Sie mir bitte, wie Sie mich gefunden haben."

„Durch einen Anruf, den die Polizei erhalten hat."

„Was?" Katie reagierte aufgeregt, ja verstört. „Man hat mir geraten, mich nicht an die Polizei zu wenden, weil die zu einem überwiegenden Teil mit der hiesigen Mafia zusammenarbeitet."

„Bitte, Katie, das ist kein Grund zur Sorge." Amalia beschwor sie. „Natürlich gibt es schwarze Schafe bei der Polizei. Aber ich kenne einen Polizeibeamten, dem ich wirklich vertrauen kann. Er wird uns helfen und deine Wünsche respektieren."

„Aber ..."

„Pst, Katie, bitte, wir müssen entscheiden, wie es weitergeht. Kommissar Martínez hat mich hierhergebracht, damit ich dich suchen kann. Er unterstützt mich in jeder Hinsicht. Noch einmal, ich vertraue ihm."

„Hoffentlich täuschen Sie sich da nicht, so wie ich mich in Héctor getäuscht habe."

„Es war also Héctor Guarnido, der dich gefangen gehalten hat?"

„Er wollte mich umbringen", flüsterte Katie. „Ich weiß, dass auf ihn geschossen wurde und dass er im Krankenhaus liegt. Ich bin noch lange nicht sicher vor ihm."

„Doch, Katie. Héctor Guarnido ist im Krankenhaus gestorben. Jemand hat heimlich die Schläuche durchtrennt, mit denen er an die lebenserhaltenden Maschinen angeschlossen war."

„Seine Frau?", hauchte Katie.

„Das wissen wir nicht, aber vielleicht solltest du noch hier versteckt bleiben, bis die Lage geklärt ist."

„Ich möchte am liebsten sofort nach Österreich zurück und dieses Land verlassen. Aber wie? Héctor hat mir mein Handy abgenommen. Alles ist mir bei dieser schrecklichen Odyssee der letzten Tage abhandengekommen. Ich habe keine Papiere, keine Geldbörse, nichts. So kann ich gar nicht ausreisen."

„Pass auf, Katie, wir machen es so: Ich bleibe jetzt bei dir und rufe meinen Kommissar an. Er muss wissen, dass ich dich gefunden habe. Er wollte einen Kollegen schicken, der mich bei der Suche nach dir unterstützt. Das ist nicht mehr nötig, ich habe dich ja gefunden. Mein Handy hat keinen Strom mehr. Kann ich es hier irgendwo aufladen? Das Kabel habe ich bei mir."

„Eine Steckdose gibt es dort an der Hausmauer", sagte Katie und zeigte in Richtung Haus.

Dort stand auch eine Bank, und Katie beobachtete schweigend, wie Amalia ihr Handy ansteckte und nach kurzer Wartezeit die Nummer heraussuchte.

Der Kommissar nahm sofort ab. Er befand sich gerade am Eingang zum Krankenhaus. Katie hörte alles mit.

Amalia teilte ihm mit, dass sie glücklicherweise gefunden hätte, was sie schon lange gesucht habe, und dass sie den Kollegen, den er ihr schicken wollte, nicht mehr benötige. Sie würde noch gerne hier bleiben, es bestünde keine Gefahr. Sie melde sich bald wieder.

Er war einverstanden. „Pass auf dich auf", hörte Katie ihn zum Abschluss noch sagen.

„Mir fehlen die Worte", sagte sie, „der vertraut Ihnen ja total, Frau Professor."

„Bitte nicht mehr Frau Professor, nur Amalia."

„Sie können mich gerne duzen." Katie hielt den Daumen in die Höhe. „Aber ich möchte lieber beim Sie bleiben. Sie sind einfach die Frau Professor für mich. Ein ganz besonderer, bewunderungswürdiger Mensch, und das möchte ich damit ausdrücken."

„Alles klar, Katie, gerne. Ich muss jetzt noch schnell meine Freundin Susanne Brauneis anrufen, die mich in den letzten Tagen sehr unterstützt hat. Dann besprechen wir, wie es weitergehen soll."

50

„Du hast Katie gefunden, wo?", platzte es aus Susanne heraus, gut hörbar für die hinter ihr stehende Apothekerin Estrella, die sie soeben auf der Straße angesprochen hatte.

„In Las Fuentes. Ehrlich gesagt, könnte ich jemanden gebrauchen, der mich und Katie, falls sie das will, hier abholt. Der Kommissar hat mich hierher gebracht, aber jetzt ist er anderweitig schwer beschäftigt."

„Wie geht es ihr?"

„Nicht so schlecht. Sie ist mehr oder weniger in Sicherheit."

„Erstaunlich – und großartig. Ich habe ebenfalls große Neuigkeiten. Du wirst dich sehr wundern, was bei der Analyse herausgekommen ist. Bitte ruf mich in zehn Minuten noch einmal an. Dann hole ich dich ab."

„Was ...?"

Susanne legte auf. Die Nachricht über Katie war natürlich höchst erfreulich, aber Amalia hatte verdient, dass sie sie jetzt ein wenig auf die Folter spannte. Ganz war ihr Groll noch nicht verflogen.

Sie drehte sich wieder zu Estrella hin.

„War das Amalia?", fragte diese neugierig. „Ich verstehe zwar kein Deutsch, aber ich habe gehört, dass Sie den Namen Katie erwähnt haben. Es tut mir leid. Ich konnte nicht anders, als mitzuhören. Ich weiß doch, dass diese Katie vermisst wurde. Ist sie wieder aufgetaucht?"

Es blieb Susanne nichts anderes übrig, als auf diese Frage hin zu nicken.

„Sehr erfreulich", sagte Estrella. „Darf ich Sie bitten, mir von Amalia die Telefonnummer zu geben? Ich möchte sie anrufen und mich für mein Verhalten bei unserer letzten Begegnung entschuldigen. Außerdem muss ich wissen, wie es Katie geht. Sie war so eine nette Kundin."

„Machen wir es umgekehrt", schlug Susanne vor. Diese Estrella war ihr zu aufdringlich. „Sie geben mir Ihre Nummer und Amalia kann Sie anrufen."

„Mir wäre es anders lieber. Ich möchte wirklich dringend mit ihr sprechen. Oder mit ihrer Freundin Lydia. Vielleicht können Sie mir deren Nummer geben?"

„Señora Denk musste zurück nach Österreich. Ihr Sohn hatte einen Unfall."

„Das ist ja schrecklich."

Mit einem Mal liefen Estrella Tränen übers Gesicht. Sie fischte sich ein Taschentuch aus der großen Tasche ihres weißen Arbeitsmantels und fuhr sich seufzend über die Augen.

„Schon wieder eine schlechte Nachricht", klagte sie.

Dann drehte sie sich in Richtung Apotheke und zeigte auf die Tür.

„Wissen Sie, warum dort ein *Geschlossen*-Schild hängt?"

„Keine Ahnung", Susanne zuckte mit den Schultern.

„Weil mein Chef tot ist. Er ist gestern im Meerwasserpool in Los Gigantes gefunden worden. Die Polizei war heute schon bei mir. Ich musste mitfahren und ihn identifizieren. Ich habe das Geschäft zugesperrt und jetzt bin ich gerade von dort zurückgekommen. Es war entsetzlich. Vielleicht habe ich Sie auch deswegen angesprochen, damit ich mich nicht so verlassen fühle."

Wieder strömten Tränen über Estrellas Gesicht.

Jetzt wird also auch hier noch mein Mitgefühl verlangt, dachte Susanne. Dieser anstrengende Tag, an dem sie bereits so früh aufgestanden war, forderte seinen Tribut.

„Das tut mir sehr leid für Sie", sagte sie daher zu Estrella. „Aber es gibt sicher jemanden, der Ihnen nahesteht, und den oder die sollten Sie jetzt schleunigst anrufen. Ich muss los."

Das war herzlos, sie wusste es. Die Floskel „Gibt es jemanden, der Ihnen nahesteht?" hatte sie beruflich immer wieder verwendet. Trotzdem drehte sie sich um und wollte gehen.

„Einen Augenblick noch", hielt Estrella sie zurück. „Meine Visitenkarte für Señora Fink."

Susanne nahm das Kärtchen und ging los.

Da kam auch schon der erwartete Anruf von Amalia und endlich konnte Susanne vom Ergebnis ihres Ausflugs nach La Laguna berichten.

Bald darauf war sie unterwegs nach Las Fuentes. Jetzt ging es um Katie Falkensteiner und das hatte Vorrang vor allem anderen.

51

Einmal in der Woche fuhr Anna Ortega Moreno mit einem Ehepaar, das ebenfalls in Las Fuentes wohnte, hinunter auf den Bauernmarkt von El Médano. Sie brachen früh am Morgen auf, füllten ihre Körbe – im Falle von Anna war es ein Einkaufstrolley – mit dem Wochenbedarf an Nahrungsmitteln, die sie nicht selbst erzeugen konnten, und beendeten den Vormittag mit dem gemeinsamen Besuch eines Cafés am Rande der Markthalle. An diesem Tag hatte sie kurz erwogen, den Marktbesuch abzusagen, um diese Österreicherin, die ihr der Sohn aufgehalst hatte, nicht so lange allein zu lassen, hatte sich aber dann doch dagegen entschieden. Übertriebene Fürsorge war nicht ihre Sache, und ihr Schützling machte trotz allem, was ihr vom Schicksal in den letzten Tagen zugemutet worden war, einen recht robusten Eindruck.

Dennoch drängte Anna heute darauf, etwas früher als sonst nach Hause zu fahren. Sie müsse noch Vorbereitungen für den Besuch ihres Sohnes treffen, der zum ersten Mal mit einer Freundin zu ihr käme. Es war eine Notlüge, aber gleichzeitig eine Erklärung, für die ihre Bekannten Verständnis hatten, und um die Mittagszeit herum war sie wieder zu Hause.

Dann hörte sie die Stimmen drinnen in der Ahnengrotte, wie die Höhlenwohnung, an die das Haupthaus angebaut worden war, seit jeher genannt wurde. Ursprünglich hatte sie diesen Raum Katie Falkensteiner als Versteck angeboten, aber die hatte nur heftig den Kopf geschüttelt und gesagt, in so einem fensterlosen Loch würde sie es nach all dem, was sie erlebt hatte, nicht mehr aushalten, und so hatte sie sie im Wohnraum auf der Couch schlafen lassen.

Dass Katie sonst nirgends zu sehen war, verhieß nichts Gutes. Hatte man sie gefunden und hielt man sie jetzt da drinnen fest? Ohne lange nachzudenken, griff Anna nach ihrer Schrotflinte, stieß die Tür auf, stellte sich breitbeinig hin und richtete die Flinte auf jene Personen, die sich in dem schwach beleuchteten Raum befanden.

Die Deeskalation der brisanten Situation erfolgte jedoch rasch, denn Katie hatte ihrer Beschützerin sofort mit ruhiger Stimme erklärt, dass sie Besuch habe und alles in bester Ordnung sei. Anna senkte das Gewehr.

„Dann störe ich offensichtlich", sagte sie, drehte sich um und verschwand, gefolgt von Katie, wieder in ihrer Küche.

„Warum lässt du Leute herein? ¡*Qué mierda!* Das ist gegen unsere Abmachung. Und wer sind die da drinnen überhaupt?"

Sie war wütend auf Katie und auch auf sich selbst, weil sie das Gefühl hatte, sich mit dem Gewehr lächerlich gemacht zu haben.

„Bitte, Señora Ortega Moreno, das sind Frauen aus Österreich, die mir helfen wollen. Professor Amalia Fink wird alles erklären. Sie spricht sehr gut Spanisch und ihre Freundin auch. Kann ich sie herholen?"

Fünf Minuten später saßen die vier Frauen am Küchentisch, die Vorhänge zugezogen.

„Ihr Besuch wird sich hier schnell herumsprechen", sagte Anna mit vorwurfsvollem Blick in Richtung der Professorin. „Natürlich hat man Sie gesehen. Das geht hier gar nicht anders, und außerdem haben Sie, wie Sie selber sagten, mit meiner Nachbarin gesprochen. Na gut, vielleicht hält man Katie für die Freundin, die mein Sohn endlich hat. Das Gerücht habe ich ja vorsichtshalber selbst verbreitet, aber sicher ist sie hier heroben auch nicht mehr."

„Dann soll sie besser mit uns mitkommen. Sie kann bei uns wohnen, bis sich die Lage hoffentlich geklärt hat."

Der Vorschlag kam von der anderen Frau, Susanne Brauneis, wie sie ihr vorgestellt wurde.

„Wir haben in Alcalá zwei Gästezimmer. Da hättest du im Übrigen wohnen können, Amalia. Warum hast du mich nicht gefragt, statt diese gespenstische Wohnung zu mieten, auf deren Terrasse erst vor Kurzem eine Leiche gelegen ist?"

„Frag mich nicht, Susanne", sagte Professor Fink, „ich bin wieder einmal einer Eingebung gefolgt. Passiert mir jetzt öfter. Seit ich in Pension bin, mache ich mehr Dummheiten als früher." Sie zuckte mit den Schultern. „Aber ich kann sie mir jetzt auch eher leisten."

Sie hatten sich auf Spanisch unterhalten und Anna lachte jetzt laut auf.

„Gefällt mir", sagte sie. „Ich habe ja auch gerade eine Dummheit gemacht und Katie bei mir aufgenommen. Ich habe nichts dagegen, wenn ich sie schnell wieder loswerde. Pardon, Katie, das ist nicht persönlich gemeint."

„Sie haben mich gerettet, Señora, und dafür bin ich Ihnen ewig dankbar. Aber hier heroben fühle ich mich auch ein wenig wie eine Gefangene. Wir haben das schon besprochen, bevor Sie gekommen sind. Bis ich meine Papiere habe, möchte ich noch einige Zeit in Deckung bleiben. Lieber an einem Ort, an dem ich unabhängiger und beweglicher bin als hier auf dem Berg. Ich nehme Ihr Angebot an, Frau Brauneis."

„Gut", sagte diese, „mein Mann ist keine Gefahr. Der ist absolut verlässlich und plaudert nichts aus, und du, Amalia, musst jetzt ohnedies überlegen, wie du mit dem umgehst, was ich dir am Telefon berichtet habe."

Amalia seufzte. „Dann machen wir es so", sagte sie. „Auch ich möchte mich bei Ihnen bedanken, Señora Ortega Moreno. Wir sollten jetzt aufbrechen."

Katie sprang auf und umarmte Anna, die es über sich ergehen ließ, bis sie ihren Schützling schließlich mit einem „Ist schon gut!" von sich schob.

„Ich hole jetzt das Gewand, mit dem Sie gekommen sind, Katie. Ich habe es gewaschen. Darin erkennt Sie wirklich niemand."

Sonia Guarnido, Jesús Vidal, Fermina Sánchez, Margarita Sánchez Jiménez, Inés Díaz Castillo ... die Liste der Personen, die Amalia auf der Fahrt ins Tal durch den Kopf gingen, war lang.

Während Susanne als Lenkerin ihr ganzes Augenmerk auf eine enge und steil nach unten führende Straße gerichtet hatte, wunderte Amalia sich über sich selbst. Sie hatte geglaubt, ungeheuer erleichtert zu sein, wenn Katie gefunden war, aber ihr Gemütszustand war im Augenblick ganz anders, gedrückt und deprimiert. Trotz dieser erfreulich positiven Wendung der Dinge gab es noch immer genug offene Fragen, die ihr Sorge bereiteten.

In ihrem Beruf war sie seit jeher eine gewesen, die äußerst hartnäckig sein konnte, wenn sie eine Idee verfolgte, und erst recht, wenn sich dabei Hindernisse vor ihr aufbauten. Das war schließlich das Holz, aus dem Forscherinnen und Entdeckerinnen geschnitzt sind.

Jetzt gab es aber einen Unterschied, und der war entscheidend. Sie hatte es diesmal mit Menschen zu tun und nicht mit Vögeln. So wunderbar und klug diese Tiere auch sein konnten, sie bewegten sich doch in den Grenzen der ihnen von der Natur auferlegten Bestimmung, während der Mensch diese Grenzen unentwegt und in alle Richtungen sprengte, mit enormer Kreativität. Leider nicht nur zum Guten, sondern auch dann, wenn es darum ging, andere Menschen zu beherrschen und zu verletzen. Und deshalb bewegte sich Amalia jetzt auf einem viel gefährlicheren Terrain. Es faszinierte sie, machte ihr aber auch Angst.

Bevor Susanne gekommen war, hatte Amalia versucht, Katie etwas über die vergangenen Tage ihrer Gefangenschaft zu entlocken, aber sehr viel mehr, als dass Héctor sie irgendwo alleine einsperrte und sie nicht mehr daran glaubte, lebend herauszukommen, hatte sie nicht erfahren. Katie konnte noch nicht darüber reden und war sichtlich traumatisiert. Das Wichtigste war ohnedies, dass sie lebte und ihren Peinigern entkommen war. Amalias Job, zu dem sie sich verpflichtet gefühlt hatte, war somit beendet.

Auf die Untersuchung anderer Ereignisse, die ihr der Zufall zugespielt hatte, hätte sie sich natürlich nicht einlassen dürfen. Nicht darauf, mit Fermina Sánchez zum Schauplatz des Todes der Enkelin zu fahren, und auch nicht auf die privaten Einladungen des Kommissars. Sie hätte nicht herumschnüffeln und keineswegs Margaritas Medikament heimlich entwenden dürfen. Der größte Fehler war es gewesen, auch noch Susanne in die ganze Sache hineinzuziehen, nicht zu reden von Jesús, dem Taxifahrer.

„Wissen Sie, dass ich während meiner Gefangenschaft immer wieder an Sie gedacht habe, Frau Professor?", ertönte jetzt Katies Stimme vom Rücksitz. Zu Beginn der Fahrt hatte sie sich hingelegt, um nicht gesehen zu werden, nun hatte sie sich aufgerichtet.

„Irgendwie ahnte ich, dass Sie nach mir suchen würden, und als ich einmal ganz besonders verzweifelt war, habe ich mich gefragt, wie Sie an meiner Stelle gehandelt hätten – und das hat geholfen. Sie und Ihre Freundin, die Philosophin, sind wirklich cool, und Sie auch, Frau Brauneis."

Den Rest der Fahrt schwieg sie, aber das, was sie gesagt hatte, war ausreichend gewesen, um Amalias Grübeleien ein Ende zu setzen. Amalia musste zu Ende führen, was sie begonnen hatte. Eines von Lydias Lieblingszitaten fiel ihr ein. Natürlich von einem griechischen Philosophen, einem Stoiker, der sie – wie Lydia immer sagte – die einzig vernünftige Einstellung zum Leben gelehrt hatte: *„Es sind nicht die Dinge selbst, die uns beunruhigen, sondern unsere Meinungen über die Dinge."*

Sie würde schon eine Lösung finden, und Selbstvorwürfe brachten nichts und waren Blödsinn. Cool bleiben. Wahrscheinlich war sie momentan übermüdet. Was sie jetzt brauchte, war Distanz zu all dem, was geschehen war, und Zeit zum Nachdenken. Am besten alleine und ungestört in ihrem neuen Ferienapartment.

„Also, Amalia", Susanne war soeben auf die Autobahn in Richtung Alcalá aufgefahren, wo sie wohnte. „Willst du nicht doch lieber zu uns in mein zweites Gästezimmer?"

„Danke für das Angebot, aber lieber nicht. Setz mich bitte in Alcalá ab, bevor du zu deinem Haus abbiegst. Ich ruf dann gleich den Kommissar an, der mein Gepäck hat. Er wird mich abholen."

Als Amalia zehn Minuten später ausgestiegen war, sprang auch Susanne aus dem Wagen.

„Warte", rief sie. „Ich habe da noch etwas für dich!" Für Katie im Auto unhörbar, flüsterte sie: „Ich bin froh, wenn ich dieses Gift wieder los bin."

Dann drückte sie Amalia den Streifen mit den nach der Analyse noch verbliebenen Tramadol in die Hand.

53

Amalia brauchte ihren Kommissar gar nicht anzurufen. Er meldete sich zum richtigen Zeitpunkt, gerade als sie in Alcalá am Straßenrand parkten.

„Bleib, wo du bist", sagte er. „Ich kann kommen und dich abholen. Wo genau ist das?"

„An der Durchfahrtsstraße in Alcalá. Ich stehe direkt vor einem Taschengeschäft."

„Davon gibt es dort viele."

„Warte, daneben ist eine Art Apotheke. Nein. Mehr eine Mischung aus Drogerie und Feinkostladen, wie es aussieht."

„Das kenne ich. Geh da hinein und kauf dir etwas zu trinken. Die machen gute frische Säfte. Essen gehen wir dann woandershin. Ich hole dich in spätestens zehn Minuten ab."

Er war jedoch schon in fünf Minuten da.

„Ich kann jetzt nicht mit dir essen gehen", sagte sie zur Begrüßung. „Ich möchte endlich in die Wohnung und ich brauche Zeit für mich."

„Bitte, Amalia, du bist sicher hungrig. Ich weiß ein Fischlokal hier ganz in der Nähe. Es gibt einiges zu besprechen. Außerdem habe ich gerade deine Vermieterin angerufen und ihr erklärt, dass du heute Morgen durch höhere Gewalt verhindert warst, die Wohnung zu übernehmen. Sie ist derzeit unterwegs und kann dir erst um drei Uhr am Nachmittag die Schlüssel übergeben. Das Lokal ist ganz in der Nähe."

„Also gut, dann gehen wir noch etwas essen."

Ein kurzer Weg führte sie zu einem von außen unscheinbaren, aber voll besetzten Lokal, der *Cofradía El Mirador*. Keine Tische im Freien, dafür eine Warteschlange von Gästen, die darauf hofften, dass im Inneren wieder ein Platz frei wurde. Maurizio erklärte, dass man hier nicht reservieren konnte, jedoch die frischesten Fische bekam, soeben angeliefert von der Vereinigung der örtlichen Fischer, die dieses Lokal betrieb.

Amalia folgte ihm, als er vorbei an der Warteschlange das Lokal betrat, von der Küchenchefin empfangen und zu einem sofort herbeigezauberten kleinen Tischchen geführt wurde. Aha, Sonderbehandlung für den Herrn Kommissar, dachte sie, sagte aber nichts, selbst froh darüber, dass sie außerordentlich schnell bedient wurden.

Die Chefin empfahl eine *Medregal*, die Bernsteinmakrele.

„Wunderbar, mein Lieblingsfisch." Maurizio verdrehte die Augen, offensichtlich ein Zeichen der Verzückung. „Aber bitte nicht wieder so ein riesiges Exemplar wie beim letzten Mal, als ich mit meinen drei Kollegen hier war. Die haben wir zu viert kaum geschafft."

„Keine Sorge, ich habe heute eine kleinere. Gerade richtig für zwei Personen." Die Küchenchefin sprach außerordentlich schnell, offensichtlich ungeduldig, wieder in die Küche zu kommen.

„Ich kann die Bernsteinmakrele wirklich empfehlen." Maurizios Stimme hatte einen beschwörenden Klang und Amalia nickte. Sie hatte keine Lust auf langwierige Entscheidungsprozesse.

Maurizio schenkte ihnen Wasser aus der Karaffe ein, die gerade vor sie hingestellt worden war. Er erhob sein Glas und sagte: „Auf uns und auf das Leben."

Was wird das jetzt, fragte sich Amalia, aber dann kam schon seine Frage: „Das Private oder das Geschäftliche zuerst?"

„Natürlich das Geschäftliche." Amalia musste sich gegen die Gefühle, die er in ihr auslöste, wappnen.

„Und bitte, Maurizio", sagte sie deshalb, „lass uns das Private noch gänzlich hintanstellen, bis nichts ‚Geschäftliches' mehr, wie du es nennst, zwischen uns steht. Es gibt einiges, von dem ich dir zu berichten habe, Entscheidungen sind zu treffen und außerdem sind noch genug Fragen offen."

„Natürlich." Ein Seufzer, schicksalsergeben.

„Die Fragen, die sich mir derzeit stellen, werden eher mehr als weniger", fuhr er nun fort. „Aber natürlich hast du recht, Amalia. Eine Vermischung ist derzeit nicht gut. Also, was haben Sie zu berichten, Frau Professor?"

Sie hatte beschlossen, ihm alles zu erzählen und erneut die Warnung Sonia Guarnidos in den Wind zu schlagen.

„Katie geht es den Umständen entsprechend gut. Sie ist in Sicherheit", sagte sie.

„Gott sei Dank", auch er klang erleichtert. „Was weißt du? Wo war sie und wie ist sie entkommen?"

„Kannst du dich mit den Antworten auf diese Fragen noch einen Augenblick gedulden? Ich habe dir noch etwas anderes zu erzählen, das nicht warten kann."

„Dann erzähle."

„Also gut", begann sie und berichtete ihm alles, was sich im Bosque Encantado zugetragen hatte, und auch, dass sie Susanne überredet hatte, das Medikament heimlich analysieren zu lassen.

Als sie fertig war, erwartete sie seinen Tadel, doch der kam nicht. Keinerlei Anzeichen von Verärgerung in seinem Gesicht.

„Eine Partydroge getarnt als Schmerzmittel? So etwas habe ich noch nie gehört. Wenn das stimmt, Amalia, dann hast du eine wichtige Entdeckung gemacht und ich muss dir zu deiner genialen Intuition gratulieren."

„Dass ich, wie man sagt, eigenmächtig gehandelt habe, kreidest du mir nicht an?"

„Deine Vorgangsweise ist mir im Moment egal, auch wenn sie Probleme aufwirft. Wichtiger ist, was du herausgefunden hast. Es kursieren schon lange sogenannte *Glückspillen* hier in gewissen Lokalen, vor allem unter Jugendlichen, und wir haben noch nicht herausgefunden, wie die auf die Insel kommen. Wenn sie als Schmerzmittel eingeführt werden, wäre das eine Erklärung."

„Und wer sollte das machen?"

„Was glaubst du?"

„Héctor Guarnido?"

„Zum Beispiel", sagte er und nickte.

„Jetzt ist er tot und der Apotheker auch. Gibt es noch immer keine Hinweise darauf, wer die zwei auf dem Gewissen hat?"

„Ich habe soeben Sonia Guarnido auf das Revier bringen lassen. Alles deutet darauf hin, dass sie die Schläuche, mit denen er im Krankenhaus an die lebenserhaltenden Maschinen angeschlossen war, durchtrennt und ihren Mann damit endgültig ins Jenseits geschickt hat. Außer dem medizinischen Personal war sie die Einzige, die im fraglichen Zeitraum bei ihrem Mann war. Möglicherweise hatte sie auch jemanden beauftragt, auf ihn zu schießen. Sie leugnet aber alles.

Natürlich. Was den Apotheker betrifft, gibt es noch keine brauchbaren Hinweise."

„Ist Sonia Guarnido verhaftet?"

„Vorübergehend festgehalten. Beweise fehlen."

„Welches Tatmotiv, Maurizio? Aus Eifersucht hätte sie vielleicht Katie umgebracht, wenn sie sie gefunden hätte, aber doch nicht ihren Mann."

„Vielleicht hatte sie genug von ihm und seinen Eskapaden. Es könnte natürlich auch ihr Bruder dahinterstecken. Der hat derzeit eine Wahlkampagne laufen und kann keinen Schwager gebrauchen, der seinen Ruf als einer, der für Recht und Ordnung eintritt, befleckt."

Den letzten Satz hatte er leiser gesprochen, denn jetzt kam wieder die Küchenchefin an ihren Tisch und stellte mit stolzem Schwung eine große Platte mit Fisch auf den Tisch. Dazu die unvermeidlichen *Papas Arrugadas* und zwei beachtliche Schüsseln mit Salat.

„Wer soll denn das alles essen?", fragte Amalia.

„Du und ich", grinste Maurizio. Er war schon dabei, den Fisch zu filetieren, und legte ihr ein schönes Stück auf den Teller.

Gleich darauf senkte sich jene Stille über die beiden, die man durchaus als heilig betrachten darf, denn – und das war es, was Amalia jetzt dachte – solche Wunder musste man würdigen. Damit meinte sie natürlich den Fisch, aber ein klein wenig auch den Mann, der ihr gegenübersaß, ein Genießer, der für einen langen Augenblick nun doch alles Geschäftliche vergessen hatte.

Als dieser Augenblick vorüber war, war der Fisch verspeist, der Rest der Kartoffeln und des Salats beiseitegeschoben, und mit einem Bedauern, das beide empfanden, aber nicht aussprachen, widmeten sie sich sofort wieder dem Geschäftlichen.

„Was ist jetzt mit den restlichen Pillen? Hat die noch deine Freundin Susanne?", begann Maurizio.

„Nein, die habe ich bereits wieder und die übergebe ich dir jetzt."

Sie reichte ihm den Streifen mit den restlichen Pillen.

„Wie berichtet, habe ich die Schachtel, die ich im Wald gefunden habe, der Rangerin übergeben, die mich und Fermina Sánchez zum Schauplatz von Margaritas Tod begleitet hat. Die müsste inzwischen bei Kommissar Lobo in La Laguna gelandet sein."

„Okay." Jetzt seufzte er und drehte seine Augen nach oben. „Dann sollte ich wohl noch einmal die Liste der persönlichen Besitztümer von diesem Lorenz durchgehen und vorsichtshalber auch sein Tramadol analysieren lassen."

Als Amalia nur mit einem Nicken und einem angedeuteten Schulterzucken reagierte, fuhr er fort: „Jedenfalls fahre ich dich jetzt zu deinem neuen Apartment."

Sie hatten keine Zeit mehr zu verlieren. Auf Amalia wartete die Vermieterin, auf den Kommissar noch eine Menge Arbeit.

54

Man kann nicht sagen, dass Amalia den traumhaften Anblick genoss, der sich ihr soeben im neuen Apartment bot. Die Terrasse, auf der sie stand, beschwor andere Bilder in ihr herauf, denn hier auf dieser Terrasse war Wolfgang Lorenz beim Sturz aus großer Höhe gelandet. Drei Stockwerke über ihr war er vermutlich über das Geländer geklettert und in die Tiefe gestürzt. Mit diesem Unfall, oder was immer es war, hatte diese unselige Geschichte und damit wohl auch das verhängnisvolle Geschehen um Katie Falkensteiner seinen Anfang genommen.

Katie war jedenfalls gerettet.

Dass zwei Tage nach dem Tod von Wolfgang Lorenz auf der anderen Seite der Insel eine junge Frau unter ebenso unerklärlichen Umständen ums Leben gekommen war und dass ausgerechnet Amalia und ihre Freundin Lydia die Tote auffinden mussten, war eine jener absurden Geschichten, die nur das Leben schreiben konnte. So unwahrscheinlich diese Ereignisse auch waren, so waren sie dennoch passiert.

Außerdem gab es weitere Parallelen, die möglicherweise nur ihr aufgefallen waren. Die Sache mit den im Raum beziehungsweise im Wald verstreuten Kleidungsstücken sowie ein Schmerzmittel namens Tramadol, das beide genommen hatten. Eines, das, wie man nun im Fall von Margarita wusste, gar keines war. Was, wenn das bei dem Medikament von Wolfgang Lorenz auch der Fall war? Maurizio hatte zuvor angekündigt, es untersuchen zu lassen. Auch er hatte also diese Möglichkeit nicht ausgeschlossen.

Wie Amalia von dem englischen Ehepaar erfahren hatte, war es Katie gewesen, die gelegentlich Medikamente für ihren Nachbarn besorgt hatte. Bill und Milly waren ihr heute noch nicht über den Weg gelaufen. Die würden über ihre neue Wohnungsnachbarin staunen und unvermeidlich würde wohl eine weitere Betrachtung ihrer Fototrophäen anstehen.

Im Augenblick war dies jedoch das geringste ihrer Probleme.

Maurizios Bemerkungen, bevor er wieder gegangen war, gingen ihr durch den Kopf.

„Vergiss die Sache mit den gefälschten Pillen", hatte er zu ihr gesagt, nachdem er sie mit ihren Koffern hier abgesetzt hatte. „Ich kümmere mich jetzt darum. Ruhe dich aus. Ich werde zu deiner Freundin Susanne Brauneis fahren, denn natürlich muss ich Katie Falkensteiner befragen. Keine Angst, ich werde sie mit Samthandschuhen anfassen. Du kannst meine Ankunft dort gerne telefonisch ankündigen. Vielleicht bringt sie mich ja auf eine neue Spur, was den Mord an Héctor Guarnido betrifft. Danach entscheiden wir, wie es mit ihr weitergeht. Ich denke, sie wird bald nach Österreich zurückfliegen können, hoffe aber sehr, dass du noch dableibst."

Sie hatten sich noch einen Kuss gegeben und dann war er wieder weg gewesen. Es war ein Kuss zwischen zwei Verliebten gewesen. Unfassbar! Das balzende Männchen in einer schwierigen Gemengelage, dachte sie. Sie konnte nicht anders. Die Parallelen zur Tierwelt stellten sich bei ihr automatisch ein.

Die Situation war weder für sie selbst noch für Maurizio unkompliziert.

„Das Geschäftliche zuerst", war derzeit die einzig richtige Leitlinie.

Amalia hatte noch Pläne für heute Nachmittag.

Zunächst eine kurze Siesta. Wo konnte sie sich hier am besten entspannen?

Das Sofa im Wohnzimmer machte keinen bequemen Eindruck, viel zu weich. Besser gefiel ihr die Sonnenliege auf der Terrasse. Dort war es jetzt aber zu heiß. Amalia schnappte sich die Liege, zog sie ins Innere und ließ sich darauf nieder. Wie angenehm.

Auf dem Rücken liegend verschränkte sie ihre Hände hinter dem Kopf, und schon war sie eingenickt.

Eine halbe Stunde später dann kam der Anruf von Susanne.

„Ich muss dir etwas erzählen, was ich dir noch nicht berichtet habe, weil es mir unangenehm ist", war das Erste, was Susanne sagte.

„War der Kommissar schon bei euch?", fragte Amalia noch schlaftrunken.

„Er ist gerade da. Aber bitte, hör dir an, was ich loswerden muss. Ich habe dir noch nicht erzählt, dass ich heute die junge Apothekerin Estrella getroffen habe. Sie hat mich angesprochen."

„Aber sie kennt dich doch gar nicht."

„Sie hat sich daran erinnert, dass ich mit dir dort war, und sie sagte, dass sie sich dafür entschuldigen wolle, dass sie uns da ignoriert hat."

„Interessant."

„Sie will dich persönlich sprechen, hat sie gesagt. Ob sie dich anrufen kann. Ich habe ihr aber deine Kontaktdaten nicht gegeben. Konnte ich auch nicht, weil sich bei dir ja gerade alles ändert."

„Stimmt."

„Ich habe ihre Nummer, falls du darauf zurückkommen willst. Ich konnte ihr nicht viel Zeit widmen, obwohl sie sich wegen des Todes ihres Chefs bei mir ausweinen wollte. Versteht man ja auch. Weißt du überhaupt, dass es der Apotheker war, der gestern im Meerwasserpool von Los Gigantes tot aufgefunden wurde?"

„Ich weiß es natürlich, Maurizio hat es mir erzählt. Das ist aber alles nicht so wichtig wie die Tatsache, dass ich dir noch gar nicht so richtig dafür gedankt habe, was du in der letzten Zeit für mich getan hast. Besonders heute. Du bist wirklich eine selbstlose Freundin und ich fürchte, ich habe dir zu viel zugemutet. Und jetzt hast du auch noch Katie bei dir aufgenommen."

„Ist schon in Ordnung, Amalia. Einige Herausforderungen und Abenteuer sind für mich wichtig. Sonst verroste ich. Was Katie betrifft, wollte ich dich ohnedies noch etwas fragen."

„Gerne."

„Andreas und ich sind heute Abend bei Freunden zum Abendessen eingeladen. Die kochen exzellent und haben sicher schon seit Tagen alles geplant. Ich sage ihnen ungern ab, habe aber kein gutes Gefühl dabei, Katie ganz allein im Haus zu lassen. Könntest du vielleicht kommen? Sozusagen als Katie-Sitterin?"

„Um wie viel Uhr?"

„Erst um halb acht müssen wir weg."

„Das mache ich gerne. Ich bin um halb acht bei euch."

„Super, danke, Amalia. Dein Kommissar spricht übrigens gerade mit Katie. Er hat bisher kein Wort über meinen Ausflug zu Theresa wegen der Pillen verloren und ich werde das Thema nicht ansprechen, wenn er es nicht tut. Jedenfalls ist er wirklich sehr sympathisch."

„Ja, das ist er", sagte Amalia, „hoffen wir aber auch, dass er so fähig wie sympathisch ist und den Mord am Apotheker und an Héctor Guarnido bald aufklärt."

„Ja, hoffen wir es. Du hast jedenfalls deine Mission erfüllt. Katie ist gefunden und du kannst endlich wieder Ferien machen. Hast du heute noch Pläne?"

„Ich weiß es noch nicht genau."

Das, was sie vorhatte, wollte sie jetzt lieber für sich behalten.

„Ich sollte wohl endlich meinen Vogel-Blog schreiben, aber ich habe gerade ein wenig geschlafen, als du anriefst. Es war schon ein langer und aufregender Tag für mich. Und natürlich auch für dich."

„Dann ruh dich noch aus", antwortete Susanne, „das tue ich jetzt auch. Bis später."

55

Fast vier Stunden Zeit blieben, bis Amalia zu Katie fahren musste. Nach dem Gespräch mit Susanne war sie überraschend munter. Sie würde noch einiges erledigen können.

Zuerst musste sie sich dringend um Jesús kümmern, den sie in all den Aufregungen beinahe vergessen hätte. Dieses Problem war jedoch unerwartet schnell gelöst, denn ihren Anruf beantwortete er sofort.

„Es geht mir gut", sagte Jesús, „auch wenn ich gerade hier auf dem Polizeikommissariat sitze. Sicherheitsverwahrung, hat es geheißen. Irgendwie ist der Polizei zu Ohren gekommen, dass heute am Morgen schon wieder meine Autoreifen aufgestochen waren. Deshalb konnte ich Sie auch nicht wie vereinbart abholen, und telefonisch habe ich Sie nicht erreicht. Dann hat mich Carla Guarnido angerufen, und von ihr habe ich erfahren, dass Sie heute Morgen ihre Mutter besucht haben. Carla hat ihre Mutter schwören lassen, dass Ihnen nichts zugestoßen ist. Ich habe mich mit Carla getroffen und ab da hat die Geschichte eine interessante Wendung genommen. Señora Amalia, stellen Sie sich vor, Carla will sich von ihrem Mann trennen, und das mit dem Segen ihrer Mutter. Die wird aber auch gerade hier am Kommissariat festgehalten. Eine komplizierte Geschichte, die damit zusammenhängt, dass auf Carlas Vater gestern geschossen wurde. Das erzähle ich Ihnen aber lieber nicht am Telefon."

Dann senkte er seine Stimme und flüsterte: „Sie liebt mich immer noch und ich sie auch." Und wieder laut: „Kann ich Sie heute noch irgendwohin fahren? Sie lassen mich hier in Kürze wieder raus."

Amalia, neugierig und erleichtert, bat Jesús, sie am Abend zum Haus des Ehepaars Brauneis zu chauffieren. Dass sich dort auch Katie befand, erwähnte sie nicht.

Somit blieb also noch der Fall Margarita Sánchez Jiménez. Deren Großmutter hatte heute bereits zweimal angerufen. Vermutlich nur, weil sie jemanden zum Reden brauchte. Das konnte dauern und deshalb schob Amalia den Rückruf weiterhin auf. Lieber wollte sie sich dem Thema Margarita noch von einer anderen Seite nähern.

Sie rief im Fitnessstudio von Karolis an, erreichte Julia und bat sie um die Adresse jener Physiotherapeutin, die hier im Ort Margarita behandelt hatte.

Julia bot sich an, die Freundin über Amalias bevorstehenden Besuch zu informieren.

Und schon zehn Minuten später wurde Amalia vor der Tür ihrer Praxis empfangen.

„Ich bin Anita", sagte sie und reichte Amalia die Hand. Ihre Stimme hatte einen osteuropäischen Akzent. Sie war klein und kräftig gebaut und Amalia schätzte sie auf Mitte 30.

„Entschuldigung, wenn ich das sage", war das Nächste, was Amalia zu hören bekam, „aber ich glaube, Sie hatten heute schon einen anstrengenden Tag. Ihr Energiespeicher scheint ziemlich leer zu sein. Wenn Sie wollen, mache ich Ihnen eine kleine Energiemassage. Das geht auch im Sitzen. Sie können mir währenddessen Ihre Fragen stellen, und wenn es Ihnen guttut, können Sie mich weiterempfehlen."

Amalia nickte, sank in den angebotenen Sessel, und schon stand Anita hinter ihr.

Amalia spürte, wie sich eine angenehm kühle Hand langsam auf ihren Hinterkopf legte. Sofort entspannte sich Amalias Nacken.

„Es ist so traurig, was mit Margarita Sánchez Jiménez passiert ist", sagte Anita nun. „Sie war oft hier, und ich muss sagen, dass sie mir vertraut hat. Ich wurde zwar schon von der Polizei befragt, erzähle Ihnen aber gerne, was ich weiß. Also bitte fragen Sie mich, was Sie wollen."

Eine Aufforderung, die Amalia gefiel. Sie war vorbereitet.

„Wann war Margarita Sánchez Jiménez zuletzt bei Ihnen?"

„Vor eineinhalb Wochen, Margarita hatte wieder einmal ihre üblichen Rückenprobleme. Sie war durchtrainiert, hatte aber viel zu viel Ärger und Stress. Da kommt es zu einer Verhärtung der Muskeln und vor allem der Faszien. Meine Massagen und Zauberkünste, wie sie sagte, haben ihr immer geholfen."

Amalia fühlte, wie die zarten Finger von Anita in Windeseile vom Kopf über ihren Nacken trippelten und die Hände wie in einer erfrischenden Wolke wieder nach oben schwebten, um neuerlich nach unten zu trippeln. Sie hatte keine Mühe, an die Zauberkünste dieser Frau zu glauben.

„War sie damals besonders gestresst oder war das normal bei ihr?"

„Schwer zu sagen, bei diesem Beruf und dieser Publicity. Sie schien ständig einer Belastung ausgesetzt zu sein, aber als sie das letzte Mal da war, ist sie besonders schlecht drauf gewesen. Ich habe sie auch danach gefragt, aber sie antwortete, dass sie das nicht einmal mir sagen könne."

„Ihr Outing als Lesbe?" Amalia wagte einen Schuss ins Blaue.

„Glaube ich nicht. Das wusste ich jedenfalls schon länger. Ich weiß auch, dass Margarita und Inés, unsere

Surflehrerin hier in Puerto Santiago, heiraten wollten. Margarita hat allerdings darüber geklagt, dass diese den Termin immer wieder hinausgezögert hätte."

Anitas Hände entfernten sich einen Augenblick von Amalias Nacken, und gleich darauf spürte sie, wie sie dort erneut sanft und angenehm landeten.

„Wissen Sie, auch Señora Inés war meine Klientin, und sie war es, die mir Margarita geschickt hat. Sie hatte mir sogar schon früher von dieser Beziehung erzählt. Inés ist ein ganz anderer Typ als Margarita. Während ich bei Margarita immer das Gefühl hatte, dass – wie soll ich es ausdrücken – all ihre Überzeugungen und alles, was sie tat, im kompletten Einklang mit ihrem Inneren standen, war Inés zwar sehr nett, aber irgendwie gespalten und unsicher. Anfangs hatte ich den Eindruck, dass sich Inés sehr stark zu Margarita hingezogen fühlte, aber irgendwann hat sich etwas verändert. Margaritas Zuneigung überfordere sie, hat sie mir einmal gestanden. Während diese erfolgreich sei, habe sie selbst noch immer nicht im Berufsleben Fuß gefasst. Sie besitze auch nicht die Selbstsicherheit einer Margarita. Natürlich sei sie noch immer fasziniert von dieser tollen Frau, habe jedoch Angst, sich zu früh zu binden."

„Ist Ihnen die Massage angenehm?", fragte sie dann, und als Amalia nickte, sprach sie weiter.

„Das über Inés und Margarita hätte ich Ihnen eigentlich nicht erzählen dürfen, aber ich möchte Inés helfen. Ich kann mir überhaupt nicht vorstellen, dass sie Margarita ermordet haben soll. Da ist Fermina Sánchez völlig auf dem Holzweg."

„Sie wissen aber sicher auch, dass Margarita tatsächlich Inés das Haus der Großmutter vermacht hat?"

„Das habe ich gehört. Margarita hat öfter davon gesprochen, dass ihr Leben gefährdet sei. Wie Sie sich denken können, hat sie so manchen Shitstorm ertragen müssen. Sie wollte wohl, dass ihre Großmutter für diesen Fall jemanden hat, der sich um sie kümmert."

„Ja, aber stattdessen schickt Inés sie ins Altersheim und will das Haus für sich."

„Das, muss ich ehrlich gestehen, verstehe ich auch nicht ganz. Andererseits weiß ich, dass Inés davon geträumt hat, ein eigenes Architekturbüro zu eröffnen. Möglicherweise wäre dieses Haus dafür ideal."

„Vielleicht hat sie", spekulierte Amalia, „darin die Chance ihres Lebens gesehen, beruflich Fuß fassen zu können und überhaupt auf gesicherten Beinen zu stehen. Sie wäre nicht die Erste, die den Verlockungen des Geldes erliegt."

„Oder jemand anderer wollte mit Inés in dieses Haus einziehen und hat sie dazu bewegt, keine Rücksicht auf die Großmutter von Margarita zu nehmen."

Für den Bruchteil einer Sekunde fühlte sich Anitas zarte Berührung härter an.

„Wer könnte das sein?", fragte Amalia unschuldig.

„Leider nein, das darf ich Ihnen jetzt wirklich nicht verraten. Inés ist eine gute Kundin von mir und noch mehr Vertrauensbruch kann ich mir nicht leisten."

Wie zur eigenen Beruhigung begann Anita leise zu summen und dann ein Lied zu singen, beginnend mit den Worten: „Estrella de mar, beber de tu boca es como andar ...".

Sie hatte eine hübsche Stimme und legte einen besonderen Akzent auf jene Passage, in der der Name „Estrella de mar" vorkam.

Amalia lauschte und sagte dann: „Schöne Melodie. Das Lied kenne ich nicht."

„Ich habe eine Vorliebe für die Schlager der Siebzigerjahre", antwortete Anita. „Und das ist ein Lied von Mari Trini, einer wunderbaren Sängerin, die leider schon verstorben ist. Sie hat mit einer Frau – Claudette Lanza – zusammengelebt."

Draußen ertönte eine Klingel.

„Das wird schon mein nächster Klient sein", sagte Anita. „Er ist noch etwas früh dran. Warten Sie, ich sage ihm, dass er fünf Minuten warten soll."

Diese Anita ist eine spannende Informationsquelle, dachte Amalia. Ich könnte noch länger mit ihr sprechen. Was muss ich sie noch fragen?

Anita war schon wieder da und zuckte bedauernd mit den Schultern. „Langsam müssen wir unser Gespräch beenden", sagte sie. „Können Sie mit meinen Informationen etwas anfangen? Julia sagte mir, dass Sie eigentlich eine Professorin sind. Ich verstehe aber, dass Sie sich für Margarita interessieren. Schließlich haben Sie ihre Leiche gefunden und das war bestimmt ein traumatisches Erlebnis."

Amalia dachte, dass Anita ihre Fragen wohl als Traumatherapie betrachtete, was ja nicht schaden konnte.

„Sie haben tatsächlich Zauberhände", sagte Amalia jetzt. „Ich kann mir vorstellen, dass Sie Margarita sehr geholfen haben und sie deshalb keine Schmerzmittel oder Ähnliches nehmen musste."

„Das wäre schön gewesen, war aber leider nicht der Fall. Ich habe versucht, sie auf natürliche Mittel umzustellen. Sie dürfte von dem chemischen Zeug aber bereits abhängig gewesen sein. Sie hat mir einmal gestanden, dass ihr dieses Tramadol in kritischen Situationen helfe. Auch ein Schlafmittel hat sie regelmäßig eingenommen."

Der Kopf des nächsten Klienten erschien erneut in der Tür.

„Ich bin gleich so weit", sagte Anita zu ihm.

Anita war während des ganzen Gesprächs hinter Amalia gestanden und hatte sich über den Rücken bis zu deren Taille nach unten gearbeitet. Jetzt zog sie einen Stuhl heran und setzte sich ihr gegenüber, eine sympathische Frau mit streng zurückgebundenen Haaren in einem weißen ärmellosen Overall.

„Wie geht es Ihnen jetzt? Hat Ihnen meine kleine Massage gutgetan?"

„Sehr angenehm", sagte Amalia, „ich fühle mich leicht und entspannt."

„Sie haben einen guten Körper, Señora. Sie brauchen mich wahrscheinlich nicht, aber bei Verspannungen und Muskelschmerzen aller Art bin ich die Richtige. Empfehlen Sie mich gerne weiter."

„Mach ich", sagte Amalia und wollte schon aufstehen.

„Warten Sie, mir ist da noch etwas eingefallen." Anita blickte nachdenklich nach oben. „Wussten Sie, dass Margarita auch mit dem Mann, auf den gestern geschossen wurde, ein Hühnchen zu rupfen hatte? Héctor Guarnido. Damals ist sie völlig erledigt zu mir gekommen. Sie hat mir erzählt, dass sie im Rahmen einer Demo eine Nacht und einen Tag gemeinsam mit anderen Umweltschützern auf dem Areal eines seiner Hotelprojekte verbracht hatte. Das sollte in einem Naturschutzgebiet gebaut werden. Mit einer Sondergenehmigung, für die natürlich viel Geld die Hände gewechselt hat. Solche meist erfolglosen Aktionen hat Margarita schon oft durchgezogen. Sie war abgehärtet. Was sie aber diesmal fertiggemacht hat, war, dass irgendjemand Guarnido ihre private geheime Telefonnummer verraten haben musste, denn plötzlich bekam sie nicht nur im Netz, sondern auch auf dieser Nummer Morddrohungen. Am liebsten würde sie ein Gerichtsverfahren gegen ihn anstreben, hat sie gesagt. Sie war aber auch Realistin. Sie wusste, dass er äußerst einflussreich und ein großer Arbeitgeber ist. Sein Schwager ist wahrscheinlich noch einflussreicher. Diese Leute können es sich immer wieder richten."

„Interessant", kommentierte Amalia das Gehörte. „Margarita war sehr offen zu Ihnen."

„Uns Physiotherapeutinnen erzählen die Leute alles. Natürlich habe ich auch Klienten von der Gegenseite. Also Männer von unserer Inselmafia, die für Guarnido arbeiten. Denen entkommt kein privates Wort. Die lassen sich schweigend behandeln, bezahlen, geben kein Trinkgeld und sind wieder weg."

Zum dritten Mal erschien der Klient in der Tür.

„Wir sind schon fertig. Kommen Sie herein. Ich muss mich leider verabschieden, Señora. Ich hoffe, meine Behandlung schlägt an."

„Oh, es geht mir schon viel besser", antwortete Amalia, dankte und ging.

56

Die Aussichtsplattform auf der Plaza in Puerto Santiago war wohl eines jener Prestigeprojekte, mit denen sich ein Bürgermeister ein Denkmal hatte setzen wollen. Die große zubetonierte Fläche zwischen Meer und Park war kein architektonisches Meisterwerk und der Besucherandrang hielt sich meist in Grenzen.

Amalia lehnte an der Brüstung, beschäftigt mit düsteren Gedanken. Von hier aus hätte es eine kräftige Person auch alleine geschafft, den toten Körper des Apothekers ins Meer zu kippen. Die Stelle wäre aber noch zu weit weg von dem Meerwasserbecken gewesen, in dem die Leiche schließlich gelandet war. Es musste etwas weiter nördlich passiert sein, überlegte Amalia. Irgendwo auf diesem neu angelegten Uferweg, der von der Plaza ausgehend über steile Klippen und Buchten dem Meer entlangführte und schließlich einen Blick auf die beeindruckenden Felswände von Los Gigantes freigab.

Der oder die Täter, unterwegs mit einem Toten in finsterer Nacht. Sie mussten es eilig gehabt haben. Auf die Idee, dass der Tote ausgerechnet in dem natürlichen Meerwasserpool wieder angespült werden könnte, waren sie offenbar nicht gekommen. Dies erweckte den Eindruck einer spontanen und nicht von langer Hand geplanten Handlung. Keine Profis! Wohin mit der Leiche? Ab damit ins Meer und nichts wie weg mit der fatalen Fracht. Das war wohl das Motto gewesen.

„Nichts wie weg mit diesen Hirngespinsten", sagte jetzt Amalia zu sich selbst und richtete ihre Augen wieder auf die Gegenwart.

Bald würde die Sonne hinter La Gomeras Wolkenkrone verschwinden und wie jeden Tag würde diese himmlische Inszenierung auf ungezählten Fotoapparaten und Handys festgehalten und dann ins Netz gestellt werden. Amalia konnte derartigen Versuchungen fast immer widerstehen. Sie zog es vor, kostbare Augenblicke für sich alleine auszukosten und ihnen so den Glanz des Einzigartigen zu bewahren. Schon als Kind hatte sie solche Momente des Nur-Seins und Nicht-Müssens einfach nur genießen können und diese Fähigkeit war ihr nie verloren gegangen. Als sie erwachsen wurde, hatte sie begonnen, sich bewusst darauf einzulassen. Was das betraf, war sie eine Naturbegabung. Sie hatte schon meditiert, als dieses Wort noch nicht in Mode war. Oft konnte sie danach die Dinge anders betrachten und manches klarer sehen.

Jetzt fiel ihr nach einigen Minuten die Melodie ein, die Anita vor sich hin gesummt hatte. Es musste Absicht gewesen sein, dass sie das Lied *Estrella de Mar* genau an dieser Stelle gesungen hatte.

Unmittelbar davor hatten sie über Inés gesprochen und Anita hatte angedeutet, dass Inés nun mit jemand anderem in Ferminas Haus einziehen könnte. Aus Gründen der Diskretion hatte sie den Namen nicht nennen wollen.

Estrella bedeutete Stern, *Estrella de mar* Seestern. War Estrella Gutierrez Lillo diese andere Person? Waren Inés und Estrella ineinander verliebt? Hatte Inés Margarita hier in Puerto Santiago mit Estrella betrogen? Dann hätte Estrella theoretisch auch ein Interesse daran haben können, Margarita zu beseitigen.

Alles Hypothesen, sagte sich Amalia einmal mehr. Auch das unwahrscheinlich, aber nicht unmöglich. „Wenn etwas nicht unmöglich ist, dann ist es auch möglich und dann muss eine gewisse Amalia Fink der Sache nachgehen."

Sie blickte sich um. Den letzten Satz hatte sie halblaut gesprochen. Niemand war in ihrer Nähe. Die Botschaft war an sie selbst gerichtet gewesen. Sie würde es nie im Leben aushalten, etwas, das als eine Idee in ihrem Kopf herumgeisterte, einfach wieder fallen zu lassen. Noch dazu, wo es um Mord ging. Sie würde sich also nicht ausruhen, wie ihr das gerade von allen Seiten empfohlen wurde. Denn sie konnte selbst entscheiden, wann sie Ruhe brauchte! Und außerdem gefiel sie sich immer mehr in der Rolle der Ermittlerin. Nachdem Katie wieder aufgetaucht war, war ihre anfängliche Mission tatsächlich erfüllt. Doch sie hatte neue Seiten an sich entdeckt. Die ausdauernde Vogelbeobachterin konnte auch eine hartnäckige Schnüfflerin sein. Es war dies eine höchst spannende Beschäftigung, und solange es offene Fragen gab, würde sie an der Sache dranbleiben.

Beschäftigt mit diesen Gedanken, hatte sie die Aussichtsplattform wieder verlassen, sich auf den Nachhauseweg gemacht und war an jenem Café vorbeigekommen, in dem sie und Lydia sich neulich mit dem Kommissar getroffen hatten.

Damals hatte es geschlossen gehabt, doch nun war es offen, und die grünen Tische, die im Freien standen, waren fast alle besetzt. Auch die Besitzerin hatte Amalia schon entdeckt, winkte ihr zu und deutete auf ein letztes freies Tischchen.

Amalia folgte der stummen Aufforderung, wurde freundlich und wie eine alte Bekannte willkommen geheißen und saß bald darauf mit einem Glas Campari in der beginnenden Dämmerung. Nach der Zeit auf der abgelegenen Finca fand sie wieder großen Gefallen an der urbanen Atmosphäre hier in Puerto Santiago.

Sie blieb jedoch nicht lange allein. Ihr Telefon läutete.

Es war Maurizio.

„Wie geht es dir im neuen Apartment? Wo bist du? Ich habe interessante Neuigkeiten."

„Bleib, wo du bist", bat er sie, als sie ihm ihren Aufenthaltsort mitgeteilt hatte. Dass sie diesen Satz heute schon zum zweiten Mal von ihm hörte, amüsierte sie.

Sie bestellte einen Espresso. In gut einer Stunde musste sie zum Ehepaar Brauneis und somit zu Katie fahren und durfte nicht zu müde werden.

57

Jetzt passen wir perfekt zusammen, dachte Amalia, als sie Maurizio kommen sah. Er war nicht mehr in Uniform, sondern trug weiße Jeans und ein fliederfarbenes Hemd. Auch sie hatte sich umgekleidet, ehe sie zu Anita gegangen war, und sich für ein weißes Kleid entschieden. Dazu ein Seidenschal in einem hellen Lila. Ihre im Nacken zusammengebundenen Haare hatten sich durch die Behandlung Anitas etwas gelockert.

Genau das sagte auch Maurizio, und während er sich auf dem Sessel neben Amalia niederließ, strich er ihr mit einer Hand eine Haarsträhne aus dem Gesicht.

Die Wirtin eilte zur Begrüßung herbei und er bestellte ein Bier ohne Alkohol.

„Leider habe ich nicht viel Zeit." Er setzte einen bedauernden Blick auf. „Offiziell weißt du davon bitte nichts. Das, was ich jetzt sage, muss unter uns bleiben. Du hast es dir aber verdient, von mir informiert zu werden, denn schließlich hast du das Ganze angestoßen."

„Ich bin gespannt!"

„Folgendes: Wir haben unter den persönlichen Sachen von Wolfgang Lorenz, die wir für seine Verwandten aufbewahrt haben, tatsächlich eine Schachtel Tramadol gefunden. Auf offiziellem Weg hätte ich lange auf das Ergebnis einer chemischen Untersuchung warten müssen. Deshalb habe ich sofort mit der Pharmazeutin Kontakt aufgenommen, die die Analyse deines Fundes in La Laguna durchgeführt hat. Die Adresse hat mir Susanne Brauneis gegeben und das Tramadol von Wolfgang Lorenz ist bereits untersucht. Tatsächlich dieselbe Geschichte. Auch Wolfgang Lorenz' Schachtel enthielt die gleiche Designerdroge wie die von Margarita Sánchez Jiménez."

„Also doch!" Eigentlich ein Triumph für Amalia, aber sie war erschüttert, denn sie hätte nie gedacht, dass sie mit ihrer verrückten Idee tatsächlich das Richtige vermutet hatte.

„Wie hast du das so schnell hinbekommen, Maurizio?"

„Ich musste das herausfinden", war seine Antwort. „Ich habe einen Kollegen, der nichts lieber tut, als mit seinem Dienstmotorrad durch die Gegend zu brausen, auf der Stelle losgeschickt. Du hast erneut den richtigen Riecher gehabt, Amalia!"

„Ich wollte, es wäre nicht so gewesen. Aber hast du eine Erklärung dafür?"

„Entweder hat sich jemand besonders viel Mühe gemacht, um genau diese zwei Personen, nämlich Wolfgang Lorenz und Margarita Sánchez Jiménez, gezielt aus dem Weg zu räumen, oder es geht um eine viel größere Sache, um einen Drogenimport im großen Stil. Eine Droge als Medikament getarnt! Es wäre nicht das erste Mal. Eine ähnliche Geschichte ist vor nicht allzu langer Zeit in Marseille in Frankreich aufgeflogen. In unserem Fall könnten die beiden auch Zufallsopfer sein."

„Margarita ein Zufallsopfer? Bei dem Deutschen kann ich mir das vorstellen, bei der Politikerin weniger. Was machst du jetzt?"

„Die Drogenspezialisten aus der Hauptstadt kommen morgen. Dein Name wurde nicht erwähnt. Ich habe es so gedreht, als wäre es nicht deine, sondern meine Idee gewesen, das Medikament von Wolfgang Lorenz analysieren zu lassen. Ich denke, du legst auf die Ehre, in diesem Zusammenhang erwähnt zu werden, keinen Wert. Ich habe gesagt, dass ich diese Überprüfung durchführen ließ, weil wir in der Sache Lorenz einfach nicht weitergekommen sind. Das Medikament, das du im Lorbeerwald gefunden hast, habe ich überhaupt nicht erwähnt. Aber ich habe bereits Kommissar Lobo in La Laguna informiert. Er weiß jetzt, dass Lorenz vermutlich ein Suchtgift anstelle des Medikaments zu sich genommen hat, und ich habe ihn auf die Parallelen zwischen diesem und Margaritas Fall hingewiesen. Er wird nun das Tramadol, das du gefunden hast und das er von der Rangerin bekommen hat, analysieren lassen. Auf diese Weise bekommen wir eine offizielle Analyse von Margaritas Medikament und ich muss dich nicht erwähnen."

„Ziemlich genial, Maurizio!" Amalia nickte beeindruckt und Maurizio schob das leere Bierglas von sich weg.

„Ich muss los, Amalia. Dienstlich!"

„Wohin?"

„Zur Apotheke. Ich habe einen Durchsuchungsbefehl. Der Apotheker ist tot und Wolfgang Lorenz hat sein gefälschtes Tramadol offensichtlich aus dieser Apotheke bezogen. Hier stinkt etwas zum Himmel!"

„Warte noch kurz, bitte." Sie hob die Hände in einer flehentlichen Geste.

„Du vermutest also einen Zusammenhang zwischen dem Auftauchen dieser falschen Medikamente und dem Tod des Apothekers?"

„Das ist naheliegend." Maurizio zuckte mit den Schultern, aber Amalia gab sich noch nicht zufrieden.

„Nach dem, was ich neulich von Estrella gehört habe, muss der Apotheker ein seltsamer Typ gewesen sein."

„Allerdings, Amalia."

„Was wisst ihr eigentlich über ihn?"

„Na ja. Bis zum Tod seiner Mutter vor drei Jahren hat er mit ihr zusammengelebt." Maurizio verzog den Mund zu einem schiefen Lächeln. „Das ist immer verdächtig."

Er sah Amalia an, als warte er auf einen Kommentar. Als sie nichts sagte, fuhr er fort: „Aber bei mir war das anders, nur damit du es weißt. Ich war lange weg und wohne derzeit nur vorübergehend bei meiner Mutter."

„Aber natürlich. Erzähl weiter von dem Apotheker."

„Es gibt inzwischen einiges, das ihn mit Guarnido verlinkt. Er war Stammgast in Guarnidos Spielsalons und ist kaufsüchtig. Er hat mit Guarnido die Schulbank gedrückt, und man hat die zwei immer wieder zusammen gesehen. Die Wohnung des Apothekers, in die er nach dem Tod seiner Mutter laut Zeugen niemanden hineingelassen hatte, ist ein einziges Warenlager. Den Großteil der Einkäufe hat er nicht einmal ausgepackt. Er ist ein Messie. Privat jedenfalls. Im Beruf hingegen hat er den Ruf eines Überkorrekten. Aber ich habe es jetzt eilig, Amalia."

Rasch legte Amalia ihre Hand auf die von Maurizio.

„Einen Augenblick! Ich hätte noch eine Information für dich."

Seine Augenbrauen schnellten in die Höhe.

„Einen interessanten Hinweis zu Margarita, den ich von der Physiotherapeutin Anita habe. Ich war gerade bei ihr!"

„Wozu? Das habe doch ich schon längst erledigt!"

„Schon klar, Maurizio, aber ich hoffte eben, ihr noch mehr entlocken zu können, und ich glaube, ich bin da auf etwas gestoßen."

Er entzog ihr seine Hand. Jetzt war er ungehalten.

„Wolltest du nicht für heute Ruhe geben?"

„Nein, das war doch deine Idee, und ich finde, du solltest dir anhören, was ich erfahren habe."

„Zwei Minuten!"

Oje, nun ist er grantig, dachte Amalia und sprach in schnellerem Tempo weiter.

„Nicht nur Margarita, sondern auch Inés ließen sich regelmäßig von Anita behandeln. Sie hat angedeutet, dass Inés hier in Puerto Santiago Margarita möglicherweise mit einer anderen Frau betrügt. Und jetzt pass gut auf, Maurizio: Diese Frau könnte die Apothekerin Estrella sein. Du solltest sie fragen, da du ohnehin zur Apotheke gehst!"

Maurizio sprang auf.

„Okay, das werde ich", sagte er mit finsterer Miene. „Schließlich muss ich mich daran gewöhnen, dass sich deine Andeutungen am Ende als richtig herausstellen könnten."

Nach fünf Schritten drehte er wieder um, die Geldbörse in der Hand.

„Du bist eingeladen", sagte Amalia.

„Danke."

Noch einmal blieb er kurz stehen und blickte ihr in die Augen.

„Dieser Fall", sagte er, „wird jetzt hoffentlich bald erledigt sein, und wie immer er ausgeht, wirst du deinen gerechten Anteil daran haben. Für mich eine neue und ungewöhnliche Situation, in vieler Hinsicht, aber das brauche ich dir nicht zu erzählen. Mach einfach so weiter, wie du es für richtig hältst, aber bitte pass auf dich auf."

„Und du auf dich!"

Amalia winkte der Wirtin, zahlte und erhob sich.

Sie war nur wenige Schritte gegangen, als sie hinter sich eine Stimme hörte. Ausgerechnet Estrella Gutierrez Lillo, wie aus dem Nichts aufgetaucht.

„Wieso waren Sie mit dem Kommissar zusammen? Hat es damit zu tun, dass Sie Katie gefunden haben? Ist sie schon hier in Puerto Santiago?"

„Guten Abend, Estrella", antwortete Amalia. „Haben Sie mich gesucht? Von meiner Freundin Susanne habe ich bereits gehört, dass Sie mich sprechen wollen."

„Sie sind vor einer halben Stunde an meiner Apotheke vorbeigegangen. Ich habe versucht, Sie einzuholen, aber eine Bekannte hat mich aufgehalten. Dann entdeckte ich Sie im Café zusammen mit dem Kommissar, da wollte ich natürlich nicht stören. Ich möchte unbedingt mit Katie sprechen. Ich habe mitbekommen, dass sie wieder aufgetaucht ist. Wie erreiche ich Katie?"

„Was wollen Sie von ihr?"

„Was soll ich von ihr wollen? Ich will wissen, wie es ihr geht und was passiert ist. Seit Tagen geistert sie in meinem Kopf herum und daran sind auch Sie nicht unschuldig. Ich will sie endlich wieder persönlich sprechen und ihr zu ihrer Befreiung gratulieren."

„Wieso Befreiung? Wie kommen Sie darauf?"

Amalia fragte sich, wie viel und woher Estrella über Katies Gefangenschaft wusste. Diese Begegnung war ihr unheimlich. Sie überlegte fieberhaft, wie sie reagieren sollte, und beschloss spontan, ein Risiko einzugehen.

„Vielleicht", sagte sie, „kann ich ein Treffen mit Katie Falkensteiner organisieren. Dafür müssen Sie mir aber auch eine Frage beantworten."

„Meinetwegen."

„Sind Sie die Geliebte von Inés Díaz Castillo?"

„Das geht Sie überhaupt nichts an", zischte Estrella mit verhaltener Stimme. „Aber wenn Sie es genau wissen wollen. Ja, ich war mit Inés zusammen, und seit heute ist es vorbei."

Inzwischen war Maurizio hinter Estrella aufgetaucht, trat auf sie zu und legte ihr seine Hand auf die Schulter.

„Estrella Gutierrez Lillo", sagte er mit professionell ernster Stimme. „Darf ich Sie bitten, mich in die Apotheke Ihres verstorbenen Vorgesetzten zu begleiten? Eine amtliche Durchsuchung."

Estrella wirbelte zu ihm herum, und als sie zum Stehen kam, sah es so aus, als würden sie und Maurizio Martínez sich umarmen.

Beinahe hätte Amalia gelacht, aber dann riss sie sich zusammen und beobachtete stumm die Szene.

Estrella schwieg und wirkte jetzt verunsichert.

„Entschuldigen Sie, Señora Gutierrez Lillo." Der Kommissar war einen Schritt zurückgetreten und hatte einen höflicheren Ton angeschlagen.

„Ich wollte Sie nicht erschrecken. Ich benötige Ihre Hilfe, denn es ist doch auch in Ihrem Interesse, dass der Mord an Ihrem Chef so rasch wie möglich aufgeklärt wird. Ich habe einen Durchsuchungsbefehl für die Apotheke, in der Sie arbeiten und auch wohnen. Kommen Sie, gehen wir hin. Ich brauche jemanden, der mir alles zeigt."

59

Amalia sah zu, wie sich Estrella und Maurizio in Richtung Apotheke entfernten, und machte sich auf den Weg nach Hause. Im Augenblick konnte sie nichts mehr tun. In knapp einer Stunde würde Jesús sie abholen und nach Alcalá zu Katie fahren.

Als sie vor der Tür ihres neuen Quartiers stand, fiel ihr auf, dass es ungewöhnlich kühl geworden war. Kühler als in dem hoch gelegenen Chirche. Eigentlich hatte sie das Gegenteil erwartet.

Die Tür zur Terrasse war geschlossen und im Inneren hatte sich die Tageswärme gehalten. Sie setzte sich auf das Sofa. Höchste Zeit, ihr Handy zu checken. Sie hatte einige Anrufe überhört. Zuletzt einen von Fermina und einen von Susanne.

Von Susanne war inzwischen eine SMS gekommen: *„Hallo Amalia. Katie würde heute Abend gerne zu dir kommen. Da deine Wohnung auf unserem Weg liegt, können wir sie bei dir absetzen und später wieder abholen. So brauchst du kein Taxi, noch dazu, wo das Wetter schlechter wird."*

„Danke für die Nachricht", schrieb Amalia zurück, „sie kann dann gerne auch bei mir übernachten."

„Sind um kurz nach acht bei dir, aber wir holen sie danach wieder ab", kam umgehend die Antwort.

Amalia verständigte Jesús, den sie nun nicht mehr benötigte. Dann versuchte sie es bei Fermina, die nicht abhob.

Wartend und plötzlich sehr müde, setzte sie sich auf das Sofa, weich wie ein schaukelnder Kahn, vor ihr das Panoramafenster ins Freie. Etwas stimmte da draußen nicht. Die Angst, dass erneut jemand auf die

Terrasse gestürzt war, kam unvermittelt. Vom Sofa aus war nichts zu sehen. Nur undurchdringliche Dunkelheit.

Komisch, kein Mond, keine Sterne, auch sonst keine Lichter. Ein schwaches, seltsames Rauschen war zu hören.

Wovor fürchte ich mich eigentlich, fragte sie sich, stand auf, ging zur Terrassentür, riss sie auf und prallte wieder zurück.

Der Regen schlug ihr beinahe waagrecht ins Gesicht. Ein ohrenbetäubender Lärm.

Himmel und Meer schienen gemeinsam auf sie zuzukommen. Gegen den Widerstand eines Orkans schlug sie die Tür wieder zu.

Das Getöse war erneut nur mehr schwach zu hören. Die Schallisolierung musste exzellent sein.

Ihr Telefon klingelte zehn Minuten später. Diesmal war es Fermina. Sie klang unwirsch.

„Ich habe heute schon mehrmals versucht, Sie zu erreichen, Amalia, aber Sie gehen ja nie ran. Ich wollte zu Ihnen nach Chirche kommen und Ihnen etwas zeigen. Das hat sich allerdings beinahe erübrigt."

„Ich wohne jetzt in Puerto Santiago. Ich habe mein Quartier in Chirche aufgegeben."

„Oh, wo genau?"

Amalia nannte ihr die Adresse.

„Da bin ich ja ganz in Ihrer Nähe. Darf ich kurz vorbeikommen? Ich bin mit meinem alten Cabrio hier und habe zu spät das Deck zugemacht. Ich bin völlig durchnässt und warte auf einem Parkplatz darauf, dass das Unwetter vorübergeht. Wissen Sie, dass das Zentrum von Puerto Santiago unter Wasser steht?"

Amalia hatte keine Wahl. Angesichts von Katies bevorstehendem Besuch passte es ihr nicht. Dennoch stimmte sie zu, und wenige Minuten später – noch vor Katie – öffnete sie Fermina die Eingangstür.

60

Fermina Sánchez war nicht alleine gekommen. Hinter ihr auf der Balustrade stand eine sehr schlanke und attraktive Frau. Kurze Hose, weißes Leibchen, schmales Gesicht und große, sehr blaue Augen. Schwarze kurze Haare, ganz glatt aus dem Gesicht und hinter die Ohren gekämmt. Amalia wusste sofort, dass das Inés war. Inés und Fermina friedlich nebeneinander – was hatte das zu bedeuten?

Beide tropfnass, was bei Inés irgendwie cool, bei Fermina eher erbärmlich wirkte.

So schien sich Letztere auch zu fühlen.

„Entschuldigen Sie, Amalia, ich hatte vergessen, es anzukündigen. Ich habe Inés mitgebracht und jetzt bringen wir auch noch die ganze Nässe in die Wohnung. Vermutlich sehe ich so aus, als hätte ich mich wegen meiner Enkelin endgültig in Tränen aufgelöst, was jedoch nicht der Fall ist."

„Kommen Sie herein, Fermina. Sie bitte auch, Inés."

Ein feiner Sprühregen begleitete die beiden Frauen in die Wohnung.

Fermina hielt ihre Handtasche in die Höhe. „Hoffentlich ist der Inhalt noch trocken. Da drinnen befindet sich nämlich jenes Schreiben, das Inés und mich heute Morgen zunächst noch mehr auseinander- und hier in Puerto Santiago dann zusammengebracht hat. Nicht wahr, Inés?"

Inés, die noch kein Wort gesagt hatte, nickte.

Amalia schritt zur Tat. „Sie müssen sich abtrocknen und umziehen, Fermina. Ich kann Ihnen ein T-Shirt und eine meiner Wanderhosen borgen. Wir haben ja ungefähr die gleiche Größe. Vielleicht finde ich für Sie auch etwas Passendes, Inés."

„Nein, danke", sagte diese. „Meine Klamotten trocknen schnell. Funktionskleidung. Ich bin die Nässe gewöhnt."

Amalia zeigte auf die Tür zum Badezimmer. „Nehmen Sie sich ein Handtuch, Fermina. Ich bringe Ihnen das Gewand."

Als sie bald darauf mit Kleidungsstücken für Fermina zurückkam, trocknete sich Inés gerade mit einem winzigen Handtuch ab.

„So", sagte sie zu Amalia, „jetzt geht's besser. Es tut mir leid, dass wir Sie überrumpelt haben. Ich wollte erst gar nicht mitkommen, aber Fermina hat mich überredet. Mein Auto steht auf einem überschwemmten Parkplatz und ich mache mir gerade große Sorgen um eine Freundin."

„Dann kommen Sie endlich ins Wohnzimmer, Inés. Ich erwarte noch Besuch, also wundern Sie sich nicht, wenn noch einmal die Türklingel ertönt."

Das passierte genau in diesem Augenblick, und diesmal stand Katie vor der Tür. Sie hatte sich gerade winkend zu dem Wagen umgedreht, der mit aufgeblendeten Scheinwerfern abfahrbereit am Straßenrand anhielt. Susanne und Andreas Brauneis hatten gewartet, bis Katie sicher gelandet war.

Amalia freute sich, Katie zu sehen, und befürchtete gleichzeitig, dass die Anwesenheit von Fermina und Inés eine Belastung für sie sein könnte. Ideal war die Situation keineswegs. Es war Katie anzusehen, dass auch sie irritiert war.

Amalia nahm sie in die Arme. „Es ist alles in Ordnung, Katie. Das ist Inés. Sie und eine weitere Bekannte, Fermina Sánchez, sind in das Unwetter geraten und haben bei mir Zuflucht gesucht. Sie sind erst vor fünf Minuten gekommen."

Katie schien beruhigt, doch Amalia überwältigte ein seltenes Gefühl von Verzagtheit, gepaart mit Selbstvorwürfen. Sie hätte Katie nicht dieser Situation aussetzen dürfen.

Wenn Amalia niedergeschlagen war, half es ihr, an ihren Lieblingsvogel zu denken. Den Großen Brachvogel. Ihr ganz persönliches Krafttier, von dem sie nie jemandem erzählte. Der Gedanke an ihn hatte ihr in heiklen Situationen schon immer Zuversicht verliehen. Er war nicht nur ein eleganter und reizender Anblick, sondern besaß auch Eigenschaften, die sie bewunderte. Groß und schlank, lange Beine, leuchtende Augen und ein langer gebogener Schnabel. Sein Einfallsreichtum, seine Anpassungsfähigkeit, seine Überlebensfähigkeit in schwierigen Situationen und das ihm von ihr zugeschriebene Selbstvertrauen hatten sie immer gestärkt.

Im Moment hatte sie das Gefühl, drei Frauen zu Besuch zu haben, die ihren Schutz benötigten, so wie der Große Brachvogel seine Brut beschützte.

Nun saßen sich die vier Frauen gegenüber. Fermina und Inés auf dem blauen Sofa, Amalia und Katie ihnen gegenüber auf zwei Klappsesseln, die sie im Vorzimmerschrank gefunden hatte.

Man hatte sich einander vorgestellt und Fermina, die im Gegensatz zu Inés über Katies Verschwinden informiert war, gab ihrer Freude darüber, dass Amalia sie wiedergefunden hatte, Ausdruck.

Amalia erklärte Katie kurz die Lage. Sie konnte ihr die Geschichte, wie und woher sie Fermina Sánchez kannte, nicht ersparen und berichtete, wie sie und Lydia die Leiche von Ferminas Enkelin Margarita im Regenwald gefunden hatten und Fermina danach mit ihr in Kontakt getreten war. Mehr nicht. Nichts von der

Entdeckung eines gefälschten Schmerzmittels, wovon auch Fermina nichts wusste, und auch noch nichts vom Tod des Apothekers. Über Inés sagte sie nur, dass diese eine Freundin Margaritas war.

Sie durfte keine Zeit mehr verlieren, denn sie musste endlich wissen, warum diese zwei vor Kurzem noch verfeindeten Frauen ihr jetzt hier einträchtig gegenübersaßen.

Als sie Fermina bat, ihr zu berichten, hielt diese ein Schriftstück in die Höhe.

„Ich versuche, es kurz zu machen", sagte Fermina Sánchez. „Inés ist heute am Morgen zu mir gekommen. Sie wollte in Margaritas Zimmer nach etwas suchen, das diese ihr hinterlassen hatte. Nachdem mein Haus ohnedies praktisch schon Inés gehörte, konnte ich sie nicht davon abhalten. Nach einer halben Stunde ist sie wieder abgezogen, unverrichteter Dinge, wie ich annahm. Nicht wahr, Inés?"

Inés nickte.

„Du wusstest allerdings nicht, dass es noch einen weiteren Raum in meinem Haus gibt, den ich Margarita zur Verfügung gestellt habe. Es ist eine kleine Kammer, die man nur durch mein Schlafzimmer betreten kann. Dort hat sie ihre ganz persönlichen Dinge aufbewahrt."

Inés kommentierte das nicht und Fermina fuhr fort.

„Als Inés weg war, habe ich mich selbst auf die Suche gemacht. In der kleinen Kammer bin ich fündig geworden. Dort lag auf dem Bücherregal der Roman *Nada* von Carmen Laforet und genau nach diesem Buch hatte mich Margarita vor drei Wochen gefragt. Sie wollte wissen, ob ich es noch habe. Sie wolle es wieder einmal lesen, sagte sie, denn sie fände die Figuren in diesem Roman großartig, verrückt und absurd zugleich, so wie sich im Moment ihre eigene Umgebung – ihre

Yaya, also ich, natürlich ausgenommen – anfühle, und vielleicht könne man darin etwas von sich selbst finden. Ich hatte es ihr gegeben, und jetzt habe ich die Kopie eines Briefes in diesem Buch gefunden, den Margarita zwei Tage vor ihrem Tod an Inés geschrieben hat."

Wieder blickte sie Inés fragend an.

„Ja, lies ihn vor, Fermina."

„Lies du ihn, Inés, ich sehe nicht mehr so gut."

„Ich kann nicht."

Katie beugte sich zu Fermina und deutete auf den Brief. „Darf ich?"

Fermina nickte, Katie nahm den Brief und las ihn mit ihrer klangvollen Stimme vor, die gegen Ende immer leiser wurde.

„Inés, du hast mich verraten. Gerade jetzt, wo wir unsere Liebe krönen und endlich heiraten wollten. Ich weiß, dass du in Puerto Santiago eine andere hast. Ich bin unendlich traurig, aber auch genauso wütend. Ich will dich nicht mehr sehen. Verschwinde aus meinem Leben. Mein Testament, das du mir im Namen unserer Liebe entlockt hast, erkläre ich hiermit für ungültig. Und pass auf. Es nützt dir nichts, wenn du den Brief zerreißt. Es existiert eine Kopie davon."

„Wann haben Sie den Brief bekommen, Inés?", fragte Amalia.

„Das ist es ja. Der Brief muss schon vor einigen Tagen angekommen sein, aber mein Vater, der immer die Post holt, hat ihn unter den vielen Werbebriefen und Gratiszeitungen, die er hortet, vergraben, und so habe ich ihn erst gestern am späten Abend beim Aufräumen gefunden."

„Und wer ist diese andere?"

„Estrella."

„Wer ist sie?" Amalia spielte die Ahnungslose. Sie wollte es von Inés selbst hören.

„Estrella von der Stadtapotheke."

„Diese Estrella!", rief Katie. „Die kenne ich. Ich habe oft mit ihr gesprochen. Sie ist immer sehr freundlich."

Dann hielt sie sich die Hand vor den Mund und blickte zu Fermina.

„Oh, ich fürchte, das war jetzt eine unpassende Bemerkung."

61

Katie war überfordert. In dem idyllischen und vorübergehenden Asyl von Las Fuentes hatte sich ihr Körper bereits ein wenig von all dem Grauen der letzten Tage erholt. Dennoch waren ihre Nerven noch gereizt und übersensibel und so hatte sie vorläufig all die erlebten Bedrohungen, ja Grausamkeiten so betrachtet, als hätten sie nie existiert.

Dann waren es aber nur Kleinigkeiten, die ihre seelische Balance wieder ins Wanken brachten. So erging es ihr auch jetzt. Ihre Bemerkung war ihr peinlich, sie zitterte und Tränen liefen ihr über die Wangen.

„Nein, das ist okay", sagte Fermina zu ihr, „wir haben Ihnen mit unserer Geschichte schon viel zu viel zugemutet. Sie brauchen Ruhe. Entschuldigen Sie, dass wir Sie hier so überrumpelt haben. Wir werden jetzt gehen."

„Sie haben recht", schloss Amalia sich ihr an. „Meine Neugierde ist mit mir durchgegangen und ich habe zu wenig Rücksicht auf Katie genommen. Komm, Katie, leg dich oben etwas hin."

„Nein, das tue ich jetzt bestimmt nicht. Ich brauche kein Mitleid und alleine war ich in den letzten Tagen mehr als genug."

Katie senkte den Kopf und hob gleichzeitig abwehrend die Hände vor ihr Gesicht.

Amalia, Inés und Fermina schwiegen.

„Was ich jetzt brauche, ist Information." Katie hatte sich wieder aufgerichtet. „Ich will die ganze Geschichte, von Anfang an! Nicht immer nur Bruchstücke, die mich verwirren."

„Das ist verständlich", sagte Fermina. „Dann fange ich mit meiner Geschichte von vorne an. Einverstanden, Amalia?"

Amalia zuckte mit den Schultern.

Fermina bückte sich nach ihrer Tasche und holte ein Foto hervor.

„Das war Margarita Sánchez Jiménez, meine Enkelin und eine bekannte spanische Politikerin", sagte sie und überreichte Katie das Foto.

„Das ist Margarita?", rief Katie verwundert. „Natürlich! Ich bin ihr schon einmal begegnet. Damals kam sie mir bekannt vor, aber ich bin nicht darauf gekommen, wer sie ist."

Sie hatte sich wieder hingesetzt.

Erwartungsvolle Stille folgte ihrer Aussage.

„Und wisst ihr, wo ich ihr begegnet bin? In der Stadtapotheke und das ist vermutlich noch gar nicht so lange her, obwohl es mir mittlerweile wie eine Ewigkeit erscheint. Ich erinnere mich aber gut daran, weil es eine seltsame Situation war und weil ich auch mit Héctor noch an unserem letzten gemeinsamen Abend darüber geredet habe."

„Dann erzähl bitte, Katie", bat Amalia.

Katie nickte.

„Ich war für meinen Nachbarn in der Apotheke. Einen Tag vor seinem fatalen Unfall. Er hatte mich wieder einmal gebeten, ihm sein Schmerzmittel zu besorgen, ich habe es aber an diesem Tag nicht bekommen. Estrella, die Apothekerin, hat mich auf den nächsten Tag vertröstet. Sie sagte, dass das Tramadol heute leider ausverkauft sei und dass es sich Herr Lorenz am nächsten Tag holen könne. Hinter mir ist diese Frau gestanden, die mir – wie ich schon sagte – bekannt vorgekommen ist. Ich habe gerätselt, woher ich sie kenne, und bin nachdenklich zum Ausgang gegangen, und da habe ich gehört, dass sie ebenfalls eine Packung Tramadol verlangt hat. Und stellt euch vor ..."

Katie machte eine kleine, dramatische Pause.

„... sie hat es bekommen. Ich habe von draußen noch einmal durch die Glastür geblickt und habe genau gesehen, wie sie es in ihren Rucksack gesteckt hat. Da habe ich mir gedacht, dass es bestimmt eine Prominente sein muss, weil sie so bevorzugt behandelt wurde, und jetzt sehe ich, dass es die Frau auf diesem Foto war."

Bevor jemand reagieren konnte, läutete das Handy von Inés.

Reflexartig nahm sie den Anruf entgegen, und so laut und aufgeregt, wie die andere Person sprach, konnten alle mithören, was nur für die Ohren von Inés bestimmt gewesen wäre.

„Inés, ich kann nicht mehr. Warum erreiche ich dich nicht? Es tut mir leid, dass ich heute so durchgedreht bin. Die Polizei war da. Sie haben begonnen, das Haus zu durchsuchen. Sie haben mich nach meinem Alibi für gestern Abend gefragt. Sie verdächtigen mich. Hallo Inés, bist du da?"

„Ja. Bist du alleine oder ist jemand bei dir?"

„Nein, die Polizisten sind weg. Wegen des Unwetters, wie sie sagten. Aber sie werden zurückkommen. Inés, ich kann nicht mehr. Das, was wir gemacht haben, war ein Riesenfehler. Jetzt habe ich auch noch dich verloren. Es ist vorbei. Ich mache Schluss. Mit allem."

„Estrella, wo genau bist du?"

„Dort, wo für mich alles begonnen hat. Adios, Inés. Ich wollte nur mehr deine Stimme hören. Ich liebe dich."

Ein dumpfer Knall. Das Handy war Inés aus der Hand gerutscht und schlug auf dem Steinboden auf.

Katie hatte sich sofort danach gebückt und reichte es ihr.

„Das war Estrella. Ich muss zu ihr."

Fermina sprang auf. „Ich fahr dich hin", sagte sie. „Du bist ja ohne Wagen da."

„Und ich rufe den Kommissar an", sagte Amalia.

„Wisst ihr überhaupt, wo sie ist?" Die berechtigte Frage kam von Katie.

Inés und Fermina starrten sie an.

„Wahrscheinlich am Strand, wo wir uns zum ersten Mal begegnet sind." Inés klang atemlos. „Ich kam gerade vom Surfen, und Estrella war in Panik, weil sich zwei Möwen auf ihre Pizza gestürzt hatten."

„Ich vermute, dass sie jetzt in der Apotheke ist", widersprach ihr Amalia.

Fermina stand bereits bei der Türe. „Okay. Inés, wir fahren zur Apotheke."

Schon stürmte das ungleiche Paar zur Tür hinaus, während Amalia den Kommissar anrief, der sich sofort meldete.

„Estrella ...", sprach sie ohne Einleitung ins Telefon. „Sie will sich das Leben nehmen. Sie muss in der Apotheke sein. Ich bin mir sicher."

62

„Kann ich vielleicht irgendetwas zu trinken haben, Amalia?"

„Was willst du, Katie? Wasser oder etwas Stärkeres?"

„Es ist wahrscheinlich in dieser Situation völlig unangebracht. Aber so etwas wie einen Schluck Whiskey könnte ich jetzt zur Beruhigung meiner Nerven brauchen."

„Ich habe noch nichts eingekauft", sagte Amalia, „aber offensichtlich hat die Besitzerin nach Abreise des Schweizer Ehepaares die Küchenschränke nicht ausgeräumt. Es ist noch Ess- und Trinkbares da."

Amalia war aufgestanden und kam mit einer Flasche zurück. „Zum Beispiel das da." *Honig-Zirbengeist* stand auf der Flasche.

Katie nickte und Amalia, die neben der Flasche auch Schnapsgläser gefunden hatte, schenkte ihnen beiden ein halbes Gläschen ein.

„Mehr?" Sie sah Katie fragend an.

„Nein, lieber nicht. Ich trinke selten Alkohol. Das letzte Mal waren es zwei Gläser Rotwein mit Héctor, bevor er mich verlassen hat." Katie weinte.

Amalia hätte am liebsten mitgeheult. Warum bloß hatte sie zugestimmt, dass Katie zu ihr kam und nicht sie zu ihr? Noch dazu, wo sie sich nun in jener Wohnung befanden, auf deren Terrasse Katies Nachbar zu Tode gekommen war.

Katie schien jedoch der *Zirbengeist* des Schweizer Ehepaares gutzutun. Mit einem wohligen Seufzer stellte sie das geleerte Glas wieder ab. „Bevor wir hier auf Nadeln sitzen, weil wir nicht wissen, was mit dieser Estrella wirklich passiert ist, kann ich Ihnen aber auch ein paar Fragen stellen, Amalia, denn mir ist das alles immer noch ein Rätsel."

„Natürlich, gerne", antwortete Amalia, die vorhin im Kasten auch noch eine Schachtel entdeckt hatte, die kleine Täfelchen mit Schweizer Schokolade enthielt und die sie jetzt vor Katie auf ein Tischchen stellte.

„Wie niedlich", sagte Katie.

„Genauso niedlich wie der Name des Schweizer Paares, das hier gewohnt hat. Lütherli", bemerkte Amalia, worauf Katie einen Lachanfall bekam und Amalia mitlachte.

„Es tut mir leid", bemerkte Katie kurz darauf. „Da draußen spielt sich vielleicht gerade eine Tragödie ab und wir lachen."

„Ich glaube, das haben wir jetzt gebraucht."

Amalia wischte sich die Tränen aus dem Gesicht und wusste selbst nicht, ob die vom Lachen oder vom Weinen kamen.

„Also, Katie, was hast du für Fragen?"

„Estrella", sagte diese, „von welchem Riesenfehler hat sie am Telefon gesprochen? Und wen hat sie mit ‚wir' gemeint – Margarita, Inés oder wen sonst? Oder hat es mit der Apotheke zu tun?"

„Ich habe keine Ahnung, Katie, ehrlich!"

„Sie wissen aber viel mehr als ich, Amalia. Sie haben doch bestimmt Vermutungen, und Estrella sagte doch, dass sie und sonst noch jemand einen riesengroßen Fehler gemacht hätten."

Amalia überlegte. „Es könnte etwas mit dem Tod des Apothekers zu tun haben. Sergio Fortes, also Estrellas Chef, ist gestern tot im Meerwasserpool von Los Gigantes aufgefunden und heute identifiziert worden. Er war Héctor Guarnidos Freund."

Katie vergrub die Hände in ihrem Gesicht, wieder Tränen.

Was sie jetzt dringend bräuchte, wären Schlaf und Ruhe und nicht diese Aufregungen, nicht nach dem, was sie hinter sich hat, dachte Amalia erneut.

Mit dieser Ungewissheit, in der sie sich gerade befanden, konnte sie Katie aber auch nicht ins Bett schicken.

Sie versuchte es dennoch. „Magst du dich nicht hinlegen, Katie? Ich habe ein Gästezimmer. Wir können ohnedies nur warten."

Katies blasses Gesicht tauchte aus ihren wie aus chinesischem Porzellan geformten Händen wieder auf.

„Nein", sagte sie, „aber ich habe einen Vorschlag, Frau Professor. Sie erzählen mir jetzt die ganze Geschichte ab dem Zeitpunkt, wo ich in Alcalá nicht zu unserem Treffen erscheinen konnte. Alles, was sich inzwischen ereignet hat. Irgendwie müssen wir uns ja auch die Zeit vertreiben, bis wir erfahren, was los ist."

Amalia deutete auf die Sonnenliege, die von ihrer nachmittäglichen kurzen Siesta noch immer im Raum stand.

„Magst du es dir hier gemütlich machen, Katie? Ich setze mich zu dir, und ja, es wird Zeit, dir alles zu erzählen."

„Passt", antwortete Katie. „Diese Liege lacht mich ohnedies schon die ganze Zeit an."

Teil 5: Carmen

63

Ungefähr zur selben Zeit, als eine talentierte junge Sängerin aus Salzburg nach mehreren Tagen bedrückender Gefangenschaft befreit aufatmen konnte und mit Susanne und Amalia nach Alcalá gefahren war, hatte eine talentierte junge Reporterin von Teneriffa ebenfalls Grund zum Jubeln.

Carmen Montero Salvez hatte sich ein Glas Rotwein eingeschenkt. Sie hatte tatsächlich den ersehnten Supervertrag mit dem TV-Sender ETVa in der Tasche. Ihre Attraktivität, ihre Hartnäckigkeit, ihre Cleverness und auch ihre Intelligenz hatten ihren neuen Boss überzeugt, und in genau dieser Reihenfolge hatte er gestern ihre Qualitäten aufgezählt, als er mit ihr in Madrid ein Einstellungsgespräch geführt hatte.

Das Fernsehpublikum bevorzuge derzeit ohnehin in sämtlichen politischen Formaten Frauen auf dem Bildschirm, und je schöner, desto höher die Einschaltquoten. Mit dem richtigen Outfit und einigen Korrekturmaßnahmen an ihrer Frisur und dem Make-up könnte sie es zu einem neuen Star seines Senders bringen. Vor ihrem Arbeitsantritt in drei Wochen solle sie sich eine Auszeit nehmen und ihren Körper mit Krafttraining noch etwas aufpeppen.

„Das Publikum liebt intelligente Frauen mit Kurven, aber das kriegen wir schon hin", hatte er hinzugefügt. Ihrem Aufstieg als TV-Liebling stünde dann nichts mehr im Wege.

Er würde in der Zwischenzeit die nötigen Umstrukturierungen am Personalsektor vornehmen, denn – und bei diesem missglückten Wortbild hatte er etwas bitter gelacht – wer mit einem neuen Ross in die Arena einziehen wolle, müsse erst ein oder zwei ältere

Gäule davon überzeugen, dass es Zeit für das Gnadenbrot sei.

Kurz vor diesem Gespräch mit ihrem zukünftigen Chef in Madrid waren auf ihrem Handy die neuesten Nachrichten von Teneriffa eingegangen. Der gestrige Fund einer Männerleiche im Meerwasserpool von Los Gigantes sowie die Nachricht, dass ein bekannter Hotelier aus Puerto Santiago unter mehreren Schüssen im Hafenbecken von Puerto San Juan zusammengebrochen war. Nichts wie hin, hatte sie sich gedacht, denn ihre Identität als Inselreporterin hatte sie noch nicht abgelegt. Als sie etwas später ihrem neuen Boss angeboten hatte, sogleich nach ihrer Ankunft auf Teneriffa in dieser Sache zu recherchieren und darüber zu berichten, hatte er abgewunken. In ihrem neuen Job sei sie zu Bedeutsamerem berufen als zur Berichterstattung über ein Ereignis auf einer der Inseln. Sie hatte sich damit abgefunden und es geschafft, alle lokalen Berichte von ihrer Heimatinsel zu ignorieren.

Nun, nach einem halben Glas Wein, breitete sich ein Gefühl in ihr aus, das ihr überhaupt nicht passte. Der Versuch, es auszublenden, scheiterte, denn das, was ihr neuer Chef gestern von sich gegeben hatte, ließ sich nicht mehr so leicht wegschieben.

Richtiges Outfit, Korrekturmaßnahmen an der Frisur und am Make-up und Fitnessstudio hatte er gefordert.

„Na klar, das gehört dazu", sagte sie sich jetzt laut.

Mit einem Mal sah sie sich auf dem Schoß dieses Mannes sitzen. Geschminkt, aufgepolstert, durchtrainiert.

Blödsinn. So weit würde sie es nicht kommen lassen. Alles nur Hirngespinste.

Es würde dennoch super werden. Ein Luxusleben!

„Freiheit gegen Luxusleben." Wer hatte das jetzt gesagt?

„Pfffffft ..."

Ihre Eltern und ihre Geschwister würden durchdrehen, wenn sie bald täglich auf ihren TV-Bildschirmen erscheinen würde. Auch das war die Sache wert.

„Na gut", sprach sie sich Mut zu, „du hast es so gewollt, Carmen."

Immerhin hatte sie noch drei Wochen Zeit, bis sie als neues Pferd in der TV-Arena Furore machen würde.

Dann sollte sie aber am besten sofort trainieren gehen. Sie schlüpfte in ihre Schuhe, schnappte sich die Sporttasche. Wo war das nächste Fitnessstudio?

Als sie es googeln wollte, kam gerade ein Bericht der lokalen Presse über die gestrigen Ereignisse an der Westküste herein. Jetzt erfuhr sie, dass es sich bei dem Toten im Meerwasserbecken von Puerto Santiago um den dortigen Apotheker handelte und dass ein gewisser Héctor Guarnido am heutigen Vormittag im Krankenhaus verstorben war. Von einer Margarita Sánchez Jiménez war nichts zu lesen. Ihre Story schien bereits wieder Schnee von gestern zu sein. Hatte sich niemand überlegt, dass sie eine Intimfeindin von Guarnido gewesen war? Etwas, das auch Margaritas Großmutter ihr gegenüber nicht unerwähnt gelassen hatte.

Der Bericht war unbefriedigend und lückenhaft. Sicherlich waren die Presseinformationen der Polizei noch dürftig.

Jetzt fehlte auf dieser Insel jemand, der wirklich recherchieren konnte und dem die Geschicke der Menschen und vor allem der Opfer einer bösen Tat nicht egal waren. Eine wie sie! Das Fitnessstudio konnte ihr gestohlen bleiben. Sie würde es ihnen ein weiteres Mal zeigen, wie man Zusammenhänge aufdeckte.

Der Mord an dem Apotheker in Puerto Santiago interessierte sie. Und so beschloss sie, sich auf den Weg zu machen, um ihre Talente noch einmal auf jene Weise einzusetzen, die sie am besten draufhatte und die ihr am meisten Spaß machte. Es war zwar schon Nachmittag, aber spätestens gegen fünf Uhr konnte sie in Puerto Santiago sein.

Und das, was sie bis zum Einbruch der Dunkelheit herausfinden und in einem gepfefferten Report zusammenfassen würde, war sicher tausendmal besser als das, was bisher über die Geschehnisse dort berichtet worden war.

64

Carmen hatte sich verrechnet. Ihr ohnedies schon altersschwacher kleiner Subaru hatte es nicht vor sechs Uhr nach Puerto Santiago geschafft. Die Scheibenwaschanlage hatte nicht funktioniert und nach einer Stunde Fahrt waren die Scheiben so verschmutzt gewesen, dass sie in dem gigantischen Stau auf der Autobahn vor Alcalá beinahe einen Auffahrunfall verursacht hatte.

Mit Mühe war sie bis zur nächsten Autobahntankstelle gekommen und hatte zusätzlich zu der durch den Stau bedingten Zeitverzögerung mindestens eine weitere halbe Stunde verloren.

Bei ihrer Ankunft in Puerto Santiago war bereits die Dunkelheit hereingebrochen und hatte sich bald darauf in eine undurchdringliche Schwärze verwandelt. Ein Unwetter ungeahnten Ausmaßes ergoss sich über die Stadt.

Ungeduldig und viel zu schnell versuchte Carmen, eine bereits überschwemmte Straße zu durchfahren. Mit dem Ergebnis, dass ihr Wagen absoff und sie nicht mehr weiterkam. Der Wagen rutschte zur Seite, blieb am Straßenrand stehen und war nicht mehr zu starten.

Das einzige Gute war, dass sie sich zwar nicht in der Nähe der Polizeistation befand, die ihr erstes Ziel gewesen wäre, jedoch immerhin ganz in der Nähe der Stadtapotheke.

Wenn sie Glück hatte, dachte sie, hatte diese geöffnet, was ihr aber gleich darauf wegen des Todes des Apothekers unwahrscheinlich erschien.

Das, was sich dort zum Zeitpunkt ihrer Ankunft ereignete, übertraf jedoch alle Erwartungen, und in den folgenden Stunden sollte sie gänzlich vergessen, dass sie nicht mehr die Lokalreporterin, sondern die zukünftige Anchor Lady von ETVa war.

Vor der Apotheke waren zwei Polizeiautos mit Blaulicht eingetroffen. Polizisten sprangen heraus und postierten sich vor dem Eingangsportal. Zwei von ihnen versuchten, in die Apotheke zu gelangen, standen jedoch vor hermetisch verschlossenen Türen.

Carmen näherte sich neugierig und beobachtete, wie die Polizisten erfolglos die Türklingel betätigten und ebenso erfolglos an alle vorhandenen Fensterscheiben klopften. Es folgte eine konzertierte Aktion sämtlicher Ordnungskräfte, in deren Verlauf es gelang, das Schaufenster einzuschlagen. Die Polizisten stürmten das Geschäft, begleitet vom Lärm der Alarmanlage.

Gerade wollte Carmen einen der vor dem Geschäft wartenden Ordnungshüter ansprechen, als eine Frau mit außerordentlich langen Beinen an ihr vorbeilief, gefolgt von einer zweiten Frau, an deren Gang man erkennen konnte, dass sie um einiges älter war.

Spätestens als die aufgeregte Stimme der Jüngeren ertönte, erkannte Carmen, dass diese Frau niemand anderer als Inés Díaz Castillo war.

„Ich muss da hinein", rief diese und versuchte, einen Polizisten, der sich ihr in den Weg gestellt hatte, zur Seite zu stoßen.

Einer seiner Kollegen packte sie am Arm, um sie zu beschwichtigen. Die fordernde Stimme der Frau verwandelte sich in flehentliches Bitten.

Carmen, die aus dem Staunen nicht herauskam, hörte, wie Inés die Ordnungshüter beschwor, sie zu ihrer Freundin Estrella durchzulassen.

„Ist sie tot?" Inés riss sich los und rannte auf den Polizisten zu, der soeben aus der Apotheke kam. Carmen erkannte ihn. Bis vor Kurzem hatte er als einfacher

Beamter in La Laguna gearbeitet, nun war er also hier an der Westküste zum Kommissar aufgestiegen.

Der Blick des Kommissars streifte Inés nur kurz, dann hörte Carmen ihn sagen, dass man schleunigst Arzt und Rettungswagen herbeirufen solle.

„Keine Zeit zu verlieren, Lebensgefahr!"

Sein Blick fiel wieder auf Inés. „Kommen Sie mit."

Die andere Frau, die wartend hinter Inés stand, versuchte zu folgen, doch der Kommissar hielt sie gebieterisch zurück.

„Nur eine."

Carmen hatte bereits erkannt, dass es sich bei der zweiten Frau um Fermina Sánchez handelte. Es war verrückt! Fermina Sánchez und Inés, gerade noch verfeindet, waren zusammen erschienen. Sie rannte zu Fermina, die betroffen stehen geblieben war.

„Was ist da drinnen los? Warum sind Sie und Inés hier?"

„Wegen Estrella, der Apothekerin. Sie wollte sich das Leben nehmen. Sie ist die Geliebte von Inés."

„Inés, wieso Inés?" Carmen runzelte die Stirn. Die Alte musste verwirrt sein. „Ich dachte, dass Ihre Enkelin Margarita deren Geliebte war?"

„So war es auch. Es hat sich aber leider herausgestellt, dass Inés meine Margarita mit Estrella betrogen hatte."

„Dann verstehe ich nicht, dass Sie zusammen mit Inés hier sind."

„Was hätte ich machen sollen? Inés hat kein Auto."

Carmen schüttelte den Kopf. Ich muss das jetzt nicht kapieren, dachte sie und war sprachlos. Jedoch nicht lange.

„Also", überlegte sie laut, „wenn Inés hier tatsächlich eine andere hatte – und zwar Estrella –, dann hätte sie noch ein weiteres Motiv gehabt, Margarita zu ermorden."

„Sie war es aber nicht!" Trotzige Überzeugung lag in Ferminas Stimme. „Ich hatte mich getäuscht, als ich sie für die Mörderin hielt."

Carmen staunte noch mehr, wurde aber von einem Rettungsauto abgelenkt, das mit Getöse und quietschenden Bremsen fast bis zum Eingang der Apotheke gefahren war. Zwei Sanitäter sprangen heraus und Carmen hörte, wie sie an die Polizisten gewandt sagten, dass kein Arzt zu erreichen sei und sie die Patientin umgehend in das nächste Krankenhaus zu bringen hätten. Schon hatten sie eine Tragbahre aus dem Heck gezogen und stürmten ins Innere der Apotheke. Der Fahrer des Wagens fuhr diesen inzwischen noch näher an die Türe heran. Als die Sanitäter mit der Bahre bald darauf wieder herauskamen, ging alles so schnell, dass nicht einmal Carmen einen Blick auf das Opfer erhaschen konnte.

„Weg sind sie", kommentierte Fermina das Geschehen. „Und wir wissen nicht, wo sie sie hinbringen."

„Wenigstens das dürfte sich herausfinden lassen", antwortete Carmen.

Sie lief zum Eingang der Apotheke, stieß mit dem Kommissar zusammen und wollte ihn in ein Gespräch verwickeln, doch er schob sie zur Seite, stieg in ein Polizeiauto und fuhr ebenfalls davon.

Carmen nahm einen seiner Kollegen in Beschlag und redete auf ihn ein. Seine Antworten fielen kurz und mürrisch aus.

„Also, was wissen Sie?", fragte Fermina, als Carmen wieder zu ihr zurückkam.

„Einiges", schwindelte Carmen, denn viel hatte sie ihm nicht entlocken können.

„Ich erzähle es Ihnen unter der Bedingung, dass Sie mich heute noch nach La Laguna mitnehmen. Mein Wagen ist im Gewitter abgesoffen und heute kriege ich ihn bestimmt nicht mehr flott. Sie fahren doch noch zurück?"

„Erst muss ich zu Amalia. Meine Kleider sind dort und meine Tasche auch."

„Meinen Sie die Österreicherin Amalia Fink? Die, die Ihre Enkelin im Bosque Encantado gefunden hat?"

Fermina nickte.

„Dann nichts wie hin. Auch an sie hätte ich noch Fragen."

Carmen jubilierte. Ein Interview mit Amalia Fink wäre jetzt sicher eine Bereicherung der noch immer spärlichen und ziemlich rätselhaften Informationen, die sie besaß, und der Großmutter von Margarita konnte sie während der Fahrt vielleicht auch noch etwas entlocken. Dass Fermina und Inés sich versöhnt hatten, konnte sie noch immer nicht fassen. Sie musste die Gründe dafür erfahren.

Fermina entriegelte ihr Auto und Carmen glitt ungebeten auf den Beifahrersitz. Fermina schüttelte den Kopf, fuhr los und erfüllte zumindest einen Teil von Carmens Hoffnungen, denn sie begann sofort zu reden. Es schien ihr wichtig zu sein, Inés' Ruf wiederherzustellen.

„Ich habe heute die Kopie eines Briefes von Margarita an Inés gefunden. Sie hat darin ihr Testament widerrufen, und somit kann mir Inés mein Haus nicht mehr wegnehmen. Da ich auf Nummer sicher gehen wollte, bin ich sofort nach Puerto Santiago gefahren, um Margaritas Notar aufzusuchen. Als ich am frühen Nachmittag dort eintraf, war Inés bereits bei ihm gewesen – um mir zuvorzukommen und ihr Erbe endgültig in Besitz zu nehmen, wie ich vermutete. Ein Irrtum! Der Notar teilte mir mit, dass Inés auf jeden Anspruch auf mein Haus verzichtet hat."

„Kannte Inés diesen Brief von Margarita ebenfalls?"

„Natürlich, sie besaß das Original, wusste jedoch auch von der Existenz einer Kopie. Als sie diese nicht finden konnte, hat sie aufgegeben oder – wie sie mir später sagte – beschlossen, Margaritas Willen zu respektieren."

„Ein überraschender Sinneswandel, ohne Zweifel", kommentierte Carmen. „Haben Sie eine Ahnung, wieso?"

„Sie ist endlich zur Einsicht gekommen. So etwas gibt es", war die knappe und für Carmen nicht befriedigende Antwort.

In dem darauffolgenden Schweigen hing Fermina ihrer Erinnerung an den heutigen Nachmittag nach. Daran, dass der Notar sie über den Verzicht von Inés auf Margaritas Erbe informiert hatte, und daran, wie sie dann von Inés in einem Café mit Blick auf das bunte Geschehen am schwarzen Badestrand von Puerto Santiago alles über die Beziehung zwischen Inés und Estrella erfahren hatte. Es war ein versöhnliches Gespräch gewesen, denn Inés hatte ganz offensichtlich das Bedürfnis gehabt, sich gegenüber Fermina zu rehabilitieren. Schließlich hatte Fermina Inés sogar ein wenig verstehen können, denn diese sprach davon, wie dominierend und fordernd Margarita mit der Zeit geworden war. Estrella hingegen, so hatte Inés ihr erklärt, sei hier in Puerto Santiago eine fröhliche und unkomplizierte Abwechslung von der recht anstrengenden Margarita gewesen. Das Blatt habe sich jedoch gewendet, als sie Estrella von ihrem Erbe erzählte. Estrella wollte weg von der Apotheke und sei plötzlich ganz versessen darauf gewesen, gemeinsam mit Inés in Ferminas Haus ein neues Leben zu beginnen. Eine Vorstellung, die sie, Inés, total überfordert hatte. Heute am Vormittag hätte sie dann in dem Schreiben, in dem Margarita ihr Testament widerrief, den rettenden Ausweg erkannt. Wenn ihr das Haus nicht mehr zustehen würde, konnte sie dort auch nicht mit Estrella einziehen! Ehe sie es sich anders überlegen konnte, sei sie nach Puerto Santiago gefahren, um mit Estrella zu reden. Den Zeitpunkt hätte sie allerdings unglücklicher nicht wählen können, denn Estrella war gerade von der Identifizierung der Leiche ihres Chefs zurückgekommen. Zwischen Inés und Estrella war es zu einem fürchterlichen Streit und schließlich zum Bruch gekommen.

Carmen riss Fermina aus ihren Gedanken.

„Dass Inés Ihre Enkelin mit Estrella betrogen hat, stört Sie aber schon, oder?"

„Natürlich stört mich das. Aber ich sage Ihnen etwas. Dinge, die sich im Leben nicht mehr ändern lassen, muss man akzeptieren. Das habe ich längst begriffen, wenn es mir auch nicht immer gelingt, mich daran zu halten."

„Und deshalb sind Sie und Inés jetzt Freundinnen?"

„Wir sind keine Freundinnen, eher eine Schicksalsgemeinschaft. Schließlich ist Inés die einzige Person, mit der ich weiterhin über Margarita reden kann. Wahrscheinlich kannte nicht einmal ihre eigene Mutter sie so gut wie wir beide."

Mittlerweile waren sie bei Amalias Wohnanlage angekommen, und Fermina bat Carmen, im Auto auf sie zu warten.

Als Fermina die Klingel drückte und Amalia kommen hörte, drehte sie sich um. Natürlich stand Carmen bereits hinter ihr.

65

Nach Amalias Bericht war Katie eingeschlafen. Sie wachte auf, als es an der Tür klingelte.

Amalia öffnete und stellte fest, dass Fermina erneut einen Überraschungsgast mitgebracht hatte.

„Das ist Carmen Montero Salvez, die Reporterin." Fermina zuckte bedauernd mit den Schultern. „Amalia, ich muss mich schon wieder entschuldigen. Sie hat sich nicht abschütteln lassen."

„Bitte, darf ich einen Augenblick hereinkommen?" Carmen hatte bereits einen Fuß in der Tür. „Ich kann Ihnen berichten, was in der Apotheke passiert ist."

Neugierig blickte sie in den Raum und entdeckte Katie.

„Ist das die gesuchte *Salzburger Nachtigall*?", fragte Carmen und steuerte auf Katie zu.

„Warten Sie." Amalia wollte sie zurückhalten.

„Ist schon okay, Amalia!" Katie rieb sich die Augen.

Carmen war ohnedies nicht mehr zu bremsen.

„Mein Name ist Carmen Montero Salvez. Ich bin derzeit freischaffende Journalistin, werde aber demnächst zum TV-Sender ETVa wechseln. Ich würde wahnsinnig gerne ein Exklusivinterview über Ihre Entführung mit Ihnen machen, Señora! Ich werde es nur veröffentlichen, wenn es von Ihnen autorisiert und genehmigt ist. Nur so wird die spanische Öffentlichkeit Ihre wahre Geschichte erfahren."

Katie überlegte nur kurz.

„Meinetwegen", sagte sie dann. „Wenn ich mich auf Ihre Zusicherungen verlassen kann! Und bitte keinerlei Hinweise darauf, wo ich mich derzeit befinde."

Amalia staunte. Katie Falkensteiner, das Entführungsopfer, hatte zugestimmt. Vielleicht, so dachte

Amalia, hatte sie bereits ihre Publicity als zukünftiger Gesangsstar im Auge.

Wieder hatte Amalia das Bedürfnis, Katie zu schützen. „Wollten Sie uns nicht berichten, was in der Apotheke passiert ist?", wandte sie sich deshalb an Carmen. „Über ein Interview mit meinem Gast können wir später reden. Vielleicht morgen Vormittag. Einverstanden, Katie?"

Katie nickte.

„Einverstanden. Machen wir das Interview morgen am Vormittag. Heute ist es schon spät, und auch ich will endlich wissen, was in der Apotheke passiert ist, seit Estrella bei Inés angerufen hat."

Carmen zuckte mit den Schultern und setzte sich auf einen der Barhocker am Küchentresen.

„Viel ist es auch nicht, was wir wissen, nicht wahr, Señora Sánchez?"

Ein kurzer Blick zu Fermina. „Estrella hat offensichtlich versucht, sich das Leben zu nehmen, und wurde vor Kurzem in eine Notaufnahme gebracht, in Begleitung von Inés übrigens. Der diensthabende Kommissar ist in einem Einsatzwagen gefolgt. Wohin genau, weiß man leider noch nicht. Einer der Polizisten hat mitgeteilt, dass die Zufahrt zum Gesundheitszentrum hier im Ort noch unter Wasser steht. Vermutlich sind sie ins *Centro de Salud* in Guía de Isora gefahren. Das ist von hier aus das nächste."

„Das ist alles, mehr wisst ihr nicht?", fragte Amalia an Fermina gewandt.

„Sieht so aus", sagte diese und seufzte. „Ich muss mich dann ohnedies auf die Socken machen. Es ist noch eine lange Fahrt. Kommen Sie mit, Carmen?"

„Mir bleibt wohl keine Wahl." Carmen rutschte vom Barhocker herunter. „Mein Wagen ist im Eimer und ich kann Sie doch nicht die ganze Strecke alleine zurückfahren lassen. Morgen Vormittag bin ich aber wieder da und mache das Interview mit Ihnen, Katie. Ich finde eine Mitfahrgelegenheit!"

***

Maurizio hatte noch immer nichts von sich hören lassen. Zum hundertsten Mal sah Amalia heimlich auf die Uhr und versuchte, ihre Ungeduld und Unruhe vor Katie zu verbergen. Diese hatte es sich mit Kopfhörern und ihrem Handy auf dem Sofa einigermaßen gemütlich gemacht und sah sich auf YouTube eine Oper an. Zwischendurch summte sie ein paar Töne mit und schloss schließlich die Augen.

Der Anruf, der jetzt kam, war wieder nicht vom Kommissar. Es war Susanne Brauneis, die ihr Kommen ankündigte. Sie überquere gerade die Straße zu Amalias Apartment. Ihr Mann würde im Wagen warten, erklärte sie, denn nun hätten sie es wegen der Wettersituation schon eilig, nach Hause zu kommen. Sie selbst sei nach diesem ungewöhnlich langen Tag ebenfalls bereits todmüde.

„Ich hoffe, ihr beide habt einen angenehmen Abend gehabt", fragte sie, als Amalia ihr die Tür öffnete.

„Wie man es nimmt."

Die Antwort war von Katie gekommen, die, bereit zum Aufbruch, plötzlich hinter Amalia aufgetaucht war. „Wir haben jedenfalls einen wunderbaren Zirbenschnaps getrunken und köstliche Schweizer Schokolade verkostet und den Rest werde ich euch auf der Rückfahrt erzählen."

Schon waren sie am Weg zum wartenden Auto. Amalia winkte ihnen nach. Sie war froh, jetzt alleine zu sein, überrascht auch, wie gut Katie diesen Abend verkraftet hatte, jedenfalls dem Anschein nach. Natürlich war Katies emotionaler Zustand noch labil gewesen, aber sie schien sich dessen bewusst zu sein und konnte damit umgehen.

Was Maurizio betraf, so waren Amalias Gefühle mittlerweile äußerst zwiespältig.

Neugierde, was passiert war, Sorge, aber auch Wut wechselten sich ab. Warum hatte er ihr nicht wenigstens eine kurze erklärende oder entschuldigende Nachricht gesandt? Sie würde wohl keinen Schlaf finden, ehe er sich nicht gemeldet hatte.

66

Amalia war ein Kanarienvogel, und das Herrliche daran war, dass sie fliegen konnte.

Eigentlich wunderte es sie nicht. Lautlos glitt sie über schwarz-braune Hügellandschaften und über zauberhafte Wälder. Sie schwebte über kleine, an steilen Hängen angeklebte Steindörfer, über luxuriöse Fincas mit Swimmingpools, über Hotelanlagen, die ihr größer als ihre Heimatstadt Salzburg erschienen, sowie über tiefe Gräben, die bis zum Meer hinunterreichten und in der Ferne in blau schimmerndem Wasser mündeten.

Ein fernes Pochen war zu hören, so, als würde jemand aus einem dunklen Verlies heraus auf sich aufmerksam machen wollen. Katie? Aber nein. Die war ja längst befreit und flog vor ihr her, ein in den Lüften jubilierendes Rotkehlchen.

Das Pochen wurde lauter, und während sich das Rotkehlchen im Gleichklang mit dem anschwellenden Geräusch immer mehr in die Lüfte erhob, überkam Amalia bereits das Gefühl der Erdenschwere. Schon war sie am Boden gelandet, erspürte kühlen und glatten Grund unter ihren Füßen. Wo, konnte sie noch nicht sagen. Sie sah an sich hinab, und das, was sie befürchtet hatte, war eingetreten, braune Wanderhosen anstelle eines gelben Gefieders und keine Spur von Flügeln mehr. Aus der Traum! Das Pochen jedoch schwoll weiter an, wurde zu einem wütenden Hämmern, und als Amalia endlich aus dieser Träumerei, die so schön gewesen war und in der sie hätte für ewig verweilen können, erwachte, ertönten Männerstimmen.

„Aufmachen, Polizei!"

Schon saß sie kerzengerade auf ihrer Liege, auf der sie vor einer Stunde ungeplant und unerwartet eingeschlafen war. Jetzt pochte auch noch ihr Herz.

Sie sprang auf und rannte zur Eingangstür. Das musste Maurizio sein oder jemand, den er ihr geschickt hatte.

Kein Zögern, keine Überlegung.

Als sie die Tür, die nur von innen zu öffnen war, aufschloss, wurde sie brutal zurückgestoßen, gefolgt von einem Schlag ins Gesicht, der ihr die Tränen in die Augen trieb. Hatte sie zuvor noch das schwache Licht, das aus einem der Schränke hervorleuchtete, wahrnehmen können, war dies nun unvermittelt durch vollkommene Dunkelheit ersetzt worden. Jemand hatte sie von hinten aufgefangen und auf einen Sessel gedrückt. Der Schmerz, der ihr vom Kopf bis in die Brust lief, machte ihr das Atmen schwer. Dennoch dachte sie für den Bruchteil einer Sekunde an Katie, die noch vor Kurzem Ähnliches durchgemacht hatte.

Unmittelbar darauf war tatsächlich von Katie die Rede.

„Wo ist Katie Falkensteiner?" Die Stimme des Mannes war unerwartet klangvoll, gleichzeitig auch bellend und ungeheuer fordernd.

„Nicht hier", presste Amalia hervor.

„Wenn Sie uns helfen, sie zu finden, werden wir Sie vielleicht verschonen. Ihr Problem und das von Katie Falkensteiner ist, dass ihr eure Nase viel zu tief in unsere Angelegenheiten gesteckt habt!"

Plötzlich war der Raum hell erleuchtet. Widerwillig und unter Schmerzen öffnete Amalia die Augen, und obwohl sie dem Mann, der breitbeinig und mit in die Hüfte gestemmten Armen vor ihr stand, noch nie persönlich begegnet war, erkannte sie ihn auf der Stelle. Diego Rosario, Sonia Guarnidos Bruder. Viel zu oft hatte sie ihn schon auf Wahlplakaten und in Zeitungen gesehen, denn seine Beliebtheit in der Öffentlichkeit befand sich im Höhenflug. Erst vor Kurzem hatte sie – angesichts eines seiner Wahlplakate – gegenüber Susanne festgestellt, dass sie offensichtlich erneut in Zeiten lebten, in denen die Leute lieber Pest und Cholera wählten, anstatt der Vernunft und somit dem Glück der großen Zahl den Vorzug zu geben.

Mit Pest und Cholera war jedoch nicht zu spaßen und so musste sie ihm antworten. Zeit schinden, um Zeit – auch zum Nachdenken – zu gewinnen. Das wusste man auch als Hobbydetektivin.

„Das weiß ich nicht", sagte sie jetzt.

Falsche Antwort. Jetzt hatte er auf einmal eine Waffe in der Hand und stieß sie ihr in die Rippen.

„Wir wissen, dass Sie lügen! Meine Männer haben dieses Haus observiert und mir mitgeteilt, dass die Sängerin hier erst vor Kurzem in einem hellgrauen Toyota abgefahren ist."

„Schlechte Mitarbeiter, Ihre Männer, Señor Rosario, wenn sie nicht in der Lage waren, ihr zu folgen."

Amalia ahnte, dass sie diese Bemerkung bereuen könnte, aber sie hatte sie sich nicht verkneifen können.

„Wenn Sie es uns nicht sofort sagen, mache ich kurzen Prozess mit Ihnen, denn meine Geduld und vor allem unsere Zeit ist begrenzt. Wir finden Katie auch ohne Ihre Unterstützung!"

Amalia, geübt in scharfer Beobachtung, bemerkte, dass Rosarios Blick zwischendurch immer wieder zur Tür wanderte.

„Erwarten Sie noch jemanden, Señor Rosario? Vielleicht Sonia Guarnido, Ihre Schwester?"

Das war ein Schuss ins Blaue gewesen, aber mittlerweile wusste Amalia, dass sie mit ihren Schnellschüssen oft richtiglag. Das plötzliche Zucken von Rosarios auffallend struppigen Augenbrauen war ihr auch jetzt nicht entgangen.

„Wie kommen Sie auf diesen Unsinn?"

Seine Stimme klang gerade eine winzige Spur unsicherer.

„Weil ich heute Morgen schon die zweifelhafte Ehre hatte, von ihr eingeladen zu werden, und weil sie ganz erpicht darauf war, Katie Falkensteiner zu finden. Zu diesem Zeitpunkt befand Katie sich übrigens noch in Gefangenschaft Ihres Schwagers irgendwo am Meer draußen. Jetzt ist Héctor Guarnido tot, und Sie und Ihre Schwester versuchen offensichtlich, zu retten, was zu retten ist, denn einen beschädigten Ruf will sich ein Politiker Ihres Kalibers wohl nicht leisten!"

Amalia wusste selbst nicht, was in sie gefahren war. Ihre Antworten waren riskant, aber in ihr kochte eine seltsame Wut, die vermutlich auch damit zusammenhing, dass sie von Maurizio noch immer nichts gehört hatte.

„Jedenfalls", sagte sie jetzt und bemühte sich kurz um Versöhnlichkeit, „wüsste ich nicht, was Katie und ich Ihnen erzählen könnten. Mittlerweile wollen wir beide nichts anderes mehr als zurück nach Österreich!" Und schon wieder ritt sie der Teufel. „Dort ist der Name eines kleinen Inseldiktators, wie Sie einer werden wollen, ohnedies völlig unbekannt."

„Genug!", rief er und richtete erneut die Waffe auf sie.

Hatte sie soeben ihr Todesurteil unterschrieben? Sie spürte, wie sie am ganzen Körper zu zittern begann. Natürlich würde er in der Lage sein, auch Katie zu finden, und dann gab es niemanden mehr, der ihr helfen konnte.

„Warten Sie", schrie sie, „ich kann Sie zu Katie bringen! Sie ist in Alcalá, aber ich kenne die genaue Adresse nicht."

***

„Aufmachen, Polizei!"

Diego Rosario, der mit dem Rücken zur Tür gestanden war, fuhr herum.

Amalia nutzte die Situation.

Die Flasche mit dem *Zirbengeist* stand noch in Reichweite. Sie griff danach und schlug dem Politiker damit so fest auf den Arm, dass ihm die Waffe entglitt.

Die Kugel, die sich dabei löste, streifte einen seiner Leibwächter am Oberschenkel, ehe sie durch die Lehne des blauen Sofas pfiff und in der Wand dahinter stecken blieb.

Nur Zehntelsekunden später flog die Tür zum Apartment auf. Die Waffe im Anschlag und gefolgt von einer Kollegin und einem Kollegen in Uniform stürmte Maurizio Martínez den Raum.

„Keine Bewegung", rief er und alle inklusive Amalia hoben ihre Arme.

„Legt ihnen Handschellen an", wies er seine Leute an.

„Offensichtlich nur ein Streifschuss", sagte der Kollege, der sich sofort zu dem Verletzten hinuntergebeugt hatte.

„Du darfst die Arme herunternehmen", sagte Maurizio mit der Andeutung eines Lächelns zu Amalia.

Sie lächelte nicht zurück und beobachtete ihre Füße, um die sich eine kleine Pfütze aus *Zirbengeist* gebildet hatte.

Die Amtshandlungen des Kommissars nahm sie nur verschwommen wahr. Alles lief gemäß den für solche Situationen in ihrem Kopf vorgefertigten Bildern ab.

Auch Diego Rosarios Protest, gefolgt von der Aussage „Ich will einen Anwalt!" war erwartbar gewesen.

Dass der Kommissar sie kurz darauf in die Arme nahm, war jedoch etwas, das diesen Bildern nicht entsprach.

„Wieso kommst du genau im richtigen Augenblick?", fragte sie ihn erstaunt.

„Gleich", antwortete er. „Gleich erfährst du alles."

Dann wandte er sich wieder an seine Leute.

„Bringt die drei aufs Revier. Ich komme in zehn Minuten nach. Sie können von dort aus Ihren Anwalt anrufen, Señor Rosario. Ich gehe davon aus, dass es derselbe ist, der gerade auf dem Weg zu Ihrer Schwester ist."

Als Diego Rosario abgeführt wurde, drehte er sich noch einmal um. „Eines sage ich Ihnen, Kommissar. Sie haben nichts gegen mich in der Hand, aber ich kenne genügend Leute, die Ihnen allen hier Probleme bereiten können."

Die Polizistin, die ihm die Handschellen angelegt hatte, schüttelte den Kopf und schob ihn weiter zur Tür.

Doch noch einmal blieb er abrupt stehen. „Und was meine Schwester angeht, die hat sich nichts zu Schulden kommen lassen. Lassen Sie sie in Ruhe, sonst wird das ein Nachspiel haben."

Maurizio Martínez seufzte hörbar. „Da täuschen Sie sich, Señor Rosario! Vor einer Stunde haben wir Ihre Schwester zu Hause angetroffen. Bereit zur Abreise – wohin auch immer – mit mehreren Koffern. Wir haben das Handy von Estrella Gutierrez Lillo in der Apotheke gefunden. Die letzten Anrufe, die sie getätigt hatte, gingen mit wenigen Ausnahmen an Ihre Schwester. Als wir Señora Sonia Guarnido damit konfrontiert haben, ist sie überraschend schnell eingeknickt. Sie hat den Mord am Apotheker gestanden. Nein, eigentlich nur, dass sie gemeinsam mit Estrella seine Leiche beseitigt hat. Der Mord geht angeblich auf das Konto von Estrella. Die Tatwaffe stammt jedenfalls von Sonia Guarnido. Im Haus von Guarnido befindet sich ein ganzes Waffenarsenal."

Diego Rosario war die Sprache weggeblieben. Der Kommissar gab der Kollegin einen kurzen Wink, und endlich wurde er abgeführt.

67

„Dann ist Estrella also am Leben?", fragte Amalia, als sie mit Maurizio alleine war. Er stand am Küchentresen und schenkte ihr ein Glas Wasser ein.

„Ja", antwortete Maurizio. „Wir haben sie zur Erstversorgung ins Gesundheitszentrum von Guía de Isora gebracht und von dort wurde sie dann ins Krankenhaus nach Las Américas verlegt. Wir konnten sie noch nicht einvernehmen, aber die Ärzte gehen davon aus, dass sie bald wieder aufwachen wird. Aber wie geht es dir? Wer hat dir diese Verletzungen zugefügt?" Besorgt musterte er ihr Gesicht.

Amalia nahm das Glas entgegen, trank einen Schluck. Erst jetzt verspürte sie die Schmerzen, die der Faustschlag von Diego Rosario verursacht hatte.

„Danke, es geht schon", sagte sie. „Was ich im Moment einfach nicht fassen kann, ist, dass Sonia Guarnido und Estrella gemeinsam den Apotheker beseitigt haben sollen. Bitte, erzähle mir endlich alles, was du weißt!"

Maurizio legte einen Finger an seine Lippen.

„Das, was ich dir jetzt sage, hast du nie von mir gehört! Ich beziehe mich im Moment ausschließlich auf die Aussagen Sonia Guarnidos. Danach ist Estrella zu ihr gekommen und hat ihr von dem Drogengeschäft erzählt, das die beiden Männer – also Héctor Guarnido und Sergio Fortes – seit Längerem betrieben haben. Etwas, von dem Sonia zuvor angeblich keine Ahnung hatte. Der Bericht von Estrella hatte sie empört und wütend auf ihren Mann gemacht. Sie sagt, dass es Estrella war, die auf die Idee gekommen ist, die beiden Männer mit diesem Wissen zu erpressen. Jede auf ihre Weise. Sie wollten es noch am selben Abend erledigen, und für den Notfall hat Sonia Estrella die Pistole mitgegeben. Sonias Mann Héctor ist allerdings an diesem Abend entgegen seiner Ankündigung wieder einmal nicht nach Hause gekommen. Sie hat versucht, Estrella anzurufen, jedoch keine Antwort erhalten. Sie sagt aus, dass sie daraufhin in die Apotheke gefahren ist und Estrella hysterisch und in Tränen aufgelöst neben dem toten Apotheker angetroffen hat. Zusammen haben sie seine Leiche in Decken gewickelt, sind mit dem Wagen zur Küste gefahren und haben den Toten über die Steilklippen ins Meer gestürzt, samt der Tatwaffe. Estrella scheint eine sehr kräftige Frau zu sein. Danach haben sie die halbe Nacht den Tatort gereinigt. Womit sie nicht gerechnet hatten, war, dass der tote Körper offensichtlich von einer riesigen Welle erfasst und in das Meerwasserbecken geschleudert wurde."

„Und am nächsten Morgen hat Sonia dann auf ihren Mann geschossen?"

„Damit will sie absolut nichts zu tun haben. Inzwischen glaube ich ihr das sogar – beinahe jedenfalls. Aber ich bin mir ziemlich sicher, dass sie es war, die ihn im Krankenhaus endgültig ins Jenseits befördert hat. Moment, Amalia, ich bekomme gerade einen Anruf. Warte."

Kurz darauf meldete er sich zurück.

„Amalia, Estrella ist wieder bei Bewusstsein. Diese Nacht ist für mich noch lange nicht zu Ende. Ich muss zu ihr. Angeblich will sie reden. Ich lasse dich aber jetzt nicht gerne alleine. Ich könnte dich ins Krankenhaus mitnehmen, damit sich ein Arzt um deine Verletzungen kümmert."

„Um Gottes willen, nein", antwortete Amalia, „ein Krankenhaus in Spanien ist das Letzte, was ich jetzt brauche. Ich habe nur ein paar Prellungen, und wenn nötig, ersuche ich morgen Susanne, sich das anzusehen.

Du fahr endlich los. Wer weiß, wie lange Estrella ansprechbar ist und sie der Aussage von Sonia Guarnido ihre eigene Version hinzufügen kann."

Fünf Tage später

In einem Ferienapartment auf Teneriffa, dessen Terrasse erst neulich Schauplatz des Todessturzes eines Mannes geworden war, der sich vorübergehend für einen griechischen Gott gehalten hatte, klingelte es an der Eingangstür.

Endlich, dachte Amalia Fink und eilte von der Terrasse in die Wohnung – den Feldstecher, mit dem sie gerade den Himmel nach Gelbschnabelsturmtauchern abgesucht hatte, noch in der Hand. Sie erwartete Gäste und zuvor noch die Lieferung des neuen Tischs für die Terrasse, denn der alte war bei besagtem Todessturz schwer beschädigt und von der Besitzerin des Apartments entfernt worden.

Es war jedoch nicht der Tisch, der vor der Tür auf sie wartete, und auch kein verfrühter Gast, sondern jener Mann, der sich seit jener Nacht, in der er losgefahren war, um Estrella Gutierrez Lillo zu befragen, nur mehr ein einziges Mal bei ihr gemeldet hatte. Am folgenden Tag hatte er sie angerufen, sich zunächst besorgt und nahezu liebevoll nach ihrer Befindlichkeit erkundigt, ihr dann aber mitgeteilt, dass er ihr zu seinen momentanen Ermittlungen in mehreren brisanten und zusammenhängenden Kriminalfällen derzeit absolut nichts mitteilen könne.

„Es ist mir außerordentlich wichtig, insbesondere dich aus verschiedenen Gründen aus der Sache zur Gänze herauszuhalten, da wir sonst in Teufels Küche kommen. Der Teufel, den ich meine, ist sehr mächtig und hat, obwohl er genug Dreck am Stecken hat, bereits wieder begonnen, diese Macht auszuspielen. Du hast seine persönliche Bekanntschaft gemacht, und ich will nicht, dass er dir – und uns – noch gefährlich werden könnte. Eine möglichst korrekte und seriöse Aufklärung dieser Geschichte strebe ich aber natürlich an, und deshalb muss ich mich durch das hiesige Labyrinth von Rechtsstaat und mächtigen Interessen einigermaßen durchlavieren. Es liegen widersprüchliche Zeugenaussagen vor, und solange ich nicht alles, was möglich ist, in Erfahrung gebracht habe, wird auch die Presse nur das Allernötigste erfahren."

„Wann können wir uns treffen?"

„Bald", war seine Antwort, doch er war für Amalia nicht mehr erreichbar gewesen.

Natürlich, so hatte sie sich in generösen Momenten gesagt, konnte es sein, dass man im hiesigen Kulturraum dem Wörtchen „bald" eine etwas andere Bedeutung gab als in dem ihrigen. Dennoch war ihr Ärger erneut größer geworden. In gleicher Weise jedoch auch ihre Sehnsucht, was sie sich in schwachen Augenblicken eingestehen musste. Dann fragte sie sich, ob nach Katie Falkensteiner nun sie diejenige war, die den Verstand verloren und sich unsinnig in einen Mann von Teneriffa verliebt hatte.

Katie war bei Susanne geblieben und hatte Carmen das versprochene, aber bis dato noch nicht veröffentlichte Interview gegeben. Schon vor drei Tagen war sie, inkognito und abgeschirmt von den Medien, nach Salzburg geflogen, organisiert von einem Mitarbeiter Maurizios, ohne dass er selbst in Erscheinung getreten wäre.

Heute am Vormittag war es für Amalia ein gewisser Trost, dass jemand anderer überraschend sein Liebesglück wiedergefunden hatte, denn in der Inselzeitung konnte man die folgenden Zeilen lesen: „*Carla*

Guarnido, die Erbin eines großen Vermögens, trennte sich von ihrem Ehemann und verkündet ihre Verlobung mit Jesús Vidal."

In Puerto Santiago hatte sie die Dienste ihres Chauffeurs nicht mehr benötigt. Jetzt wünschte sie ihm im Stillen viel Glück. Ob das Leben an der Seite einer reichen Frau für einen wie Jesús das Richtige sein würde, hatte nicht sie zu entscheiden.

Vor ihrer Tür stand nun jedenfalls Maurizio Martínez, und das ausgerechnet an einem Tag, an dem sie einige Leute zu einer kleinen Fiesta auf ihre Terrasse geladen hatte.

Er trug ein hellblaues Leinenhemd über einer langen weißen Hose. Seine Haare nass und aus dem Gesicht gekämmt. Das gestreifte Handtuch in seiner rechten Hand ebenfalls nass. Es war offensichtlich, dass er vom Strand kam.

„Ich war gerade schwimmen hier in deiner Nähe", sagte er, „und da dachte ich, ich schau mal bei dir vorbei."

Amalia hatte sich in den letzten Tagen für eine zufällige Begegnung mit Maurizio gewappnet und beschlossen, ihn kalt zurückzuweisen.

Dass er jetzt einfach hier auftauchte, war unverschämt. Leider war er jedoch auch unverschämt attraktiv und anziehend.

Ihr fehlten die Worte, aber er hielt ihr Schweigen nicht aus.

„Ich wollte dir nur mitteilen, dass es vorbei ist", stellte er unbeholfen fest.

„Du meinst, mit uns?" Amalia presste die Lippen zusammen und machte ein abweisendes Gesicht. „Das ist mir längst klar. Deswegen hättest du nicht vorbeikommen müssen."

„Por dios, doch nicht mit uns. Ich spreche von der Arbeit an den Kriminalfällen, dem Mord am Apotheker und an Héctor Guarnido und dem Drogenskandal. Ich habe dir doch gesagt, dass ich das erst abschließen muss und dass die ganze Angelegenheit äußerst heikel ist. Ich musste da wirklich erst einmal alleine durch. Bitte glaube mir, bis vor zwei Stunden war ich mit dem administrativen Nachhall dieser Angelegenheit noch so beschäftigt, dass ich keine Sekunde Zeit für etwas anderes gefunden hätte. Jetzt ist das Gröbste vorbei! Endlich kann ich mich jener Angelegenheit widmen, die mir am wichtigsten ist. Ich musste nur noch eine Runde im Meer schwimmen, um den ganzen Dreck, der sich in den letzten Wochen angesammelt hat, loszuwerden, und jetzt bin ich bei dir."

Er streckte ihr die Hand entgegen, aber sie nahm sie nicht. Schuldbewusst kräuselte sich seine Stirn.

„Ich bin in dich verliebt, Amalia Fink", sagte er dann, „und zwar von dem Moment an, in dem ich dich zum ersten Mal gesehen habe. Natürlich habe ich anfangs nicht zu hoffen gewagt, dass meine Liebe eine Chance hat. Ich, der unbedeutende Kommissar von Teneriffa, und du, die Universitätsprofessorin mit internationalem Renommee. Wir sind uns aber dann doch nahegekommen, besonders an jenem Abend in La Caleta ..."

Es wurde eine ziemlich lange Rede und Amalia hörte sie sich an. Sie gehörte nicht zu jenen Menschen, die nie die ganze Wahrheit erfahren, weil sie ihre Gesprächspartner ständig unterbrechen. Dafür brauchte man Geduld, und die besaß sie berufsbedingt in ausreichendem Maße.

„Komm endlich herein, Maurizio", sagte sie nun. „Reden wir drinnen weiter."

Er nickte und wollte die Tür hinter sich zuziehen – aber zu spät, denn Bill und Milly Velman standen bereits hinter ihm. Sie kamen immer zum passenden Zeitpunkt.

„Hallo Amalia, bist du da? Wir sind etwas früh dran, dachten aber, wir könnten helfen. Jedenfalls haben wir schon mal die Brote und die Aufstriche mitgebracht. Und außerdem unsere Vogelkekse. Wir dachten, wir streichen die Brote gleich hier in deiner Küche."

Schon standen sie einsatzbereit hinter dem Tresen und Amalia wusste, dass ab nun ein Gespräch mit Maurizio hier herinnen keine Chance mehr haben würde. Sie warf ihm einen bedeutungsvollen Blick zu, den er erwiderte, und dieser Blick genügte, um zwischen ihnen wieder alles ins Lot zu bringen.

„Die Küche gehört euch", sagte Amalia fröhlich. „Campari?", fragte sie dann.

Alle drei nickten, und während Amalia den Campari holte, organisierte Maurizio Gläser und Eiswürfel.

„Cheers." Milly erhob ihr Glas und prostete dem Kommissar zu. „Amalia hat uns also verheimlicht, dass Sie heute auch dabei sind, Herr Kommissar. Privat oder beruflich?"

„Rein privat und ich bin auch gleich wieder weg. Ich würde Señora Fink gerne unter vier Augen sprechen."

„Aber natürlich." Milly zwinkerte Amalia bedeutungsvoll zu. „Bill und ich müssen uns ohnedies an die Arbeit machen. Komm, Schatz."

Amalia und Maurizio schlichen auf die Terrasse. Dort blieben ihnen knapp zehn Minuten, bevor sich zur großen Verblüffung des Kommissars Lydia Denk vor ihnen materialisierte.

„Oh, das habe ich dir noch gar nicht erzählt", sagte Amalia zu ihm. „Lydia ist seit heute Mittag wieder hier.

Die kleine Party, zu der ich heute eingeladen habe, ist eine Art Willkommensparty für sie."

„Guten Abend, Señora." Maurizio verbeugte sich vor Lydia. „Wie geht es Ihrem Sohn?"

„Besser", antwortete Lydia und berichtete, dass nun die Eltern ihrer Schwiegertochter das Ruder übernommen hätten. So habe sie sich entschlossen, nach Teneriffa zurückzukehren, um den mit Amalia geplanten Aufenthalt zur Vollendung zu bringen.

„Allerdings", lächelnd musterte sie Amalia und Maurizio, die an der Brüstung der Terrasse lehnten, „frage ich mich gerade, ob meine liebe Freundin nicht inzwischen eine bessere Gesellschaft gefunden hat als die ihrer alten Weggefährtin. Ich sollte wohl das junge Glück nicht stören."

„Lass das, Lydia", sagte Amalia. „Komm uns nicht mit solchen Klischees. Das ist doch deiner nicht würdig. Normalerweise hast du für solche Situationen ein philosophisches Bonmot parat."

„Das lässt sich machen", antwortete Lydia. „Wie wäre es mit meinem alten Freund Platon? ‚Der Wahnsinn der Liebe ist der größte Segen des Himmels.' Schaut einmal in Richtung Meer, ihr zwei Hübschen. Die Sonne wird bald untergehen und in diesem Licht wirkt ihr ohnedies wie ein Liebespaar in der allerletzten Einstellung eines Hollywoodfilms."

„Danke, Lydia", sagte Amalia und an Maurizio gewandt: „Wie du siehst, wird man in Lydias Gesellschaft immer von den passenden Worten begleitet."

Maurizio, der schon die ganze Zeit gegrinst hatte, sagte: „Wunderbar. Und wann kommen eure Gäste? Kann ich bleiben?"

„Wenn du willst. Die beiden englischen Vogelkundler dürften mittlerweile mit den Broten fertig sein und der Rest der Gäste wird in Kürze eintreffen. Susanne und Andreas Brauneis sind dir bekannt, und Karolis Milonas vom Fitnessstudio und seinen Freund Daimantas Gardauskas dürftest du auch kennen."

„Karolis Milonas kenne ich, seinen Freund aber nicht."

„Dann lernst du ihn jetzt kennen", Amalia eilte zur Tür, denn es hatte geläutet.

***

„Wir sind hier überflüssig", stellte Lydia fünf Minuten später fest. „Die anwesenden Herren haben offensichtlich das Kommando übernommen."

„Ich habe nichts dagegen", sagte Amalia.

Andreas Brauneis hatte sofort nach der Begrüßung zugepackt, die Kühlbox mit mitgebrachten Getränken auf die Terrasse getragen sowie Sessel aufgestellt. Karolis und Daimantas arrangierten Tapas in kleinen Schüsselchen und Maurizio machte sich daran, den mittlerweile gelieferten Tisch zusammenzubauen.

„Am besten, wir verziehen uns in eine ruhige Ecke", schlug Lydia vor. „Komm, Amalia, und du auch, Susanne. Es ist schön, euch wieder zusammen zu sehen."

Der ruhige Winkel fand sich schnell. Amalias Schlafzimmer besaß einen kleinen Balkon, der in Richtung Alcalá hinausging, und nun blickten sie von dort aus in die Ferne, jede mit ihren eigenen Gedanken beschäftigt.

Schließlich deutete Lydia auf die Aussichtsplattform gleich unterhalb des Küstenwegs.

„Hier habe ich zum ersten Mal Estrella getroffen. Dass sie jetzt möglicherweise eine Mörderin ist, ist für mich noch immer schwer vorstellbar."

„Auch für mich", ergänzte Amalia. „Als ich damals zu euch stieß, hast du in dem kleinen Café da unter uns mit ihr auf mich gewartet. Hattest eigentlich du Estrella eingeladen oder umgekehrt?"

„Ich war es", antwortete Lydia. „Ich fand sie sehr erfrischend und interessant."

„Ging mir genauso", stellte Amalia fest, „irgendwie ist das Gespräch dann jedoch sonderbar verlaufen. Wir haben damals von Katie gesprochen, und als ich deren reichen Freund erwähnte, musste Estrella plötzlich weg."

„Ich glaube", stellte Lydia fest, „du hast viel früher als ich bemerkt, dass sie nicht so unbekümmert und selbstsicher war, wie sie sich anfangs gegeben hat."

„Zunächst noch nicht, aber das, was sie sagte, ist langsam bei mir gesickert. Ich habe erst später die Bedeutung von dem begriffen, was sie uns erzählt hat."

„Und ich habe ihr mit meinen blöden philosophischen Sprüchen geraten, dass sie sich emanzipieren solle", ergänzte Lydia. „Und das ist jetzt dabei herausgekommen. Den Chef zu ermorden, war nicht damit gemeint. Wirklich tragisch!"

„Wie ich heute gelesen habe, sind die genauen Hintergründe noch immer nicht geklärt", sagte Susanne. „Angeblich behauptet Estrella jetzt, dass Sonia Guarnido es war, die den Apotheker erschossen hat. In ihrer Version soll der Apotheker sie mit einem Messer bedroht haben. Dann ist angeblich Sonia Guarnido aufgetaucht und hat ihn getötet."

„Somit könnte Sonia Guarnido auf Notwehr oder besser auf Nothilfe plädieren", meinte Lydia. „Das hat bereits der heilige Thomas von Aquin für zulässig erklärt. Allerdings ist es verdächtig, wenn man für so einen Fall praktischerweise gleich eine Pistole dabeihat. Das wird bei den noch ausständigen Gerichtsverhandlungen einige Rätsel aufgeben. Für mich ist an der Geschichte ohnedies noch vieles rätselhaft. Weiß man überhaupt, wie es zu dem Komplott zwischen Estrella und Sonia gekommen ist?" Lydia sah Amalia fragend an.

Aber die zuckte mit den Schultern. „Wie du sagst, stehen die Gerichtsverhandlungen noch aus, und ihr wisst ja, dass sich Maurizio nach dem Abend, an dem sich Estrella das Leben nehmen wollte, nur mehr ein einziges Mal kurz bei mir gemeldet hat."

„Bis auf heute", stellte Lydia fest. „Dann kann er uns ja heute Abend alles erzählen."

„Mir wäre es lieber", sagte Amalia, „wenn dieses Thema nicht vor unseren Gästen ausgebreitet wird. Es sollte doch eine nette Willkommensparty für dich werden, Lydia. Ich rede lieber mit Maurizio alleine darüber und erzähle es euch dann."

„Einverstanden." Susanne nickte.

„Ich auch", sagte Lydia. „Ich hoffe jedoch, ich erfahre bald die ganze Geschichte. Eine griechische Tragödie scheint ja dagegen nichts zu sein."

„Hallo, wo seid ihr? Wir sind fertig."

Maurizio steckte seinen Kopf zur Schlafzimmertür herein.

„Hier am Balkon, wir kommen", riefen die drei im Chor zurück.

Maurizio durchquerte das Schlafzimmer und Amalia schoss ein blöder Gedanke durch den Kopf: Zu früh, Maurizio! Wenn die anderen jetzt nicht hier wären ...

Laut sagte sie: „Wir kommen schon. Du hättest dich nicht hierherbemühen müssen."

Maurizio grinste und Amalia war sich nicht sicher, ob er nicht ihre Gedanken lesen konnte.

69

Als die Sonne einmal mehr mit dem gewohnten Spektakel hinter La Gomera im Meer versank, war die Gesellschaft auf der Terrasse vollständig.

„Jetzt fehlen nur mehr drei Gäste", stellte Milly Velman fest.

„Nämlich?", fragte ihr Mann.

„Katie Falkensteiner und dieses Schweizer Ehepaar, die Lütherlis. Die scheinen ja ihr Apartment fluchtartig verlassen zu haben und könnten nun wieder einen anderen Eindruck davon bekommen. Als Mittel gegen die Albträume, die sie sicher haben."

„Ich glaube, die hätten immer noch Angst, dass hier von oben jemand auf dem Tisch landet", kommentierte ihr Mann ungerührt.

Wie auf Kommando blickten alle nach oben, aber da war nichts als der dunkler werdende Himmel, dem die letzten Strahlen der untergehenden Sonne einen Hauch von rosa Glanz verliehen.

„Gut, dass wir Sie jetzt hierhaben, Herr Kommissar." Bill Velman war noch nicht fertig. „Unsere britische Inselzeitung hat heute über einen Drogenskandal berichtet. Demnach soll ein Deutscher namens Wolfgang Lorenz, unser Nachbar, einer der Köpfe dieses Skandals gewesen sein. Ich kann es nicht glauben."

Amalia hätte sich denken können, dass jemand das Thema anschneiden würde, und auch, dass es die Velmans sein würden. Milly hatte sie mittlerweile als eine liebenswürdige und manchmal etwas übereifrige Nachbarin kennengelernt, die Klatsch und Tratsch liebte.

„Das mit Wolfgang Lorenz ist eine Zeitungsente und Bullshit", Maurizio schüttelte verächtlich den Kopf. „Außerdem wollten wir erst morgen in unserer Pressekonferenz darüber berichten. Es ist ein Skandal, dass wieder etwas durchgesickert ist."

„Jetzt sind wir alle neugierig geworden", stellte Andreas Brauneis fest.

„Können Sie uns nicht einen kleinen Vorbericht geben, Herr Kommissar?"

Maurizio blickte fragend zu Amalia.

„Erzähl schon, Maurizio", forderte sie ihn auf. „Jetzt will ich es auch wissen."

„Also gut, in groben Zügen."

Er räusperte sich und legte los.

„Wolfgang Lorenz dürfte ein Zufallsopfer gewesen sein, die Politikerin Margarita Sánchez Jiménez hingegen nicht. Ihr ist das gefälschte Medikament mit Absicht verabreicht worden. Von Estrella Gutierrez Lillo."

„Hat sie es zugegeben?", fragte Amalia.

„Ja, sie konnte es nicht leugnen. Sie beteuerte allerdings, dass sie niemals die Absicht gehabt hatte, ihre Konkurrentin Margarita zu töten. Diese sei zufällig in ihr Geschäft hereingeschneit, und da habe sie ihr die Droge statt des Schmerzmittels ausgehändigt. Sie hat es als harmlosen Racheakt gesehen. Es hatte sie genervt, sagte sie, dass Margarita wie eine Klette an Inés klebte und sie nicht freiließ. Nie im Leben wäre sie darauf gekommen, dass ein Mittel, das sich andere zum Vergnügen kauften, in diesem Fall zum Tod führen würde. Wenn es aufgeflogen wäre, wäre ohnedies ihr Chef dran gewesen."

Wieder ging Maurizios Blick zu Amalia. „Wenn ich weiter erzählen soll, muss ich etwas ausholen, Amalia. Bist du damit einverstanden?"

„Nur zu", antwortete sie und Maurizio sprach weiter.

„Estrella war, kurz bevor sie Margarita das gefälschte Medikament verkaufte, dem Apotheker auf die Schliche gekommen. Seither wusste sie, dass er in einem gut verschlossenen Schrank im Keller der Apotheke Designerdrogen, getarnt als Tramadol, lagerte. Heimlich borgte sie sich seinen Schlüsselbund aus, darunter den Schlüssel für diesen Schrank. Dann entnahm sie ihm einige Packungen, versteckte sie in ihrem Rucksack und retournierte den Schlüssel. Es sei ihr darum gegangen, gegen ihren Chef ein Druckmittel in der Hand zu haben. Die Packung für Margarita hat sie diesem Rucksack entnommen."

„Das ist nachvollziehbar", sagte Lydia. „Was ich aber nicht verstehe, ist, dass auch Wolfgang Lorenz ein gefälschtes Medikament bekommen hat. Gibt es dafür eine Erklärung?"

„Die gibt es", sagte Maurizio. „Als Estrella aus ihrem Rucksack die Schachtel für Margarita holte, muss eine weitere Schachtel herausgerutscht sein. Das hat sie aber nicht bemerkt. Wir haben die Putzfrau der Apotheke als Zeugin befragt. Sie hat eine Schachtel Tramadol am fraglichen Abend am Boden gefunden. Wie immer hat sie dann ihr Fundstück auf eine bestimmte Ablage gelegt. Estrella hatte am nächsten Tag frei, der Apotheker hat das Medikament auf der Ablage gesehen und es an Señor Lorenz verkauft."

„Ob Estrella damals, als Lydia sie hier zum ersten Mal getroffen hat, bereits ahnte oder sogar wusste, dass Wolfgang Lorenz das falsche Medikament bekommen hat?", fragte sich Amalia laut.

„Könnte sein, muss es aber nicht", meinte Lydia. „Sie hat uns jedenfalls unbekümmert erzählt, dass er sich am Tag seines Todes das Tramadol aus der Apotheke geholt hat. Hätte sie das getan, wenn sie es gewusst hätte?"

„Vielleicht doch, um ihrem Chef von vornherein die Verantwortung dafür in die Schuhe zu schieben?", mutmaßte Amalia.

„Kann sein", antwortete Lydia. „Aber lassen wir das, ich hätte noch zwei weitere Fragen: Auf welche Weise hat Estrella den Drogenhandel des Apothekers entdeckt? Und wie konnte ein Typ wie er überhaupt so eine groß angelegte Sache durchziehen?"

Wieder blickte Maurizio fragend zu Amalia.

„Wir wollen endlich das ganze Drama, Maurizio", ermunterte sie ihn. „Bitte fass dich kurz."

„Ich versuche es. Aufgrund dieser illustren Runde hier kann ich wohl davon ausgehen, dass vorläufig nichts von meinen Informationen an die Öffentlichkeit dringen wird, zumindest bis zu unserer Pressekonferenz morgen."

Alle nickten.

„Also gut. Der Apotheker ist einem Lauschangriff Estrellas zum Opfer gefallen. Sie hat bemerkt, dass er regelmäßig Anrufe bekam, die er nicht vor Zeugen entgegennehmen wollte. Estrella wohnt ebenfalls im Apothekerhaus und schließlich konnte sie eines dieser Telefonate – er hatte sich ins Treppenhaus geflüchtet – mit anhören. So hat sie von den Drogengeschäften zwischen ihm und seinem ehemaligen chinesischen Studienfreund Lai Yuhua erfahren. Sie hat ihm weiterhin nachspioniert und auch die Medikamentenpackungen mit dem falschen Tramadol im Schrank im Keller entdeckt. Zudem konnte sie beobachten, wie diese von den Leuten Héctor Guarnidos, von denen sie einige kannte, abgeholt wurden. Sergio Fortes hätte eine solche Sache nie alleine durchziehen können. Héctor Guarnido war sein Abnehmer, Finanzier und der größte Profiteur dieses Geschäftes. Wir sind sehr froh, dass wir das aufdecken konnten, obwohl die Hauptbeteiligten, nämlich der Apotheker selbst und Héctor Guarnido, tot sind."

Die Augen aller Anwesenden richteten sich auf Amalia, doch die lenkte sofort von sich ab. „Ich kann mir noch immer nicht vorstellen, wie und auf welche Weise ausgerechnet dieser seltsame Apotheker zu einem Drogenimporteur werden konnte."

„Diese Frage kann ich dir jetzt auch beantworten. Es tut mir leid, dass ich es nicht schon früher getan habe."

„Ich höre", sagte Amalia, und Maurizio sprach weiter.

„Sergio Fortes, der bis zum Tod seiner Mutter mit ihr zusammenlebte, war kein großer Reisender. Er musste nicht so wie frühere Generationen zur See fahren, um seinen erstaunlichen Drogenhandel mit China aufzubauen. Es hat genügt, dass er ein Studium der Pharmazie in Barcelona absolviert hat. Dort hat er sich mit einem chinesischen Studienkollegen, Lai Yuhua, angefreundet. Dessen Vater war Inhaber eines Betriebs, in dem traditionelle chinesische Arzneimittel erzeugt wurden. Der Sohn, mit dem Vater zerstritten, arbeitete nach dem Studium einige Jahre in einem großen chinesischen Pharmakonzern – CAPA Pharmaceuticals –, bis er nach dem Tod des Vaters das mittlerweile marode Familienunternehmen übernahm. Er blieb in Kontakt mit seinem Freund Sergio, der in Puerto Santiago die Apotheke übernommen und begonnen hatte, auf großem Fuß zu leben. Vom großen Geld träumten wohl beide. Sergios Mutter starb vor zehn Jahren und ab da war er regelmäßiger Gast in den Spielcasinos seines Schulfreundes Héctor Guarnido. Lai Yuhua wiederum hat vor acht Jahren gemeinsam mit seinem Bruder Xi Teneriffa und seinen Studienfreund Sergio besucht. Damals haben sie unter Einbeziehung Guarnidos das Projekt beschlossen und entwickelt. Der Bruder von Lai ist als Kontaktmann auf Teneriffa geblieben, mittlerweile aber untergetaucht. Wir kommen derzeit nicht an ihn heran, denn die chinesischen Behörden sind alles andere als kooperativ."

Maurizio Martínez zuckte bedauernd mit den Schultern und fuhr dann fort.

„Der Handel mit den Drogen aus dem Betrieb Lai Yuhuas ist rasch in Schwung gekommen und ohne Estrella wäre die Geschichte möglicherweise noch lange nicht aufgeflogen. Sie hatte es schwer bei dem Apotheker, war aber abhängig von ihm. Als entfernter Verwandter hatte er ihr das Studium finanziert, um ihr später die Apotheke übergeben zu können. Auf Anraten seiner Mutter übrigens, die aber inzwischen verstorben ist."

„Schrecklich", kommentierte jetzt Karolis Milonas das Gehörte. „Wie fast immer ist die Gier von Männern, die nicht genug kriegen können, die Ursache für das Unheil. Schließlich hätten sowohl der Apotheker als auch dieser Guarnido ohne verbrecherische Aktivitäten überdurchschnittlich gut leben können."

„Damit haben Sie absolut recht." Eine unbekannte Stimme hatte sich in das Gespräch eingemischt, und alle Köpfe flogen in die Richtung, aus der sie kam.

Zur allgemeinen Verwunderung betrat Fermina Sánchez die Terrasse.

„Ohne diese verdammte Gier wäre auch meine Enkelin noch am Leben! Entschuldigt mein Eindringen, aber die Eingangstüre war nicht ganz geschlossen und auf mein Klingeln hat niemand reagiert."

Fermina trug ein langes nachtblaues Kleid, dessen Oberteil silbern glitzerte.

„Die Königin der Nacht", entfuhr es Lydia.

Amalia sprang auf und eilte der unerwarteten Erscheinung entgegen. „Fermina, du bist gekommen, so eine Überraschung. Du sagtest, dass du heute Abend Besuch hast."

„Ich habe meinem Besucher einen Korb gegeben", antwortete Fermina. „Es wäre ja nur mein Sohn gewesen – der Priester. Er wird mir verzeihen, denn Verzeihen gehört schließlich zu seinem Handwerk."

Amalia machte Fermina mit den Anwesenden bekannt.

„Vor allem wegen Señora Denk wollte ich heute hier dabei sein", sagte Fermina nun. „Sie waren es doch, die gemeinsam mit Amalia Margarita gefunden hat. So wie schon bei Amalia möchte ich auch Ihnen meinen Dank aussprechen. Danke, dass Sie im Bosque Encantado nicht davongelaufen sind und Margarita alleine gelassen haben."

70

Maurizio Martínez war aufgesprungen und hatte für Fermina Sánchez aus Amalias Schlafzimmer noch einen Sessel geholt.

Jetzt schob er den Ständer eines Sonnenschirms beiseite und stellte den Sessel zwischen die beiden Litauer.

Fermina blickte Amalia und Maurizio, die ihr nun gegenübersaßen, erstaunt an.

„Ihr zwei seid also tatsächlich ein Paar? Ich sehe meine Ahnungen bestätigt."

Die anderen horchten auf. Nicht jeder der Anwesenden besaß eine gute Beobachtungsgabe. Definitiv nicht Andreas Brauneis.

„Schon wieder etwas, das du mir verheimlicht hast", sagte er vorwurfsvoll zu seiner Frau. „Wieso erzählst du mir nicht, dass sich Amalia und der Kommissar verliebt haben?"

„Ich vermute, dass diese zarten Bande gerade erst im Aufblühen sind. Ich war mir selbst noch nicht sicher", antwortete Susanne und wandte sich dann an Lydia.

„Wie geht es eigentlich Katie? Danach wollte ich dich schon die ganze Zeit fragen. Du hast sie doch vom Flughafen abgeholt."

Lydia nickte. „Ja, ich habe sie vom Flughafen abgeholt, und ja, es geht ihr gut. Bei ihrer Ankunft war sie regelrecht euphorisch, aber selbstverständlich hat sie gewusst, dass sie sich ihr altes Leben erst wieder zurückerobern muss. Sie wohnt jetzt in einer Studentenwohngemeinschaft und ist froh darüber. Einsamkeit, sagt sie, hält sie derzeit nicht aus. Außerdem ist sie drauf und dran, bis zum Herbst ihr Gesangsstudium abzuschließen."

„Was ihr aber auch nur möglich ist, weil du schon vorher ihre Professoren und Professorinnen abgeklappert hast, damit sie noch in diesem Semester zu ihren Abschlussprüfungen antreten kann", stellte Amalia fest.

„Ja, das habe ich. Ich wollte unserem Rotkehlchen ein wenig unter die Arme greifen."

„Oh, wie hübsch. Sie nennen Katie Rotkehlchen. Was für eine passende Bezeichnung." Milly Velman klang selbst wie ein zwitscherndes Vögelchen. „Das hat sich bestimmt Amalia ausgedacht."

„Klar", sagte Lydia, „Amalia hat für uns alle einen Vogelnamen parat." Schuldbewusst blickte sie die Freundin an. „Oje, das hätte ich jetzt nicht verraten dürfen."

„Das geht schon in Ordnung", nickte Amalia, was Susanne zur Weiterführung des Themas ermutigte.

„Ich weiß zum Beispiel, dass ich für Amalia eine weiße Taube bin", sagte sie.

„Aha", ihr Mann hatte erneut Grund zum Staunen. „Ich wusste das nicht. Wahrscheinlich bin ich ein ganz gewöhnlicher Vogel, ein Gockel vielleicht oder ein schwarzer Rabe."

Amalia lachte. „Du weißt doch bestimmt, dass Raben zu den besonders klugen Tieren zählen."

„Meine Margarita ist jetzt jedenfalls eine Lorbeertaube", ließ Fermina sich hören.

„Und das ist ein sehr schöner Gedanke", ergänzte Amalia lächelnd. „Wenn ich bedenke, wie unglaublich schön diese Wälder sind, in denen die Lorbeertaube lebt."

„Ja." Fermina lächelte zurück. „Ich glaube, Margarita wird sich auch da oben im Himmel engagieren und dessen allwissenden Herrscher hoffentlich zu einigen vernünftigen Projekten für unsere arme, geplagte Erde überreden. Aber was rede ich da! Margaritas Erbe wird auch hier unten eine Fortsetzung finden, und wisst ihr, wer sich dafür einsetzen will?"

Amalia schüttelte den Kopf.

„Carmen. Carmen Montero Salvez, die Journalistin, die das allererste Radiointerview mit mir gemacht hat. Vorgestern ist sie plötzlich vor meiner Tür gestanden. Sie wollte nur mit mir reden und hatte auch kein Aufnahmegerät dabei. Was soll ich sagen? Carmen hat mir ihr Herz ausgeschüttet. Sie hat ihren Traumjob bei ETVa ergattert. Mit einem Gehalt und einer Karriere, die sie nicht ablehnen kann. Aber sie wird Konzessionen machen müssen. Wie alle Frauen, die in Männerdomänen vordringen. Na gut, das will ich jetzt nicht diskutieren. Wir haben uns jedenfalls sehr lange darüber unterhalten und ich bin jetzt ihr Coach. Ich soll ihr helfen, sich in diesem Medienzirkus nicht selbst zu verlieren. Sie will sich Margarita zum Vorbild nehmen. Jetzt schreibt sie erst mal noch einen Artikel, in dem das großartige Engagement meiner Enkelin gewürdigt wird. Außerdem will sie sich dafür einsetzen, dass Margaritas Projekte weitergeführt werden."

„Das ist sehr schön", sagte Amalia.

„Das ist es", bestätigte Fermina. „Jetzt möchte ich aber auch wissen, welchen Vogel du für mich vorgesehen hast, Amalia."

„Du bist ein Paradiesvogel", antwortete Amalia, „was sonst?"

Alle lachten und Amalia musste es sich noch eine Weile gefallen lassen, über die Ähnlichkeiten von Vögeln und Menschen und insbesondere über die der hier Anwesenden ausgefragt zu werden.

Der Letzte, der sich von Amalia an diesem Abend mit einer langen Umarmung verabschiedete, war – wie könnte es anders sein – Maurizio.

Amalia hatte noch eine Frage.

„Ich wollte dich vor den anderen nicht fragen, aber welche Rolle hat eigentlich Diego Rosario wirklich bei der ganzen Sache gespielt? Wenn er nicht in irgendeiner Form an der ganzen Geschichte beteiligt gewesen wäre, hätte er mich doch nicht in jener Nacht wegen Katie unter Druck gesetzt?"

„Er behauptet, nichts davon gewusst zu haben, und dabei wird es vermutlich auch bleiben", antwortete er. „Er und seine Schwester müssen aber eine Riesenangst davor gehabt haben, dass Katie zu viel weiß, und das konnten sie nicht riskieren."

„Und deshalb ist er zu mir gekommen und hat nach Katie gefragt, und du bist ihm auf dem Fuß gefolgt und hast mich gerettet, was ich mir auch noch immer nicht erklären kann."

„Ein glücklicher Zufall, Amalia. Nachdem ich auf Estrellas Handy entdeckt hatte, dass die meisten ihrer letzten Anrufe von Sonia Guarnido kamen, habe ich – bevor ich dem Rettungswagen mit Estrella in die Notaufnahme folgte – zwei Kollegen zum Haus der Guarnidos beordert. Sie sollten dort auf mich warten und Sonia Guarnido im Auge behalten. Sie haben beobachtet, wie Rosario aus dem Haus seiner Schwester gekommen ist. Ein Kollege ist ihm auf meine Anordnung hin gefolgt. Rosario war alleine und ist noch in eine Bar gefahren, in der er sich für längere Zeit aufgehalten hat. Dort sind seine beiden Leibwächter zu ihm gestoßen. Schließlich sind sie zu dir gefahren. Der Kollege, der sie weiterhin beschattet hat, ist ihnen gefolgt, hat mich informiert und ich bin so schnell wie möglich mit meiner Kollegin hin. So, und du hast mir noch immer nicht verraten, welcher Vogel ich für dich bin."

„Das kann ich auch nicht. Ich hatte schon an einen Haubentaucher und an einen Graupapagei gedacht, aber das passt alles nicht mehr. Du wirst doch nicht annehmen, dass ich mich in einen Vogel verliebt habe? Jetzt lernen wir uns erst einmal richtig kennen und dann sehen wir weiter, was für ein Vogel aus dir wird."

„Geht in Ordnung", sagte er, gab ihr einen weiteren Kuss und verschwand bald darauf in der Dunkelheit.

Danke

Ich danke Linda Müller vom Haymon-Verlag, die mich bei einem gemeinsamen Kaffeehausbesuch in Wien auf die Idee zu diesem Buch gebracht und mich in besonders liebevoller und hilfreicher Weise beim Schreiben unterstützt hat. Verena Zankl und Verena Friedl danke ich für das inspirierende und genaue Lektorat.

Ganz besonders bedanke ich mich bei meiner Cousine Susanne Stadler, Doktorin der Zoologie und ausgewiesene Expertin auf dem Gebiet der Ornithologie, für ihre äußerst hilfreichen Anmerkungen. Sollten sich beim Thema „Vögel" noch Fehler eingeschlichen haben, so sind diese ausschließlich auf meine Unkenntnis zurückzuführen.

Besondere Inspirationen, Tipps und Ermutigung habe ich von meiner „Teneriffa-Seilschaft" erhalten. Von Susanne und Sepp Bruckbacher, von Resi und Alois Guger sowie von Christine und Helmut Mayr. Herzlichen Dank!

Mit großer Liebe und Verbundenheit danke ich dem Mann, mit dem ich seit 50 Jahren verheiratet bin: für seine beständige Ermutigung, seine hilfreichen und humorvoll-kritischen Anmerkungen zu den Kostproben meines Textes sowie für das wunderbare Essen, das er regelmäßig für mich gekocht und mir nach getaner Arbeit serviert hat.

Fremdsprachiges und Lokales

Noche y Día
Nacht und Tag

¿Que puedo traerle?
Was kann ich bringen?

¡Lo mismo que estas señoras, por favor!
Das Gleiche wie diese Damen, bitte!

¡Buen provecho!
Guten Appetit!

Hola
Hallo

Adios
Auf Wiedersehen, tschüss

Gracias
Danke

Vista al Mar
Meerblick

La muerte no es el final
Der Tod ist nicht das Ende

¡Cuidado, muy caliente!
Vorsicht, sehr heiß!

¡Qué mierda!
Was für eine Scheiße!

Tinerfeños
Einwohner Teneriffas

Yaya
Kosename für Großmutter

Conejo Salmorejo
Nationalgericht, Kaninchen

Gambas al ajillo
Garnelen mit Knoblauch

Amigos para siempre
Freunde für immer

Gofio
Geröstetes Getreidemehl, typisch kanarisch

Papas Arugadas
Kanarische Kartoffeln mit feiner Salzkruste

Teide
Eigentlich: *Pico del Teide*, höchster Berg Teneriffas, Vulkan

Bosque Encantado
Märchenwald, hier Lorbeerwald im Anaga-Gebirge

El Pijaral
Genehmigungspflichtiger Wanderweg durch den Bosque Encantado

„*Caro nome che il mio cor festi primo palpitar*"
„Teurer Name, der mein Herz zum ersten Mal klopfen ließ"
Arie aus der Oper *Rigoletto* von Giuseppe Verdi

„*Estrella de mar, beber de tu boca es como andar ...*"
„Estrella de mar, trinken von deinem Mund ist wie wandeln ..."

MIX
Papier | Fördert
gute Waldnutzung
FSC® C083411

Auflage:
4   3   2   1
2028 2027 2026 2025

HAYMON tb 318

Originalausgabe
© Haymon Krimi, Innsbruck-Wien 2025
Haymon Verlag Ges.m.b.H.
Erlerstraße 10
A-6020 Innsbruck
office@haymonverlag.at
www.haymonverlag.at

Alle Rechte vorbehalten. Kein Teil des Werkes darf in irgendeiner
Form (Druck, Fotokopie, Mikrofilm oder in einem anderen Verfahren)
ohne schriftliche Genehmigung des Verlages reproduziert oder unter
Verwendung elektronischer Systeme verarbeitet, vervielfältigt oder
verbreitet werden.
Der Verlag behält sich das Text- und Data-Mining nach § 42h UrhG vor,
was hiermit Dritten ohne Zustimmung des Verlages untersagt ist.

ISBN 978-3-7099-7974-7

Lektorat: Verena Zankl; Haymon Krimi / Verena Friedl
Projektleitung: Haymon Krimi / Verena Friedl
Buchinnengestaltung nach Entwürfen von himmel. Studio für Design
und Kommunikation, Innsbruck / Scheffau – www.himmel.co.at
Umschlagsgestaltung: bürosüd – www.buerosued.at;
Landschaftsfoto Teneriffa von mauritius images / Westend61
Satz Innenteil: Dörlemann Satz, Lemförde
Autorinnenfoto: fotohofer.at

Gedruckt auf umweltfreundlichem,
chlor- und säurefrei gebleichtem Papier.